UMA CENTELHA DE LUZ

Outras obras da autora publicadas pela Verus Editora

Queria que você estivesse aqui
A loucura do mel
Um milhão de pequenas coisas
Tempo de partir
A menina que contava histórias
Coração de mãe
As vozes do coração
Um mundo à parte
Dezenove minutos
A menina de vidro
A guardiã da minha irmã

JODI PICOULT

UMA CENTELHA DE LUZ

Tradução
Cecília Camargo Bartalotti

1ª edição
Rio de Janeiro-RJ / São Paulo-SP, 2025

VERUS
EDITORA

Título original
A Spark of Light

ISBN: 978-65-5924-185-9

Copyright © Jodi Picoult, 2018

Edição publicada mediante acordo com Ballantine Books, selo da Random House, divisão da Penguin Random House LLC.
Os direitos morais da autora foram assegurados.

A citação bíblica "O Senhor faz morrer e faz viver" na p. 163 é da Bíblia tradução ecumênica. São Paulo: Edições Loyola, 1994.

Tradução © Verus Editora, 2025
Direitos reservados em língua portuguesa, no Brasil, por Verus Editora. Nenhuma parte desta obra pode ser reproduzida ou transmitida por qualquer forma e/ou quaisquer meios (eletrônico ou mecânico, incluindo fotocópia e gravação) ou arquivada em qualquer sistema ou banco de dados sem permissão escrita da editora.

Verus Editora Ltda
Rua Argentina, 171, São Cristóvão, Rio de Janeiro/RJ, 20921-380
www.veruseditora.com.br

CIP-BRASIL. CATALOGAÇÃO NA FONTE
SINDICATO NACIONAL DOS EDITORES DE LIVROS, RJ

P666c

Picoult, Jodi
  Uma centelha de luz / Jodi Picoult ; tradução Cecília Camargo Bartalotti. - 1. ed. - Rio de Janeiro : Verus, 2025.

  Tradução de: A spark of light
  ISBN 978-65-5924-185-9

  1. Ficção americana. I. Bartalotti, Cecília Camargo. II. Título.

25-96101
CDD: 813
CDU: 82-3(73)

Gabriela Faray Ferreira Lopes - Bibliotecária - CRB-7/6643

Revisado conforme o novo acordo ortográfico.

Seja um leitor preferencial Record.
Cadastre-se no site www.record.com.br e receba informações sobre nossos lançamentos e nossas promoções.

Atendimento e venda direta ao leitor:
sac@record.com.br

Para Jennifer Hershey e Susan Corcoran
Quando temos sorte, encontramos colegas que amamos.
Quando temos mais sorte ainda, elas são como irmãs.
Bjs

A questão não é se seremos extremistas, mas o tipo de
extremistas que seremos. Seremos extremistas por ódio ou por amor?
— Reverendo Dr. Martin Luther King Jr.

Cinco da tarde

O Centro era um prédio atarracado na esquina da Juniper com a Montfort, atrás de um portão de ferro forjado, como um velho buldogue acostumado a proteger seu território. Houve uma época em que existiam muitos como ele no Mississippi, prédios simples e despretensiosos onde serviços eram prestados e necessidades eram atendidas. Depois vieram as restrições destinadas a fazer esses lugares desaparecerem. Os corredores tinham que ser suficientemente largos para permitir a passagem de duas macas; qualquer clínica que não se encaixasse nessa especificação teria que fechar ou gastar milhares de dólares em reformas. Os médicos precisavam ter uma autorização para internação de pacientes em hospitais locais, embora a maioria deles fosse de fora do Estado e não tivesse como obtê-la, ou as clínicas onde eles atendiam corriam o risco de serem fechadas também. Uma a uma, as clínicas fecharam suas janelas e portas. Agora, o Centro era um unicórnio: um pequeno retângulo de uma estrutura pintada em cor de laranja vibrante e fluorescente, como uma bandeira acenando para as mulheres que viajavam centenas de quilômetros para encontrá-la. Era a cor da segurança; a cor da advertência. Dizia: *Estou aqui se precisar de mim.* Dizia: *Pode fazer o que quiser comigo; não vou embora.*

O Centro havia ficado com cicatrizes dos cortes de políticos e farpas de manifestantes. Havia tratado as feridas e cicatrizado. Em certo momento se chamara Centro para a Saúde Feminina e Reprodutiva. Mas houve aqueles que acreditavam que, se não se desse nome a uma coisa, ela deixava de existir, então o título foi amputado, como um ferimento de guerra. Ainda assim, ele sobreviveu. Primeiro se tornou o Centro para Mulheres. Depois, apenas: o Centro.

O nome encaixava bem. O Centro era a calma no meio de uma tempestade de ideologia. Era o sol de um universo de mulheres que não tinham mais tempo nem opções, que precisavam de uma luz para a qual se voltarem.

E, como outras coisas que brilham com tanto calor, ele exercia uma atração magnética. As que precisavam dele encontravam ali o ímã para guiá-las. Os que o desprezavam não conseguiam desviar a atenção dele.

Hoje, Wren McElroy pensou, não era um bom dia para morrer. Ela sabia que outras meninas de quinze anos romantizavam a ideia de morrer por amor, mas Wren havia lido *Romeu e Julieta* no ano anterior para a aula de inglês na escola e não vira que mágica poderia haver em acordar em uma cripta ao lado de seu namorado e depois enfiar uma adaga nas próprias costelas. E *Crepúsculo*... nem pensar. Tinha ouvido professores contarem as histórias de heróis cuja morte trágica de alguma forma prolongava a vida em vez de encurtá-la. Quando Wren tinha seis anos, sua avó morrera enquanto dormia. Estranhos disseram repetidamente que morrer no sono era uma bênção, mas, quando ela olhou para sua vó, branca como cera no caixão aberto, não entendeu por que aquilo seria uma dádiva. E se sua avó tivesse ido para a cama na noite anterior pensando *De manhã eu vou regar aquela orquídea. De manhã vou terminar de ler aquele romance. Vou telefonar para o meu filho.* Tanta coisa deixada inacabada. Não, não havia jeito nenhum de tornar a morte uma coisa boa.

Sua avó era a única pessoa morta que Wren já tinha visto, até duas horas antes. Agora ela podia dizer como era morrer, em contraste com apenas estar morto. Em um minuto, Olive estava ali, olhando tão fixamente para Wren como se pudesse se agarrar ao mundo se seus olhos permanecessem abertos, e então, em questão de segundos, aqueles olhos deixaram de ser janelas e se tornaram espelhos, e Wren viu apenas um reflexo de seu próprio pânico.

Ela não queria mais olhar para Olive, mas olhou. A mulher morta estava deitada ali como se cochilasse, com uma almofada do sofá sob a cabeça. A blusa de Olive estava ensopada de sangue e repuxada na lateral, revelando as costelas e a cintura da mulher. Sua pele era clara no alto, depois arroxeada, com uma linha fina de violeta escuro onde as costas encontravam o chão. Wren se deu conta de que estava assim porque o sangue de Olive ficou assentando do lado de dentro, apenas duas horas depois de ela ter morrido. Por um segundo, Wren achou que fosse vomitar.

Ela não queria morrer como Olive.

O que, dadas as circunstâncias, fazia de Wren uma pessoa horrível.

Era totalmente improvável, mas, se Wren tivesse que escolher, morreria em um buraco negro. Seria instantâneo e épico. Como, literalmente, ser desintegrada no nível atômico. Ela se tornaria pó de estrelas.

O pai de Wren lhe ensinara isso. Ele lhe comprara seu primeiro telescópio, aos cinco anos. Ele era a razão de ela querer ser astronauta quando pequena, e astrofísica assim que aprendeu o que era isso. Ele próprio havia tido sonhos de comandar uma nave especial e explorar cada canto do universo, até que engravidou uma garota. Em vez de ir para a faculdade, ele se casou com a mãe de Wren e se tornou policial, depois detetive, e explorou cada canto de Jackson, Mississippi. Ele dizia para Wren que trabalhar na NASA tinha sido a melhor coisa que nunca aconteceu com ele.

Quando estavam voltando do funeral de sua avó, começou a nevar. Wren, uma criança que nunca tinha visto aquele tipo de clima no Mississippi, tinha ficado aterrorizada com a maneira como o mundo redemoinhava, à deriva. Seu pai se pôs a falar com ela: *Líder da missão McElroy, ativar propulsores.* Como ela não parava de chorar, ele começou a apertar botões aleatórios: o ar-condicionado, o pisca-alerta, o piloto automático. Eles se acenderam no painel em vermelho e azul como um centro de comando no Controle da Missão. *Líder da missão McElroy,* seu pai disse, *preparar para o hiperespaço.* Então ele ligou o farol alto, fazendo a neve se tornar um túnel de estrelas velozes, e Wren ficou tão maravilhada que se esqueceu de ter medo.

Ela queria acionar um botão agora e viajar de volta no tempo.

Queria ter contado a seu pai que estava indo para lá.

Queria ter deixado que ele a convencesse a não ir.

Queria não ter pedido a sua tia para levá-la.

Tia Bex podia agora mesmo estar deitada em um necrotério, como Olive, seu corpo se tornando um arco-íris. E era tudo culpa de Wren.

Você, disse o homem com uma pistola, sua voz arrastando Wren de volta para o aqui e agora. Ele tinha um nome, mas ela não queria nem mesmo pensar em qual era. Isso o tornava humano, e ele não era humano; ele era um monstro. Enquanto ela estivera perdida em pensamentos, ele viera parar na sua frente. Agora estava sacudindo a arma para ela. *Levante*.

As outras prenderam a respiração junto com ela. Haviam, nas últimas horas, se tornado um único organismo. Os pensamentos de Wren entravam e saíam da mente das outras mulheres. Dava para sentir o cheiro do medo de Wren na pele delas.

Ainda havia sangue se espalhando na faixa que o homem enrolara em volta da mão. Era um minúsculo triunfo. Era a razão pela qual Wren conseguira ficar de pé, embora suas pernas parecessem geleia.

Ela não devia ter vindo ao Centro.

Ela devia ter continuado a ser uma menina.

Porque, agora, talvez não vivesse para se tornar nada além disso.

Wren ouviu o estalo da arma sendo engatilhada e fechou os olhos. Tudo que podia imaginar era o rosto de seu pai, os olhos cor de blue jeans, a inclinação suave do sorriso, olhando para o céu noturno.

Quando George Goddard tinha cinco anos, sua mãe tentou pôr fogo no seu pai. Seu pai estava desacordado no sofá quando sua mãe despejou o fluido de isqueiro no cesto de roupa suja dele, acendeu um fósforo e virou o cesto em chamas em cima dele. O homem grandalhão levantou de um pulo, gritando e batendo nas chamas com as mãos gordas como presunto. A mãe de George ficou parada a alguma distância com um copo de água na mão. *Mabel*, seu pai gritou. *Mabel!* Mas sua mãe, calmamente, be-

beu até a última gota, não deixando nem um pingo para apagar o fogo. Quando o pai de George correu para fora de casa e rolou na terra como um porco, sua mãe se virou para ele. *Que isso sirva de lição,* ela falou.

Ele não pretendia crescer como seu pai, mas, do mesmo jeito que uma semente de maçã não tem como não se tornar uma macieira, ele não havia se tornado o melhor dos maridos. Sabia disso agora. Foi por essa razão que decidiu ser o melhor dos pais. Foi por essa razão que, naquela manhã, dirigiu toda a distância até o Centro, a última clínica de aborto que restava no estado do Mississippi.

O que eles haviam tirado de sua filha ela nunca teria de volta, quer ela se desse conta disso agora ou não. O que não significava que ele não pudesse fazê-los pagar o preço.

Ele olhou em volta na sala de espera. Três mulheres se amontoavam em uma fileira de cadeiras, e aos pés delas estava a enfermeira, examinando a bandagem do médico. George fez um som de desprezo. Médico o caralho. O que ele fazia não era curar, nem com todo o esforço da imaginação. Ele devia ter matado o sujeito, *teria* matado o sujeito, se não tivesse sido interrompido quando chegou e começou a atirar.

Pensou em sua filha sentada em uma daquelas cadeiras. Perguntou-se como ela teria chegado ali. Se teria pegado um ônibus. Se teria vindo de carro com uma amiga ou (ele não suportava nem sequer pensar nisso) com o garoto que causara o problema. Imaginou-se em um universo paralelo, irrompendo pela porta com seu revólver, vendo-a sentada na cadeira ao lado dos folhetos sobre como reconhecer uma IST. Ele a teria agarrado pela mão e a puxado para fora dali.

O que ela ia pensar dele, agora que ele era um assassino?

Como ele poderia voltar para ela?

Como ele poderia voltar?

Oito horas antes, isso para ele parecera uma guerra santa: um olho por um olho, uma vida por uma vida.

Seu ferimento latejou. George tentou ajustar a gaze com os dentes, mas ela estava se desenrolando. Devia ter sido amarrada melhor, mas quem ali iria ajudá-lo?

Na última vez que se sentira assim, como se as paredes estivessem se fechando sobre ele, havia pegado sua filha bebê, vermelha e gritando com uma febre que ele não sabia que ela tinha, e que não teria sabido como tratar, e saído à procura de ajuda. Dirigira até sua caminhonete ficar sem gasolina; era mais de uma da manhã, mas ele começou a andar, e continuou até encontrar o único prédio com uma luz acesa dentro e a porta destrancada. Tinha o teto plano e nenhuma característica especial; ele não percebeu que era uma igreja até entrar e ver os bancos e Jesus entalhado em madeira na cruz. As luzes que ele vira de fora eram velas, tremeluzindo em um altar. *Volte,* ele disse em voz alta para sua esposa, que provavelmente estava quase do outro lado do país a essa altura. Talvez estivesse cansado, talvez estivesse alucinando, mas ouviu claramente uma resposta: *Eu já estou com você*. A voz sussurrou do Jesus de madeira e, ao mesmo tempo, da escuridão à sua volta.

A conversão de George fora simples assim, e envolvente assim. De alguma maneira, ele e sua menina haviam adormecido no chão acarpetado. De manhã, o pastor Mike o estava sacudindo para acordá-lo. A esposa do pastor sussurrava com a bebê. Havia uma mesa repleta de comida e um quarto miraculosamente desocupado. Na época, George não era um homem religioso. Não foi Jesus que entrou em seu coração naquele dia. Foi esperança.

Hugh McElroy, o negociador de reféns com quem George estava conversando havia horas, disse que a filha de George entenderia que ele estivera tentando protegê-la. Ele havia prometido que, se George cooperasse, isso ainda poderia terminar bem, embora George soubesse que do lado de fora daquele prédio havia homens com fuzis apontados para a porta, só esperando que ele saísse.

George queria que acabasse. Queria mesmo. Estava exausto, física e mentalmente, e era difícil pensar em uma saída. Estava cansado dos choros. Queria viajar no tempo até um dia em que ele estaria sentado ao lado de sua filha outra vez, e ela estaria olhando para ele com ar maravilhado, como costumava fazer.

Mas George também sabia que Hugh diria qualquer coisa para fazê-lo se render para a polícia. Não era nem só por ser seu trabalho. Hugh McElroy precisava que ele libertasse os reféns pela mesma razão que George os havia tomado: para ser o herói.

Foi quando George decidiu o que ia fazer. Ele engatilhou a pistola.

— Levante. Você — disse ele, apontando para a menina com nome de passarinho, a que o havia cortado com a lâmina. A que ele usaria para dar uma lição em Hugh McElroy.

Essa era a regra número 1 da negociação de reféns: Não faça merda.

Quando Hugh entrou para a equipe regional, foi isso que os instrutores disseram. Não pegue uma situação ruim e a torne pior. Não discuta com o tomador de reféns. Não diga a ele *eu entendo*, porque você provavelmente não entende. Comunique-se de uma maneira que amenize ou minimize a ameaça; e compreenda que às vezes a melhor comunicação é não falar nada. A escuta ativa pode levar você bem mais longe do que falar demais.

Havia diferentes tipos de tomadores de reféns. Havia aqueles que estavam fora de si por conta de drogas, álcool, sofrimento. Havia os que estavam em uma missão política. Havia os que avivavam uma brasa de vingança até ela se incendiar e queimá-los vivos. E havia os sociopatas, aqueles que não tinham nenhuma empatia a que se poderia recorrer. No entanto, às vezes estes eram os mais fáceis de lidar, porque eles entendiam o conceito de quem é que está no controle. Se conseguisse fazer o sociopata acreditar que você não ia ceder a posição de poder, você teria de fato chegado a algum lugar. Você podia dizer *Já estamos nisto há duas horas* (ou seis, ou dezesseis) *e eu sei o que está passando pela sua cabeça. Mas está na hora de mudar de tática. Porque tem um grupo de homens aqui fora que acha que o tempo acabou e quer resolver pela força.* Os sociopatas entendiam a força.

Por outro lado, essa abordagem falharia terrivelmente com alguém tão deprimido a ponto de decidir se matar e levar outros consigo.

O objetivo de estabelecer uma relação com um tomador de reféns era garantir que você fosse a única fonte de informação dele e ganhar tempo para conseguir descobrir algumas informações cruciais. Que tipo de tomador de reféns você estava enfrentando? O que havia desencadeado o impasse, os tiros, o ponto de não retorno? Podia-se começar a construir uma relação com uma conversa inócua sobre esportes, o tempo, algum programa de TV. Gradualmente, descobria-se do que ele gostava e não gostava, o que importava para ele. Ele amava seus filhos? Sua esposa? Sua mãe? Por quê?

Se você conseguisse descobrir o *porquê*, poderia determinar o que fazer para desarmar a situação.

Hugh sabia que os melhores negociadores de reféns comparavam o trabalho a um balé, um andar na corda bamba, uma dança delicada.

Ele também sabia que isso era conversa mole.

Ninguém jamais entrevistava os negociadores cujas situações terminavam em um banho de sangue. Eram só os bem-sucedidos que tinham microfones enfiados na cara e que se sentiam obrigados a descrever seu trabalho como uma espécie de arte mística. Na verdade, era um jogo de dados. Pura sorte.

Hugh McElroy tinha medo de que sua sorte estivesse prestes a se esgotar.

Ele examinou a cena que vinha liderando pelas últimas horas. Seu centro de comando era uma tenda de eventos que o departamento havia usado algumas semanas antes em uma feira comunitária para promover a coleta de impressões digitais de crianças para o programa de segurança infantil. Policiais de patrulha estavam posicionados ao longo do perímetro do prédio como um cordão de contas azuis. A imprensa havia sido isolada atrás de uma barricada policial. (Seria de imaginar que eles fossem espertos o bastante para ficar longe da área de alcance de um louco com uma arma, mas não, a atração da audiência aparentemente era forte.) Espalhados pela calçada como ameaças vazias estavam cartazes com imagens gigantes de bebês no útero, ou slogans escritos à mão:

ADOÇÃO, ABORTO NÃO! METADE DAS PACIENTES QUE ENTRAM EM UMA CLÍNICA DE ABORTO NÃO SAI VIVA!

Ambulâncias esperavam, guarnecidas com profissionais de atendimento de emergência, mantas térmicas aluminizadas e equipamento portátil de infusão intravenosa e hidratação. A equipe SWAT estava em posição, aguardando um sinal. O comandante deles, capitão Quandt, havia tentado tirar Hugh do caso (quem podia culpá-lo?) e render o atirador a força. Mas Hugh sabia que Quandt não poderia, em sã consciência, fazer nenhuma dessas duas coisas se ele estivesse prestes a convencer George Goddard a se entregar.

Era exatamente nisso que Hugh estivera apostando quando infringiu a segunda regra da negociação de reféns cinco horas antes, esbravejando ao chegar à cena em seu carro sem identificação, gritando ordens para os dois policiais que haviam sido os primeiros a chegar.

A segunda regra da negociação de reféns era: não se esqueça de que isto é trabalho.

A negociação de reféns não é um teste de virilidade. Não é uma oportunidade de ser um cavaleiro de armadura reluzente, ou um caminho para obter seus quinze minutos de fama. Pode dar certo ou não, por mais que se siga o manual ao pé da letra. Não se deve levar para o lado pessoal.

Mas Hugh sabia desde o primeiro instante que isso jamais seria possível, não hoje, não dessa vez, porque essa era uma situação totalmente diferente. Havia sabe-se lá quantos mortos naquela clínica, mais cinco reféns que ainda estavam vivos. E um deles era a sua filha.

O comandante da SWAT de repente estava de pé à sua frente.

— Nós vamos entrar agora — disse Quandt. — Estou avisando por cortesia.

— Você está cometendo um erro — respondeu Hugh. — Estou avisando por cortesia.

Quandt se virou e começou a falar no walkie-talkie preso em seu ombro.

— Vamos entrar em cinco... quatro... — De repente, sua voz parou.

— Cancelar! Eu repito. *Abortar!*

Era a palavra que havia iniciado aquele desastre. Hugh levantou depressa a cabeça e viu a mesma coisa que Quandt havia percebido.

A porta da frente da clínica se abrira de repente e duas mulheres estavam saindo.

Quando a mãe de Wren ainda morava com eles, mantinha um clorofito em cima da estante na sala de estar. Depois que ela foi embora, Wren e seu pai nunca lembravam de regar a planta, mas ela parecia desafiar a morte. Começou a transbordar para fora de seu vaso e a crescer como um estranho penteado verdejante em direção a uma janela, sem se importar com as regras da lógica ou da gravidade.

Wren se sentia assim agora, balançando sobre os pés na direção da luz toda vez que a porta se abria, atraída para onde seu pai estava no estacionamento lá fora.

Mas não era Wren que estava caminhando para fora do prédio. Ela não tinha ideia do que seu pai havia dito para George durante a última conversa por telefone, mas tinha funcionado. George desengatilhara o revólver e dissera a ela para mover o sofá que ele havia usado como barricada na frente da porta. Embora os reféns não pudessem conversar livremente sem que George ouvisse, uma corrente elétrica passou entre eles. Quando ele instruiu Wren a destrancar a porta, ela começara até a achar que talvez conseguisse sair dali inteira.

Joy e Janine saíram primeiro. Depois George disse a Izzy para empurrar o dr. Ward para fora na cadeira de rodas. Wren achou que, então, seria liberada também, mas George a agarrou pelo cabelo e a puxou de volta. Izzy se virou para trás assim que passou pela porta, a expressão em seu rosto era pura aflição, mas Wren sacudiu a cabeça de leve para ela. Essa talvez fosse a única chance para o dr. Ward sair, e ele estava ferido. Ela precisava levá-lo. Ela era enfermeira; ela sabia disso.

— Wren... — Izzy disse, mas George bateu a porta atrás dela e fechou a tranca de metal. Ele soltou Wren por tempo suficiente para ela empurrar o sofá para a frente da porta outra vez.

Wren sentiu o pânico subir em sua garganta. Talvez esse fosse o modo de George se vingar pelo que ela havia feito com ele. Agora, ela estava sozinha, com aquele animal. Bem, não totalmente; seus olhos deslizaram pelo chão até o corpo de Olive.

Talvez tia Bex estivesse com Olive, para onde quer que se fosse depois de morrer. Talvez as duas estivessem esperando por Wren.

George se largou sobre o sofá na frente da porta e cobriu o rosto com as mãos. Ele ainda estava segurando a arma, que cintilou para ela.

— Você vai atirar em mim? — ela perguntou de repente.

George levantou a cabeça, como se estivesse surpreso por ela ter feito essa pergunta. Ela se forçou a encontrar o olhar dele. Um dos olhos dele era um pouquinho estrábico para a direita, não o bastante para que ele parecesse estranho, mas o suficiente para ser difícil manter o foco no rosto dele. Ela se perguntou se ele precisava escolher conscientemente em qual lado da visão focaria. Ele esfregou a mão enfaixada no rosto.

Quando Wren era pequena, ela costumava levar as mãos ao rosto do pai para sentir sua barba. Fazia um som raspado. Ele sorria enquanto ela tocava seu queixo como um instrumento.

— Se eu vou atirar em você? — George se recostou de novo nas almofadas. — Isso depende.

Tudo aconteceu tão depressa. Em um minuto, Janine Deguerre era refém, e, no minuto seguinte, estava em uma tenda médica sendo examinada por socorristas. Ela olhou em volta, tentando encontrar Joy, mas a outra refém com quem havia saído do prédio não estava em nenhum lugar à vista.

— Senhora — um dos socorristas disse —, consegue acompanhar a luz?

Janine voltou a atenção para o rapaz, que, na verdade, não devia ter muito menos que os vinte e quatro anos dela. Piscou enquanto ele balançava uma pequena lanterna de um lado para outro na frente de seu rosto.

Estava tremendo. Não por estar com frio, mas por estar em choque. Havia levado uma pancada com a pistola na têmpora e sua cabeça ainda latejava. O socorrista enrolou uma manta térmica prateada em volta de seus ombros, o tipo que é dado para corredores de maratona no fim da prova. Bem, talvez ela tivesse corrido uma maratona, metaforicamente. Sem dúvida, havia cruzado uma linha.

O sol estava baixo, fazendo sombras ganharem vida, por isso era difícil dizer o que era real e o que era um truque de seus olhos. Cinco minutos antes, Janine provavelmente estivera no maior perigo de sua vida, no entanto era ali, dentro de uma tenda de plástico, cercada por policiais e profissionais de saúde, que ela se sentia isolada. O mero ato de atravessar aquela porta a pusera de volta onde ela havia começado: do outro lado.

Ela levantou o pescoço, procurando Joy outra vez. Talvez a tivessem levado para o hospital, como o dr. Ward. Ou talvez Joy tivesse dito, assim que Janine não a podia mais ouvir: *Tirem essa imbecil de perto de mim.*

— Acho que devemos deixá-la em observação — disse o paramédico.

— Eu estou bem — insistiu Janine. — Estou mesmo. Só quero ir para casa.

Ele franziu a testa.

— Tem alguém que possa passar esta noite com você? Por precaução?

— Tem — ela mentiu.

Um policial se agachou ao lado dela.

— Se estiver se sentindo em condições — disse ele —, vamos te levar para a delegacia primeiro. Precisamos de um depoimento.

Janine entrou em pânico. Será que sabiam sobre ela? Teria que contar a eles? Seria como no tribunal, jurando sobre a Bíblia? Ou ela poderia, só por mais um tempo, simplesmente ser alguém que merecia empatia?

Ela concordou com a cabeça e se levantou. Com a mão do policial a guiando gentilmente, começou a andar para fora da tenda. Segurou a manta térmica em sua volta como se fosse um casaco de arminho.

— Espere — disse ela. — E as outras?

— Vamos levar as outras assim que elas puderem — ele lhe garantiu.

— A menina — disse Janine. — E a menina? Ela saiu?

— Não se preocupe com isso — disse ele.

Uma avalanche de repórteres a chamava, gritando perguntas que se misturavam umas nas outras. O policial se colocou entre ela e a imprensa como um escudo. Ele a conduziu para uma viatura. Quando a porta se fechou, ficou quente lá dentro, de um jeito sufocante. Ela olhou pela janela enquanto o policial dirigia.

Passaram por um outdoor no caminho para a delegacia. Janine o reconheceu, porque havia ajudado a arrecadar dinheiro para produzi-lo. Era uma imagem de dois bebês sorrindo com suas gengivas sem dentes, um negro, um branco. VOCÊ SABIA, dizia o texto, QUE MEU CORAÇÃO BATIA DEZOITO DIAS DEPOIS DA CONCEPÇÃO?

Janine sabia muitos fatos desse tipo. Sabia também como religiões e culturas diversas viam a questão do que definia uma pessoa. Os católicos acreditavam na vida desde a concepção. Os muçulmanos acreditavam que levava quarenta e dois dias depois da concepção para Alá enviar um anjo para transformar espermatozoide e óvulo em algo vivo. Tomás de Aquino havia dito que aborto era homicídio depois de quarenta dias para um embrião do sexo masculino e depois de oitenta dias para um do sexo feminino. Havia os pontos fora da curva também: os gregos antigos, que diziam que um feto tinha uma alma "vegetal", e os judeus, que diziam que a alma vinha no nascimento. Janine sabia como se desviar conscientemente dessas opiniões em uma discussão.

Ainda assim, não fazia sentido de verdade, fazia? Como o momento em que a vida começa poderia diferir tanto dependendo do ponto de vista? Como poderia a lei do Mississippi dizer que um embrião era um ser humano, mas a lei de Massachusetts discordar disso? O bebê não era o mesmo bebê, quer tivesse sido concebido em uma cama em Jackson ou em uma praia em Nantucket?

Isso fazia a cabeça de Janine doer. Mas tudo fazia, naquele momento.

Logo estaria escuro. Wren estava sentada no chão com as pernas cruzadas, de olho em George, que se inclinava para a frente no sofá, cotovelos apoiados nos joelhos e a arma frouxa na mão direita. Ela abriu o último pacote de biscoitos, tudo que restava do cesto de coisinhas para comer trazido da sala de recuperação. Seu estômago roncou.

Antes ela tinha medo do escuro. Fazia seu pai vir com o revólver no coldre e vasculhar todo o seu quarto: embaixo da cama, sob o colchão, nas prateleiras altas em cima da cômoda. Às vezes ela acordava chorando no meio da noite, convencida de ter visto algo terrível e com garras sentado no pé da cama, observando-a com olhos amarelos.

Agora ela sabia: os monstros *eram* reais.

Wren engoliu em seco.

— Sua filha — ela começou — como é o nome dela?

George levantou os olhos.

— Cala a boca — disse ele.

A veemência das palavras dele a fez recuar alguns centímetros, mas, quando o fez, sua perna roçou em algo frio e rígido. Ela soube de imediato o que — *quem* — era e abafou o grito. Wren fez um esforço para voltar para a frente e abraçou os joelhos dobrados.

— Aposto que a sua filha quer ver você.

O perfil do atirador parecia duro e hostil.

— Você não sabe de nada.

— Eu aposto que ela quer ver você — Wren repetiu. *Eu sei*, ela pensou, *porque ver o meu pai é tudo que eu quero*.

Ela mentiu.

Janine se sentou na delegacia, na frente do detetive que estava registrando seu depoimento, e mentiu.

— O que a fez ir ao Centro hoje de manhã? — ele perguntou, gentilmente.

— Um Papanicolau — Janine respondeu.

O restante do que ela lhe contou era verdade, e soava como um filme de terror: o som de tiros, o súbito peso da funcionária da clínica colidindo com ela e jogando-a no chão. Janine havia vestido uma camiseta limpa que os paramédicos lhe deram, mas ainda sentia o sangue quente da mulher (tanto sangue) encharcando seu vestido. Mesmo agora, quando olhava para as mãos, ela esperava vê-lo.

— E depois, o que aconteceu?

Ela percebeu que não conseguia lembrar em sequência. Em vez de momentos interligados, havia apenas flashes: seu corpo tremendo incontrolavelmente enquanto ela corria; suas mãos pressionando o ferimento de bala de uma mulher. O atirador sacudindo a arma para ela e Izzy, de pé ao lado dele, com uma pilha de suprimentos nos braços. O telefone tocando e todos congelando como manequins.

Janine se sentia como se estivesse assistindo a um filme, um filme que fora obrigada a ver até o fim embora nunca tivesse desejado vê-lo.

Quando ela chegou ao momento em que o atirador a agrediu com a pistola, deixou de fora o motivo. Uma mentira de omissão. Era como costumavam chamar quando ela era pequena, indo para a confissão. Era pecado também, mas de um grau diferente. Mesmo assim, às vezes se mentia para proteger pessoas. Às vezes se mentia para proteger a si mesmo.

O que era mais uma mentira para se somar às outras?

Ela estava chorando enquanto falava. Nem percebeu até que o detetive se inclinou para a frente com uma caixa de lenços de papel.

— *Eu* posso te fazer uma pergunta? — disse ela.

— Claro.

Ela engoliu.

— Você acha que as pessoas recebem o que merecem?

O detetive olhou para ela por um longo instante.

— Eu acho que ninguém merece um dia como hoje — ele respondeu.

Janine concordou com a cabeça. Ela assoou o nariz e apertou o lenço de papel em uma bola na mão.

De repente, a porta se abriu e apareceu um policial uniformizado.

— Tem um homem aqui dizendo que conhece você...?

Atrás dele, Janine viu Allen, suas bochechas coradas e a barriga pronunciada, o motivo de Allen brincar que sabia como era estar grávido. Ele era o líder do grupo de Direito à Vida local.

— Janine! — ele gritou, e empurrou o policial para entrar e abraçá-la. — Jesus seja louvado — suspirou. — Minha querida, nós estávamos orando por você.

Ela sabia que eles oravam por todas as mulheres que passavam pelas portas do Centro. Isso, porém, era diferente. Allen não poderia mais viver em paz consigo mesmo se algo tivesse acontecido a ela, porque fora ele quem a mandara entrar lá como espiã.

Talvez Deus tivesse escutado, porque ela havia sido libertada. Mas Joy, Izzy e o dr. Ward também. E quanto àquelas que não tinham conseguido sair vivas? Que tipo de Deus caprichoso faria uma escolha aleatória dessas?

— Vou te levar para casa e deixar você acomodada lá — disse Allen. E, para o detetive: — Com certeza a srta. Deguerre precisa de um descanso.

O detetive olhou diretamente para Janine, como se para verificar se estava tudo bem que Allen determinasse o que ela deveria fazer. E por que não estaria? Ela havia feito o que ele queria desde o momento em que chegara à cidade, concentrada em servir à missão dele da maneira que pudesse. E ela sabia que as intenções dele eram boas.

— Vamos ter o maior prazer em levar você para onde precisar — o detetive disse a ela.

Ele estava lhe oferecendo uma escolha; e aquilo lhe pareceu inebriante e poderoso.

— Tenho que usar o banheiro — ela disse, mais uma mentira.

— Claro. — O detetive indicou o corredor. — À esquerda no final, depois a terceira porta à direita.

Janine começou a andar, ainda segurando a manta térmica em volta dos ombros. Só precisava de espaço, por um segundo.

No fim do corredor havia outra sala de interrogatório, muito parecida com aquela em que ela havia estado. O que parecia um espelho do lado de dentro era, por essa perspectiva, uma janela. Joy estava sentada à mesa com uma detetive.

Sem pensar no que estava fazendo, Janine bateu na janela. Deve ter feito barulho, porque Joy se virou em sua direção, ainda que não pudesse ver o rosto dela. A porta da sala de interrogatório se abriu, e logo em seguida a detetive olhou para ela.

— Algum problema?

Pela porta aberta, seu olhar encontrou o de Joy.

— Nós nos conhecemos — disse Janine.

Após um instante, Joy confirmou com a cabeça.

— Eu só queria... eu queria saber... — Janine hesitou. — Achei que você talvez precisasse de ajuda.

A detetive cruzou os braços.

— Nós vamos garantir que ela tenha tudo de que precisa.

— Eu sei, mas... — Janine olhou para Joy. — Você não devia ficar sozinha esta noite.

Ela sentiu os olhos de Joy voltando-se para a bandagem em sua cabeça.

— Nem você — respondeu Joy.

No hospital, havia um pedaço de fita isolante preso em uma das lâminas da saída do ar-condicionado no teto. Ela balançava como uma comemoração improvável, enquanto Izzy, deitada de costas, fingia não sentir as mãos do médico nela.

— Então vamos ver — murmurou o ginecologista. Ele moveu o aparelho para a esquerda, depois para a direita, e apontou para a tela indistinta, para a borda da ameba escura do útero de Izzy, onde o amendoim branco do feto se enrolava. — Vamos lá... vamos lá... — Havia algo de urgente na voz dele. E, então, ambos viram, a tremulação de um batimento cardíaco. Algo que ela havia visto múltiplas vezes nos ultrassons de outras mulheres.

Ela soltou a respiração que nem sabia que estava segurando.

O médico calculou as medidas e as registrou. Limpou o gel da barriga dela e baixou o lençol para cobri-la outra vez.

— Sra. Walsh — disse ele —, você é uma mulher de sorte. Já está liberada.

Izzy se ergueu sobre os cotovelos.

— Espera, então... é só isso?

— Claro que você vai ter que prestar atenção se não tem nenhuma cólica ou sangramento nos próximos dias — o médico acrescentou —, mas, pela força desses batimentos cardíacos, eu diria que esse rapazinho, ou mocinha, está planejando se manter por aqui. Definitivamente puxou à mãe.

Ele disse que ia preencher uma autorização de alta e saiu pela cortina que separava seu cubículo dos outros na sala de emergência. Izzy se deitou na maca e deslizou as mãos sob o cobertor grosseiro, estendendo-as em cima da barriga.

Assim que saíra da clínica, os socorristas a colocaram em uma maca ao lado do dr. Ward, mesmo enquanto ela tentava avisar que não estava ferida. Ele interveio.

— Ela está grávida — ele insistiu. — Precisa de atendimento médico.

— *Você* precisa de atendimento médico — ela revidou.

— Lá vai ela de novo — o dr. Ward disse para o jovem paramédico que examinava seu torniquete. — Não me dá um momento de paz. — Ele olhou para Izzy. — E eu sou infinitamente grato por isso — disse para ela em voz mais baixa.

Foi a última vez que o vira. Ela imaginava se ele estaria em cirurgia; se conseguiria conservar a perna. Tinha um bom pressentimento quanto a isso.

Talvez algumas pessoas simplesmente estivessem destinadas a sobreviver.

Izzy havia crescido com um pai cronicamente desempregado e uma mãe que batalhava para cuidar dela e de seus irmãos gêmeos, em uma casa tão pequena que as três crianças dividiam não só um quarto, mas uma cama. No entanto, por um longo tempo ela nem sequer sabia que era pobre. Sua mãe os levava para procurar dinheiro perdido na rua. Eles pescavam para o jantar. Ocasionalmente, comemoravam a Colonial Week, usando velas em vez de luzes elétricas.

Quando Izzy pensava em sua vida, havia uma diferença tão clara entre o passado e o presente. No presente, ela vivia com Parker em uma casa três vezes maior do que sua casa da infância. Ele era, por assim dizer, o príncipe de família privilegiada que se apaixonara por uma endividada Cinderela estudante de enfermagem. Conheceram-se quando ele estava na tração com uma perna quebrada. Ele gostava de dizer que o primeiro encontro deles tinha sido um banho de esponja.

Parker tinha estudado em Yale como seu pai, seu avô e seu bisavô. Crescera em Eastover, a área mais chique de todo o estado. Frequentara escolas particulares e usava blazers e gravatas em miniatura mesmo quando criança. Ele *veraneava*. Até mesmo seu trabalho, diretor de documentários, só era possível pelo fato de ele ter uma retaguarda financeira.

Izzy ainda pedia o item mais barato de um cardápio quando eles comiam fora. O freezer deles estava cheio de comida, não porque ela não pudesse ir ao supermercado agora, mas porque nunca deixara de pensar que precisava se prevenir para um próximo período de vacas magras.

Era quase como se eles tivessem vindo de dois planetas diferentes. Como poderiam criar um filho juntos?

Izzy se perguntava se agora, finalmente, a linha delimitadora de sua vida não seria mais o dia em que ela recebeu seu primeiro pagamento. Seriam os tiros de hoje; ela dividiria tudo em *antes* e *depois*.

Uma enfermeira entrou no cubículo.

— Como você está se sentindo?

— Estou bem — disse Izzy, feliz por suas mãos trêmulas ainda estarem enfiadas sob o cobertor.

— Eu tenho informações da pessoa sobre quem você perguntou...

— Dr. Ward? — Izzy se sentou.

— Não. A mulher. Bex alguma coisa. Foi tudo bem na cirurgia — disse a enfermeira. — Ela está na UTI.

Izzy sentiu os olhos lacrimejarem. *Graças a Deus.*

— E o dr. Ward?

A enfermeira balançou a cabeça.

— Ainda não tive notícias, mas vou ficar de olho. — Sua expressão para Izzy era de empatia. — Acho que vocês todos passaram pelo inferno juntos.

Era verdade. Para tentar salvar a vida de Bex, Izzy havia enfiado os dedos dentro da parede torácica dela; havia tateado à procura da almofada de seus pulmões ofegantes. Estivera coberta do sangue do dr. Ward.

— A polícia quer falar com você — disse a enfermeira. — Eles estão esperando. Mas, se você não estiver se sentindo disposta, eu aviso a eles.

— Posso usar o banheiro primeiro?

— Claro que sim — respondeu a enfermeira. Ela ajudou Izzy a sair da maca e a conduziu para fora da cortina até um banheiro individual. — Precisa de ajuda?

Izzy fez que não com a cabeça. Ela fechou a porta, a trancou e encostou na madeira. Os tremores haviam migrado de suas mãos para o resto do corpo. Seus dentes estavam batendo.

O choque clássico.

— Controle-se — ordenou a si mesma. Abriu a torneira da pia e jogou água no rosto. Secou a pele com toalhas de papel, olhando no espelho do banheiro, e imediatamente desejou não ter olhado. Seu cabelo tinha escapado da trança e era um alvoroço ruivo em volta do rosto. O uniforme de enfermagem que haviam lhe dado para substituir o sujo de sangue que ela estava usando quando chegara era grande demais e escorregava em um ombro, como uma versão muito ruim de uma fantasia de enfermeira sexy. Embora ela tivesse lavado quase todo o sangue dos braços e pescoço, ainda via algumas manchas que haviam ficado.

Esfregou até a pele ficar vermelha, depois voltou para seu pequeno cubículo. Havia um policial esperando do lado de fora da cortina.

— Sra. Walsh? Eu sou o policial Thibodeau. Será que a senhora poderia dar só um depoimento rápido?

Ela abriu a cortina e se sentou na maca, com as pernas balançando.

— Por onde você quer que eu comece?

Thibodeau coçou acima da orelha com a caneta.
— Bom, acho que do começo — disse ele. — A senhora foi para a clínica hoje de manhã?
— Sim.
— Há quanto tempo trabalha lá?
Antes que ela pudesse responder, ouviu uma voz perguntando onde estava Izzy.
Parker.
As pernas de Izzy deslizaram para fora da maca e ela avançou enquanto ele forçava a passagem entre a enfermeira e o residente que tentavam impedi-lo de entrar na área restrita para pacientes.
— Parker! — ela gritou, e ele se virou na mesma hora.
— Izzy, meu *Deus*. — Ele deu três passos gigantes e a agarrou em seus braços. Apertou-a com tanta força que ela mal podia respirar. Mas ela reparou apenas que, quando o tocou, finalmente parou de tremer.
Quando os paramédicos trouxeram Izzy e a enfermeira, na admissão, perguntou a ela que parente próximo poderiam chamar, o nome de Parker saiu de sua boca na mesma hora. Isso dizia muito, não dizia?
Talvez houvesse uma maneira de parar de se preocupar com o que poderia separá-los e se concentrar no que os mantinha unidos.
— Você está bem? — ele perguntou.
Ela fez que sim com a cabeça de encontro ao peito dele.
— Não está machucada? — Parker se afastou, segurando-a pelos braços. Havia dezenas de perguntas escritas no rosto dele e ele a olhou fixamente nos olhos como se estivesse tentando encontrar as respostas. Ou a verdade. Talvez ambas fossem a mesma coisa desta vez.
Não era desse jeito, ou nesse lugar, que ela imaginara que seu dia fosse acabar. Mas, de alguma maneira, era exatamente onde ela precisava estar.
— Eu estou bem — disse Izzy. Ela pegou a mão dele e a colocou sobre sua barriga, sorrindo. — *Nós* estamos bem.
De repente, o futuro de Izzy não parecia mais impossível. Era como o carimbo em um passaporte quando se chegava ao seu próprio país e

se percebia que a única razão de ter viajado era se lembrar da sensação de estar em casa.

Quando uma das detetives juniores lhe trouxe a notícia de que sua irmã mais velha, Bex, tinha saído da cirurgia, Hugh dirigiu um agradecimento silencioso a um Deus em quem há muito tempo deixara de acreditar. A parte de seu cérebro que estava se preocupando com ela podia voltar a se concentrar em Wren, que continuava lá dentro com um assassino.

Primeiro duas mulheres haviam sido libertadas. Depois a enfermeira e o médico ferido.

Hugh esperou. E esperou. E... nada.

Ele andou de um lado para outro no centro de comando de onde havia feito o telefonema para dar ao atirador mais alguns minutos, na esperança de que ele cumprisse sua promessa de libertar *todos* os reféns. A questão era: será que ele havia tomado uma decisão ruim? Uma decisão fatal, para Wren?

O capitão Quandt se aproximou outra vez, bloqueando a passagem de Hugh.

— Chega de esperar. Ele soltou quase todos. Agora nós vamos entrar.

— Você não pode fazer isso.

— Quem disse que eu não posso? — respondeu Quandt. — Eu estou no comando, tenente.

— Só no papel. — Hugh chegou mais perto e parou a menos centímetros dele. — Ainda tem uma refém. Para Goddard, você e um buraco na parede são a mesma coisa. Você entra lá e nós dois sabemos como isso vai terminar.

O que Hugh não disse é que ainda poderia terminar desse jeito. E se George tivesse concordado em libertar os reféns enquanto planejava o tempo todo não cumprir a palavra? E se ele quisesse sair em uma saraivada de balas e levar Wren consigo? Seria esse o seu foda-se definitivo para Hugh?

Quandt o encarou.

— Nós dois sabemos que você está envolvido demais nisso para conseguir pensar com clareza.

Hugh permaneceu imóvel, os braços cruzados.

— É exatamente por isso que eu não quero você pondo abaixo aquela maldita porta.

O comandante apertou os olhos.

— Eu vou dar a ele mais dez minutos para libertar a sua filha. Depois, vou fazer tudo que estiver em meu poder para que ela fique segura... mas nós vamos acabar com isso.

No minuto em que Quandt foi embora, Hugh pegou o celular e digitou o número da clínica, o mesmo que estivera usando por horas para falar com George. Tocou e tocou e tocou. *Atende*, Hugh pensou. Não tinha ouvido nenhum tiro, mas isso não significava que Wren estava bem.

Depois de dezoito toques, ele estava prestes a desligar. E então:

— Pai? — disse Wren, e ele não pôde evitar, seus joelhos simplesmente cederam.

— Oi, minha querida — disse ele, tentando disfarçar a emoção em sua voz. Lembrou de quando ela era pequena e caía. Se Hugh parecesse aflito, Wren começava a chorar. Se ele parecesse tranquilo, ela se levantava e seguia em frente. — Você está bem?

— E-estou.

— Ele machucou você?

— Não. — Uma pausa. — A tia Bex...

— Ela vai ficar bem — disse Hugh, embora não tivesse certeza. — Eu quero que saiba que eu amo você — ele acrescentou, e pôde praticamente ouvir o pânico crescendo em sua filha.

— Você está dizendo isso porque eu vou morrer?

— Não se eu puder impedir. Você pode pedir ao George — disse ele, depois parou e engoliu. — Você pode pedir a ele para, por favor, falar comigo?

Ele ouviu vozes abafadas e, então, a voz de George estava na linha.

— George — disse Hugh, com calma. — Eu achei que tínhamos feito um acordo.

— Nós fizemos.

— Você me disse que ia soltar os reféns.

— Eu soltei — disse George.

— Não todos.

Houve uma interrupção na conversa.

— Você não especificou — respondeu George.

Hugh curvou o corpo em volta do telefone, como se estivesse cochichando com uma amante.

— Você quer me contar o que está realmente acontecendo, George? — Uma pausa. — Você pode falar comigo. Sabe disso.

— É tudo mentira.

— O que é mentira?

— Quando eu deixar a sua filha sair, o que acontece comigo?

— Nós vamos falar sobre isso quando você sair. Você e eu — disse Hugh.

— Conversa mole. Minha vida acabou, de um jeito ou de outro. Ou eu vou pra cadeia e apodreço lá pra sempre ou eles atiram em mim.

— Isso não vai acontecer — Hugh prometeu. — Eu não vou *deixar* acontecer. — Ele olhou para as anotações que havia feito depois de sua última conversa com George. — Lembra? Você acaba com isso e faz a coisa certa. Sua filha, o mundo todo vai estar vendo, George.

— Às vezes fazer a coisa certa — George disse em voz baixa — significa fazer uma coisa ruim.

— Não precisa ser assim — falou Hugh.

— Você não entende. — A voz de George era tensa, distante. — Mas vai entender.

Isso era uma ameaça. Isso definitivamente soava como uma ameaça. Hugh deu uma olhada para o comandante da equipe SWAT. Quandt estava olhando para ele do canto da tenda. Levantou o braço e apontou para seu relógio.

— Deixe a Wren sair — Hugh negociou — e eu vou garantir que você saia disso vivo.

— Não. Eles não vão atirar em mim enquanto eu estiver com ela.

O que Hugh precisava fazer era oferecer uma alternativa viável, uma que não envolvesse Wren, mas que fizesse George ainda acreditar que estava protegido.

Nesse instante, ele soube o que fazer.

Hugh olhou para o capitão. Não havia possibilidade de Quandt concordar com a ideia. Era muito arriscado. Hugh perderia o emprego, talvez a vida, mas sua filha estaria em segurança. Não havia, de fato, escolha.

— George — ele sugeriu —, fique comigo no lugar dela.

Bex estava morta. Ela só podia estar morta, porque tudo era branco e havia uma luz brilhante, e não era isso que todo mundo dizia que era o esperado?

Ela virou a cabeça um pouquinho para a esquerda e viu um suporte de infusão intravenosa, a solução salina pingando para dentro dela. A luz no alto era fluorescente.

Um hospital. Ela estava o oposto de morta.

Sua garganta apertou ao pensar em Wren e em Hugh. Sua sobrinha estava bem? Imaginou Wren, com o joelho dobrado, puxando a lingueta branca de seu tênis. Viu Hugh inclinado sobre ela na ambulância. Era assim que Bex via o mundo, em imagens. Se o tivesse recriado em seu estúdio, ela o chamaria de *Reconhecimento*. Destacaria os tendões tensos no pescoço de Hugh, a vibração da mão em movimento de Wren. O fundo seria da cor de um hematoma.

Bex tinha instalações com colecionadores em lugares tão distantes como Chicago e Califórnia. Suas obras eram do tamanho de uma parede. Olhando de alguma distância, era possível distinguir uma mão feminina sobre uma barriga grávida. Um bebê estendendo a mão para um móbile no alto. Uma mulher nas dores do parto. Chegando mais perto, via-se que a imagem era feita de centenas de Post-its multicoloridos usados, cuidadosamente colados nos lugares certos em uma estrutura.

As pessoas falavam sobre o comentário social existente na obra de Bex. Tanto seu tema, a parentalidade, como seu meio de expressão, listas descartadas de tarefas a fazer e lembretes descartáveis, eram passageiros. Mas sua transformação daquele instante, daquele segundo específico, os tornava atemporais.

Ela havia sido famosa por um breve período dez anos antes, quando o *The New York Times* a incluiu em um artigo sobre artistas promissores em ascensão (para constar: ela nunca viu nenhuma promessa ou ascensão depois disso). O repórter perguntara: já que Bex era solteira e não tinha filhos, a escolha desse tema havia sido para dominar na arte o que era pessoalmente tão fugidio?

Mas Bex nunca precisara de casamento ou filhos. Ela tinha Hugh. E tinha Wren. Sim, ela acreditava que todos os artistas eram inquietos, mas eles não estavam sempre correndo atrás de algo. Às vezes estavam correndo para longe de onde haviam estado antes.

Um enfermeiro entrou.

— Ei, olá! — disse ele. — Como está se sentindo?

Ela tentou se sentar.

— Eu preciso ir embora — disse ela.

— Você não vai a lugar nenhum. Faz dez minutos que saiu da cirurgia. — Ele franziu a testa. — Tem alguém que você quer que eu chame?

Sim, por favor, Bex pensou. *Mas os dois neste momento estão no meio de uma negociação com reféns.*

Se ao menos fosse assim tão simples resgatar Wren. Ela nem podia imaginar o que Hugh devia estar sentindo nesse momento, mas tinha que acreditar nele. Ele teria um plano. Hugh *sempre* tinha um plano. Foi ele quem ela chamou quando todos os banheiros de sua casa pararam de funcionar ao mesmo tempo, como em um complô cósmico. Foi ele que pegou o gambá que havia estabelecido residência embaixo de seu velho Mini Cooper. Ele corria na direção do grito de um alarme de assalto quando todas as outras pessoas estavam fugindo. Não havia nada que o tirasse do prumo, nenhum desafio era intimidante demais.

De repente, lembrou-se dele aos quinze ou dezesseis anos, com os olhos fixos em uma revista em quadrinhos e a ignorando totalmente. Ele só levantou a cabeça quando Bex puxou a revista das mãos dele. *Caramba,* Hugh disse, uma palavra que carregava choque, respeito e tristeza. *Mataram o Super-Homem.*

E se ela o perdesse? E se ela perdesse os dois?

— Você pode ligar a televisão? — ela pediu.

O enfermeiro pressionou um botão no controle remoto e o colocou na mão de Bex. Em todos os canais locais havia imagens ao vivo sobre o Centro. Bex olhou para a tela, para as paredes cor de picolé de laranja do prédio, as fitas do bloqueio policial.

Hugh não estava à vista.

Então ela fechou os olhos e o viu em sua imaginação. Ele estava contra o sol e era imponente.

Bex ainda lembrava a primeira vez que percebeu que Hugh era mais alto que ela. Ela estava na cozinha, fazendo o jantar, e arrastou uma cadeira até o armário para alcançar o manjericão desidratado na prateleira de cima. De trás dela, Hugh levantou o braço e o pegou.

Nesse momento, Bex entendeu que tudo era diferente. Hugh havia crescido e, de alguma maneira, ela passara da pessoa que cuidava dele para a pessoa de quem ele cuidava.

— Assim é bem mais prático — ela disse.

Hugh tinha catorze anos. Ele encolheu os ombros.

— Não se acostume — Hugh respondeu. — Eu não vou estar aqui pra sempre.

Bex o observara subir correndo a escada para o quarto. E, pouco tempo depois, o observou ir para a faculdade, se apaixonar, mudar-se para sua própria casa.

Por mais vezes que se deixasse alguém ir, nunca ficava mais fácil.

Hugh desligou o telefone.

— Eu vou entrar — ele anunciou. — Sozinho. Ele quer um refém? Pode ficar comigo.

— De jeito nenhum — disse Quandt, virando-se para um membro de seu esquadrão. — Jones, reúna sua equipe e vamos...

Hugh o ignorou e começou a andar. Quandt agarrou Hugh pelo braço e o virou.

— Se você invadir, *vai haver* mortes — disse Hugh. — É só em mim que ele confia. Se eu conseguir convencê-lo a sair comigo, será uma vitória.

— E se você não conseguir? — contrapôs o comandante.

— Eu não vou ser conivente com uma ação que ponha em risco a minha filha — revidou Hugh. — Como ficamos, então? — Sua fúria era como uma fachada que deixava escapar vislumbres do que ele escondia por trás.

Os dois homens pararam, se encarando, um impasse. Por fim, Hugh desviou o olhar.

— Joe — disse ele, a voz falhando. — Você tem filhos?

O líder da SWAT baixou os olhos para o chão.

— Eu estou aqui para fazer um trabalho, Hugh.

— Eu sei. — Hugh balançou a cabeça. — E eu sei que eu deveria ter saído do caso assim que descobri que a Wren estava lá dentro. Deus sabe como isso já é suficientemente difícil quando a gente não tem alguma coisa pessoal em jogo. Mas o fato é que eu *tenho*. E não posso ficar sentado olhando enquanto ela estiver lá. Se você não quer fazer isso por mim, faria isso por *ela*?

Quandt respirou fundo.

— Uma condição. Eu vou posicionar dois atiradores de elite primeiro — disse ele.

Hugh estendeu o braço e os homens apertaram as mãos.

— Obrigado.

Quandt o olhou de frente.

— Ellie e Kate — disse ele, alto apenas o suficiente para Hugh ouvir. — Gêmeas.

Ele saiu chamando dois de seus homens e apontando para o telhado de um prédio do outro lado da rua e um ponto no alto da clínica. Enquanto ele organizava a estratégia, Hugh voltou para a tenda. Ele viu a jovem detetive que havia lhe trazido notícias de Bex.

— Collins — ele chamou. — Venha aqui.

Ela correu para a tenda de comando.

— Pois não, senhor?

— Sabe aquela paciente no hospital, Bex McElroy, minha irmã? Preciso que você entregue um bilhete para ela.

A detetive concordou com a cabeça e ficou esperando enquanto Hugh se sentava junto à mesa improvisada. Ele pegou uma caneta e arrancou uma página de seu bloco de notas.

O que dizer para a mulher que praticamente o criara? A que quase tinha morrido hoje só porque estava tentando ajudar a filha dele?

Ele pensou em uma dúzia de coisas que poderia dizer a Bex.

Que ela era a única que ria de suas terríveis piadas de tiozão do pavê, aquelas que Wren sempre reagia com uma careta. Que, se ele estivesse no corredor da morte, seu pedido de última refeição seria o frango à parmegiana dela. Que ele ainda se lembrava dela fazendo sombras na parede de seu quarto, tentando suborná-lo para que ele fosse dormir. Que, aos oito anos, ele não sabia o que era a Faculdade de Artes Savannah, e nem que ela havia abdicado de sua bolsa de estudos para vir cuidar dele quando sua mãe foi para uma clínica de reabilitação de alcoólatras, mas que gostaria de ter dito obrigado.

Mas Hugh nunca fora bom para pôr seus sentimentos em palavras. Era isso que o tinha levado a este ponto exato, a este exato instante.

Então ele escreveu uma única palavra e passou o papel para a detetive.

Adeus.

Louie Ward estava inconsciente e, no oceano de sua memória, ele não era um ginecologista e obstetra de cinquenta e quatro anos, mas um menino crescendo sob um dossel de barba-de-velho, tentando pegar lagostins antes que eles o pegassem. Fora criado para amar Jesus e mulheres, precisamente nessa ordem. No sul da Louisiana, ele vivia com duas mulheres, sua avó e sua mãe, em um pequeno chalé que era, como sua avó sempre lembrava, um palácio se o Senhor habitasse entre eles. Era católico praticante, como todas as pessoas que ele conhecia, resultado de um proprietário de terras branco, morto havia muito tempo, que viera da França com um terço no bolso e batizara todos os seus escravizados. Louie era uma criança doentia, magricela e inteligente demais para o seu próprio bem. Tinha chiado nos pulmões, e isso o impedia de andar com as outras crianças, que se esgueiravam à meia-noite para casas próximas com boatos de serem mal-assombradas, para ver o que encontrariam nelas. Em vez disso, ele seguia sua avó para a missa todos os dias e ajudava a mãe em seu trabalho manual, usando pinças para apertar pequeníssimos elos em correntes de ouro que se enrolavam no pescoço de mulheres brancas ricas.

Louie não conhecera seu pai e não se arriscava a fazer perguntas, já que sua avó se referia a ele como o Pecador, mas qualquer buraco que a ausência do pai tivesse deixado nele, aos nove anos de idade, já havia se fechado.

Louie sabia abrir portas para as senhoras e dizer por favor, obrigado e sim, senhora. Dormia em uma pequena cama na cozinha, que ele arrumava com dobras hospitalares firmes nos cantos, e ajudava a manter a casa limpa, porque sua avó lhe ensinara que Jesus ia chegar a qualquer momento e era bom que eles estivessem prontos. Sua mãe passava por períodos em que não conseguia juntar coragem para sair da cama, e, às vezes, ficava semanas encasulada ali, chorando. No entanto, mesmo quando Louie estava sozinho, ele nunca estava só, porque todas as mulheres na vizinhança fiscalizavam seu comportamento. Ele era uma criança criada por um comitê.

A velha srta. Essie se sentava na frente da casa deles todos os dias. Contava a Louie sobre o pai dela, um escravizado que havia fugido da fazenda nadando por um braço de rio mesmo tendo que enfrentar os jacarés, porque entregar seu corpo a eles pelo menos teria sido sua própria decisão. Ele não só sobrevivera com todos os membros como se escondera ao longo da estrada Natchez Trace, movendo-se apenas à luz da lua e seguindo as instruções de santos da vida cotidiana que já haviam ajudado outros a escapar. Acabou chegando a Indiana, casou-se com uma mulher e teve a srta. Essie. Ela se inclinava para a frente, os olhos brilhantes, e reforçava a moral dessa história. *Menino,* ela dizia para Louie, *não deixe ninguém lhe dizer o que você não pode ser.*

A srta. Essie sabia tudo sobre todo mundo, então era comum ouvi-la contar histórias sobre Sebby Cherise, a bruxa solitária que, segundo os boatos, seria descendente da sacerdotisa de vodu Marie Laveau. A *grande* surpresa foi a mãe de Louie ter perguntado sobre isso. As pessoas que moravam no braço de rio podiam ser facilmente divididas entre as que acreditavam em vodu e as que acreditavam no Senhor, e sua avó havia posicionado sua família inequivocamente neste último campo. Louie não tinha ideia do que sua mãe poderia querer com Sebby Cherise.

Sua mãe era a mulher mais linda do mundo, com olhos tristes que cativavam e uma voz que amolecia qualquer um. Nos últimos meses, ele notara que ela não havia chorado e, em vez disso, flutuava como se houvesse hélio pulsando em suas veias. Ela cantarolava quando estava distraída, melodias tecidas entre suas tranças. Louie planava em volta do bom humor dela.

Quando a mãe ajoelhou ao seu lado e perguntou se ele conseguiria guardar um segredo, ele a teria seguido até o inferno. O que, no fim das contas, não ficou muito longe disso.

Aquele verão foi uma secura danada, e, enquanto Louie e a mãe caminhavam para a casa da bruxa, suas roupas se tornaram uma segunda pele. Sebby Cherise morava junto ao rio, em uma casinha com uma varanda enfeitada com flores secas. Havia placas com letras mal escritas dizendo ENTRADA PROIBIDA.

Sebby Cherise vendia milagres. Estramônio, cortado com mel e enxofre e cruzado pelo caminho de um gato preto, podia extirpar o câncer. O perfume "dixie love" podia prender o homem que entrasse em seus sonhos. A cinco-em-rama punha uma proteção em volta de sua casa para mantê-la segura. Louie se perguntava se teria sido uma das poções ou sachês de Sebby a responsável pelo bom humor recente de sua mãe.

Ele também sabia, pela sua avó e pelo padre, que os tratos feitos com o diabo voltavam para morder você. Mas, se sua mãe parecia estar disposta a ignorar isso, Louie também estava, sendo para mantê-la satisfeita.

A mãe lhe disse para esperar na varanda, então ele só viu Sebby Cherise de relance, com sua saia longa vermelha e o lenço enrolado na cabeça. Ela poderia ter vinte anos ou duzentos. Fez um sinal para sua mãe entrar e as pulseiras em seu braço cantaram. Sua voz parecia unhas esfregando na madeira.

Não demorou. Sua mãe saiu segurando um pacotinho preso em um barbante. Ela o pendurou no pescoço e o escondeu dentro do vestido, entre os seios. Eles voltaram para casa, e, naquela tarde, Louie foi à missa com sua avó e rezou para sua mãe ter conseguido o que precisava e que Jesus a perdoasse por ela não ter recorrido a ele em vez da bruxa.

Uma semana depois, estava tão quente que sua avó ficou na igreja entre a missa da manhã e a do fim da tarde. A mãe de Louie lhe disse que ia dormir um pouco. Perto da hora do jantar, Louie foi acordá-la, mas ela não respondeu quando ele bateu à porta. Ele virou a maçaneta e encontrou sua mãe deitada no chão, com um triângulo crescente de sangue se acumulando entre as pernas. A pele dela era como mármore, a única superfície fria no mundo.

O transbordamento de benevolência depois da morte de sua mãe havia dado lugar aos sussurros que Louie ouvia quando passava pelas pessoas na igreja, ou andava pela rua segurando firme em sua avó. Algo sobre sua mãe e o sr. Bouffet, o prefeito, que Louie só conhecia por vê-lo marchar no desfile de Mardi Gras com sua bonita esposa loira e as filhas igualmente loiras ao seu lado. E mais alguma coisa sobre *aborto*: uma palavra que ele nunca tinha ouvido antes.

A avó apertava sua mão para que ele não olhasse para as pessoas que murmuravam com a mão na frente da boca e olhavam para eles.

Ela apertou sua mão muitas vezes naqueles dias.

Ela estava apertando a mão dele naquele instante.

O dr. Louie Ward abriu os olhos e imediatamente reagiu contra o seu entorno: o bipe suave do monitor cardíaco, a serpente de tubos de medicação intravenosa. Ele não sentia dor na perna como havia esperado, mas, se estava em um hospital, provavelmente havia recebido algum anestésico. Só o que doía muito era a mão, que estava sendo apertada por uma garota magrinha de cabelo cor-de-rosa e argolas subindo pela cartilagem de sua orelha esquerda.

— Rachel? — ele chamou, com a voz rouca, e ela levantou a cabeça de imediato.

A assistente administrativa da clínica tinha um rosto estreito e saliente que sempre fazia Louie pensar em um texugo.

— Desculpe, dr. Ward — ela sussurrou. — Me desculpe.

Ele olhou para a perna, pensando, por um momento de pânico, que talvez ela tivesse sido amputada e que essa fosse a causa do desespero de Rachel. Mas não, ela estava lá, ainda que enfaixada em ataduras de algodão como uma nuvem de algodão-doce. Graças a *Deus* por aquela enfermeira na clínica.

— Rachel — disse ele, levantando a voz sobre o som do choro dela. — Rachel, eu já me sinto como se tivesse sido atropelado por um caminhão. Não me dê uma dor de cabeça também.

Mas a garota não deu nenhum sinal de se acalmar. Ele não a conhecia muito bem, vivia pulando de uma clínica para outra pelo país e as equipes com frequência se misturavam em sua cabeça. Sabia que Rachel era estudante de pós-graduação na Jackson State. Ela trabalhava em meio período fazendo o que os opositores chamavam de "escolta da morte": acompanhando mulheres do estacionamento até dentro da clínica. Ela também ajudava Vonita, a dona da clínica, com o trabalho administrativo. Havia tanto a fazer no Centro que todos colaboravam sempre que necessário.

— Desculpe — Rachel repetiu, limpando o nariz na manga da blusa.

Louie estava acostumado com mulheres chorando.

— Você não tem nada para pedir desculpas — ele disse. — A menos que seu alter ego seja um homem branco de meia-idade antiabortista com uma arma.

— Eu fugi, dr. Ward. — Rachel juntou coragem e levantou o rosto para ele, mas seu olhar baixou de novo. — Eu sou uma covarde.

Ele nem sabia que ela estava no prédio quando os tiros começaram. Claro, ela devia estar na frente e ele estava nos fundos, em uma sala de procedimentos. E, naturalmente, ela queria acreditar que teria sido uma heroína quando houvesse uma emergência. Mas era impossível saber que caminho se iria tomar até que se chegasse à encruzilhada. Louie não tinha ouvido isso umas mil vezes antes, de pacientes que vinham ao Centro e pareciam chocadas de se ver ali, como se tivessem despertado na vida de outra pessoa?

— Você está viva para contar a história — disse ele. — É isso que importa. — Louie estava ciente, enquanto falava, da ironia. Ele refletiu sobre suas próprias palavras. O carvão, com o tempo, calor e pressão, sempre se tornará um diamante. Mas, quando se estava morrendo congelado, qual deles seria considerado a pedra preciosa?

Não limpei a casa, Joy pensou, quando abriu a porta de seu apartamento. O cereal matinal tinha ressecado e formado uma crosta na tigela sobre a mesa da cozinha; havia copos vazios na mesinha de café na frente da televisão e um sutiã pendurado no braço do sofá.

— Está uma bagunça — ela se desculpou com Janine.

Mas a verdade era que Joy não esperara trazer para casa uma ativista antiaborto no dia em que foi interromper sua própria gravidez.

Quando a porta se abriu, havia correspondência espalhada no chão. Joy começou a se abaixar com cuidado, mas Janine foi mais rápida.

— Deixa que eu pego — disse ela.

Deixa que eu levo você pra casa.

Deixa eu ajudar você a se acomodar.

Janine havia assumido o controle como uma mamãe gansa, o que era estranho, já que elas provavelmente tinham mais ou menos a mesma idade. Ela observou Janine juntar as contas e folhetos de propaganda.

— Perry — disse Janine, e lhe ofereceu um pequeno sorriso. — Eu não sabia seu sobrenome.

Joy olhou para ela.

— Idem.

— Deguerre — respondeu Janine. Ela estendeu a mão. — Prazer em conhecê-la. Agora oficialmente.

Joy sorriu sem jeito, pouco à vontade com a intimidade forçada. Tudo que ela queria era tirar aquelas roupas, vestir seu pijama e as meias felpudas, tomar uma taça de vinho e chorar.

Janine pôs a correspondência sobre a mesa da cozinha e se virou.

— O que você quer que eu arrume pra você? Está com fome? Com sede? Que tal um chá? — Ela fez uma pausa. — Você *tem* chá?

Joy não pôde evitar uma risada.

— Tenho. No armário em cima do fogão.

Enquanto a água fervia, Joy foi ao banheiro. Tinha que trocar o absorvente, mas, depois de um momento de pânico, lembrou que não tinha nenhum. Havia sido instruída a levar um para o Centro, já que eles não forneciam, e tinha sido o último do pacote. Seu plano inicial era passar em uma farmácia no caminho de volta para casa.

Frustrada, ela puxou tudo de dentro do armário, das prateleiras de remédios, espalhando comprimidos, pomadas e loções.

A última coisa que tirou da gaveta embaixo da pia foi um frasco empoeirado e incrustado de loção de calamina. Loção de calamina. Que merda. Tinha *loção de calamina* e não tinha um absorvente?

Joy pegou o frasco e o jogou no espelho do banheiro, trincando-o.

Ouviu uma batida leve na porta. Janine estava lá, segurando sua mochila. Ela a havia deixado no porta-malas do carro naquela manhã, então, ao contrário do resto dos pertences dos reféns, aquilo escapara de ser parte da cena de um crime.

— Achei que talvez você estivesse precisando disto — disse ela, estendendo-lhe um pequeno absorvente embrulhado.

Joy o pegou e fechou a porta. Estava brava por sua salvadora, mais uma vez, ser Janine. Enquanto lavava as mãos, olhou para o espelho fraturado. Suas sardas se destacavam na pele pálida; o cabelo dava a impressão de que um pequeno animal havia estabelecido residência ali. Havia sangue em seu pescoço. Ela o esfregou com uma toalha. Ficou esfregando até doer por fora tanto quanto doía por dentro.

Quando Joy saiu do banheiro, Janine tinha arrumado a sala; os jornais estavam ordeiramente empilhados e os pratos sujos tinham sido removidos para a pia. Ela disse para Joy se sentar e trouxe duas canecas fumegantes de chá. Cada saquinho tinha uma frase inspiradora inscrita.

— Que este dia lhe traga paz, tranquilidade e harmonia — leu Janine. Ela soprou na superfície do chá. — Bela merda.

Joy olhou para o seu próprio saquinho.

— Suas escolhas mudarão o mundo. — Ela ficou olhando para as palavras até saírem de foco. Sentiu uma onda de alívio.

A sala estava dolorosamente silenciosa. Janine sentiu também. Ela procurou o controle remoto da televisão.

— O que você acha que está acontecendo?

A tela se iluminou no último canal que Joy estivera assistindo, que agora mostrava o exterior da clínica. Estava escuro, mas as luzes da polícia continuavam piscando. Um repórter disse alguma coisa sobre uma equipe SWAT, e em seguida uma foto pouco nítida de um atirador de elite em um telhado distante apareceu. Joy sentiu como se estivesse sendo sufocada.

— Desligue isso — disse, bruscamente.

A tela se apagou. Janine colocou o controle remoto entre elas.

— Eu acabei de me mudar para cá. Não conheço quase ninguém no Mississippi — ela admitiu de repente. — Tirando... bom, as pessoas com quem eu estava.

— O que a gente faz agora? — perguntou Joy.

— Como assim?

— Amanhã. Como a gente volta ao normal? — Joy balançou a cabeça.

— *Nada* está normal.

— Acho que vamos ter que fingir — disse Janine. — Até a gente esquecer que está fingindo. — Ela encolheu os ombros. — Provavelmente vou continuar fazendo o que fazia antes. Carregar cartazes. Rezar.

Joy ficou boquiaberta.

— Você vai continuar protestando?

Janine desviou o olhar.

— Não sei nem se a clínica vai abrir de novo.

Se, depois de tudo *isso,* outras mulheres não tivessem a oportunidade de fazer o que Joy havia feito, então por que ela havia passado por tudo?

Joy sentiu o calor subir dentro dela. Como Janine não percebia que era a retórica vomitada por ela e sua turma que levava à violência? Quando eles faziam julgamentos sobre pessoas como Joy, davam licença para que outros fizessem o mesmo. E, dessa vez, a pessoa que o fizera tinha uma arma na mão.

— Apesar do que aconteceu hoje — disse Joy, incrédula —, você ainda acha que está certa?

Janine a encarou.

— Eu poderia fazer a mesma pergunta a você.

Joy ficou olhando para a outra mulher, que acreditava no oposto do que ela acreditava, no entanto com a mesma convicção. Ficou se perguntando se a única maneira de alguém encontrar uma causa em que acreditasse era primeiro se deparar com aquilo que não acreditava.

— Talvez seja melhor você ir embora — Joy disse, de mau humor.

Janine se levantou. Ela olhou em volta, encontrou sua mochila e se dirigiu em silêncio para a porta.

Joy fechou os olhos e se recostou no sofá. Talvez simplesmente *não houvesse* nenhum ponto de concordância.

Todos os bebês mereciam nascer?

Todas as mulheres mereciam tomar decisões sobre seu próprio corpo?

Em qual diagrama de Venn esses elementos se intersectavam?

Ela ouviu o som da maçaneta virando, depois a voz de Janine.

— Então é isso — disse ela, amuada, como se fosse *ela* que estivesse tendo sua moralidade atacada. — Fique bem.

Joy se perguntou como fazer alguém que você considera estar enganado enxergar o que você vê.

Isso certamente não era possível quando se estava em lados opostos de um muro.

— Espere — disse Joy. Ela enfiou a mão no bolso da calça de moletom. — Posso te mostrar uma coisa? — Ela não esperou Janine responder. Em vez disso, alisou a imagem do ultrassom sobre a mesinha de café. Seus dedos tocavam as bordas brancas.

Ouviu Janine fechar a porta e voltar para o sofá. Janine olhou para a imagem indistinta, a prova da existência.

— É... era um menino — Joy murmurou.

Janine sentou-se ao lado dela.

— Eu não sei o que você quer que eu diga.

Joy sabia que isso não era verdade; que Janine tinha uma dúzia de respostas, todas elas variantes do fato de que Joy tinha feito sua escolha; que ela não tinha o direito de estar de luto. Ela queria dizer a Janine que sim, que havia feito o que queria, mas que também sentia a dor da perda, e que essas coisas não eram mutuamente excludentes.

— Talvez nenhuma de nós tenha que dizer nada — Joy sugeriu.

Janine cobriu a mão de Joy com a sua. Ela não respondeu.

Não precisava.

Ela apenas tinha que estar ali, uma mulher apoiando a outra.

Quase três horas ao norte do impasse com os reféns, em Oxford, Mississippi, uma adolescente se encolhia de lado na cama no Hospital Baptist Memorial, imaginando como poderia se sentir tão sozinha em um mundo superlotado de pessoas. Beth rolou quando a porta se abriu, seu coração se enchendo de esperança de que talvez seu pai tivesse voltado para pedir desculpas e dizer que a perdoava, que ela podia ter uma segunda chance. Mas era apenas sua advogada indicada pelo tribunal, Mandy DuVille.

Beth olhou para o policial na porta, depois para Mandy.

— Você achou o meu pai? — ela perguntou.

Mandy balançou a cabeça, mas não era de fato uma resposta. Beth sabia (porque Mandy dissera a ela) que ela não podia e não ia conversar com sua cliente enquanto o policial estivesse presente, porque não havia nenhuma confidencialidade cliente-advogada. O que não fazia diferença, porque Beth não precisava de mais más notícias. As acusações não seriam retiradas. O promotor queria explorar a triste história de Beth até o Dia da Eleição. Beth era apenas um dano colateral.

E qual era o seu crime, exatamente? Ela era uma menina de dezessete anos que não queria ser mãe e, por causa disso, ia perder o que lhe restava da infância. Havia tentado conseguir um consentimento judicial, porque sabia que seu pai jamais assinaria o formulário de autorização, ainda que, quando o bebê nascesse, ela já fosse ter dezoito. Mas sua audiência no tribunal tinha sido adiada por duas semanas, e até lá teria sido tarde demais para fazer um aborto no estado do Mississippi. Por isso fora forçada a recorrer a medidas desesperadas.

Talvez se houvesse menos leis, Beth pensou, ela não teria tido que infringi-las. Se era tão difícil para ela conseguir um aborto legal, por que deveria ser punida por fazer um ilegal?

De repente, a realidade a deixou sem ar. Parecia aquela única vez em que seu pai a levara para ver o oceano no litoral da Georgia. Beth era criança. Ela correu para as ondas de braços abertos, foi derrubada pela água e quase se afogou. Seu pai a puxara da espuma antes que ela fosse arrastada para o mar.

Quem ia salvá-la agora?

— Eu vou pra cadeia — disse Beth, sua voz fraca. Ela estava começando a ver que nada que ela havia feito, nada que Mandy DuVille pudesse fazer, ia livrá-la daquela encrenca. Era como quando se tentava apagar um erro com uma borracha e se acabava rasgando o papel. — Eu vou mesmo pra cadeia.

Mandy olhou para o policial, que havia se virado para elas. Ela levou um dedo aos lábios, lembrando Beth de não falar na frente dele.

Beth começou a chorar.

Ela apertou os joelhos contra o peito, sentindo-se vazia por dentro. Era uma casca, uma concha, uma cápsula. Era nesse nível que ela havia ferrado sua vida. Ela se livrara do bebê, era verdade, mas também, de alguma maneira, extirpara sua capacidade de sentir. Talvez abrir mão de seus sentimentos fosse a única forma de abrir mão do bebê. Ou talvez fosse o destino: se o único amor que ela já conhecera era condicional, a ausência dele também era. Ela ia apodrecer atrás das grades sem que ninguém sentisse sua falta. Mesmo que seu pai voltasse, não seria para se desculpar. Seria para dizer a Beth o quanto ela o havia decepcionado.

Depois de um momento, ela sentiu braços a envolvendo. Mandy era macia e cheirava a pêssego. As tranças dela faziam cócegas no rosto de Beth. *Era assim que poderia ter sido,* Beth pensou.

Alguns minutos depois, ela foi parando de soluçar. Beth se deitou no travesseiro, seus dedos ainda enlaçados nos de Mandy.

— É melhor você descansar um pouco — a advogada lhe disse.

Beth queria dormir. Queria fingir que aquele dia não havia acontecido. Ou não. Queria fingir que hoje havia sido diferente.

— Você pode ficar aqui? — Beth perguntou. — Eu não tenho... eu não tenho mais ninguém.

Mandy a encarou.

— Você tem a mim — disse ela.

Quando Hugh começou a caminhar para a porta da frente da clínica, ele pensou no dia em que Wren nasceu. Ele e Annabelle estavam em casa maratonando Harry Potter quando as contrações começaram. Elas foram ficando cada vez mais próximas, mas Annabelle se recusou a sair até que *A câmara secreta* terminasse. A bolsa rompeu durante os créditos. Hugh dirigiu como um louco para o hospital, largou o carro em uma área de carga e descarga e levou sua esposa à sala de parto. Annabelle estava com nove centímetros e três quartos de dilatação, o que ela viu como um sinal.

Eu não vou dar a ela o nome de Hermione, Hugh disse, depois do parto.

Eu não vou dar a ela o nome da sua mãe, Annabelle revidou.

(Até naquele momento eles brigaram.)

A enfermeira, que estava acompanhando a conversa, abriu uma janela. *Talvez estejamos precisando de um pouco de ar fresco*, ela sugeriu e, nesse momento, um passarinho entrou voando. Ele esvoaçou até a borda do berço onde a bebê estava dormindo. O passarinho virou a cabeça e fixou um olho brilhante nela.

Este sim é um sinal, disse Hugh.

Wren, o passarinho corruíra — cujo nome significava exatamente isso —, foi a melhor coisa que aconteceu na vida dele.

Ele comprou para ela o primeiro sutiã. Deixou que ela pintasse as unhas dele. Disse a ela que as crianças eram umas bobocas quando ela não foi convidada para a festa de aniversário de uma menina popular, e, rancorosamente, deu uma multa para a mãe da menina no dia seguinte por atravessar a rua fora da faixa.

Todo mês de agosto, eles subiam ao ponto mais alto de Jackson para ver as Perseidas, a chuva de meteoros que fazia parecer que o céu estava chorando. Passavam a noite lá, conversando sobre tudo, desde qual Power Ranger era dispensável até como encontrar a pessoa com quem se quer passar a vida.

Hugh tinha dificuldade com esse último tema. Em primeiro lugar, sua escolha não dera certo; Annabelle agora vivia na França com um homem dez anos mais novo do que ela, um mestre padeiro que competia nas Olimpíadas do Pão, como se essa fosse *a* façanha. Em segundo lugar, a pessoa com quem ele queria passar a vida tinha sido colocada em seus braços por uma enfermeira obstetra quinze anos antes.

Agora, Hugh deu uma olhada para trás. O capitão Quandt inclinou a cabeça, falando em um rádio.

— Se você não fizer ele te encontrar no meio do caminho, os meus atiradores não vão ter uma boa mira — ele disse para Hugh.

— Não é problema meu — Hugh respondeu, avançando.

— Hugh!

Ele parou.

— Você não precisa ser o herói — Quandt disse, sobriamente.

Hugh olhou para ele.

— Eu não sou. Eu sou um pai.

Ele endireitou as costas e recomeçou a andar em direção à porta da clínica. Atrás dele, o ar estava parado de calor; o único som era o zumbido de mosquitos.

Ele bateu. Um momento se passou, e então ele ouviu móveis sendo arrastados.

A porta se abriu e lá estava Wren.

— Papai — ela gritou, e deu um passo em direção a ele, mas foi puxada de volta para dentro. Hugh, relutante, tirou os olhos de sua filha para examinar, pela primeira vez, o homem com quem vinha conversando nas últimas cinco horas.

George Goddard era franzino, cerca de um e setenta e cinco de altura. Tinha um começo de barba crescendo e uma atadura enrolada na mão que segurava uma pistola contra a têmpora de Wren. Seus olhos eram tão claros que pareciam transparentes.

— George — Hugh disse sobriamente, e Goddard confirmou com a cabeça.

Hugh estava ciente da veia pulsando em seu pescoço. Tentou se manter calmo, não agarrar Wren e correr, o que poderia ser desastroso.

— Por que você não vem aqui fora e a deixa ir embora?

George sacudiu a cabeça.

— Mostre a sua arma.

Hugh levantou as mãos.

— Não trouxe arma.

O outro homem riu.

— Você acha que eu sou otário?

Depois de uma breve hesitação, Hugh levantou a perna da calça, revelando a pistola que havia prendido ali. Sem tirar os olhos de George, ele soltou a arma e a segurou abaixada ao seu lado.

— Largue — George ordenou.

— Deixe ela ir e eu faço isso.

Por um instante, nada aconteceu. Besouros pausaram no meio do voo, a brisa morreu, o coração de Hugh pulou uma batida. Então, George empurrou Wren para a frente. Hugh a pegou com o braço esquerdo, deixando o direito estendido para baixo, com a arma pendurada.

— Está tudo bem — ele murmurou no cabelo de sua filha.

Ela cheirava a medo e suor, como quando era pequena e acordava de um pesadelo. Ele se afastou, enlaçando os dedos da mão livre nos dela. Na borda da palma da mão dela havia uma pequena estrela preta, pintada como uma tatuagem na junção do polegar e do indicador.

— Wren. — Hugh sorriu para ela, o melhor que pôde. — Vá agora. Ande até os policiais embaixo daquela tenda.

Ela se virou e olhou para o centro de comando, depois de novo para ele. Percebeu, naquele momento, que ele não ia junto com ela.

— Papai, não.

— Wren. Me deixe dar um fim nisso.

Ela respirou fundo e concordou. Muito lentamente, começou a se afastar dele em direção à tenda. Nenhum dos outros policiais avançou para conduzi-la à segurança, como haviam feito com os outros reféns. Essa era uma ordem de Hugh. Antes George estava escondido atrás da porta, mas agora ele se sentiria vulnerável. Ver um policial se aproximando poderia assustá-lo, fazê-lo atirar em autodefesa.

Quando Wren estava a alguns passos de distância, George falou.

— Largue a arma. — Ele levantou sua própria pistola e a apontou para o peito de Hugh.

Hugh se inclinou e deixou a arma deslizar lentamente de seus dedos.

— Muito bem, George — disse ele. — O que você quer fazer agora? A decisão é sua.

Ele viu os olhos do criminoso percorrerem os telhados em volta e rezou para que, se houvesse atiradores posicionados, eles estivessem bem escondidos.

— Você me disse que faria qualquer coisa pela sua filha — falou George.

Hugh sentiu a garganta apertar. Ele não queria que George falasse de Wren. Não queria que ele sequer *pensasse* nela. Arriscou uma olhada periférica; ela estava mais ou menos a meio caminho do centro de comando.

— Você fica dizendo que nós não somos tão diferentes assim — continuou George. — Mas não acredita nisso pra valer.

O que quer que Hugh tivesse dito para ganhar a confiança de George, ele estava perfeitamente consciente de que havia e sempre haveria uma diferença entre eles, e tinha a ver com princípios morais. Hugh jamais tiraria uma vida por causa de suas próprias crenças.

Ele percebeu, com um pequeno choque, que era exatamente essa mesma convicção que havia trazido George aqui hoje.

— George, isso ainda pode acabar bem — disse Hugh. — Pense na sua filha.

— Ela nunca mais vai olhar pra mim do mesmo jeito depois disso. Você não entende.

— Então me ajude a entender.

Ele esperava que George fosse segurá-lo, puxá-lo para dentro da clínica, onde poderia pôr de novo a barricada na frente da porta e usar Hugh como moeda de troca. Ou matá-lo.

— Está bem — disse George.

O pôr do sol sangrava, era a junção entre dia e noite. Hugh viu a arma se mover. Procurou sua pistola, por puro hábito, antes de se lembrar que estava desarmado.

Mas a arma de George não estava mais apontada para Hugh. Estava apontada para Wren, ainda a uns vinte passos da tenda, um alvo em movimento que Hugh, arrogantemente, acreditara que podia manter em segurança.

Quando sua filha era mais nova, George lia a Bíblia para ela, em vez de contos de fadas. Algumas histórias, ele sabia, simplesmente não têm finais felizes. Era melhor que Lil entendesse que o amor tinha a ver com sacrifício. Que o que parecia carnificina podia, por outro ângulo, ser uma cruzada.

Todos somos capazes de coisas que nunca imaginamos.

Pois muito bem, detetive, ele pensou. *Você me pediu para ajudá-lo a entender e eu fiz isso. Você e eu, nós não somos tão diferentes.*

Não existe o herói e o vilão, o ativista pró-vida e o médico abortista, o policial e o assassino. Estamos todos nos afogando lentamente na maré de nossas opiniões, sem perceber que engolimos água cada vez que abrimos a boca.

Ele gostaria de poder dizer à sua filha que havia entendido isso, agora.

Ele puxou o gatilho.

Quatro da tarde

Depois de horas de conversa com o atirador por uma linha privativa, Hugh havia sido induzido a uma sensação de autoconfiança. Ele havia pressuposto, equivocadamente, que seria possível manter uma conversa racional com um louco.

Mas então houve outro tiro e o único pensamento de Hugh foi em sua filha.

Quando Wren tinha dois anos, ele a levara junto quando foi consertar um pequeno ancoradouro que ficava atrás da propriedade de Bex, na beira de um lago cheio de ervas. Ele estava prendendo a madeira tratada com um martelo enquanto ela, sentada na grama, brincava com um brinquedo que sua tia lhe dera. Em um minuto ela estava rindo, falando consigo mesma. No minuto seguinte, ele ouviu uma pancada na água.

Hugh nem sequer pensara. Ele pulou do ancoradouro para a água, que era tão lamacenta e cheia de plantas que não dava para enxergar um pé à frente. Seus olhos ardiam enquanto ele lutava para avistar a figura de Wren. Mergulhou várias vezes, as mãos estendidas afastando as ervas, até que, finalmente, roçou em algo sólido. Ele saiu da água com Wren envolta em um dos braços, deitou-a no ancoradouro, encaixou a boca na dela e respirou por ela até fazê-la vomitar a água barrenta.

Hugh gritou com Wren, que começou a chorar. Mas a raiva dele era mal direcionada. Estava furioso consigo mesmo por ter sido estúpido a ponto de tirar os olhos dela.

Tinha havido um tiro, e Hugh estava naquela lagoa lamacenta outra vez, tentando às cegas salvar sua filha, e era tudo sua culpa.

Tinha havido um tiro, que acertou sua irmã horas antes, e ele não estava presente para ela.

Houve um tiro, e se isso significasse que ele chegara tarde demais, outra vez?

O capitão Quandt veio imediatamente para o seu lado.

— McElroy — disse ele. — É um atirador ativo. Você conhece o protocolo.

O protocolo era intervir, em vez de esperar e sofrer a perda de mais vítimas. E isso também era terrivelmente arriscado. Quando atiradores se sentiam ameaçados, eles começavam a entrar em pânico e a atirar a esmo.

Se ele fosse Quandt, possivelmente teria dito a mesma coisa. Mas Hugh não havia confessado ainda para Quandt que sua própria filha estava lá dentro. Que aquela não era uma situação qualquer.

Houve outras situações com reféns que haviam se tornado banhos de sangue porque as forças policiais foram agressivas em excesso. Em 2002, rebeldes chechenos entraram em um teatro tomando centenas de reféns e chegaram a matar dois; as forças russas decidiram bombear um gás desconhecido para dentro do local a fim de pôr um fim na crise. Mataram trinta e nove terroristas, e também mais de cem reféns.

E se isso acontecesse quando Quandt entrasse?

— Não é um tiroteio ativo — disse Hugh, tentando ganhar tempo. — Foi um único tiro. É possível que ele tenha neutralizado a si mesmo.

— Nesse caso o risco é zero — Quandt ressaltou. — Vamos entrar. — Ele não esperou Hugh responder. Virou-se e foi organizar sua equipe.

Houve vários momentos na vida de Hugh que mudaram sua trajetória. O dia em que ele convidou Annabelle para sair. A noite em que aquele garoto suicida no telhado se virou e estendeu a mão para Hugh. Quando Wren respirou pela primeira vez. Este seria, ele sabia, mais um desses momentos: aquele que encerraria sua carreira.

— Não — disse Hugh, nas costas de Quandt. — Minha filha é uma das reféns.

O comandante da SWAT se virou devagar.
— O quê?
— Eu não sabia no começo. Descobri depois que cheguei aqui — Hugh explicou. — Mas eu não... eu não me afastei. Eu *não pude*.
— Você está liberado da sua função aqui — disse Quandt, incisivo.
— Só o meu chefe pode fazer isso — disse Hugh. — E eu já estou envolvido demais com o tomador de reféns para sair do caso. Sinto muito. Eu conheço as regras. Eu sei que isto é um conflito de interesses. Mas, meu Deus, capitão... ninguém tem uma motivação maior para fazer isto terminar bem. Você entende, não entende?
— Eu entendo que quando você mentiu para mim, para o chefe, para *todos*, você sabia exatamente o que estava fazendo.
— Não. Se eu soubesse o que estava fazendo, ela estaria aqui comigo. — Hugh pigarreou e se forçou a olhar para o comandante de frente. — Não faça minha filha pagar pela minha estupidez. Por favor — ele implorou. — É a minha *filha*.
Ele estava embaixo da água outra vez, se debatendo entre as plantas. Ele estava se afogando.
Quandt não desviou o olhar.
— Todo mundo lá dentro — disse ele — é filho de alguém.

Bex olhou para as luzes fluorescentes no teto da sala de cirurgia do hospital, imaginando se ia morrer.
Estava preocupada. Não consigo mesma, mas com Wren, com o resto das pessoas na clínica. E, claro, com Hugh, que estava levando essa carga nas costas. Ele se culparia por qualquer coisa que desse errado hoje. Alguns homens vestiam a responsabilidade e outros eram vestidos por ela; Hugh sempre fora do primeiro tipo. Mesmo no funeral de seu pai, quando Hugh tinha apenas oito anos, ele insistiu em apertar a mão de todos que compareceram. Foi o último a sair de perto do túmulo, caminhando de volta para o estacionamento com o padre. Bex acomodara sua mãe chorosa no carro e voltara para pegar Hugh.

— Eu sou o homem da casa agora — ele lhe dissera, e assim ela passara o resto de sua vida andando atrás dele, tentando, discretamente, aliviar uma parte da carga que ele carregava.

Foi por isso que ela retornara para casa, quando a dor de sua mãe a levou a se voltar para o álcool e a negligenciar Hugh.

Foi por isso que ela garantiu que houvesse uma presença feminina na vida de Wren depois que Annabelle os deixou.

Foi por isso que ela havia levado Wren até a clínica.

O anestesiologista se inclinou sobre ela.

— Talvez você sinta uma pequena ardência — disse ele —, mas depois vai ter o melhor sono da sua vida.

Quando Hugh era pequeno, nunca queria ir dormir à noite. Ela geralmente tinha que criar duas alternativas para lhe dar uma escolha e a sensação de que ele estava no controle: você quer subir para o seu quarto ou quer que eu te carregue? Quer escovar os dentes primeiro ou lavar o rosto antes? Qualquer um dos cenários terminava na cama para dormir. Mas depois ele começou a ficar mais esperto. Pedia para ela ler três livros, ela barganhava para um, e ele ria e dizia a ela que pretendia que fossem dois desde o começo.

Mesmo aos cinco anos, ele era um negociador.

Quando a anestesia fez efeito, Bex estava sorrindo.

Janine sentia os fantasmas. Eles estavam sentados em seu colo e em seus braços e puxando a barra de seu vestido. Esse prédio era cheio de bebês sem mães.

Ela viera para conseguir informações. Informações internas. Algo que pudesse ser revelado na internet, do jeito que Lila Rose tinha feito, para expor a realidade desses centros de assassinato. A ideia nunca fora que ela ficasse presa lá.

Janine tinha crescido no lado sudoeste de Chicago, onde não se morava em bairros, mas em paróquias. Ela era de St. Christina e sabia desde muito pequena que um bebê era um bebê no momento em que era concebido. No mínimo, era uma pessoa em progresso.

Ela não vivia fora da realidade. Entendia que abstinência nem sempre era possível, que o controle de natalidade às vezes falhava, mas, se um casal decidia entrar em uma atividade que envolvia a possibilidade de criar uma vida, devia também estar preparado para aceitar uma mudança em suas *próprias* vidas. Ela sabia, claro, que não era só a mulher que era responsável pela gravidez, embora *fosse* a mulher que tinha que carregar o bebê por nove meses. Mas nove meses eram um pulinho na linha do tempo da vida de uma mulher. E não era culpa da criança ter sido concebida. Então por que teria que pagar com a vida?

Janine já tinha ouvido que ela era antimulher. Que ela era ridícula. Que, se ela não queria um aborto, era só não fazer. Mas ela sabia que, se uma mulher matasse aquele mesmo agrupamento de células só alguns meses mais tarde, nem haveria discussão. Ela seria acusada e presa pelo resto da vida. A única diferença era o calendário.

Janine tinha doze anos quando sua mãe concebeu de novo, por acidente, aos quarenta e três anos. Ela se lembrava de como seus pais haviam chegado em casa de uma consulta com duas informações: o bebê era um menino e tinha um cromossomo extra. O médico havia aconselhado sua mãe a interromper a gravidez, porque a vida do bebê seria cheia de dificuldades de desenvolvimento e de saúde.

Ela já tinha idade suficiente para perceber o medo de seus pais. Procurou síndrome de Down no Google. Metade das crianças que nasciam com síndrome de Down também precisava de cirurgia cardíaca. Elas tinham chances maiores de desenvolver leucemia e problemas de tiroide. Aos quarenta anos, muitos tinham Alzheimer precoce. E havia outras complicações: infecções no ouvido, perda de audição, problemas dermatológicos, visão ruim, convulsões, transtornos gastrointestinais.

Ela acreditava que já sabia tudo sobre seu irmãozinho antes de ele chegar. Mas não sabia que Ben teria uma gargalhada que a fazia rir junto.

Ou que ele sentiria cócegas no pé direito, mas não no esquerdo. Ela não sabia que ele não iria dormir se Janine não lesse para ele exatamente três livros. Sabia que ele atingiria os marcos de desenvolvimento mais tarde que outras crianças, que ele poderia precisar de ajuda. Mas não sabia o quanto ela iria precisar *dele*.

Nem tudo eram rosas. Havia blogs em que pais falavam de ter filhos com síndrome de "Up", em vez de Down, e sobre como tinham recebido uma bênção extra de Deus na forma daquele cromossomo adicional. Tudo besteira. Foram três anos de treinamento para Ben conseguir deixar a fralda. Ele choramingava quando estava cansado, como qualquer outro irmãozinho. Ele sofria bullying na escola. Em um ano, Ben teve uma cirurgia no dia do aniversário de Janine e seus pais se esqueceram completamente de dar a ela um bolo, uma festa, um momento de atenção.

Na faculdade, quando ela era presidente do clube Estudantes pela Vida, teve muitas conversas sobre a areia movediça moral do aborto e usava seu irmão como exemplo. Ben podia não ter sido o filho que seus pais esperavam, mas foi o que eles receberam. Ter um filho é um risco terrível, de qualquer maneira. Podia-se ter um bebê saudável que depois ficasse com um problema cardíaco, diabetes, dependência de opiáceos. Podia-se ter uma filha que sofresse uma desilusão amorosa, um aborto espontâneo, cujo marido morresse lutando no exterior. Se a ideia fosse apenas ter filhos que nunca encontrassem dificuldades na vida, ninguém deveria nascer.

Se a mãe de Janine tivesse seguido a sugestão do médico naquela consulta de pré-natal, Ben não existiria. Ela não teria visto a vitória no rosto dele quando finalmente aprendeu a amarrar os sapatos, quando trouxe para casa seu primeiro amigo da escola. Ele não teria estado ali no dia em que Galahad, o cachorro dela, foi atropelado por um caminhão, o dia em que deu tudo errado, em que ninguém conseguia fazê-la parar de chorar e Ben simplesmente subiu no colo dela e a abraçou.

Agora, Janine olhou para Joy, que estava encolhida de lado na cadeira, o rosto nas mãos. Gostaria de ter estado perto da cerca hoje quando Joy chegou à clínica para fazer seu aborto. Talvez a tivesse impedido de tomar a decisão que ela tomou.

Era tarde demais para o bebê de Joy. Mas isso não significava que fosse tarde demais para Joy.

Janine se sentou um pouco mais ereta. Até mesmo Norma McCorvey tinha mudado de ideia. Ela havia sido a pessoa que usara o pseudônimo Jane Roe em *Roe v. Wade*. Na década de 1970, aos vinte e dois anos, ela ficara grávida pela terceira vez. Ela morava no Texas, onde o aborto era ilegal a menos que a vida da mãe estivesse em risco. Seu recurso chegou até a Suprema Corte e, claro, todos sabem no que isso resultou. Ela se tornou uma defensora do aborto, até a década de 1990, antes de virar a chave. A partir do momento da virada, até morrer, em 2017, ela tentou que a Suprema Corte revertesse sua decisão no caso dela.

O que a levou a essa mudança de opinião? Ela se tornou uma cristã renascida.

Janine sorriu para si mesma.

Renascida.

Ela não achava coincidência que o termo para deixar Deus voltar ao seu coração tivesse em seu núcleo o nascimento.

Izzy se sentou no chão ao lado do corpo de Olive Lemay. Suas mãos ainda estavam trêmulas com o esforço de tentar ressuscitar a mulher, mas ela sabia desde o início que não havia nenhuma chance. A arma tinha disparado muito de perto. A bala entrara rasgando no coração dela. Enquanto Izzy tentava estancar o fluxo de sangue, ela sentira a mão de Olive cobrir a sua. Ela vira o medo nos olhos da mulher.

— Você fez uma coisa muito corajosa — Izzy murmurou, com veemência.

Olive balançou a cabeça. Seus olhos se mantiveram fixos nos de Izzy. Às vezes, ser enfermeira não importa. Ser humana, sim.

Então Izzy aliviou a pressão no peito de Olive. Ela segurou a mão de Olive entre as suas e, sem tirar seus olhos dos olhos da mulher, balançou a cabeça afirmativamente para a pergunta que não havia sido feita.

Ela estava nessa profissão havia tempo suficiente para saber que as pessoas às vezes precisavam de permissão antes de deixar este mundo.

A primeira morte que ela vira foi quando era estudante de enfermagem e teve uma paciente com câncer de mama metastático. A mulher, que já beirava os cinquenta e poucos anos, havia sido uma rainha da beleza na juventude. Tinha estado no hospital antes para um atendimento paliativo e para uma reabilitação depois de uma fratura patológica. Mas, dessa vez, tinha vindo para morrer.

Em uma noite silenciosa, depois de a família dela ter ido embora, Izzy se sentara ao lado da mulher adormecida. Ela estava careca por causa da quimioterapia; o rosto estava murcho, mas, de alguma maneira, isso só servia para tornar seus traços ainda mais marcantes. Izzy olhou para ela, pensando na mulher que ela devia ter sido antes que o câncer a consumisse.

De repente, a mulher abriu os olhos, um lúcido e lindo verde mar.

— Você veio para me levar, não é? — disse ela, sorrindo docemente.

— Ah, não — respondeu Izzy. — Você não vai para nenhum exame esta noite.

A mulher moveu a cabeça imperceptivelmente.

— Não estou falando com você, minha querida — disse ela, com o olhar fixo em algum ponto acima do ombro de Izzy.

Um momento depois, a mulher morreu.

Izzy sempre se perguntava o que ela teria visto se tivesse sido corajosa o bastante para se virar para trás naquela noite.

Ela se perguntou se levaria um tiro, como Olive.

Perguntou-se quanto tempo levaria até que uma autópsia fosse feita e alguém descobrisse que ela estava grávida.

Ela se perguntou se, caso sua vida terminasse hoje, alguém a estaria esperando do outro lado.

Se as freiras não o tivessem deixado de castigo no sétimo ano, Louie Ward talvez nunca tivesse se tornado obstetra. Na biblioteca da escola, ele pegou um livro que estava sobre uma mesa, uma biografia do reverendo Dr. Martin Luther King Jr. Por puro tédio, Louie começou a ler. Ele não largou o livro até terminar. Louie estava convencido de que aquele homem falava diretamente com ele.

Começou a ler tudo que conseguiu encontrar que o reverendo havia escrito. *A pergunta mais persistente e urgente da vida é*, disse o dr. King, *o que você está fazendo pelos outros?* Ele leu essas palavras e pensou em sua mãe, sangrando no chão.

Como seu mentor, Louie quis ser médico, mas de um tipo diferente: um médico ginecologista obstetra, por causa de sua mãe. Dedicou-se muito até conseguir uma bolsa integral para o curso de medicina.

Quando ele era residente, teve contato com muitas mulheres que passavam por uma gravidez não planejada e não desejada. Como católico praticante, ele acreditava que a vida começava na concepção, por isso encaminhava essas pacientes a outros médicos, outros lugares. Muito mais tarde em sua carreira, viria a ficar sabendo que, embora noventa e sete por cento dos médicos já tivessem tido uma paciente que queria interromper a gravidez, apenas catorze por cento deles faziam abortos. A grande defasagem não significava que os abortos não fossem feitos. Eles simplesmente eram feitos sem segurança.

Em um domingo, o padre da paróquia de Louie estava fazendo uma homilia sobre a parábola do Bom Samaritano do Evangelho de Lucas. Um viajante, espancado e deixado para morrer na margem de uma estrada, viu passar um sacerdote e um levita, e nenhum dos dois parou. Por fim, um samaritano lhe ofereceu ajuda, embora os samaritanos e os judeus fossem historicamente inimigos.

Um dia antes de Martin Luther King Jr. ser morto, ele havia falado sobre essa parábola. Ele refletiu sobre o que poderia ter levado o sacerdote e o levita a passar sem ajudar o homem espancado: talvez achassem que ele estava fingindo; talvez temessem por sua própria segurança. Mas, essencialmente, ele ponderou, a razão de terem passado reto era porque estavam pensando no que aconteceria *a eles próprios* se parassem, não no que aconteceria ao homem se eles não parassem.

Louie soube nesse instante que precisava ser o samaritano. Muitas mulheres que ele encontrava à procura de um aborto eram, como ele, pessoas negras do sul. Essas eram as mulheres que o haviam criado. Essas eram suas vizinhas, suas amigas, sua própria mãe. Se ele não interrompesse sua própria jornada para ajudá-las na delas, quem o faria?

Foi um momento verdadeiramente miraculoso na vida do dr. Louie Ward.

Nesse momento Louie entendeu por que sua mãe tinha ido procurar Sebby Cherise. Não foi porque ela estava grávida de um homem branco casado e importante. Foi porque ela estava protegendo o filho que já tinha, à custa daquele que ela não havia desejado conceber. Essa era uma variação de um tema que ele ouvira de pacientes: *eu tenho um filho deficiente; não tenho tempo para cuidar de outro. Mal consigo alimentar meu filho; o que vou fazer com um segundo bebê? Já trabalho em três empregos e cuido da minha família; não tenho como me desdobrar mais do que isso.*

Então, embora Louie continuasse indo à missa religiosamente, ele também passou a fazer abortos. Pegava um avião várias vezes por mês para prestar seus serviços em clínicas femininas. A única pessoa que não sabia de fato o que ele estava fazendo era sua avó.

Ela estava com mais de noventa anos quando Louie voltou para casa para confessar. Contou a ela sobre a corredora que se esforçara a vida inteira para conseguir uma vaga na equipe olímpica e, de repente, se vira grávida por causa de um preservativo que havia furado. Contou a ela sobre a mulher em um programa de tratamento para dependentes de opiáceos que descobriu que estava grávida de doze semanas.

Contou a ela sobre a moça de um lugar pequeno e provinciano que ficara tão deslumbrada com um respeitado homem casado que acreditara que ele a apoiaria e reconheceria o filho, para então descobrir que o mundo não funcionava assim. Ambos sabiam de quem Louie estava falando. *Vovó*, disse ele. *Eu acho que Jesus entende por que eu faço isso. Espero que você entenda também.*

Como ele esperava, sua avó começou a chorar. *Perdi minha filha e meu neto*, disse ela, depois de um longo momento. *Quem sabe agora isso não precise mais acontecer com outra mulher.*

Na verdade, a única objeção que sua avó fizera à sua carreira foi que Louie poderia ser morto por um ativista antiaborto. Louie sabia que seu nome havia sido publicado em um site, junto com o de outros médicos que faziam abortos, com informações sobre onde eles moravam e trabalhavam. Ele havia conhecido George Tiller, um médico que fora assassinado dentro de uma igreja. O dr. Tiller estava usando um colete à prova de balas na ocasião, mas o atirador o acertou na cabeça.

Louie se recusava a usar um colete. No seu entender, no minuto em que o fizesse, *eles* teriam vencido. No entanto, todas as manhãs, tinha que passar pelo corredor polonês dos manifestantes. Ficava sentado no carro por um minuto extra, respirando fundo, preparando-se para as ofensas e para as tentativas de manipulação emocional: *Estamos orando pelo senhor, dr. Ward. Tenha um dia abençoado!* Ele pensava em George Tiller e David Gunn e John Britton e Barnett Slepian, todos mortos por ativistas que não se satisfizeram em apenas gritar insultos em manifestações.

Louie contava até dez, rezava o Pai Nosso e, em um movimento rápido, pegava sua maleta e saía do carro. Acionava a trava elétrica no controle remoto enquanto caminhava, voltado para a frente, os olhos no chão, recusando-se a reagir.

Quase sempre.

Havia um antiabortista, um homem branco de meia-idade, que gritava repetidamente, "Negro pecador assassino de bebês!". Louie o ignorava, até um dia em que o homem gritou:

— Vou ter que chamar você de *macaco* pra ter alguma reação?

Isso... bem. Isso fez Louie parar de imediato.

— Que parte de mim incomoda mais você? — Louie perguntou, calmamente. — O fato de eu ser afro-americano? Ou o fato de eu fazer abortos?

— Os abortos — disse o homem.
— Então o que a minha cor tem a ver com isso?
O manifestante deu de ombros.
— Nada. Eu só joguei tudo junto.
Louie quase teve que admirar a tática do homem.

Havia uma única razão para ele sair de seu carro toda maldita manhã: as mulheres que ele tratava, que tinham que passar pelo mesmo corredor polonês. Como ele poderia ser menos corajoso do que elas?

Os antiaborto queriam que as mulheres que escolhiam fazer um aborto se sentissem isoladas, as únicas pessoas no universo que já haviam tomado alguma decisão egoísta. O que Louie queria, para cada mulher que entrava pelas portas do Centro, era fazê-la entender que não estava sozinha e nunca estaria. Os manifestantes mais inflamados não se davam conta de quantas mulheres que eles conheciam haviam feito um aborto. Retirado o estigma, o que ficava era simplesmente sua vizinha, sua professora, a funcionária do supermercado que você frequentava, a proprietária do seu apartamento alugado.

Ele imaginava como seria, para elas, ter tomado uma decisão que vinha com um custo emocional e financeiro imenso, e depois ver essa decisão sendo questionada daquela forma. Sem falar na implicação de que elas não eram capazes de cuidar da própria saúde. Onde estavam os manifestantes em centros para tratamento de câncer, por exemplo, para insistir que pacientes de quimioterapia ficassem longe dos riscos de toxinas? Mulheres podiam tomar aspirina se tivessem dor de cabeça, no entanto o risco intrínseco da aspirina era muito maior do que o de qualquer um dos medicamentos abortivos que existiam atualmente. Se uma mulher escolhia tomar uma medicação abortiva, por que a mifepristona tinha que ser tomada na frente de um médico, como se ela fosse uma paciente internada em uma ala psiquiátrica em quem não se pudesse confiar para engolir um comprimido?

Louie acreditava que esses homens brancos com suas placas e slogans não estavam ali de fato pelos bebês no útero, mas por causa das mulheres que os carregavam. Já que não conseguiam controlar a independência sexual das mulheres, voltavam-se para isso.

Louie mudou de posição e gritou com a dor que percorreu sua perna. O torniquete havia reduzido o sangramento, até que o atirador, em um acesso de raiva, o chutara com força bem no ponto por onde a bala havia entrado.

Era um inferno ser médico e estar ferido demais para poder cuidar de outros que precisavam de atendimento. Tivera que deixar isso por conta da outra profissional de saúde presa lá dentro, a enfermeira, Izzy. Ele não havia trabalhado com ela antes, mas isso não era incomum. Vonita, a dona da clínica, empregava uma equipe rotativa de profissionais de saúde corajosos ou sem juízo o suficiente para comparecer ali todos os dias, apesar das ameaças.

Ou *havia empregado*. Verbo no passado.

Louie fechou os olhos, lutando contra a emoção que crescia dentro dele.

Vonita não havia sido a única baixa. Izzy tentara, desesperada e inutilmente, salvar a vida de Olive, a mulher idosa. Esse havia sido um verdadeiro dano colateral: claramente, uma mulher perto dos setenta anos não estava na clínica para interromper uma gravidez, e mesmo assim acabara sendo vítima da ira do atirador. Izzy agora estendeu um lençol sobre o corpo. Ao ouvir o gemido de dor de Louie, ela se virou para verificar a atadura em volta de sua coxa.

— Eu estou bem — disse ele, tentando fazê-la parar de se afligir, quando, para sua surpresa, ela de fato parou. Ela correu alguns passos para a esquerda e vomitou em uma lata de lixo.

Uma das outras mulheres, sua última paciente, Joy (antes de quinze semanas e agora, Louie pensou com satisfação, *não grávida*), passou para Izzy um lenço de papel da caixa sobre a mesa da sala de espera. O atirador olhou para Izzy com nojo, mas não disse nada. Estava ocupado demais cuidando de seu próprio ferimento. Izzy limpou a boca e voltou a atenção para a coxa de Louie.

— Eu estou tão mal assim? — disse ele, com um sorrisinho.

Ela levantou os olhos para ele, com as faces enrubescidas.

— Não, doutor. Acho que ele não causou nenhum dano sério quando te chutou. Nenhum dano sério *adicional* — ela corrigiu.

Louie olhou para as mãos dela, que pressionavam com cuidado em volta de seu ferimento. Doía pra cacete.

— De quanto tempo você está? — ele perguntou.

Ele esperou até ela levantar os olhos.

— Como o senhor sabe?

Louie ergueu uma sobrancelha.

— Doze semanas — disse Izzy.

Ele observou a mão dela deslizar para o abdome, sua palma como um escudo.

— Você vai sair daqui — ele garantiu. — Você e o seu parceiro vão ter um bebê lindo e saudável.

Ela sorriu, mas o sorriso não alcançou os olhos.

Louie pensou em todas as vezes em que havia administrado o que chamava de "verbocaína": simplesmente conversar para acalmar as mulheres que estavam tensas demais com o que ia acontecer. Ele perguntava se a mulher preferia pudim de aveia doce ou salgado. Se ela já tinha ouvido o disco mais recente da Beyoncé. De que grupo ela fazia parte na faculdade. Orgulhava-se de ser capaz de fazer qualquer mulher manter a tranquilidade enquanto ele, calma e profissionalmente, realizava o procedimento. O que ouvia com mais frequência de suas pacientes era: "Já acabou?".

Mas a tentativa dele de tranquilizar não funcionara com Izzy.

Izzy não acreditou quando ele disse que ela ia sair dali.

Porque, sinceramente, nem ele mesmo acreditava.

Joy havia contado a apenas uma pessoa sobre sua gravidez: sua melhor amiga, garçonete no Departure Lounge, um bar no aeroporto de Jackson. Rosie fora a pessoa que ficara ao seu lado no banheiro feminino, contando os minutos no cronômetro do celular, enquanto elas viam o pequeno sinal positivo aparecer na fita do teste.

— O que você vai fazer? — Rosie perguntara, e Joy não respondera.

Uma semana depois, ela marcou uma consulta no Centro. Naquele mesmo dia, ela disse a Rosie que havia sofrido um aborto espontâneo. Para Joy, aquela era apenas uma imprecisão insignificante, uma pequena nota de rodapé incorreta. O resultado seria o mesmo.

Mesmo sabendo que Rosie a teria levado para fazer o procedimento, Joy precisava e queria fazer isso sozinha. Havia sido estúpida o bastante para se meter naquela situação; seria inteligente o bastante para sair dela.

Na primeira noite em que *ele* viera ao bar, Joy reparara nele de cara. Era alto, esguio e usava um terno que ficava lindo nele; seu cabelo era grisalho nas têmporas. Joy olhou para as mãos — podia-se dizer muito sobre uma pessoa pelas mãos —, e as dele tinham dedos longos e fortes. Ele parecia um pouco com o Presidente Obama, se o Presidente Obama estivesse tão triste a ponto de buscar refúgio em rodadas de gin martinis.

Quando Joy entrou em seu turno da noite, ela era a única funcionária no salão, já que era mais barato treinar as garçonetes para fazer os drinques e fechar o bar no fim do expediente do que pagar funcionários adicionais. Ela repôs o pratinho de amendoins para um casal gay que estava bebendo negronis e levou a conta para uma mulher cujo voo acabara de ser chamado. Depois foi até o homem, que estava de olhos fechados.

— Quer que eu traga mais um?

Quando ele levantou a cabeça para ela, foi como olhar em um espelho. Apenas alguém que já havia estado ali, encurralado em uma prisão invisível, desesperado para escapar, podia reconhecer essa expressão em outro rosto.

Ele aceitou e Joy lhe trouxe mais um drinque. E mais outro. Mais três clientes chegaram e foram embora, enquanto ela ficava de olho no homem no banquinho alto. Ela sabia que ele não estava no espírito de conversar; era garçonete de bar fazia tempo suficiente para ler esses sinais. Havia algumas pessoas que queriam despejar seus problemas enquanto você despejava a bebida. Havia algumas que escreviam mensagens furiosamente no celular, evitando levantar os olhos. Havia os de mão boba, que esbarravam no traseiro dela quando ela passava e fingiam que tinha sido por acidente. Mas esse homem só queria se esquecer de si mesmo.

Depois de três horas, ela se aproximou de sua mesa.

— Não quero incomodá-lo — disse Joy —, mas a que horas é o seu voo?

Ele virou a bebida pela cerca de seus dentes.

— Já pousou. Quatro horas atrás.

Ela não entendeu se o Mississippi era seu ponto de partida ou de chegada. De um jeito ou de outro, havia alguma coisa fora daquele prédio que ele não queria encarar.

Quando chegou a hora de fechar, ele pagou em dinheiro e deu a ela uma gorjeta equivalente ao valor da conta.

— Quer que eu lhe chame um táxi? — ela ofereceu.

— Eu não posso ficar aqui?

— Não. — Joy balançou a cabeça. — Como é o seu nome?

— Eu não posso falar — ele respondeu, com a voz arrastada.

— Por quê? Você é da CIA?

— Não, não sou — disse ele. — Mas isto não é um comportamento apropriado para um representante do tribunal.

Então ele era advogado, Joy pensou. Talvez tivesse perdido um caso importante, algo em que havia estado trabalhando durante meses. Talvez sua cliente tivesse mentido no tribunal. Havia uma centena de cenários, e ela tinha visto todos eles em *Law & Order*.

— Sorte sua que isto não é um tribunal — disse Joy. — Nenhum julgamento aqui.

Ele sorriu. Quando ela se virou para fechar a caixa registradora, ele tocou em seu braço.

— Joe — disse ele, depois de um instante.

Ela estendeu a mão.

— Joy.

Ele a fitou com olhos azuis muito claros, tão impressionantes no rosto de um homem negro, alguma evolução genealógica, histórica, que era mais provavelmente devida a um momento de força que de paixão. Ele vestia as cicatrizes de seu passado no rosto, Joy percebeu. Como ela.

— Joy. Para um nome que quer dizer alegria, você não parece muito alegre — ele murmurou.

Foi quando ela tomou a decisão que viria a mudar o curso de sua vida. Joy, que nunca convidava ninguém para ir ao seu apartamento, decidiu que aquele homem precisava dormir, dissipar o álcool e começar de novo no dia seguinte. Decidiu dar a ele a segunda chance que ela mesma nunca tivera.

Ela fechou tudo, e, a essa altura, Joe havia desmaiado, o rosto pressionado contra a madeira polida. Balançando a cabeça, ela saiu e encontrou uma cadeira de rodas três portões adiante, e meio que levantou, meio que arrastou Joe para ela. Foi assim, também, que o colocou em seu carro. Na hora em que, finalmente, desabaram no sofá em sua sala de estar, ela estava suando e exausta. Joe começou a ressonar imediatamente.

Quando ela tentou se levantar, porém, os braços dele se apertaram à sua volta. Ele acariciou seu cabelo. Ele a puxou para si.

Joy não sabia nem o sobrenome dele, nem por que ele estava em Jackson. Mas fazia tanto tempo que não era abraçada, apenas abraçada. E fazia mais tempo ainda que não sentia que alguém precisava dela. E assim, contrariando seu bom senso, ela se deitou para dormir com a cabeça no peito dele. Fez das batidas do coração dele sua cantiga de ninar.

Foi em algum momento no decorrer da noite que ela acordou e percebeu que estava sendo observada. Eles estavam espremidos no sofá estreito e os olhos de Joe fixaram-se, sóbrios, nos dela.

— Você é uma boa pessoa — disse ele, depois de um momento.

Ele não diria isso se soubesse como ela havia crescido, o que havia feito para sobreviver.

Quando ele a beijou, Joy quis acreditar que sua consciência lhe causaria um momento de hesitação, mas isso não aconteceu. Ela estava tomando pílula por causa de cólicas menstruais, mesmo assim ele era um estranho. Eles deviam ter usado camisinha. Em vez disso, ela se segurou nos ombros dele e fez dele o centro de sua tempestade. E, embora fosse angústia que ele despejasse nela, era melhor do que estar vazia.

Pouco tempo depois, ambos já estavam muito acordados e inteiramente sóbrios.

— Eu não devia ter... — Joe começou, mas Joy não quis ouvir. Ela não suportaria ser o erro de alguém outra vez. Foi para o banheiro e jogou água fria no rosto. Quando ela voltou, Joe estava vestido. — Eu chamei um Uber — disse ele. — Eu... hum... peguei o seu endereço em um envelope. — Ele lhe entregou uma conta de luz, que havia estado sobre a mesinha de café com a correspondência da véspera, e fez um gesto constrangido na direção do banheiro. — Eu posso...?

Joy fez que sim com a cabeça e saiu de lado para ele passar. Disse onde encontrar aspirina, e ele agradeceu e fechou a porta.

Joe voltou para a sala. Ele era alto, ela notou, mais do que era perceptível quando estava curvado sobre uma mesa no bar.

— Eu não sou o tipo de pessoa que... — ela começou, mas ele interrompeu.

— Eu nunca fiz isso antes.

— Ponha na conta da bebida — disse Joy.

— Insanidade temporária.

Um carro buzinou duas vezes.

— Obrigada, srta. Joy — disse Joe, formalmente. — Por demonstrar gentileza comigo.

Joy se sentiu como se tivesse mostrado a ele sua própria alma, por mais desfigurada que ela fosse. Afastou o olhar enquanto ele vestia o paletó e, presumivelmente, saía de sua vida. Embaixo do chuveiro naquela manhã, ela tentou se convencer de que não era a vagabunda de que a sua mãe de acolhimento sempre a chamara; que tinha direito a conforto humano; que eles eram ambos adultos fazendo sexo consensual. Ela foi para suas aulas, depois para o trabalho da tarde na biblioteca da faculdade, depois para seu turno no Departure Lounge, onde se viu procurando por Joe, embora soubesse que ele não estaria ali.

Até que, uma noite, ele estava. Naquela noite ele não ficou bêbado. Ele esperou até o fim do turno de Joy e a acompanhou até seu apartamento, onde eles fizeram amor e depois comeram sorvete na cama. Ela ficou sabendo que Joe não era advogado, mas juiz. Ele lhe contou que seus momentos favoritos no tribunal eram as adoções, quando uma criança em uma casa de acolhimento obtinha um lar permanente. Afagou o cabelo dela e disse que desejava que ela tivesse sido uma dessas.

Ele voltou outras vezes, admitindo que estava inventando compromissos em Jackson só para vê-la de novo. Joy não se lembrava de algum momento em que alguém tivesse ido até ela, em vez de se afastar dela. Deixou-o ajudá-la a revisar a matéria antes de um dos exames de meio de semestre e preparar para ela um grande café da manhã antes do exame.

Quando se está acostumada a se virar sozinha, ter alguém para cuidar de você é como uma droga. Joy ficou viciada. Mandava mensagens de texto para Joe sobre as placas divertidas que via no caminho para o trabalho: a igreja batista com o presépio vivo que anunciava VENHA VER OS BURROS; o anúncio piscante APROVEITE: BAIXAMOS AS CALCINHAS!; a placa no bar que dizia PROIBIDO ENTRAR BÊBADO (SAIR PODE!). Joe escrevia de volta para ela com Prêmios Darwin diários, descrevendo anonimamente os réus memoráveis em seu tribunal. Quando ele apareceu sem avisar, ela ligou para a biblioteca dizendo que estava doente, para poderem passar tanto tempo juntos quanto fosse possível. Ele era quinze anos mais velho, e às vezes ela se perguntava se estaria querendo compensar a falta de um pai, mas logo se dava conta de que não havia nada de paternal no relacionamento deles. Cautelosamente, começou a pensar se esse seria o momento em que sua sorte terrível havia mudado.

Mas já devia ter imaginado.

Biologia, evolução e costumes morais permitiram que Joe fosse embora; a ela coube ficar com a gravidez. Mesmo tendo sido dois naquela cama. Joy percebeu, em retrospectiva, que devia ter esperado por isso. A vida repetidamente lhe oferecera um grande acompanhamento de desgraça toda vez que ela provava alguma coisa boa.

Tinha ainda mais um ano pela frente antes de se formar na faculdade; um diploma pelo qual ela lutara trabalhando e economizando para pagar as mensalidades. Já se desdobrava entre dois empregos para fazer isso acontecer. Não havia nenhum jeito no mundo de poder cuidar de um bebê também.

Esse foi o raciocínio de Joy enquanto estava sentada no banheiro da biblioteca, cochichando respostas no celular para a mulher que agendava sua consulta no Centro.

Nome. Endereço. Data de nascimento. Primeiro dia do último período menstrual.

Você já esteve grávida antes?

Teve algum sangramento desde a última menstruação?

Está amamentando no momento?

Tem algum histórico de problemas no útero?

Já teve asma? Problemas pulmonares? Problemas cardíacos? AVC?

E mais uma dúzia de perguntas, até: Tem mais alguma coisa que precisamos saber sobre você?

Sim, pensou Joy. *Eu tenho uma falta de sorte patológica. Sou perfeitamente saudável, exceto por essa única coisa que nunca deveria ter acontecido comigo.*

A mulher explicou que, devido às exigências do estado do Mississippi, um aborto era um procedimento de dois dias. Ela perguntou se Joy tinha seguro-saúde e, quando a resposta foi não, a mulher disse que o Medicaid não cobria o custo. Joy teria que arranjar seiscentos dólares, se chegasse lá antes de estar com onze semanas e seis dias de gravidez. Caso contrário, o preço subia para setecentos e vinte e cinco dólares até treze semanas e seis dias. Depois disso, custariam oitocentos dólares, até dezesseis semanas. A partir daí, o procedimento não podia mais ser feito.

Joy já estava com dez semanas de gravidez.

Ela mandou uma mensagem para Joe, dizendo que precisava falar com ele, mas não quis lhe dizer por mensagem o que havia acontecido. Ele não respondeu.

Uma centelha de luz

Fez umas contas de cabeça e agendou uma consulta para dali a uma semana e meia. No entanto, mesmo depois de faltar na faculdade para dobrar seus turnos no bar e na biblioteca, ainda não tinha dinheiro suficiente. Então trabalhou ainda mais, na esperança de poder marcar uma data com treze semanas. Mas o carburador de seu carro pifou e ela teve que trocá-lo ou se arriscar a perder os dois empregos. Com essas e outras, já estava com catorze semanas e meia de gravidez, e o tempo se esgotando. Dessa vez ela telefonou para Joe, em vez de escrever. Quando uma mulher atendeu, ela desligou.

Joy empenhou seu notebook para conseguir o dinheiro e remarcou a data.

Se fosse mais rica, ela não estaria no Centro.

Não estaria fazendo um aborto quando um louco invadiu o Centro e começou a atirar.

Era só mais uma camada na merda de sua vida.

Nessa manhã, quando ela passou pelo meio dos manifestantes, uma das mulheres gritou que Joy era egoísta. Tudo bem, ela era. Havia trabalhado como louca para chegar a algum lugar depois de ter tido que sair do programa de casas de acolhimento quando ultrapassou a idade permitida. Havia lutado para pagar a mensalidade da faculdade. Estava determinada a não ser dependente de ninguém.

O telefone tocou. E tocou, e tocou. Joy deu uma olhada para o atirador para ver se ele ia atender, mas ele estava tentando, sem sucesso, enrolar uma faixa em volta de sua mão ensanguentada.

É muito louco o que coloca as pessoas em rota de colisão com alguém. Pode-se acabar a noite bêbado em um aeroporto. Pode-se não ter dinheiro para marcar uma consulta no dia planejado. Pode-se ter a má sorte de nascer filha de um dependente de drogas, ou de ser jogada de uma casa de acolhimento para outra.

O que havia trazido esse atirador hoje para cá com uma arma? Joy ouvira partes da conversa quando ele estava no telefone com a polícia.

Ele queria se vingar porque sua própria filha tinha vindo aqui para um aborto. Aparentemente, ela não havia contado a ele o que ia fazer.

Joy não havia contado para Joe também, mas ele nunca mais respondera suas mensagens.

— O que está rolando aí, porra? — George perguntou, vindo parar na frente dela.

Assustada, Joy se encolheu de novo junto ao encosto da cadeira. Depois do que haviam feito com ele, depois do que ela o vira fazer com Olive, estava aterrorizada. Sentia o suor descer pelas costas. Não se sentia assim, paralisada, desde os oito anos. Na época, o vilão não tinha uma arma, apenas os punhos. Mas também se avolumava sobre ela; também tinha todo o poder.

Joy se perguntou, outra vez, sobre a filha de George.

Imaginou por que a menina teria querido um aborto.

Imaginou se a menina estaria assistindo às notícias, se se sentia responsável.

Imaginou como seria ver um ato de violência ser cometido porque alguém a amava demais, e não de menos.

Quando era pequena, Wren acreditava que seu pai sabia tudo. E ela lhe fazia um milhão de perguntas: *No mundo tem mais folhas ou mais grama?*

Por que a gente não consegue respirar debaixo d'água?

As pessoas de olhos azuis veem tudo azul?

Como você sabe se você é real e não o sonho de alguém?

Como a cera entra dentro do ouvido?

Para onde a água vai quando a gente esvazia a banheira?

Por que as vacas não falam?

Uma vez, ela havia perguntado: *Você vai morrer?*

Espero que isso ainda demore muito, ele respondeu.

Eu vou morrer?

Não se eu puder evitar.

Havia tantas coisas que ela não perguntara a seu pai e agora gostaria de ter perguntado. *Como é ver alguém morrer diante dos seus olhos?*

O que a gente faz quando percebe que não pode salvar a pessoa?

Wren levantou os olhos para o homem que ela havia golpeado na mão, o homem que havia tentado atirar nela. O homem que havia atirado em sua tia. O homem que havia matado Olive.

Ele estava enrolando gaze em volta da palma da mão ensanguentada e fazendo isso muito malfeito. Quando a pistola disparou, a princípio, Wren não conseguia ouvir nada e pensou por um segundo que havia realmente levado um tiro e que era assim que era a morte. Mas eram só os seus tímpanos se fechando, e o sangue nela tinha vindo de Olive. Quando Wren *conseguiu* escutar outra vez, a sala gemendo em pequenos trancos, preferiu não estar ouvindo.

O nome gaguejado saindo com esforço dos lábios de Olive, para qualquer um que pudesse ser um mensageiro.

Janine entoando um lamento fúnebre.

O dr. Ward gemendo em uma névoa amarelada de dor enquanto Izzy arrumava seu torniquete.

E um assobio fraco e agudo que Wren demorou um tempo para perceber que vinha do centro de seu próprio corpo, o som do medo vibrando pelo diapasão de seu esqueleto.

Ela deu uma olhada para o atirador. Ele amarrou desajeitadamente a faixa com os dentes.

A ironia da coisa. Wren seria a menina que tinha vindo a uma clínica para mulheres em busca de controle de natalidade e que, ainda assim, conseguira morrer virgem.

O homem avançou de repente. Izzy fez um ligeiro movimento, como se estivesse disposta a se jogar entre Wren e o atirador, mas de jeito nenhum que Wren ia deixar isso acontecer de novo. Ela se virou no último minuto, de modo que, quando ele a segurou pelo braço e a puxou para cima, Izzy não pôde entrar na frente.

Um pequeno grito escapou entre os dentes apertados de Wren e ela se detestou por demonstrar fraqueza. Forçou-se a olhar para ele nos olhos, embora seus joelhos estivessem tremendo.

Pode vir, seu filho da mãe, ela pensou.

— Anda, menina — disse ele.

Ela sentia o cheiro forte de seu hálito.

Para onde ele ia levá-la? *Para onde ele ia levá-la?*

Ele olhou para os outros.

— Todos bem quietos. Se *algum* de vocês se mexer, pode ter certeza que vai ser a última vez. — Como para enfatizar suas palavras, ele olhou para o corpo de Olive.

— Me larga — Wren gritou, resistindo ativamente. Ela tentou se soltar da mão dele, mas ele era muito forte. — *Me larga!* — ela gritou de novo, e levantou o pé para lhe dar um chute, mas ele a virou com violência e pressionou a garganta dela com o braço.

— Não — disse ele — me provoque.

Ele aumentou a pressão até ela ver estrelas.

Estrelas.

E tudo começou a ficar escuro.

De repente, ele a soltou. Wren caiu sobre as mãos e os joelhos, respirando ofegante. Ela odiava estar aos pés daquele homem, como um cachorro que ele podia chutar para a sarjeta.

— Meu pai não vai deixar você sair daqui vivo — ela arfou.

— Puxa, que pena que seu pai não está aqui.

— Ah, é? — disse Wren. — Quem você acha que está falando no telefone?

Por um breve momento, tudo parou, como no alto da montanha-russa quando se fica suspenso entre céu e terra.

Mas, então, vem o mergulho.

O atirador sorriu. Um sorriso terrível, reptílico. Wren percebeu que não estava com a vantagem, afinal.

— Ah, é? — disse o atirador. — Hoje é o meu dia de sorte.

Hugh deixou o telefone tocar mais cinco vezes e desligou com raiva. Estava elétrico de frustração. Os reféns não tinham saído. George não estava atendendo. A decisão de Hugh uma hora antes, de cortar o wi-fi e bloquear todos os sinais de celular, deixando apenas a linha fixa, havia lhe custado a possibilidade de mandar uma mensagem para Wren para saber se ela estava bem... ou se era ela que havia levado o tiro.

Parecia que tinha sido ontem que ele levara Wren para o jardim de infância em sua van. Na hora em que entravam no recuo para desembarque em forma de meia-lua na frente da escola, ele lhe dizia para vestir o propulsor a jato, e Wren punha nas costas sua enorme mochila. Ele reduzia a velocidade até parar. *Lançando Wren*, ele anunciava, e ela pulava para fora do carro como se estivesse desembarcando em um planeta novo e inexplorado.

Depois que Annabelle os deixou, durante vários meses, Wren perguntara quando ela ia voltar. *Ela não vai voltar,* Hugh lhe dizia. *Somos só você e eu agora.*

Então, uma noite, Hugh foi chamado para um caso de conflito doméstico que estava saindo do controle. Bex viera ficar com Wren, que estava inconsolável. Quando ele chegou em casa, às três e meia da manhã, sua filha continuava acordada e soluçando: *Eu achei que você tinha ido embora.*

Hugh a puxara para os seus braços. *Eu nunca vou deixar você*, ele prometeu. *Nunca.*

Quem teria imaginado que poderia ser o contrário?

Sentiu uma sombra cair sobre ele e levantou os olhos para o comandante da equipe SWAT, lado a lado com o delegado de polícia.

— Você devia ter me contado sobre a sua filha — disse o delegado Monroe.

Hugh concordou com a cabeça.

— Eu sei, senhor.

— E você sabe que eu não posso te manter responsável por essa operação.

Hugh sentiu o calor se espalhar por baixo do colarinho e passou a mão na nuca. Seu celular, o que ele estivera usando para se comunicar com Goddard, começou a tocar sobre a mesa dobrável. Ele deu uma olhada no número no visor.

— É ele.

Quandt olhou para o chefe e murmurou um palavrão. O delegado Monroe pegou o telefone e o passou para Hugh.

Em 2006, no estado do Mississippi, Rennie Gibbs, de dezesseis anos, foi acusada de assassinato de dolo eventual quando deu à luz um bebê natimorto com trinta e seis semanas de gravidez. Embora o cordão umbilical estivesse enrolado em volta do pescoço do bebê, o promotor afirmou que a morte tinha sido causada pelo uso de cocaína por Gibbs, devido a vestígios de drogas ilegais na corrente sanguínea do bebê.

O promotor era Willie Cork, o mesmo homem ávido por holofotes que havia estado no quarto de hospital de Beth, acusando-a de homicídio.

Beth levantou os olhos do artigo que estava lendo por cima do ombro de sua defensora pública.

— Isso é verdade? — ela perguntou. — Esse promotor já fez isso com outra pessoa antes?

— Não leia — disse Mandy, fechando o notebook.

— Por quê?

— Porque procurar casos anteriores quando se está com um problema jurídico é como consultar o Google quando se está com um resfriado. Você acaba convencida de que é câncer. — Ela suspirou. — Willie tem grandes ambições para a próxima eleição. Ele quer se mostrar como alguém inflexível contra o crime. Até com não nascidos.

Beth engoliu em seco.

— Ela foi presa? A Rennie Gibbs?

— Não. Ela foi indiciada por um júri, mas as provas eram questionáveis. O caso foi encerrado em 2014.

— Isso quer dizer que o meu também pode ser, certo?

Mandy olhou para ela.

— Isso quer dizer que Willie Cork precisa de uma vitória.

Beth estava apavorada e atordoada. Tinha uma centena de perguntas, e a resposta para todas elas provavelmente era algo que não queria ouvir. Sentiu as lágrimas subindo pelos degraus de sua garganta, virou de lado e fechou os olhos, esperando que Mandy não percebesse.

Ela talvez tivesse adormecido. Quando ouviu a voz de Willie Cork, primeiro achou que estivesse tendo um pesadelo.

— O que você está fazendo aqui fora? — disse ele, e Beth entreabriu os olhos para espiar. A porta estava aberta e ele estava repreendendo o policial que Mandy havia convencido a ficar do lado de fora para que elas pudessem ter privacidade. — Deixou elas lá dentro *sozinhas*? Saia daqui. Vou pedir a sua substituição — o promotor declarou — e vou esperar até o seu substituto chegar.

Ela ouviu a voz dele em uma conversa pelo telefone, provavelmente com alguém da delegacia. Mandy se levantou e parou diante da porta aberta, esperando que ele desligasse. Não era estranho que sua defensora pública tivesse ficado ali sentada o tempo todo enquanto ela dormia? Teria sido para não deixar Beth sozinha em um quarto com um policial que ela não conhecia?

— O que você está fazendo aqui? — Mandy perguntou, com irritação, para Willie Cork.

— Eu poderia lhe fazer a mesma pergunta, já que estou adivinhando que o policial não ficou no corredor por iniciativa própria. — Ele atravessou o quarto, passou pela cama de Beth e pegou uma caneta prateada em cima do radiador, algo que ela não havia notado. — Respondendo à sua pergunta, eu esqueci isto aqui. — Ele a virou na mão. — Montblanc. Meu pai me deu quando eu me formei na faculdade de Direito.

Mandy fez cara de quem não estava impressionada.

— Fale baixo. Ela está dormindo. E você *esqueceu* aqui? Sem essa, Willie. Você plantou isso para poder voltar e interrogar a minha cliente sem a presença da advogada dela.

— Nossa, Mandy. Você está parecendo uma adepta de teorias da conspiração.

— Diz o filho da puta dissimulado que pretende se tornar promotor distrital atropelando uma menina assustada e inocente.

Se Beth tivesse alguma intenção de revelar que não estava dormindo, deixou de ter. Concentrou-se em deixar a respiração regular e em não roçar a algema na grade da cama.

— Retire as acusações — Mandy lhe disse, em voz calma. — Estou lhe fazendo um favor, Willie. Não acabe com a vida de uma menina porque você quer progredir na sua. Você só vai acabar se constrangendo, como já aconteceu antes.

Rennie Gibbs, Beth pensou.

— Você está tentando elevar um feto à condição de pessoa — Mandy prosseguiu —, e nós não temos essa lei no Mississippi.

— Ainda — o promotor respondeu.

Beth ficara nervosa demais para olhar direito para ele na audiência preliminar, mas fez isso agora, espiando pela fresta entre suas pálpebras. Willie Cork não era muito mais velho do que sua defensora pública, mas já tinha fios brancos nas têmporas do cabelo escuro. Provavelmente o tingia assim, só para construir uma imagem.

— O Mississippi tem uma longa história de violência contra pessoas que foram silenciadas — disse ele.

Mandy riu.

— Willie, com certeza nem *você* é tão burro a ponto de tentar jogar a cartada racial com uma mulher negra.

— Crianças não nascidas já são parte de documentos legais. Meu avô abriu uma poupança para mim quando eu ainda não era nem sequer um brilho nos olhos do meu pai.

— Você sabe que há um mundo de diferença entre os direitos legais de uma criança não nascida e os direitos constitucionais de um ser humano vivo — Mandy sussurrou com irritação. — A Constituição protege os interesses de liberdade e privacidade, mas a Suprema Corte determinou que essas proteções só entram em vigor depois do nascimento *e* que, antes do nascimento, um feto não é uma pessoa. O Estado pode dar a um feto direitos legais, mas isso não faz dele uma pessoa.

A cabeça de Beth estava girando. Era um monte de palavras e a maior parte ela não entendia bem. O que mais a confundia era o fato de que tudo se referia a um feto, mas era *ela* que estava algemada. Abafou uma risada histérica que subiu por sua garganta: depois de tudo que passara para não ter que ser responsável por um bebê, parecia que ela ainda *era*.

— Eu estou simplesmente me apoiando em uma tradição jurídica antiga de permitir que aqueles que não têm voz a tenham no tribunal. Você vê isso todos os dias, quando um guardião *ad litem* é indicado para falar em nome de crianças, ou de pessoas com deficiência. Temos leis neste país para proteger os vulneráveis que não podem proteger a si mesmos. Por exemplo, o bebê da sua cliente.

— O *feto* da minha cliente — Mandy esclareceu —, que dependia da sua hospedeira para sobreviver.

— E, se essa hospedeira faz alguma coisa para causar dano, deve haver consequências. Se ela fosse atacada por alguém quando estava grávida e perdesse o bebê, você não ia querer que o agressor fosse processado? Você sabe que, se o caso fosse esse, estaria lutando tanto quanto eu por justiça. Não vamos isentar a perpetradora só porque a criança, por acaso, está abrigada no útero dela própria.

— E quanto aos direitos da mãe? — perguntou Mandy.

— Não dá para ter as duas coisas, minha querida — disse Willie Cork. — Você não pode chamá-la de mãe se não está disposta a chamar o que está dentro dela de bebê.

Eles nem estavam cochichando mais, e ambos haviam voltado as costas para Beth. Era como se tivessem esquecido que ela era a causa dessa discussão.

Não teria sido a primeira vez.

A razão de ela estar aqui agora era que todos pareciam ter o direito de tomar decisões sobre a vida dela, menos a própria Beth. Ela estava tão cansada de ser uma espectadora de sua própria vida.

— Você não tem um caso concreto — desafiou Mandy.

— Ah, não tenho? — O promotor tirou o celular do bolso, tocou a tela algumas vezes e começou a ler em voz alta. — Código penal do Mississippi comentado 97-3-19: *O ato de matar um ser humano sem a autoridade de lei por qualquer meio ou de qualquer maneira deve ser considerado homicídio nos seguintes casos: Subseção A — quando feito com intenção deliberada de causar a morte da pessoa que foi morta... ou Subseção D — quando feito com intenção deliberada de produzir a morte de uma criança não nascida.* E, claro, há precedente.

— Você está jogando.

— Purvi Patel — Willie Cork começou —, 2016. Ela tomou os mesmos comprimidos que a sua cliente para interromper a gravidez de vinte e quatro semanas. Ela os conseguiu em uma farmácia on-line de Hong Kong. Quando o bebê morreu depois do nascimento, ela foi acusada por crime hediondo. Foi condenada e sentenciada a vinte anos por feticídio e maus-tratos infantis.

— Não havia provas claras no caso Patel de que o bebê nasceu vivo — Mandy contrapôs. — E a condenação foi revogada.

— Bei Bei Shuai ingeriu veneno de rato para cometer suicídio quando estava de trinta e três semanas de gravidez. O bebê morreu, mas ela não, e ela foi acusada de homicídio e tentativa de feticídio e sentenciada a trinta anos — o promotor respondeu.

— E as acusações contra ela foram retiradas depois que ela se declarou culpada de um crime menor e passou um ano em prisão preventiva. — Mandy cruzou os braços. — Todos os casos que você citou foram revogados ou extintos.

— Regina McKnight — disse o promotor. — Processada com sucesso na Carolina do Sul por homicídio depois do parto de um bebê natimorto causado por ingestão pré-natal de crack. Ela foi sentenciada a doze anos.

— Está falando sério? McKnight não estava nem *tentando* fazer um aborto — Mandy revidou.

— Isso não defende a sua cliente, minha querida. Só complementa a acusação. Se essas mulheres foram acusadas de homicídio sem que houvesse intenção envolvida, imagine como vai ser fácil mandar a sua menina para a cadeia.

A porta se abriu e um novo policial entrou.

— Não saia de dentro deste quarto — Willie Cork ordenou. — Nem que o prédio esteja pegando fogo à sua volta. E *você* — ele disse para Mandy —, bem, boa sorte, doutora.

Mandy o encarou.

— Enquanto *Roe versus Wade* estiver valendo, minha cliente tem todo o direito de interromper a gravidez dela.

— Sim — o promotor concordou. — Mas, no Mississippi, ela não tem o direito de fazer isso sozinha. Isso, minha cara, é homicídio.

Homicídio. Beth estremeceu e sua algema raspou na grade. Os dois advogados se viraram no mesmo momento, percebendo que ela estava acordada.

— Eu... eu não queria... — Beth gaguejou.

— Um pouco tarde para isso, não é? — disse Willie Cork, e foi embora do quarto.

A voz de George Goddard crepitou no celular de Hugh.

— Eu acho — disse ele — que estou com uma coisa que te pertence.

Ele sabe, Hugh pensou. Ele sabe da Wren.

Hugh estremeceu, mesmo a temperatura devendo estar mais de trinta graus fora da tenda. Deu uma olhada para o pequeno grupo reunido em volta de seu centro de comando e fez um sinal com a cabeça. Quandt colocou fones para escutar.

— George — disse Hugh, sem alterar a voz e sem morder a isca. — Eu ouvi um tiro. O que aconteceu? Você está ferido?

Lembre ao tomador de reféns que você está do lado dele.

— Aquelas vagabundas tentaram atirar em mim.

Hugh olhou para o comandante da SWAT.

— Então não foi você que disparou a arma?

— Eu tive que atirar. Elas me esfaquearam.

Hugh fechou os olhos.

— Você precisa de atendimento médico? — ele perguntou, embora estivesse pouco se importando se George sangrasse até morrer.

— Eu vou sobreviver.

Quandt levantou uma sobrancelha.

— E... os outros? Alguém se feriu?

— A mulher idosa — disse George.

— Ela precisa de atendimento?

Houve um breve silêncio.

— Não mais — respondeu George.

Hugh pensou em Bex, em todo aquele sangue.

— Mais alguém, George?

— Eu não atirei na sua filha, se é isso que quer saber — disse George. — Agora eu sei por que você não mandou a equipe SWAT invadir.

— Não! — Hugh disse depressa. — Escute. Eu não sabia que ela estava aí dentro quando comecei a conversar com você.

Encontre uma ponte entre vocês.

— Ela nem me contou que *vinha* para a clínica — Hugh acrescentou. — Você sabe como é isso.

Hugh respirou fundo. Ele odiava falar desse jeito sobre Wren. Não, ele não sabia que ela viria à clínica. Sim, ele se odiava por ela ter pedido a Bex para levá-la, e não a ele. Mas não culpava Wren por não se sentir à vontade. Culpava seu próprio modo de ser pai, por não ter deixado claro que nenhuma pergunta, nenhum pedido, *nada* era proibido.

Com quantos pais e mães ele havia se sentado na sala de estar, enquanto a equipe do médico-legista removia o corpo de uma filha adolescente atrás deles, com as marcas de uma corda no pescoço ou os cortes de uma lâmina? *Eu não sabia*, eles diziam, atordoados. *Ela nunca me falou.*

Hugh nunca falou em voz alta, mas às vezes pensava: *E vocês por acaso perguntaram?*

Ele havia perguntado. Às vezes entrava no quarto de Wren e dizia: *Tem alguém perturbando você na escola? Alguma coisa que você queira conversar comigo?*

Ela levantava os olhos da lição de casa. *Tirando a bomba caseira que eu estou construindo no meu armário?* E depois ela sorria. *Nenhum pensamento suicida, pai. Tudo limpo.*

Mas havia uma centena de minas terrestres em que uma adolescente poderia pisar diariamente. Uma delas passou despercebida pelas suas defesas.

De repente, o corpo de Hugh ficou paralisado. Sim, George tinha uma informação vital agora, de que uma de suas reféns estava relacionada ao negociador. Isso lhe dava uma vantagem. Mas e se Hugh conseguisse usar o *conhecimento* dessa informação para virar a balança em seu favor?

— Escute — disse Hugh. — A minha filha e a sua andaram fazendo coisas pelas nossas costas. Você não conseguiu impedir a sua, George. Mas impediu a minha. Você a salvou de cometer um erro terrível.

Isso não era verdade. Wren não tinha ido ao Centro para fazer um aborto. Hugh sabia disso. Mas George não.

— Sabe por que eu quero que isso tudo acabe, George? — disse Hugh.

— Você está preocupado com a sua filha.

— Sim. Mas também porque eu quero conhecer o meu neto um dia. Por causa de você, isso vai ser possível.

Silêncio.

— Seria como ter uma segunda chance. Eu crio a minha filha sozinho, George. Como você. Posso não ter sido sempre o melhor dos pais, mas tentei ser. Você entende?

Houve um grunhido de resposta do outro lado da linha, que Hugh entendeu como uma confirmação.

— Mas eu também estou preocupado com o que ela pensa de mim. Quero que ela tenha orgulho. Quero que ela pense que eu fiz tudo o que podia por ela.

— Não dá pra nós dois sermos o herói.

— Herói é só um rótulo — disse Hugh. — Mas honra... isso é um legado. Você tem uma chance, George. Uma chance de se redimir. De fazer o que é certo.

Ele estava correndo um risco ao trazer o espectro da integridade para um homem que, pouco tempo antes, tinha ficado fora de si por causa de um comentário sobre sua reputação. Mas era lógico pensar que uma pessoa cuja dignidade fora questionada desejasse respeito. A ponto de estar disposta a se render para consegui-lo.

— Não existe honra em desistir — disse George, mas Hugh pôde ouvir o enfraquecimento dos elos entre as sílabas de sua convicção. O *e se*.

— Depende das circunstâncias. Às vezes é preciso fazer uma escolha que não é o que você *quer* fazer, mas o que você *tem* que fazer. Isso é honra.

— Você é o bom moço — George desdenhou. — Provavelmente nunca nem passou um sinal vermelho. Todo mundo te admira.

Hugh olhou para o capitão Quandt.

— Nem todo mundo.

— Você não tem ideia do que a gente pode fazer quando se sente encurralado.

George estava se recolhendo para sua própria armadura defensiva, dando desculpas para seu comportamento e usando isso para romper a conexão que Hugh havia construído. Ele podia continuar preso em seu próprio buraco e levar todos os reféns consigo. Seria rápido, e seria sangrento, e estaria acabado.

Ou.

Hugh poderia dizer alguma coisa, *fazer* alguma coisa, que levasse George a perceber que não estava tudo perdido para ele. Que havia uma saída.

Ele encarou Quandt, implorando silenciosamente por um prazo. Mas o comandante da SWAT tirou os fones e se virou para reunir sua equipe.

— Você me disse que começou isso por causa da sua filha — ele falou para George. — Agora acabe com isso por ela.

Três da tarde

Hugh olhou para as janelas da clínica, espelhadas como óculos aviador. Imaginou que tivessem sido instaladas quando o número de manifestantes cresceu. Davam às mulheres lá dentro uma sensação de que, após terem cruzado a porta de entrada, o que faziam lá era problema delas. Aquelas janelas se destinavam a proteger, mas, hoje, eram obstáculos. Ninguém sabia o que estava acontecendo dentro daquelas paredes.

Ele olhou para o celular em sua mão, a linha em silêncio. Em um minuto estivera conversando com George, aparentemente fazendo progresso, e no minuto seguinte estava desconectado. Digitou de novo, e de novo, sem resposta. Seu coração batia acelerado, e não só porque tinha perdido contato com o tomador de reféns. O último som que ele ouvira antes de George desligar tinha sido a voz de Wren.

O que significava... Ah merda, ele preferia nem pensar nisso.

Abriu as mensagens de texto que trocara com sua filha. *Wren*, ele digitou: *?*

Tá tudo bem?

Conteve a respiração e os três pontinhos apareceram.

Ela estava respondendo.

Ela estava bem.

Ele se sentou na cadeira dobrável que alguém havia lhe trazido duas horas antes, segurando o celular entre as mãos e desejando que a resposta viesse mais rápido.

— Hugh?

Ao som da voz do delegado Monroe, ele enfiou o celular embaixo de uma pilha de papéis. Não podia revelar que Wren estava lá dentro. Que ele *sabia* que Wren estava lá dentro. No minuto em que ele soube, sua neutralidade ficou comprometida.

— Sim, chefe?

Ele levantou os olhos e viu um homem com roupa de camuflagem se aproximando.

— Este é Joe Quandt — disse o delegado. — Ele é o comandante da SWAT. Joe, este é o tenente detetive Hugh McElroy.

Hugh reconheceu Quandt; eles já haviam trabalhado juntos.

Quandt estendeu a mão.

— Desculpe pela demora — disse ele.

Não era incomum que uma equipe SWAT que atendia um condado inteiro demorasse um pouco para se reunir. Os integrantes vinham de diferentes lugares do estado e, após receber a chamada de uma crise em progresso, precisavam convergir até lá. Hugh tivera três horas sozinho para administrar a situação, mas agora que o capitão Quandt chegara, haveria um embate para determinar quem estava de fato no comando.

Hugh começou imediatamente a fazer um resumo das três últimas horas. Se ele agisse como se estivesse no comando, talvez permanecesse assim.

— Você tem fotos aéreas? — perguntou Quandt, e Hugh confirmou com a cabeça. Tinha sido uma das primeiras coisas que ele pedira, para que, quando a equipe SWAT tivesse que posicionar os atiradores de elite, pudesse saber onde colocá-los. Ele procurou no material sobre sua mesa, olhando disfarçadamente para o celular enquanto o fazia. Os pontinhos continuavam ali, mas nenhuma mensagem aparecera ainda.

•••
•••

— Já instruí minha equipe a ocupar o perímetro — disse Quandt. Hugh sabia que isso era um alívio para o seu chefe, que não tinha o contingente para bloquear as entradas da clínica, restringir a aproximação da imprensa e redirecionar o tráfego. — Vamos estar prontos para invadir em uns quinze minutos.

As equipes SWAT existiam para dar suporte ao negociador, mas também tinham ansiedade por fazer aquilo para que eram treinadas: acabar com um confronto pela força. Os negociadores queriam fazer o que eram treinados para fazer: negociar.

— Eu acho que não é uma boa ideia. Ele está com os reféns na sala de espera da frente — disse Hugh — e pode ver você se aproximando pelos vidros espelhados, mas você não tem como ver lá dentro.

— Nós poderíamos lançar gás e...

— Tem pessoas feridas lá — disse Hugh, a voz sóbria. *E a minha filha.*

O delegado se virou para Hugh.

— Então qual é o *seu* plano?

— Dar um pouco mais de tempo para o Goddard — respondeu Hugh. *Me deixe primeiro entender o que está acontecendo lá dentro. Me deixe ter alguma notícia de Wren.*

Quandt sacudiu a cabeça.

— Pelo que eu entendi, houve tiros...

— Mas não nas últimas três horas — observou Hugh. — Eu consegui mantê-lo sob controle. — Ele olhou para Quandt. — Se você invadir, pode garantir que não vai perder nenhum dos reféns?

O comandante da SWAT apertou os lábios.

— Claro que não — ele respondeu.

Os dois se viraram para o delegado Monroe.

— Hugh vai continuar no comando por enquanto — o chefe respondeu.

O delegado Monroe pôs a mão no ombro de Hugh, chamando sua atenção para ele, e falou, com voz firme e séria.

— Você *sabe* o que está fazendo, não é?

— Sim, senhor — disse Hugh, como se a negociação de reféns fosse um conjunto de regras que se pudesse seguir, e não um jogo em que os jogadores criavam as regras conforme avançavam. — Eu tenho que voltar... Preciso...

Ele se moveu para a mesa improvisada outra vez e pegou seu celular. Não havia nenhuma mensagem, e os pontinhos tinham sumido.

Ele mandou de novo: *WREN?*

Quando o atirador abriu a porta do esconderijo delas, Wren achou que seu coração fosse explodir. Mal pôde esconder o celular na meia antes que ele a agarrasse pelo pulso e a puxasse com tanta força que ela gritou. Conseguiu arranhar o rosto dele e tirar sangue, um triunfo pelo qual estava supremamente feliz. Ele a arrastou para a sala de espera na parte da frente da clínica, aquela com as janelas em que se podia ver o lado de fora, mas as pessoas na rua não viam dentro. Ela aterrissou de barriga na frente de um punhado de pessoas.

Havia uma mulher de moletom, com sardas no rosto inteiro que se destacavam porque ela estava pálida demais. Havia outra jovem, talvez de uns vinte e poucos anos, com um hematoma enorme na testa. A moça ruiva com roupa cirúrgica que abrira a porta do armário mais cedo e fingira que não a tinha visto. O único refém homem apoiava a cabeça no colo dela e respirava com dificuldade. O traje cirúrgico dele estava rasgado na altura da coxa, e, abaixo de uma faixa de tecido e fita adesiva, sua perna estava ensanguentada.

Sua tia Bex não estava ali.

Wren sentiu lágrimas vindo aos olhos. Será que ela estava morta? Alguém teria arrastado seu corpo para outra sala?

Quando ela era pequena e sua tia Bex ficava com ela depois da escola enquanto seu pai ainda estava no trabalho, elas faziam tudo que Wren não deveria fazer. Comiam a sobremesa e pulavam o jantar. Viam filmes proibidos para crianças. Sua tia prometera que não só a levaria para fazer uma tatuagem quando ela tivesse dezoito anos como a desenharia para ela.

E se nenhuma das duas sobrevivesse até lá?

— Amarre as mãos dela — o atirador gritou. — Agora! *Você!* — Ele balançou a arma para a moça ruiva de roupa cirúrgica.

Ela pegou um rolo de fita cirúrgica e a enrolou em volta dos pulsos de Wren. Estava tentando prender bem frouxo, mas a fita era adesiva e não haveria jeito de Wren se soltar logo.

— Você está machucada? — ela sussurrou. — Eu sou enfermeira.

— Eu estou bem — Wren falou. — Minha tia...

— A mulher com você no armário?

Wren balançou a cabeça.

— Não. A mulher que levou um tiro. Aqui fora.

— Bex — a enfermeira murmurou. — Ela saiu.

Wren desabou com alívio sobre um sofá vazio. A tia Bex estava viva. Ou pelo menos estava quando saiu.

Ela esperava que, na próxima vez que visse Bex, sua tia ficasse muito brava por ela a ter colocado nessa situação. Esperava que Bex gritasse tanto que fizesse Wren chorar. Ela não se importava se Bex não a perdoasse pelo resto de sua vida. Desde que ela *vivesse* o resto de sua vida.

Wren implorara para a tia Bex a levar ao Centro. Se tivesse falado com seu pai, talvez eles pudessem ter marcado uma consulta em um ginecologista. Talvez ela estivesse pegando um pirulito em uma cestinha na saída do consultório. (Ginecologistas tinham isso? Ou era só em consultórios de pediatras?)

Mas ela nunca poderia ter pedido ao seu pai. Ele nem a deixava usar blusas de alcinha para ir à escola. Tudo que ele sabia sobre Ryan era que eles estavam trabalhando juntos em um projeto de química.

O que era mais ou menos verdade.

Mas o combustível eram eles dois. Wren pensou nos beijos que faziam seus lábios parecerem inchados; no modo como as mãos dele entravam por baixo de sua blusa e acendiam sua pele. Pensou no fluxo vertiginoso de adrenalina que correu pelo seu corpo quando eles se separaram apressados um segundo antes da mãe de Ryan abrir a porta com os braços cheios de sacolas de supermercado.

Se ela tivesse contado a seu pai sobre Ryan, ele ficaria esperando na esquina da entrada do colégio para dar uma multa ao garoto por dirigir depressa demais, ou devagar demais, ou erraticamente demais. Ele teria feito uma pesquisa de antecedentes. Teria se convencido de que aquele menino não merecia Wren.

Não havia nada que seu pai não fizesse por ela. Mas também havia coisas que seu pai *não podia* fazer por ela. Quando sua menstruação começara, dois anos antes, as cólicas foram tão fortes que ela disse ao seu pai que estava doente e não podia ir à escola. Ele pôs a mão na testa dela, desconfiado, porque ela não estava com febre. "Estou com cólica", ela lhe disse diretamente, e ele ficou vermelho e saiu desajeitado do quarto. Voltou uma hora depois com duas sacolas da farmácia: Gatorade, Advil, um carrinho Matchbox, um cubo mágico, um pacote de chiclete Bazooka, um quebra-cabeça pequeno com a figura de um gatinho. Colocou-as no pé da cama, como se não pudesse chegar perto demais dela. "Para sua... hum... *barriga de mocinha*", ele murmurou.

Sério, como ela poderia pedir a um homem que não conseguia nem dizer a palavra *cólica* para levá-la a uma consulta sobre métodos para evitar gravidez?

Ela recorrera à sua tia para ajudá-la, e isso quase custara a vida de Bex. *Ainda* poderia custar.

Em seu tênis, o celular vibrou. Ela cruzou os tornozelos, imaginando se mais alguém teria ouvido o som, e sabendo que provavelmente era o seu pai.

Ele não deixaria nada de ruim acontecer com ela. Mesmo que ela não pudesse alcançar o telefone e lhe dizer que estava bem.

Às vezes, quando seu pai vinha para casa do trabalho e estava particularmente quieto, Wren sabia que ele havia tido um daqueles dias horríveis. Ele uma vez lhe disse que ser detetive fazia com que ele tivesse que tirar a casca bonita da cidade e ver suas feridas infectadas: quem era dependente de drogas, quem estava batendo na esposa, quem estava se afogando em dívidas, quem era suicida. Mas ele nunca lhe contou detalhes. Ela o acusara uma vez de tratá-la como um bebê. *Não é que eu queira esconder as coisas de você*, ele lhe respondeu. *É que, se eu te contar, você nunca mais vai olhar para as pessoas do mesmo jeito.*

Wren se virou de novo para a enfermeira, depois para cada uma das outras mulheres.

— Meu nome é Wren — ela sussurrou.

— Izzy — a enfermeira disse baixinho. — E este é o dr. Ward.

O homem levantou a mão, mas foi tudo que conseguiu fazer.

A mulher com o hematoma na testa olhou para ela.

— Janine — ela respondeu, quase sem emitir som.

— Joy — sussurrou a mulher de moletom.

— O que ele vai...

— *Shh* — Izzy pediu, enquanto o atirador retornava, arrastando Olive do armário e a jogando sem cerimônia no espaço no sofá ao lado de Wren.

— Desculpe, senhora — ele disse para Olive.

E, então, apontou o revólver para o rosto de Wren.

Era a segunda vez que Olive saía do armário, e tinha sido igualmente traumático. Agora, ela deu uma olhada em volta. Wren tremia como vara verde, seus pulsos amarrados. Havia marcas vermelhas na pele dela onde o atirador a puxara para fora do esconderijo. Era um espanto ele não ter deslocado o braço da menina.

Ao ver a violência dele, Olive tentara ser a refém mais dócil e subserviente possível enquanto ele a arrastava para fora do armário também. Ela lhe implorou. O que uma mulher de sessenta e oito anos poderia fazer para ele, afinal? E tinha funcionado. Como a maioria dos homens, ele viu apenas sua forma miúda e não a força de sua mente. Ele a empurrou para um sofá, ao lado de Wren, mas disse *Desculpe, senhora*. E não a amarrou como tinha feito com Wren. Agora, seu cérebro, seu prestigiado cérebro de professora aposentada, estava trabalhando com o triplo do empenho para encontrar uma saída daquela situação.

Ele começou a sacudir a arma para Olive e Wren. A pistola alternava entre as duas a cada sílaba, como a bolinha na tela pulando sobre uma letra de música para se cantar junto com a melodia.

— Vocês acharam que podiam se esconder de mim? Acharam?

Olive estava tentando ser forte, realmente estava. Peg, sua esposa, sempre era a primeira a lhe dizer que muitas vezes ela já entrava em pânico por coisas que, no fim, não aconteciam. Por exemplo, uma marca em seu ombro que ela teve certeza de que era uma picada de carrapato que prenunciava o início da doença de Lyme. (Não era.) Uma notícia sobre mais um míssil disparado pela Coreia do Norte que Olive achou que seria o início da Terceira Guerra Mundial. (Não foi.) Peg a chamava de "Ió", o burrinho pessimista amigo do Ursinho Pooh, e, mesmo naquele momento, a lembrança fez Olive sorrir.

Bom, Peg, estou em uma sala com um cara louco sacudindo uma arma e cinco outros reféns. Tudo bem eu entrar em pânico agora?

— Você mentiu pra mim! — Ele se virou, a força de sua ira voltando-se para a mulher que usava traje cirúrgico. Uma enfermeira? — Você me disse que o armário estava vazio!

A mulher se encolheu e levantou os braços, protegendo o rosto.

— Eu não...

— Cala a boca! Cala a porra dessa boca! — ele gritou.

Além de Olive e Wren, havia mais três mulheres. Havia uma mulher jovem de moletom, e outra com um grande hematoma na cabeça. Havia a enfermeira, cujo nome devia ser Izzy, porque o homem de quem ela estava cuidando a chamava assim. O médico, talvez? Ele estava de traje cirúrgico, como ela. Era suficientemente grande para dominar o atirador, se não fosse o fato de que sua perna parecia um hambúrguer abaixo da coxa e de que ele estava claramente com dor.

A tia de Wren não estava em nenhum lugar à vista.

E havia o atirador. Ele devia ter uns quarenta anos, talvez quarenta e cinco. Era magro, mas forte. Forte o bastante para arrastar do esconderijo uma adolescente lhe opondo resistência. Um começo de barba grisalha fazia o contorno de seu queixo. Não havia nada nele que faria Olive tê-lo olhado duas vezes na rua, a menos que seus olhares se encontrassem. Aí talvez ela parasse. Os olhos dele eram quase sem cor. Seu olhar parecia uma ferida aberta.

— Perdão — disse Olive, em seu mais carregado sotaque de Senhora Idosa Sulina. — Nós não fomos apresentados. Eu sou Olive.

— Não me importa quem você é — disse ele.

Uma das outras mulheres olhou para ela e, em seguida, para a televisão no suporte, onde as notícias estavam passando em um estranho espelho metafísico, um repórter com esta mesma clínica acima do ombro. ATIRADOR IDENTIFICADO COMO GEORGE GODDARD, dizia a legenda embaixo.

— George — ela disse, tranquilamente, como se estivessem sentados para tomar uma limonada. — É um prazer conhecê-lo.

Ele podia ser um desequilibrado, mas era do sul, onde mesmo os desequilibrados tinham mães e avós que enfiavam décadas de regras de boas maneiras neles. Olive não gostava de tirar proveito de sua idade a não ser para comprar ingressos de cinema mais baratos ou obter os dez por cento de desconto no supermercado Kroger na segunda terça-feira do mês. E agora, aparentemente, em uma situação de refém.

George Goddard estava suando profusamente, passando a mão livre pela testa e a limpando na perna da calça. Olive era formada em neurociências, mas sabia supor diagnósticos que não eram da sua área como todo mundo. Afirmações grandiosas sobre si mesmo. Uma convicção de estar em seu direito. Falta de empatia. Uma tendência a se irritar ao sentir que não está sendo respeitado.

Transtorno de personalidade narcisista.

Ou terrorista doméstico, pensou Olive. Os dois perfis se encaixariam.

Se você pudesse me ver, Peg, ela pensou. Olive era a que espiava pelo meio dos dedos durante filmes de terror, que às vezes tinha que olhar dentro do armário antes de ir dormir para ter certeza de que não havia nada escondido lá dentro (e, caramba, depois deste episódio, ela ia fazer isso *o tempo todo*). Mas ali estava ela calmamente tentando fazer o papel da velha senhora, a única menopausada do grupo.

Certamente ele sabia que ela não tinha ido lá para fazer um aborto.

Mas será que isso importava?

A menina ao lado dela começou a chorar. Olive abraçou Wren, tentando lhe transmitir força.

O homem se ajoelhou e seus olhos se nublaram por um segundo.

— Não chore — ele disse para Wren, a voz falhando. — Por favor, não chore... — Ele estendeu a mão livre para ela.

Havia algo no jeito como ele estava olhando para Wren, mas não a estava *vendo,* pensou Olive. Nos olhos da mente dele, ela era outra pessoa, talvez alguém da mesma idade, que tinha vindo a esta clínica contra a vontade dele. Afinal, o que mais poderia ter desencadeado aquilo?

Se Olive estivesse certa, e ela geralmente estava, o que teria acontecido com essa outra menina?

Quando estavam no aeroporto, à espera de seu voo, ela e Peg costumavam ficar sentadas ouvindo conversas em volta entre homens e mulheres, mães e filhos, colegas. Elas se revezavam construindo histórias para eles. *Ele cresceu dentro de um culto e não aprendeu a criar vínculos com as pessoas de uma maneira saudável. Ela adotou aquela criança de cinco anos, que tem transtorno desafiador opositivo. Esse rapaz é viciado em sexo e está saindo com a esposa do chefe.*

— Não toque em mim — Wren gritou, quando o homem estendeu a mão para ela. Ela chutou por reflexo, acertando seu joelho, e ele fez uma careta e recolheu a mão.

— Merda. — Ele grunhiu e avançou sobre ela, mas Wren soltou um grito dilacerante. George tampou os ouvidos com as mãos e fechou os olhos.

Wren emitiu um gemido alto outra vez. Depois outro. Talvez tivesse chegado à conclusão de que sua tia estava morta e isso a tivesse deixado inconsolável. Olive apertou o braço dela. Era perceptível, a cada vez que Wren abria a boca, o atirador ficava mais tenso. Ela devia estar percebendo isso, mesmo sendo tão jovem. Não devia?

O choro dela era quase rítmico.

E... o pé de Wren estava zumbindo?

Wren olhou para Olive, e Olive percebeu que, apesar dos gritos, nem uma única lágrima descia pelo seu rosto. O queixo dela fez um sinal quase imperceptível indicando sua meia, onde uma tela de celular brilhava e vibrava com uma mensagem de texto. Ela estava encobrindo os sons com seus soluços.

Olive esperou até George lhes dar as costas, e então cobriu o tornozelo de Wren com a mão. Deslizou os dedos sob o elástico da meia e tateou em busca do botão para desligar o celular.

Wren relaxou o corpo aliviada, e apoiou a cabeça no ombro de Olive. O movimento fez George se virar, com a arma apontada para ela.

Peg, eu nem pulei de susto, ela diria, quando tudo isso terminasse. Olive colocou um amplo sorriso no rosto.

— George — disse ela. — Eu me lembrei de uns Goddard de Biloxi. Eles tinham uma empresa familiar que trabalhava com tijolos. Será que eram seus parentes? Parece que eles se mudaram para Birmingham. Ou seria Mobile?

— Cala a *boca* — ele grunhiu. — Eu devia ter deixado você naquela porra de armário. Não consigo pensar com você tagarelando.

Olive, obedientemente, se calou, depois piscou para Wren. Porque, enquanto George estava ocupado fazendo-a parar de falar, ele enfiara a arma de volta na cintura do jeans.

Na ambulância, Bex tentou falar.

— Minha... sobrinha... — Ela ofegou, agarrando a blusa do socorrista.

— Não tente falar — o jovem lhe disse. Ele tinha olhos suaves e mãos ainda mais suaves, e seus dentes eram um farol em contraste com a pele escura. — Vamos cuidar de você agora. Estamos quase no hospital.

— Wren...

— Quem? — disse ele, ouvindo errado. — Todos nós vamos cuidar de você. Estamos quase chegando. Quase lá. — Ele sorriu para ela. — Você teve uma sorte danada.

O que Bex sabia era que isso não era sorte, era carma. Se Wren não saísse daquela clínica, Bex jamais se perdoaria. Ela não devia ter ido à clínica sem o conhecimento de Hugh. Mas Wren viera procurá-la na semana anterior depois da escola, chegando de bicicleta ao estúdio de Bex; ela estava terminando um novo trabalho, um mural que seria colocado no saguão de um arranha-céu em Orlando, para lembrar o massacre na boate Pulse. Era um quadro de quatro metros por quatro do perfil de dois homens se beijando. Os pixels não eram feitos de Post-its como de hábito, mas de fotos de pessoas que haviam morrido durante a crise da aids.

— Legal — Wren dissera. — Como vai ser?

Bex lhe explicou.

— Quer ajudar?

Ela deu a Wren centenas de pequeninos quadrados de celuloide colorida. Mostrando-lhe como prendê-los em cada foto com cola, Bex a instruiu a começar pela base e cobrir as dez últimas fileiras de fotografias com celuloide em tons de violeta. As dez fileiras seguintes seriam em azul, depois em verde, depois em amarelo, e assim por diante. Olhando de uma distância suficiente, daria para ver o beijo, mas também um arco-íris. De perto, o espectador veria todos aqueles indivíduos que haviam sofrido antes para que esses dois homens pudessem agora se abraçar abertamente.

— Isso nem é uma preocupação para crianças da sua idade, é? — Bex refletiu, enquanto elas trabalhavam lado a lado.

— Que preocupação?

— Ser gay.

— Ah, eu acho que ainda é, sim, se acontecer de ser com você. As pessoas já pressupõem que você é cis e hetero, então, se você não for, você é diferente. Mas quem disse que só existe um jeito de ser normal?

Bex parou de trabalhar, suas mãos pausando sobre os lábios de um dos modelos.

— Quando você ficou assim tão inteligente?

Wren sorriu.

— Por que você demorou tanto pra notar? — Elas trabalharam em silêncio por um tempo, depois Wren perguntou: — Esta obra já tem nome?

— Eu pensei talvez em *Amor*.

— É perfeito — disse Wren. — Mas não só a palavra. A frase inteira. Exatamente como você falou. — Ela pincelou uma linha de cola em volta de um celuloide violeta. — Tia Bex? Posso perguntar uma coisa? Você acredita que a gente pode se apaixonar com quinze anos?

As mãos de Bex pararam. Ela levantou os óculos de aumento que usava no trabalho para poder olhar direito para Wren.

— Sim, acredito — ela disse, com firmeza. — Tem alguma coisa que você quer me contar?

E, ah, tinha sido tão bom ver como o rosto de Wren ficou corado quando ela trouxe o nome dele aos lábios; como ela falou sobre ele como se nunca tivesse existido nenhum outro menino na Terra. O amor era assim: novo e instável, impetuoso e doce ao mesmo tempo.

Wren não tinha uma mãe por perto para conversar abertamente sobre sexo. Hugh provavelmente preferiria ter o fígado removido com uma colher a ter essa conversa com a filha. Então Bex fez à sobrinha as perguntas que ninguém mais faria: *Vocês se beijaram? Fizeram mais do que isso? Já conversaram sobre proteção?*

Sem julgamento, sem dedos apontados. Apenas pragmatismo. Depois que o foguete saía da plataforma de lançamento, não tinha mais como trazê-lo de volta.

Wren tinha quinze anos; estava escrevendo o nome dele na perna do jeans; estava roubando camisetas dele para poder dormir com o fantasma de seu cheiro. Mas também estava pensando em evitar uma gravidez.

— Tia Bex — Wren pedira, timidamente. — Você pode me ajudar?

E assim foi que, com a melhor das intenções, uma vez mais, Bex fizera algo indesculpável.

Ela ouviu um equipamento começar a emitir bipes atrás dela. O socorrista se inclinou para mais perto. Ele tinha cheiro de ervas.

— Tente relaxar — disse ele.

Bex fechou os olhos de novo, pensando na bala que explodira através dela e na perfuração do bisturi que talvez tivesse salvado sua vida.

Isso é o que significa ser humana, Bex pensou. *Somos todos apenas telas para nossas cicatrizes.*

Quando o telefone de Hugh finalmente tocou, ele o pegou em um pulo. Mas a mensagem não era de Wren; era de um homem chamado Dick, um policial estadual que fizera aulas de treinamento em negociação de reféns com ele. Duas horas antes, quando saíra a pesquisa da placa do carro de George Goddard, Hugh ligou para Dick, que conseguiu um mandado de busca com um juiz local e entrou na casa vazia em Denmark, Mississippi. Agora, Hugh tinha os resultados da busca de Dick: uma foto embaçada de um folheto sobre aborto medicamentoso que tinha o nome e o logotipo do Centro para Mulheres. Foi o suficiente para Hugh ligar os pontos entre George e essa clínica.

Onde está a filha?, Hugh escreveu.

Passou um instante. E então: *Em local ignorado*.

Hugh passou os dedos pelo cabelo, frustrado pelo fato de que a única pessoa com quem ele não queria falar, sua irmã, resistira a deixar o lugar; e as pessoas com quem ele *queria* falar não se comunicavam: Wren, George Goddard, sua filha desaparecida. Quem podia negociar quando ninguém estava ouvindo?

O que ele não estava enxergando agora? O que poderia usar que ainda não havia usado?

Hugh pegou o celular e escreveu para Wren outra vez. Digitou o número da clínica, usando a linha segura. Um toque. Dois.

Três toques. Quatro.

Houve um clique de conexão e, então, a voz de George.

— Estou ocupado — ele disse.

Seu treinamento entrou no automático.

— Não vou ocupar muito o seu tempo, George — Hugh respondeu. — Estávamos falando sobre a sua filha quando a ligação foi interrompida.

Quando você desligou na minha cara.

— O que tem ela?

Hugh fechou os olhos e deu um salto para o desconhecido.

— Ela quer falar com você.

Louie Ward soube exatamente o momento em que algo havia mudado no atirador. Embora só pudesse ouvir metade da conversa, viu o homem parar de repente. A esperança podia fazer isso com uma pessoa, Louie sabia. Paralisar por dentro e por fora.

— O que tem ela? — o atirador falou.

Quando ele (George, o nome dele era George, de acordo com a televisão ainda ligada na sala de espera) disse isso, Louie percebeu duas coisas muito importantes:

1. Aquele era um caso pessoal para o atirador. Alguém — esposa, filha, irmã — tinha feito um aborto.
2. Ele queria a aprovação dessa pessoa para suas ações de hoje.

Izzy se inclinou para mais perto, fingindo ajustar o torniquete.

— *Ela* — murmurou.

— É — respondeu Louie. — Eu ouvi.

No punhado de vezes que o telefone tinha tocado nas últimas duas horas, as pessoas encolhidas na sala de espera tinham uma oportunidade de dar uma respirada coletiva. George não lhes dava as costas quando estava falando no telefone, ele não era tão burro assim, mas também não tentava silenciá-los se eles cochichassem entre si.

— Você acha que é a esposa dele? — murmurou Izzy.

— Filha. — Louie gemeu quando mudou de posição e uma onda de dor subiu por sua perna.

— Você tem esposa ou filhos?

Louie balançou a cabeça.

— Nunca quis transformar mais ninguém em alvo — ele admitiu. — E as possíveis candidatas não costumam comemorar o fato de que eu passo o dia olhando dentro da vagina de outras mulheres.

Atrás dele, Janine se moveu.

— Não é preciso ter alguma coisa pessoal envolvida para saber que é errado matar um bebê inocente.

Oitenta e oito por cento dos abortos aconteciam nas doze primeiras semanas de gravidez, Louie sabia, mas os opositores agiam como se esses fetos já tivessem quatro quilos e segurassem suas próprias mamadeiras.

Joy arregalou os olhos.

— Não acredito que você o está defendendo — ela disse para Janine.
— Depois de ele ter nocauteado você?

— Eu só estou dizendo... se não fosse errado, não haveria psicopatas como ele.

Izzy a encarou, perplexa.

— Essa é a lógica mais distorcida que eu já ouvi.

— É mesmo? Vocês querem proteger crianças com leis que punem estupradores, molestadores e assassinos. Por que isto é diferente?

— Porque não são crianças ainda — disse Izzy. — São embriões.

— Podem ainda não ter nascido, mas continuam sendo humanos.

— Ah, Deus — disse Joy. — Faça ela parar antes que eu mesma faça. Janine cruzou os braços.

— Desculpe. Eu sei que ele é louco. Mas você não pode me dar uma única razão válida para destruir uma criança.

Louie olhou para ela.

— Ela tem razão — ele murmurou, e os olhares de todas as outras se voltaram para ele. — Não há nunca uma razão válida para destruir uma criança.

Ele pensou no que havia visto ao longo dos anos: a adolescente síria que precisava interromper a gravidez depois de ter sido estuprada como um ato de guerra, mas não tinha como obter a autorização dos pais, que haviam sido mortos na mesma guerra. A menina de dezesseis anos que queria fazer um aborto com oito semanas e cujos pais se recusavam a autorizar por razões religiosas, por isso seu aborto teve que ser adiado por seis semanas enquanto ela tentava conseguir uma autorização judicial e o dinheiro para o procedimento. A menina de catorze anos que queria manter o bebê, mas estava sendo forçada pela mãe a fazer o aborto.

Alguns anos antes, uma menina de doze anos chegou com dezesseis semanas de gravidez. Sua mãe histérica e o pai silencioso estavam com ela. Ela estava quieta, alheia a tudo, agarrada a um coelho de pelúcia gasto. Havia dito que um menino da vizinhança a engravidara, mas, durante o processo de internação no hospital, quando estava sozinha com a assistente social, acabou se confundindo na mentira e revelou que o bebê era de seu pai. O homem foi levado algemado pela polícia, mas aquela menina ainda precisava do aborto.

Enquanto Louie fazia o procedimento, ele conversou com ela. Disse a ela: *Isso não é normal, isso que aconteceu com você. Isso não foi uma coisa que você fez.* Ela não respondeu. Não agia como uma menina de doze anos. Nunca lhe havia sido permitido *ser* uma menina de doze anos. Mas ele esperava que, um dia, quando ela tivesse o dobro dessa idade, lembrasse da gentileza de um homem que *não* a havia machucado.

Agora, Louie se virou para Janine.

— O que nós fazemos aqui — disse ele —, o que *eu* faço, às vezes permite que crianças sejam crianças.

Janine abriu a boca como se fosse questionar, mas a fechou de novo. Izzy tentou voltar a conversa para um ponto mais seguro.

— Bem, quem quer que ela seja, esposa ou filha, talvez possa convencê-lo a nos deixar sair.

Do sofá um pouco mais longe veio a voz da menina, Wren, que não podia ser muito mais velha do que a criança de quem Louie estivera lembrando. Será que ela viera para fazer um aborto? Eles teriam, em outras circunstâncias, se encontrado na mesa de exames?

— Se ele fosse meu pai — ela murmurou —, de jeito nenhum que eu ia falar com ele.

Por um momento, o único som na sala do hospital era o da bomba de infusão intravenosa. Beth ficou deitada de lado, com o rosto desviado de sua defensora pública.

— Eu embrulhei ele — Beth murmurou. — Pus no lixo. Eu não sabia o que fazer.

Ela havia comprado misoprostol e mifepristona, os comprimidos usados para um aborto medicamentoso, pela internet. Isso era ilegal nos Estados Unidos, o que Beth não sabia na ocasião. As clínicas de aborto ofereciam medicamentos abortivos para mulheres que estavam com até dez semanas de gravidez, mas eles tinham que ser administrados na própria clínica. Beth estava com dezesseis semanas e havia tomado os comprimidos em casa. Os medicamentos serviram para o propósito, mas também lhe causaram uma hemorragia tão grande que ela fora parar no pronto-socorro.

Lágrimas desceram pelo nariz de Beth. Pela primeira vez desde que começara a falar, ela olhou para Mandy.

— Sra. DuVille... ele não era um bebê ainda... era?

Mandy apertou os lábios.

— Quando eu fui para a clínica — disse Beth —, tinha uma mulher do lado de fora que falou que o meu bebê podia sentir dor.

A advogada se contraiu visivelmente, e isso só fez Beth se sentir ainda pior. Mandy era advogada, não psicóloga. Até onde Beth sabia, Mandy podia ser contra o aborto e estava ali só para fazer seu trabalho. Os advogados não precisavam o tempo todo defender pessoas horríveis, assassinos, estupradores, qualquer que fosse seu sentimento pessoal em relação a eles?

— Desculpe — Beth murmurou. — Eu só... não tive ninguém pra conversar.

— Não é verdade — disse Mandy, categórica. — Isso que você falou sobre a dor.

Beth se ergueu sobre um cotovelo.

— Como você sabe?

— A ciência não confirma essa ideia. Eu pesquisei.

Beth franziu a testa, confusa.

— Mas você disse que nem sabia nada sobre mim antes da audiência preliminar.

— Eu pesquisei — a advogada repetiu — para mim. — Ela se inclinou para a frente, a cabeça baixa, apoiada nos punhos. — Eu estava grávida de treze semanas. Bem naquele ponto em que você já pode contar para as pessoas que vai ter um bebê, sem desafiar o destino. Meu marido e eu estávamos no ultrassom — disse ela. — Eu queria o nome Millicent se fosse menina. Steve disse que nenhuma menininha negra se chama Millicent. Ele queria um menino chamado Eliseu.

— Eliseu? — Beth repetiu.

— Toc toc — disse Mandy.

— Quem é? — Beth entrou na brincadeira.

— Eliseu.

— Eliseu quem?
— Eliseu-te-amo. — Mandy fechou os olhos. — Steve fez essa brincadeira comigo e, depois disso, tudo descambou para o inferno. O técnico entrou, ligou o aparelho, começou a fazer o ultrassom e ficou branco como um fantasma. — Ela balançou a cabeça. — O médico que entrou em seguida não era o meu médico habitual. Eu lembro exatamente do que ele disse. *Este feto tem uma anomalia genética que não é compatível com a vida.*
Beth fez um som de susto.
— Chamava-se holoprosencefalia. Pode acontecer quando dois espermatozoides fecundam um óvulo exatamente no mesmo momento. Havia batimento cardíaco e tronco encefálico, mas o lobo frontal não se desenvolveu. Se ele sobrevivesse ao nascimento, morreria dentro de um ano. — Mandy levantou os olhos. — Eu não queria interromper a gravidez. Tive criação católica.
— O que você fez? — perguntou Beth.
— Pesquisei na internet e vi fotografias de bebês que tinham isso. Era... era horrível. — Ela olhou para Beth. — Eu sei que existem mães que têm filhos com deficiências graves e olham para isso como uma bênção. Foi uma espécie de despertar admitir para mim mesma que eu não era uma delas.
— E o seu marido?
Mandy olhou para ela.
— Ele disse que nem precisava de cérebro para decidir.
Beth deixou uma risada escapar, mas logo tampou a boca com a mão.
— Não acredito que ele disse isso.
— Ele disse. — Mandy balançou a cabeça, com um leve sorriso. — Ele disse e nós rimos. Rimos muito. Até chorar.
— Vocês... têm filhos agora?
Mandy a encarou.
— Eu parei de tentar depois do terceiro aborto espontâneo.
Elas ficaram em silêncio. Beth imaginou outro cenário, um em que ela tivesse tido coragem suficiente para contar a seu pai que estava grá-

vida, um em que tivesse levado a gravidez até o fim, e dado o bebê para alguém como Mandy.

— Você deve me odiar — Beth murmurou.

Por um longo momento, Mandy não disse nada. Depois, levantou o queixo.

— Eu não odeio você — disse ela, com cuidado. — Se você e eu contássemos para as pessoas as nossas histórias, até os pró-vida mais ferrenhos iriam ver a minha como uma tragédia. A sua é um crime. — Ela pensou por um momento. — É engraçado. A lógica é que, sendo menor de idade, você não pode exercer seu livre-arbítrio, porque não tem capacidade mental para isso. Mas, no seu caso, o feto está tendo a proteção que você não tem, como se os direitos dele valessem mais do que os seus.

Beth olhou fixamente para ela.

— E o que vai acontecer agora?

— Você vai ter alta do hospital daqui a um ou dois dias. E depois vai ficar em prisão preventiva até o julgamento.

O coração de Beth acelerou no monitor.

— Não — disse ela. — Eu não posso ir pra cadeia.

— Você não tem escolha.

Eu nunca tive, Beth pensou.

— Você está mentindo — disse George. — Minha filha não está aqui.

Aquele policial podia ir à merda. Ele devia estar tentando obter informações, mas George não ia morder a isca. Só que, agora que Hugh McElroy falara em sua filha, ele não conseguia mais parar de pensar nela.

Será que Lil estava bem?

Estaria procurando por ele?

— Porque ela não sabe o que você está fazendo — disse Hugh. — Estou certo?

Lil sabia que ele a amava. Ele a amava tanto que tinha vindo aqui para consertar as coisas, embora parecesse impossível. George nunca conheceria seu neto. Só esperava que isso não tivesse lhe custado Lil também.

— O que ela acharia de você estar aqui, George?

Ele não havia pensado nisso com clareza quando decidiu ir até lá. Ele era apenas um anjo vingador pelo sofrimento dela. E havia pensado na palavra de Deus. Olho por olho.

Uma vida por uma vida.

— Como é o nome dela, George?

— Lil — disse ele, a sílaba escapando de seus lábios.

— É bonito — disse Hugh. — Um nome tradicional.

George detestava tê-la deixado depois de discutirem. Sabia que cuidariam bem dela em sua ausência, mas também sabia que tinha feito merda. Ele nunca tinha sido bom com discursos. Não sabia como dizer o que estava sentindo. O pastor Mike costumava chamá-lo de homem de poucas palavras, mas lembrava-o de que os atos falavam mil vezes mais alto.

Era por isso que ele estava aqui, não era?

A viagem de carro tinha sido longa e seus pensamentos formaram a trilha sonora para o trajeto. Ele imaginara Lil em todas as encarnações da vida dela: a vez em que ela era uma bebê com crupe e ele ficara sentado com ela a noite inteira em um banheiro cheio de vapor, o chuveiro ligado jorrando água quente; o Dia dos Pais em que ela tentara fazer panquecas para ele no café da manhã e pusera fogo em um pano de prato; o som da voz dela harmonizando com a dele quando cantavam na igreja. Depois vira a si mesmo como um vingador, já em proporções de herói de história em quadrinhos, irrompendo pelas portas da clínica e deixando destruição em sua passagem.

Imaginara gritos e pedaços de parede caindo e uma nuvem de pó. Mas, de alguma maneira, embora pudesse ver a si mesmo quando começasse a atirar, tudo que vinha depois era enevoado. A vingança, na teoria, pulsava de adrenalina e era límpida de convicção. Na vida real, era entrar impulsivamente em uma casa em chamas e esquecer de planejar a saída.

Atrás dele, George ouvia um murmúrio de conversa. Ele se virou, sem tirar o telefone do ouvido.

— Quietos — ordenou.

— O que está acontecendo aí? — perguntou Hugh.

George o ignorou, tentando se concentrar na cena à sua frente. As mulheres estavam sussurrando e o assassino de bebês em que ele havia atirado continuava no chão, com uma bandagem enrolada na coxa.

— A Joy precisa usar o banheiro — disse a menina.

A que o havia arranhado.

Ele olhou para as mãos dela, para ter certeza de que ainda estavam amarradas.

— Ela que segure — ele murmurou.

A enfermeira que estava ajoelhada no chão levantou os olhos.

— Não é isso — disse ela. — Ela precisa conferir o absorvente. Ela acabou de...

— Eu sei o que ela fez — George interrompeu, irritado.

— Está tudo bem? — perguntou o policial. Havia algo estranho na voz dele, uma vibração.

— Eu tenho que desligar.

— Espere! — disse Hugh. — George, eu não estava mentindo. Eu não disse que a sua filha estava aqui. Eu disse que ela quer falar com você. Ela está ouvindo as notícias, George. E eles não falam as coisas direito. Eles não vão contar para ela o seu lado da história. Só você pode fazer isso. — Hugh parou um instante. — Eu posso fazer isso por você. Eu posso pôr ela no telefone.

— Espere aí — ele murmurou, nervoso.

— O que foi, George? — o policial perguntou. — Fale comigo.

Ele estava olhando para a televisão, que estivera ligada o tempo todo. Quando ele chegara ali, estava passando um programa de culinária. Mas agora havia uma legenda de URGENTE e uma imagem de uma repórter com a clínica atrás. Os lábios dela estavam se movendo, mas o volume tinha sido baixado; George não conseguia ouvir o que ela dizia.

E se Hugh estivesse certo? E se Lil estivesse ouvindo?

— Cadê o controle remoto? — ele perguntou. Quando as mulheres o olharam como se ele estivesse louco (será que ele estava? Ou estaria pensando com clareza pela primeira vez em horas?), ele gritou para elas outra vez. — O *controle remoto*!

A senhora idosa apontou para uma prateleira ao lado da televisão.

— Vai pegar — ele mandou. Ainda estava segurando o telefone, mas tinha desligado a atenção da voz insistente do policial.

A mulher se atrapalhou com o controle. Ela o derrubou, pegou de novo, e apontou para a televisão.

— Acho que é este botão — disse ela, mas nada aconteceu.

— Vai logo! — George gritou, e levantou a arma para ela.

A mulher deu um grito de susto e derrubou o controle de novo.

— Deixa ela em paz! — gritou a menina.

— George? — A voz de Hugh explodiu em seu ouvido. — George, quem está gritando?

— Dá essa porra pra ela — ele ordenou, apontando para a adolescente.

— As crianças sempre sabem mexer com essas coisas.

— Que criança? — perguntou Hugh.

George deixou o telefone baixar em sua mão, segurando-o de encontro à coxa, enquanto a menina conseguia aumentar o volume mesmo com os pulsos amarrados.

— ... já que Goddard *foi* de fato expulso do exército com desonra por matar civis durante o tempo em que serviu na Bósnia.

A tela mudou para um âncora no estúdio.

— Então nós podemos dizer que há um histórico de violência...

— Desligue isso — George ofegou.

Ele não conseguia nem enxergar a tela. Sua visão estava embaçada e ele só podia imaginar Lil ouvindo toda aquela merda.

— Não foi isso que aconteceu — ele murmurou.

Ele sentia o telefone vibrando contra sua coxa, emitindo sons.

De repente, era 2001 e ele estava na Bósnia, fazendo seu trabalho, e todos estavam cismados com ele.

Pensou em Lil ouvindo aquela merda. Pensou em quando ela era pequena e sempre brincava de ser a princesa e ele tinha que ser o príncipe que a salvava do ogro, ou da areia movediça, ou da rainha má. Ela nunca o vira de nenhuma maneira que não fosse como um herói. E agora?

Ele estendeu a mão para o objeto mais próximo, um abajur, e o lançou contra a parede.

As mulheres gritaram.

Ele ouviu o policial gritando também, tentando chamar sua atenção.

Ele desligou.

Foda-se. Eles tinham sua atenção agora.

Hugh ficou segurando o celular, a linha em completo silêncio. Tinha ouvido duas coisas importantes ao fundo durante essa última conversa telefônica: a voz de Wren e o relato na televisão sobre o serviço militar de George.

Ele desabou em uma cadeira e passou a mão pelo cabelo, deixando-o de pé. Quando ele era jovem, Bex vivia alisando seu topete. Era a isso que tudo se resumia no final, não era? Parecer apresentável para o mundo, quem quer que você fosse quando as câmeras não estavam filmando e a porta estava fechada.

Na hora do aperto, ele era um negociador de reféns ou um pai?

Quando as duas coisas entravam em conflito, qual triunfava?

Ele levantou os olhos e chamou um membro da equipe SWAT.

— Onde está o Quandt? — perguntou.

— Vou chamá-lo para o senhor, tenente. — O homem saiu apressado e Hugh olhou para sua mesa improvisada, analisando as opções.

George Goddard estava perdendo o controle.

Hugh tinha ouvido a voz de Wren.

Ela ainda estava viva.

E essa poderia ser sua única chance de mantê-la assim.

Uma sombra caiu sobre ele e Hugh viu Quandt parado à sua frente, de braços cruzados.

— Só posso supor que a razão de você ter me chamado é que recobrou o juízo e está pronto para os meus homens invadirem — disse ele.

— Não — respondeu Hugh. — Quero que você corte as comunicações.

— O quê? *Por quê?*

— Não quero nenhuma comunicação naquele prédio que não venha diretamente de nós. Quero as linhas de telefone cortadas, exceto a linha fixa da clínica que se conecta comigo. Nenhum sinal de TV, wi-fi, nada. Não posso correr o risco de ele ver mais alguma coisa na TV que o faça se descontrolar.

— E se um refém tentar se comunicar conosco? Digamos que alguém tente usar o celular...

— Eu sei o que estou fazendo — Hugh disse, com firmeza.

Ele reconhecia os riscos. Mas também percebia que essa decisão ia isolar George, para que as únicas informações que o atirador recebesse viessem do próprio Hugh.

Quandt olhou para ele por um longo momento, depois balançou a cabeça e saiu, gritando ordens para seus homens, que entrariam em contato com as empresas de celular e cabo e efetivamente transformariam a clínica em uma ilha.

Hugh pegou seu celular e escreveu para Wren uma vez mais, para o caso de ela olhar.

Confie em mim, ele digitou.

Olive tinha sido professora por trinta e cinco anos antes de se aposentar. Lecionava sobre o funcionamento do cérebro e seu curso sempre tivera lista de espera. Ela começava cada semestre mostrando a um aluno ou aluna aleatório uma foto dele ou dela em um evento, ou em algum local geográfico. Depois de algumas perguntas, o estudante conseguia se lembrar daquele momento e até oferecer detalhes. A pegadinha? O estudante tinha sido inserido na imagem por Photoshop e nunca havia estado realmente ali.

Olive explicava a seus alunos que o cérebro está constantemente nos contando mentiras. Ele simplesmente não consegue registrar todos os detalhes que nossos olhos veem, então, em vez disso, o lobo occipital acrescenta o que supõe que esteja ali presente. O cérebro não é uma gravação em vídeo; ele é mais como um álbum de fotografias, e vai preenchendo as lacunas entre essas fotos. O resultado é que falsas memórias podem ser criadas mais facilmente do que qualquer um de nós gostaria de acreditar. Haverá situações que você jura sobre o túmulo de sua mãe que aconteceram de uma certa maneira... mas *não* aconteceram.

Ela se perguntava o que iria lembrar daquela situação atual. Esperava que muito pouco. Com alguma sorte, seria agraciada com uma prodigiosa e seletiva amnésia. Esperava que o mesmo acontecesse com todos os outros que estavam aglomerados na sala de espera, assistindo George lutar com seus próprios demônios.

E quanto a George, o atirador? O que o cérebro dele havia montado imprecisamente, ela se perguntou, para levá-lo até ali hoje?

Ela passou a mão na testa e se surpreendeu ao vê-la voltar com sangue. Quando George jogara o abajur na parede, ele se quebrara e fragmentos de cerâmica e vidro voaram para todos os lados. Inclusive, ao que parecia, para sua testa.

— Me deixe ajudar — disse a enfermeira. Izzy era o nome dela. Ela pressionou um pedaço de gaze contra a testa de Olive, embora ambas soubessem que não passava de um arranhão. — Nós temos que sair daqui — Izzy murmurou. — Ele está perdendo o controle.

Olive concordou com a cabeça.

— Ahn, George — disse ela, colando um sorriso largo e bobo no rosto. — Eu detesto incomodar... mas... George? — Ela esperou até ele olhar. — Receio que minha idade esteja me vencendo. Nem tudo funciona tão bem na minha idade.

Ele apertou os olhos para ela, confuso.

— Tenho que fazer xixi, meu caro — ela declarou.

Nisso, Izzy se virou.

— Se a Olive vai ao banheiro, a Joy tem que ir também. É por motivos médicos.

— Eu tenho uma ideia — disse Olive. — Por que não vamos todos agora? Se nós resolvermos isso de uma vez, não vamos mais ficar amolando.

George bufou.

O que ela estava oferecendo a George era uma escolha que não era de fato uma escolha; como o carrasco perguntando se alguém prefere ter a cabeça separada do corpo ou o corpo separado da cabeça. Olive sorriu para George.

— Quer que eu vá primeiro, ou a senhorita Joy?

George deu um passo para a frente.

— Você acha que eu sou idiota? — disse ele. — Não vou deixar você ir ao banheiro sozinha.

— Bom, eu não sei se você ia querer *olhar* — ela respondeu e se levantou. — Acho que não posso esperar muito mais tempo até você decidir, filho. Os músculos do meu trato urinário não são mais como antes...

— Cacete — George a interrompeu. Ele se aproximou e pegou o braço dela. — Venha.

Havia um pequeno banheiro para uma só pessoa na sala de espera onde eles estavam. George a arrastou para lá, acendeu a luz e bateu as mãos pelo corpo dela em uma revista brusca.

— Vai — disse ele, mas, quando Olive tentou fechar a porta, ele a abriu de novo. — Se não quiser fazer desse jeito, não vai fazer.

Olive pensou em discutir com ele, mas, no fim, só encostou a porta um pouquinho. Na prática, continuava aberta, mas ela estava basicamente protegida da visão de todos.

Pense, Olive. Pense. Ela não tinha muito tempo. Não podia subir no vaso sanitário e tentar mandar um sinal pela janelinha. George ouviria o barulho, e poderia espiar lá dentro a qualquer momento. Ela levantou a saia, desceu a calcinha e se sentou na privada.

Ao lado, havia um pequeno carrinho com frascos para recolhimento de material para exame, etiquetas e uma caneta marcador permanente para escrever o nome no plástico.

Olive pegou a caneta e desenrolou o papel higiênico.

Nós somos seis e ele é um, escreveu no comprimento de três quadrados do papel. *Precisamos de um plano. Ideias?*

Ela sabia que, qualquer coisa que as outras combinassem, ela estaria em desvantagem. Mas também sabia ficar atenta a um sinal. E agir.

Olive puxou a calcinha e deu descarga. Enrolou o papel de novo, com o escrito cuidadosamente escondido de uma maneira que não pudesse ser visto até ser desenrolado. Lavou as mãos, abriu a porta e sorriu para George.

— Pronto — disse ela. — Não foi tão ruim, foi?

Quando Olive saiu do banheiro, Joy se levantou e se deixou ser apalpada por aquele maníaco antes de entrar no cubículo. Enquanto fazia xixi, ela olhou para o absorvente em sua calcinha, que estava cheio de sangue, mas não totalmente encharcado, o que era bom, já que ela não tinha outro de reserva. Então puxou o papel higiênico para juntá-lo em sua mão.

Mas não o fez.

Ela leu.

Depois, pegou a caneta e começou a escrever.

Janine torceu para que o atirador lhe desse um desconto. Que não a revistasse, ou que a deixasse fechar a porta. Afinal, ambos acreditavam na mesma santidade da vida, ainda que o histórico dele a esse respeito não fosse nada bom no momento. Mas ele a tratou do mesmo jeito que às outras mulheres.

Janine desenrolou o papel higiênico. Olhou para as anotações em letras diferentes. A primeira mensagem de Olive, depois Joy: *E se nós pularmos em cima dele?*

Ela podia fazer uma de duas coisas agora. Podia jogar o papel higiênico no vaso sanitário e dar descarga, sabotando o trabalho das outras mulheres. Ou podia admitir que, por uma estranha ironia do destino, seus objetivos haviam se alinhado com os delas.

Naquele momento, Janine não estava segurando um cartaz com uma imagem de uma criança não nascida. Ela não estava rezando pelas mães que passavam por ela. Ela era a pessoa por quem outros estavam rezando. Em qualquer outro dia, ela poderia ter dito que, dentro desta clínica, vidas estavam em risco. Hoje, a vida era dela.

Ela pegou a caneta. *Dar uma rasteira nele*, ela escreveu. *E tentar pegar a arma*.

Quando Wren era pequena, ela achava que não existia nada pior do que ter uma mãe que havia *escolhido* uma vida que não a incluía. Sua mãe ainda cumpria os rituais — aniversário, Natal — com um cartão e um presente, geralmente algo de Paris que era tão discordante do estilo de Wren que ela enfiava no fundo do guarda-roupa, sem coragem de jogar fora. Sua mãe sugerira que, agora que Wren era mais velha, talvez quisesse ir passar verões na França. Wren preferiria passar as férias na linha de frente de uma zona de guerra. Podia dever à mãe os nove meses que ela a carregara no útero, mas era só.

Por outro lado, se existia algum poder divino, Ele ou Ela haviam compensado a perda de sua mãe lhe dando um pai que estava duzentos por cento presente para ela. Ao contrário de seus amigos, que estavam sempre reclamando que os pais não os entendiam, Wren gostava de estar na companhia de seu pai. Ele era a primeira pessoa para quem ela mandava uma mensagem quando tirava A em uma prova em que tinha certeza de ter ido mal. Ele lhe respondia, com sinceridade, se um jeans fazia seus quadris parecerem muito largos. Ele lhe ensinou sobre o céu noturno.

Seu pai era também a pessoa que se queria ter por perto em uma emergência. Quando ela foi à festa de aniversário de Lola Harding e uns babacas ficaram bêbados e um menino acidentalmente cortou a mão fatiando limões e todos surtaram, Wren ligou para seu pai, que chamou o serviço de emergência, foi até lá, assumiu o controle e não ficou estressado ligando para os pais de todo mundo, mas, de alguma maneira, conseguiu fazer o menino que tinha levado a garrafa de Jägermeister ficar cagando nas calças. Quando Wren tinha dez anos e, para responder a um desafio, tentou subir em uma treliça de trepadeiras e acabou no hospital com a perna quebrada, seu pai se sentou ao seu lado tentando confortá-la quando os analgésicos não conseguiam. *Tom mole*, ele disse, e ela se distraiu o suficiente para parar de chorar e de ficar lembrando que tinha visto seu osso pelo corte na pele. Seu pai estava mostrando a perna de seu moletom. *Tem umas palavras que a gente não deve dizer ao contrário.*

Pato de pé, ela falou.

Mate xeque.

Sebo de pau.

O fato era que ela gostaria que ele estivesse ali. Tinha sido bom poder escrever para ele, pelo menos. Mas, desde que ela e Olive tinham sido arrastadas de seu esconderijo, isso não tinha sido mais possível.

Exceto agora. No segundo em que fosse sua vez de entrar no banheiro, ela ia ligar o celular de novo e contar ao seu pai tudo que estava acontecendo.

De onde se encontrava sentada no sofá, Wren apertou os olhos e examinou George. Ele tinha falado no telefone com seu pai, mas agora o telefone estava sobre o balcão da recepção. Ele segurava a pistola na mão direita. Estava suando.

Tinha olhos de fantasma, tão claros, com as pupilas parecendo pontas de alfinetes. Quase como se desse para olhar através dele.

E, se o médico e Izzy estivessem certos, ele tinha uma filha. Essa talvez até fosse a razão de ele estar ali. Wren sabia melhor do que ninguém que não se podia escolher seus pais, mas imaginou como seria se ela tivesse crescido com esse homem, em vez do pai dela.

Imaginou o que a filha dele estaria pensando naquele momento.

De repente, ele estava agitando a arma na cara dela.

— Está esperando o quê? — disse ele. — Anda logo.

Ela se levantou e ergueu as mãos amarradas.

— Eu não posso... *fazer*... com isto assim.

Por um terrível segundo, ela achou que ele fosse dizer para ela dar um jeito. Mas então ele passou os dedos pelo pulso dela procurando a ponta da fita cirúrgica e a soltou. Wren sentiu o sangue fluir para as mãos e as sacudiu ao lado do corpo.

— Não faça nenhuma burrice — disse ele.

Wren concordou com a cabeça, mas tinha uma sensação de que o que ele achava que era burrice e o que ela achava que era burrice eram duas coisas muito diferentes.

A porta foi deixada aberta. Ela se sentou na tampa do vaso e procurou o celular dentro da meia. Olive tinha conseguido desligá-lo para que ele não ficasse zumbindo. Mas, quando ela o ligasse de novo, faria barulho. Wren estendeu a mão para a pia e abriu a torneira para disfarçar.

Contendo a respiração, ela abafou o celular de encontro à blusa. Esperou pelo sinal para poder escrever para o seu pai.

Sem serviço.

Como era possível? O sinal estava forte dentro do armário. E seu celular zumbira quando ela foi levada para a sala de espera, antes de Olive desligá-lo para ela. Wren mexeu nas configurações do celular e tentou encontrar uma rede wi-fi.

Nada.

Quando sua tia levou o tiro, Wren virou uma estátua. Não conseguia se mover. Provavelmente teria ficado ali, só à espera de ser morta, se Olive não a tivesse puxado para o armário. Seu coração batia tão forte que ela achou que ia explodir as costelas. Nunca sentira tanto pavor na vida, e toda vez que fechava os olhos via aquela bandeira brilhante de sangue se alargando no peito da tia Bex. Mas poder escrever para seu pai, saber que ele estava ali bem do outro lado daquela parede de tijolos, foi o que manteve a sanidade de Wren.

Agora isso não existia mais.

E se ela nunca saísse daquela clínica? Tinha quinze anos. Nunca havia feito sexo. Não fora ao seu baile de formatura. Nunca fumara um baseado ou passara a noite inteira estudando.

Seu pai sempre lhe dizia para ter cuidado, que ele via muitos acidentes de trânsito horríveis ou motoristas bêbados que eram adolescentes que imaginavam ser invencíveis. Talvez parecesse ridículo depois de ela ter sido arrancada do armário e ter uma arma apontada para o rosto, mas, pela primeira vez, Wren agora realmente entendia que poderia morrer.

Uma nova onda de terror se apossou dela, e ela começou a tremer.

Apertou uma mão na outra. Fechou os olhos com força e tentou imaginar cada detalhe do rosto do pai.

Se seu pai estivesse aqui, diria a ela para respirar fundo. Ele diria: *Faça o possível para ficar segura. Garanta que todos os outros estejam seguros também.*

Ele diria...

Ele diria...

Prima obra, ela pensou.

Deixou um pequeno sorriso escapar de dentro do nó de medo.

Papagaio de bico.

Seda de papel.

Pela primeira vez desde que entrara no banheiro, ela olhou para o rolo de papel higiênico. Viu a corrente de mensagens e começou a ler.

— Por que toda essa demora? — George disse e abriu a porta. Wren fez a primeira coisa em que pôde pensar. Derrubou o celular dentro do vaso sanitário, junto com o papel em sua mão.

— Estou t-terminando — ela gaguejou.

O rosto dele desapareceu de novo e Wren dobrou o corpo. Ela se levantou e pescou o celular dentro do vaso sanitário, mas ele estava arruinado. Enfim, não estava funcionando mesmo e era melhor deixá-lo escondido do que nela: ela sabia, de observar as outras mulheres, que George as havia revistado quando saíram do banheiro também. Segurando o aparelho por uma ponta gotejante, ela levantou a tampa da caixa acoplada do vaso sanitário e escondeu o celular lá dentro.

Olhou para a massa encharcada de papel higiênico dentro da bacia. Wren pegou a caneta na mesinha lateral e escreveu no rolo, sucintamente, o que Izzy precisaria saber. Ela e o médico eram os únicos que ainda não tinham ido ao banheiro e ele provavelmente não poderia nem ficar de pé. *Nós podemos derrubá-lo. Dar uma rasteira. Tentar pegar a arma. Todas estão dentro.*

Ela enrolou o papel com as palavras, deu descarga, lavou as mãos e saiu.

George estava esperando, batendo a pistola na coxa. Ela se sentia perdida sem seu celular. *Solta no espaço.*

Lembrou-se de ter perguntado a seu pai uma vez o que acontecia durante uma caminhada no espaço se um astronauta se soltasse da aeronave. Ele explicou que os astronautas usavam mochilas que podiam disparar jatos e propeli-los de volta para o veículo. Chamavam-se Simplifed Aid for EVA Rescue. Auxílio simplificado para resgate em atividades extraveiculares. SAFER em sua sigla em inglês. Mais seguro.

Ela deu um passo em direção ao sofá, sentindo os olhos do atirador nela.

— Você não esqueceu alguma coisa? — disse ele.

Wren levou um susto e negou com a cabeça. Será que ele a teria visto segurando o celular?

George a agarrou pelo pulso e a empurrou na direção dos outros.

— Prenda os pulsos dela — ele ordenou para Izzy.

— Desculpe — Izzy disse para Wren. Ela girou o rolo de fita cirúrgica duas vezes, três vezes. Depois tentou rasgar a fita. Quando não conseguiu, inclinou-se para a frente, o cabelo caindo sobre o rosto e sobre os pulsos de Wren enquanto mordia a ponta.

Izzy levantou a cabeça e olhou nos olhos de Wren por um momento. Depois se virou para George.

— É a minha vez?

Wren voltou para o sofá, sentando-se desajeitadamente ao lado de Olive outra vez. Pousou com cuidado as mãos no colo e olhou para elas. Preso entre suas palmas estava um bisturi que Izzy conseguira lhe passar, com uma pequenina lâmina letal.

Expulso com desonra. As palavras se atropelavam na mente de George. E se Lil tivesse ouvido isso? Ela sabia que ele servira no exército, e também sabia que ele não gostava de falar sobre o tempo que passara lá. Mas, cacete, ninguém que tivesse visto um combate gostava.

Ele estivera na Bósnia, estacionado em um inferno onde sua função supostamente seria manter a paz, mas até ele sabia, mesmo ali naqueles primeiros dias, que era uma causa perdida. No fim de um longo dia no fim de uma longa semana, ele estava bebendo em um bar. Tinha saído para mijar e ouviu o grito de uma mulher.

Deveria ter ignorado. Mas pensou em sua esposa em casa e correu até a esquina, onde encontrou dois homens segurando uma mulher muçulmana. Não, era uma menina, uma menina muçulmana. Não podia ter mais que doze anos. Em vista do conflito étnico, ele imaginou que os homens fossem sérvios, mas todos eles eram parecidos. Um tampava a boca da menina com a mão e prendia seus ombros, enquanto o outro se movia para frente e para trás vigorosamente entre suas coxas.

George o arrancou de cima dela, largando-o esparramado no chão. Seu amigo veio atrás de George, que desferiu um soco violento nele. O homem cambaleou e caiu, batendo a cabeça no meio-fio. George percebeu vagamente que a menina tinha fugido. O estuprador se levantou e avançou sobre George, que levantou a arma. Nessa altura, a comoção havia atraído uma multidão. O que eles viram foi um soldado americano mantendo um civil croata sob a mira de uma arma, enquanto um segundo civil sangrava até morrer aos seus pés.

Ele foi para a corte marcial. Explicou que havia interrompido um estupro, mas a família da menina insistiu que ela não havia sofrido nenhuma violência sexual. E por que eles admitiriam o fato, se isso a deixaria para sempre impedida de se casar na cultura deles? Em vez disso, houve o testemunho dos transeuntes que tinham visto George apontando uma arma furiosamente para um homem caído no chão com as mãos levantadas.

George foi condenado por homicídio e expulso com desonra, porra, por fazer a coisa certa.

Quando voltou para casa, tinha uma esposa que não entendia sua raiva e uma bebê que chorava o tempo todo, e ele não conseguia dormir. Foi demitido do emprego e talvez bebesse mais do que deveria. Uma

Uma centelha de luz

noite, quando ele adormeceu no sofá, Greta se inclinou sobre ele para acordá-lo, mas ele estava sonhando e viu, em vez dela, aquela menina, a menina muçulmana, e a agarrou pelo pescoço com toda a sua revolta. *Por que você não disse a verdade pra eles? Eu salvei você. Por que você não me salvou?*

Foi só quando o corpo de Greta começou a amolecer sob ele que George se deu conta de onde estava, de quem era. Quando soltou sua esposa, ela correu para o quarto e trancou a porta. Ele implorou perdão. Prometeu que ia fazer terapia. Ela não respondeu, só se manteve longe dele, com um colar de hematomas no pescoço. No dia seguinte, toda vez que George chamava a esposa, ela pulava de medo. Fazia tudo que podia para evitá-lo. Ele começou a dormir no quarto da bebê, porque sabia que Greta não iria embora sem Lil.

Até que, uma noite, ela foi.

Ele olhou para a tela da televisão. Estava escura agora, desligada por ordem sua, mas ele ainda podia ouvir as palavras do repórter retinindo em sua cabeça. *A expulsão com desonra é reservada para as condutas mais repreensíveis dos militares*, o homem tinha dito. *Deserção, abuso sexual, homicídio... violência brutal.*

Violência brutal.

George sentiu o suor descer pelas costas. Ele puxou o colarinho. Que porra de violência brutal. Não teve nada de brutal naquilo. Eles não sabiam o que tinha acontecido na Bósnia. Eles não percebiam que não tinha sido o rosto de Greta que ele viu naquela noite, quando tentou estrangulá-la. Eles não entendiam o que havia acontecido com Lil, o motivo dele estar ali.

Não conseguia ouvir nada a não ser a voz do repórter, retinindo em seus ouvidos.

— Violência brutal — George murmurou. — *Isto* é violência brutal — disse ele, e chutou com a bota a perna ferida do médico.

Quando a audição de George voltou, foi com o grito do homem.

O atirador estava fora de controle. Ele estava murmurando consigo mesmo; havia chutado a perna do dr. Ward. Izzy se inclinou sobre o pobre homem, tentando tranquilizá-lo, tentando fazer alguma coisa, qualquer coisa, para afastar a dor. O dr. Ward estava tremendo, suando, em choque. O falso conforto do *status quo* havia se rompido, e agora ninguém podia imaginar o que aconteceria em seguida.

Ela deu uma olhada para Wren. A menina estava apertando os olhos fechados, como se estivesse tentando transformar aquilo, pela força do pensamento, em um pesadelo em vez da realidade. Ainda devia estar segurando o bisturi. Izzy sabia que precisava se livrar dele assim que viu o atirador fazendo revistas de corpo inteiro antes e depois de cada mulher usar o banheiro.

Ela enxugou a testa do dr. Ward com um pedaço de gaze. Sob o pretexto de estar falando com ele, disse em voz alta:

— *Shh*, está tudo bem. Vai ajudar se você se concentrar em alguma outra coisa neste momento... — Izzy levantou os olhos, quando as outras mulheres se viraram ao som de sua voz. Fez contato visual com cada uma delas, uma a uma. — Pense em uma linda praia, talvez. Ou em um amplo gramado, você deitado na vegetação *rasteira*.

Se o atirador notou que ela havia enfatizado a última palavra, não deu nenhum sinal.

Houve um momento tenso de silêncio. Todas elas tinham lido a mensagem no banheiro, mas não havia um plano de ação explícito.

De repente, Joy pôs as mãos na barriga e se curvou para a frente.

— Ai — ela gemeu. — Está doendo. Está doendo *muito*. — Ela começou a balançar para a frente e para trás.

— Faça ela calar a boca — o atirador mandou. Ele se virou para Izzy. — Faça alguma coisa.

Izzy foi até Joy.

— Ainda está com dor?

— Sim, muita — disse Joy, apertando a mão de Izzy três vezes. Um sinal. — *Agora!* — ela gritou.

— Cale a boca dela — disse George. — Faça ela ficar quieta ou eu...

Ele avançou, para ameaçá-la ou agredi-la, mas, nesse instante, Janine estendeu um pé.

E, de repente, George Goddard estava esparramado no chão.

Agora agora agora agora agora.

Wren o viu tropeçar, e, quando caiu, ele derrubou a arma.

Quando ela era muito pequena, costumava imaginar como seria voar. Em dias de ventania, ela abria o zíper da capa de chuva, estendia os braços, pulava e sabia, apenas *sabia*, que estava no ar por um instante.

Agora, ela voou.

Pulou do sofá e mergulhou para a arma ao mesmo tempo que George. Suas mãos ainda estavam amarradas, então ela caiu como uma pedra e se arrastou sobre os cotovelos. Foi um décimo de segundo e, ao mesmo tempo, uma eternidade. Ela sentiu as pontas dos dedos roçarem o cano da pistola e ele a empurrou para longe dela.

Wren levantou as mãos presas e as desceu com toda a força sobre a palma estendida da mão dele.

Ele uivou de dor e o bisturi se enfiou fundo em sua carne, deslizando do meio das mãos de Wren.

— Sua *puta* — ele gritou. Então arrancou a lâmina da mão e pegou a pistola.

Wren não conseguia levantar. Suas mãos continuavam amarradas. O ângulo do bisturi quando ela o tivera nas mãos não permitira que ela cortasse a fita, embora tivesse tentado mais que tudo. Ela recuou sobre o tapete, escorregando no sangue fresco do ferimento do dr. Ward. Nesse momento, tudo que podia ver eram os olhos muito vermelhos do atirador, seu rosto contorcido, seu polegar puxando o gatilho. Imaginou se iria doer, quando ela voltasse a ser pó de estrelas.

O que nós sabemos, Olive poderia lhe dizer, não é o que achamos que sabemos.

Em um determinado ano ela havia feito um estudo psicológico em que disse aos alunos que cientistas haviam descoberto um composto químico com benefícios antienvelhecimento. Quando ela dizia que os cientistas ainda não sabiam exatamente como ele funcionava, os estudantes afirmavam não compreender como os efeitos antienvelhecimento ocorriam. Mas, quando ela contou que os cientistas haviam descoberto a metodologia, os estudantes disseram ter compreendido o processo, mesmo sem que lhes fosse dado nenhum detalhe.

Era quase como se o conhecimento fosse contagioso. As pessoas constantemente afirmavam "saber" alguma coisa quando não tinham os fatos e ferramentas para dar apoio a essa afirmação.

Talvez por essa razão, ela havia pensado que, nesse momento, passariam pelos seus olhos os acontecimentos mais marcantes de sua vida, as lembranças de amor, alegria e justiça. Pensou que veria seu primeiro beijo com uma menina feita de luar em um lago, num acampamento de verão; ou seu último beijo com Peg, quando puseram um marcador no livro que estavam lendo e se viraram uma para a outra, como dois parênteses, antes de apagar a luz.

Olive pensou, e aí estava o erro.

Quando, no fim, o momento chegava, não se pensava em nada. Só se sentia.

O que ela sentia?

Que a gente sempre se subestima.

Que o amor é fugaz.

Que a vida é um milagre.

Que o motivo para ela ter vindo a esta clínica, neste dia, a esta hora, era *este*.

Agindo puramente por instinto, Olive Lemay se lançou na frente da bala.

Duas da tarde

A luz do sol era ofuscante.

Izzy a viu reluzir nas barras prateadas da cadeira de rodas. Ficou temporariamente sem conseguir enxergar e, então, forçou-se a pôr um pé na frente do outro e empurrar as rodas para fora da porta da clínica.

Mas não era só a luz do sol. Eram as câmeras e as perguntas gritadas quando alguém emergiu da barriga da besta. Izzy congelou, sem saber ao certo para onde ir e o que fazer.

Ela deveria levar Bex para fora, depois voltar por aquelas mesmas portas. Mas seria tão fácil se salvar.

Ela poderia se inclinar para a frente, se agachar rápido, e correr. Poderia levar Bex até a ambulância e pular para dentro e, realisticamente, o que o atirador poderia fazer?

Sua visão focou quando um homem veio para a frente. Pela silhueta, ele era alto, de ombros largos, e apenas por um instante ela pensou: *Parker*. Mas não era Izzy que estava sendo resgatada agora e, em seu conto de fadas, ela ainda tinha medo de que, a qualquer momento, o príncipe percebesse que ela era apenas uma aldeã pobre posando de princesa.

O negociador de reféns estendeu a mão e fez sinal para ela avançar.

Ela se sentia como se estivesse suspensa entre o que poderia ser e o que era. Como sempre.

Era assim para todas as pessoas que cresciam pobres, ela imaginava. Izzy tinha lembranças nítidas de seu aniversário sendo comemorado com duas semanas de atraso porque foi quando conseguiram comprar uma caixa de mistura para bolo. De sempre adicionar água ao leite para que durasse mais. Da alegria quando os cupons de auxílio-alimentação chegavam e eles podiam ir ao supermercado; e de ter vergonha na hora de usá-los para pagar.

Quando Izzy estava no primeiro ano, sua família não tinha como comprar o material escolar, então ela fingia que tinha esquecido em casa. Um dia, quando abriu a tampa de sua carteira, havia dentro uma caixa nova em folha de lápis de cera Crayola. Ainda estavam com a ponta afiada e tinham cheiro de cera, e havia um *apontador* atrás da caixa. Izzy não tinha ideia se tinha sido sua professora que lhe dera aquilo, e nunca descobriu. Mas ela percebeu, então, que sua família era diferente de outras famílias. A maioria das crianças não ia para o Sam's Club almoçar sem ser membro só para pegar as amostras grátis. Sanduíches de ketchup, com sachês roubados do McDonald's, não eram normais. Sua mãe mexia na mochila de seus irmãos e jogava fora os folhetos do Clube do Livro, de estudos do meio, de bailes, de tudo que fosse uma despesa adicional. Quando jantavam, Izzy fingia que já estava satisfeita, porque sabia que a mãe não ia comer nada se ela não deixasse alguma sobra no prato.

Como ela trabalhou durante todo o ensino médio, estava determinada a ter uma vida diferente. Não tinha como pagar um curso preparatório para o SAT, o exame de admissão na faculdade, por isso pediu o programa das matérias para outra aluna, arranjou livros em bibliotecas e estudou sozinha. Candidatou-se a mais de cem bolsas de estudos que encontrou usando a internet pública da biblioteca. Não conseguiu todas. Mas conseguiu o suficiente para poder fazer um curso gratuito.

Especializou-se em enfermagem com empréstimos estudantis e poupou o quanto pôde.

E, então, conheceu Parker. Que a levou para suas primeiras férias.

Que não conseguia acreditar que ela nunca tinha ido a um médico quando criança e só se consultava com a enfermeira da escola, onde não precisava de um seguro-saúde.

Que a encontrara pondo água no xampu para fazê-lo durar mais.

Que a havia pedido em casamento, apesar de tudo isso.

Uma centelha de luz

Se ela tivesse contado a Parker sobre a gravidez, ele teria ficado eufórico. Teria usado isso como mais um argumento para convencê-la a dizer *sim*, em vez de *eu preciso de mais tempo*.

Mas aí ela nunca se firmaria financeiramente por conta própria. Ou pagaria ela mesma seus empréstimos estudantis. Ou compraria uma casa por ter crédito para isso. E não conseguia fazê-lo entender por que isso era tão importante.

O homem que estava acenando para ela agitou as mãos, tentando fazê-la continuar andando. Se ela corresse agora, poderia se salvar.

Izzy sentiu Bex procurar sua mão. Podia imaginar o esforço e a dor que isso custava à mulher, e gentilmente enlaçou seus dedos nos de Bex e os apertou. Ela se inclinou.

— Você vai ficar bem — disse Izzy, em seguida, respirou fundo e deu outro longo passo para a frente.

Uma vez, quando seus irmãos estavam brigando sobre quem tinha recebido mais espaguete no jantar, sua mãe lhes disse: *A gente não deve olhar para o prato de outra pessoa para ver se tem mais que no nosso. A gente deve olhar para ver se tem o suficiente.*

Izzy pensou no dr. Ward, sangrando no chão, ainda lá dentro. Ela soltou os punhos da cadeira de rodas, virou e correu de volta para a boca aberta da porta da clínica.

Bex soube qual havia sido o momento em que Hugh percebeu que ela era a mulher na cadeira de rodas. Ele deu um passo para a frente e, como se isso tivesse sido o sinal, Izzy se virou e correu.

Bex não conseguia falar. Seus olhos se encheram de lágrimas quando Hugh começou a correr para ela, mas, antes que ele pudesse alcançá-la, os paramédicos estavam lá, levantando Bex da cadeira de rodas para uma maca e colocando-a em uma ambulância. Ela se virou, tentando ver Hugh, tentando estender a mão para ele. Mas estava cercada de pessoas que cutucavam e espetavam e gritavam umas com as outras.

E se ela fosse levada para o hospital antes de poder falar com Hugh?

— Como é o seu nome, senhora? — um socorrista perguntou.

— Bex.
— Bex, nós vamos cuidar de você.
Ela o segurou pelo braço.
— Preciso... contar...
— Nós vamos entrar em contato com a sua família assim que a senhora estiver instalada no hospital...
Bex balançou a cabeça. As portas duplas começaram a se fechar e então, de repente, ela ouviu a voz de Hugh.
— Eu preciso falar com ela — disse ele.
— E eu preciso levá-la para a emergência.
Bex, que conhecia o rosto dele talvez melhor do que ninguém, viu a luta estampada em sua expressão, o desejo de falar com ela brigando com a determinação de que ela fosse atendida.
— Hugh — ela ofegou. — Preciso...
Ele se virou, com uma advertência no olhar.
— Precisa me contar alguma coisa, senhora? — Hugh deu uma olhada para o socorrista. — Vou precisar de um momento de privacidade — disse ele, dispensando o paramédico, e então eles estavam sozinhos.
Ela engoliu, a emoção inundando todas as palavras que achara que talvez nunca tivesse chance de dizer a Hugh.
— Bex — ele gemeu, inclinando-se para mais perto dela, tentando encontrar uma maneira de abraçá-la e, no fim, apenas apertando-lhe a mão entre as suas. — Você está bem?
— Já estive... melhor — respondeu ela. — Wren...
— Está lá dentro — Hugh terminou. — Eu sei. Ela está...
— Viva. Escondida.
Um pequeno soluço escapou e a cabeça dele se inclinou até o cabelo roçar o rosto dela. Bex olhou para ele e viu a sombra de Hugh quando menino: curvado de dor quando seu cachorro morreu, frustrado por um problema de cálculo, furioso quando não conseguiu entrar para o time de futebol do colégio. Queria estender a mão e puxá-lo para os seus braços como costumava fazer; dizer a ele que amanhã seria mais fácil, mas não podia. Dessa vez ela era a causa de sua dor.

— Ninguém sabe — disse ele, sua voz um sussurro. — Ninguém *pode* saber. Você entende? Se ficarem sabendo que a minha filha está lá dentro, eu estou fora do caso. Não tenho controle nenhum sobre o resultado aqui. Ponto-final. — Ele olhou para ela, seus olhos escurecidos de dor. — Por quê, Bex? Por que você a trouxe aqui?

Ela pensou em Wren, no jeito como ela sorria e levantava a sobrancelha direita, como se tivesse um segredo; em como ela pintava as unhas de cores diferentes, porque jamais conseguia escolher apenas uma; na vez em que ela reprogramou todos os canais no rádio do carro de Bex depois de decretar que sua tia precisava avançar além dos anos oitenta.

— Ela pediu.

As mãos de Hugh apertavam com força a sua pele. Ela sabia que ele estava lutando para manter o controle.

— A Wren precisava... ela tinha que fazer... — Ele não conseguia forçar as palavras por sua garganta.

— Não! — disse Bex. — Anticoncepcional. Ela... não queria que você... soubesse.

Ele fechou os olhos.

Algumas traições eram menos graves do que outras? Bex examinou o rosto dele, à espera de algum lampejo de perdão.

Antes que ela pudesse encontrar, porém, o socorrista reapareceu.

— Tenente? — disse ele. — Terminou?

Ele tinha terminado?

Bex queria que ele falasse. Que a absolvesse da culpa.

Em vez disso, ele soltou sua mão, pulou para fora da ambulância e fechou as portas.

Pareceu ter demorado cem anos para Izzy correr os cinco últimos passos de volta para a porta da clínica. Ela se forçou a fixar os olhos na risca preta que separava a liberdade do cativeiro, até que uma mão se estendeu, agarrou-a pela trança e a puxou para dentro outra vez.

George a soltou pelo tempo suficiente para fechar e trancar a porta e empilhar móveis como barricada outra vez.

— Garota esperta — disse George. — Se você não tivesse voltado, ninguém sabe o quanto eu poderia ter ficado bravo.

A cabeça de Izzy girava. Ela ainda sentia o cheiro do piso de cimento quente do calor da tarde. Via o pescoço de todas as câmeras voltado para ela enquanto se afastava da porta da clínica. Ouvia a respiração ofegante de Bex ao passarem em cada fenda na calçada.

Que idiota sente o gosto da liberdade e a cospe?

Ouviu um gemido atrás dela, virou-se e viu que o ferimento do dr. Ward estava sangrando. Izzy olhou para George.

— Eu posso...?

Ele autorizou e ela se ajoelhou ao lado do dr. Ward e desenrolou o torniquete ensopado para substituí-lo por um novo. Assim que a pressão da faixa foi aliviada, o sangue jorrou do ferimento. Izzy se perguntou quanto tempo teria antes de precisar implorar ao atirador que deixasse o dr. Ward receber atendimento médico de fato. Tinha a sensação de que seria diferente de Bex; de que George veria a morte do médico não como um dano colateral lamentável, mas como vingança.

Com rápida eficiência, ela começou a enrolar novamente a bandagem improvisada, usando a caneta para apertar. Prendeu-a com a fita adesiva. O dr. Ward gemeu quando ela moveu sua perna e ela tentou distraí-lo com uma conversa.

— Quando eu era criança e meu irmão quebrou o braço, eu só fiz uma tala e disse para ele usar o outro braço.

— Onde eu fui criado, nós éramos tão pobres que nem tínhamos madeira para *fazer* uma tala — disse o dr. Ward.

Izzy deu um sorrisinho.

— Posso quase jurar que fiquei gripada durante um ano inteiro, porque não tínhamos dinheiro para o trajeto até o pediatra.

— Nós só íamos ao dentista se a cárie estivesse tão ruim que nos fizesse vomitar.

— E aparelhos para os dentes — disse Izzy. — Era a mesma coisa que joias para os dentes.

O dr. Ward lhe deu um sorriso fraco.

— Garota, eu sei o que você está fazendo, mas não vai dar certo você usar o meu próprio remédio em mim.

— Não tenho ideia do que você está falando.

— Você está tentando me distrair do que está acontecendo com a minha perna.

— Você sabe o que está acontecendo — disse Izzy.

— É — ele suspirou. — Se demorar muito, eu posso perder a perna.

Izzy tentava não pensar nisso. Mais importante, ela precisava fazer o dr. Ward não pensar nisso.

— Você fala como se fosse o meu único paciente. — Com o queixo, ela indicou Janine, ainda inconsciente da coronhada que George lhe havia dado. — Alguma alteração?

— Não — disse o dr. Ward, sério agora. — Eu fiquei observando.

Izzy fez um pequeno ruído de desdém no fundo da garganta.

— Bom, eu não me importo se ela continuar inconsciente.

O dr. Ward franziu a testa.

— Sabe que teve só uma vez que eu me recusei a fazer um aborto?

— Foi para uma manifestante pró-vida? — perguntou Izzy.

Ele hesitou, depois balançou a cabeça.

— Foi uma racista. Uma mulher entrou, me viu e disse que preferia um médico branco. Só que eu era a única pessoa fazendo os procedimentos naquele dia e ela não podia esperar mais tempo.

Izzy sentou-se sobre os tornozelos.

— O que aconteceu?

— Não tenho ideia. Mesmo depois que ela decidiu que a minha cor importava menos do que ela fazer o aborto, eu disse não. Tive plena consciência de que precisava me considerar impedido de fazer o procedimento. Eu estava embriagado de raiva, como estaria se tivesse bebido uma garrafa de gim. Não podia tocar nela, como não poderia ter tocado em uma paciente se estivesse bêbado. E se ela se sentisse mal durante o procedimento? Ela poderia pensar que eu estava tentando provocar dor nela intencionalmente por causa do que ela havia dito. E se acontecesse alguma complicação e isso reforçasse as crenças dela de que eu era menos qualificado por causa da cor da minha pele? — Ele balançou a cabeça. — Como o dr. King disse: *Pode ser verdade que a lei não tem como fazer uma pessoa me amar, mas ela pode impedir que essa pessoa me linche, e eu acho que isso é muito importante.*

— Eu imaginava que, em se tratando de aborto, raça seria a última coisa na mente de uma pessoa.

O dr. Ward olhou para ela, surpreso.

— Ora, srta. Izzy. Em se tratando de aborto, raça está em primeiro lugar na cabeça de todos. — Ele indicou Janine. — Ela é a exceção. O manifestante antiescolha médio é — ele baixou a voz — um homem branco entre quarenta e cinquenta anos.

Izzy olhou para George Goddard. Ele estava polindo o cabo da arma com a barra da blusa. Tinham ouvido ele falar de sua filha; sabiam que ele tinha alguma conexão pessoal com essa clínica. Mas certamente isso não se aplicava a todos os manifestantes que se encaixavam naquele perfil.

— Por quê?

— Porque eles querem fazer a América branca outra vez.

— Mas tem mais mulheres negras fazendo abortos do que mulheres brancas...

— Não importa. Eles não ligam para a fertilidade das mulheres negras. Eles as estão usando, do jeito que as mulheres negras têm sido usadas há séculos, para promover uma agenda branca. Você viu aqueles outdoors sobre genocídio negro?

Izzy tinha visto. Eles brotaram nas estradas da região do Sul Profundo. Mostravam uma imagem de um lindo bebê negro e um slogan: O LUGAR MAIS PERIGOSO PARA UM AFRO-AMERICANO É NO ÚTERO. Uma foto do Presidente Obama e as palavras A CADA 21 MINUTOS NOSSO PRÓXIMO LÍDER EM POTENCIAL É ABORTADO.

— Foram pessoas brancas que colocaram aquilo. Raça não é uma coisa simples neste país — disse o dr. Ward. — Se os antiaborto construírem sua oposição à escolha como um antirracismo, vai parecer que eles estão tentando ajudar as mulheres negras. Mas uma lei que impede as mulheres negras de fazer abortos também impede as mulheres brancas. Mulheres brancas dão à luz bebês brancos. E essas mulheres brancas estão trabalhando fora de casa e desafiando valores de família tradicionais, e até 2050 os brancos vão ser minoria. Quando se olha por essa perspectiva, fica um pouco mais claro a quem esses outdoors estão realmente tentando beneficiar. — Ele olhou para a expressão de Izzy e deu um pequeno sorriso. — Você acha que eu perdi muito sangue, não é?

— Não. Não. É que eu nunca tinha pensado nisso antes.

O dr. Ward se apoiou na armação do sofá.

— É *só* no que eu penso. — Ele olhou para o torniquete. — Você é uma enfermeira das boas.

— Sem flerte, doutor.

— Você é um pouco magra e pálida demais para o meu gosto — ele brincou.

— Que pena. Você é um achado raro. Um cara inteligente que não se sente ameaçado pelas mulheres. Talvez seja o maior feminista que já conheci.

— Pode apostar que sou. Eu amo as mulheres. Todas as mulheres.

Izzy deu uma espiada em Janine, ainda desmaiada no chão.

— Todas as mulheres?

— Todas as mulheres — o dr. Ward repetiu. — E você também deveria amá-las. — Ele olhou para Izzy. — Goste ou não, vocês estão nessa luta juntas.

Wren não tinha vindo aqui para um aborto. O alívio anestesiante que Hugh sentira ao saber disso havia eclipsado a verdade de que ela, ainda assim, estava sendo feita refém porque queria um método anticoncepcional.

Mas ela não queria que ele soubesse.

Hugh a teria levado, se ela tivesse pedido.

Por que ela não pedira? Por que fora procurar Bex? Por que a irmã não contara para ele?

Ele sabia que Bex estava buscando clemência, que queria que Hugh dissesse *Não foi sua culpa*. Mas ele não conseguiu fazer isso. Porque, se não era culpa de Bex que Wren estivesse ali, então Hugh teria que admitir que a culpa poderia ser dele mesmo.

Ele não teria perdido a cabeça se Wren tivesse ido falar com ele. Isso era algo que não estava em seu DNA. Na verdade, ele era tão bom em encobrir suas emoções com uma camada espessa de calma que era preciso alguém o conhecer desde sempre para saber onde estavam as rachaduras sob a superfície. Quando Annabelle o deixou, ela lhe deu um tapa na cara para ver se conseguia obter alguma reação dele. Hugh contou isso para Bex mais tarde. *Ela disse que ninguém poderia culpá-la por ter me trocado por alguém com emoções humanas.* Ele apoiara os cotovelos nos joelhos e apertara os olhos nos punhos. *A questão é: se você visse o que eu vejo todos os dias no trabalho, faria qualquer coisa para não sentir nada.*

Bex. Por que Bex resolvera trazer sua filha justamente para cá?

Ele sabia a resposta. O que sua irmã imaginara foi uma clínica gratuita, uma consulta de meia hora e uma receita de pílula anticoncepcional. A única pessoa que sairia machucada nesse cenário seria Hugh, por não saber de nada. Bex não pensara em manifestantes ou atiradores. Ela não tinha, flutuando no fundo de sua consciência, as estatísticas de violência em outras clínicas de saúde da mulher. Apenas alguém que vinha fazendo o que Hugh fazia durante tantos anos imaginaria que o pior poderia acontecer.

O fato era que o pior não havia acontecido... ainda. Bex estava em segurança agora. E Wren *também* ficaria, o que quer que isso custasse a ele.

Mais além da tenda de comando, os repórteres haviam formado uma linha, cada um deles de frente para um câmera, como se estivessem posicionados para alguma dança da corte. Hugh ouvia o repórter mais próximo despejar um monte de banalidades completas e absolutas para encher o tempo de uma transmissão ao vivo.

— A questão, claro — o repórter dizia —, é: de onde veio a arma? Quem vendeu a arma para ele? É bom lembrar que uma expulsão com desonra pode ser uma decisão de uma corte militar, mas continua sendo um crime, por isso Goddard ter uma arma seria ilegal...

Hugh fechou os olhos. Ele afastou as vozes dos repórteres e os pensamentos em Bex, e em Wren se escondendo de um lunático com uma arma. *Não se distraia,* disse a si mesmo. *Não se distraia.*

Ele digitou no celular e George atendeu no terceiro toque.

— Isso foi excelente — disse Hugh. — Você libertou alguém que realmente precisava de atendimento médico. Eu sabia que você e eu podíamos trabalhar juntos. — Hugh enxugou a testa. Estava um calor dos infernos.

— Não estamos juntos nessa — respondeu George. — Você é a porra de um policial.

Hugh fechou os olhos. Ia ser consideravelmente pior quando a equipe SWAT chegasse, o que poderia acontecer a qualquer momento. O que significava que ele tinha um tempo limitado para conquistar seu tomador de reféns.

— Eu sou um negociador — Hugh corrigiu. — Você é a única razão de eu estar aqui.

Ele se forçou a bloquear da mente as pessoas à sua volta: equipes de emergência e imprensa. Se quisesse fazer seu trabalho, precisava criar um espaço que fosse apenas ele, George e mais ninguém. Era uma sedução, e Hugh diria qualquer coisa que fosse necessária para encerrar aquela situação.

— Escute — disse Hugh —, muitas destas pessoas aqui fazem pressuposições. Eu não. Eu sei que você é inteligente. O fato de ter deixado aquela mulher receber atendimento médico prova isso.

Aquela mulher.

Como se Bex não o tivesse praticamente criado depois que seu pai morreu e sua mãe começou a beber.

Ele hesitou, esperando para ver se George ia engolir a isca.

— Tem outras pessoas aí dentro que precisam de ajuda?

— Eu não vou soltar mais ninguém.

— Isso pode ser uma coisa boa pra todo mundo, George. Se tiver mais gente ferida aí com você e você deixar essas pessoas saírem, você não vai ter mais que se preocupar com elas... e isso faz você parecer mais humano para as pessoas aqui fora.

Uma jovem detetive tocou no ombro de Hugh e lhe estendeu um celular.

— É o pastor dele — a detetive sussurrou.

Hugh balançou a cabeça e levantou um dedo para ela esperar um momento.

— George, tem mais alguém ferido aí?

— Por que eu te contaria isso?

— Porque você abriu a porta e eu cumpri a minha promessa. Eu esperei. Não invadi a clínica. Você pode confiar em mim.

— Pra fazer o quê? Acabar comigo no fim?

A detetive escreveu em um pedaço de papel e o balançou embaixo do nariz de Hugh. EVANGÉLICO.

— Não. Pra fazer pelos outros o que nós queremos que os outros façam por nós — disse Hugh.

— Você é cristão?

— Sou — respondeu Hugh, embora não fosse de forma alguma um homem religioso. — Você é?

Ele ouviu a respiração de George.

— Não mais.

Hugh baixou os olhos para o papel que a detetive tinha lhe entregado.

— Deus vai perdoá-lo pelo que você fez, George.

— E por que você acha que *eu* vou perdoar ele? — disse George, e a linha ficou muda.

Hugh pegou o celular com a detetive.

— Hugh McElroy — disse ele. — Com quem estou falando?

— Pastor Mike Kearns — um homem respondeu. — Eu lidero a Igreja Vida Eterna em Denmark.

— Obrigado por ter ligado, pastor. O senhor conhece George Goddard?

— George era nosso faz-tudo na igreja. Jardinagem, marcenaria, o que fosse necessário. Acho que não havia nada que ele não pudesse consertar.

— Quando ele parou de trabalhar para o senhor?

— Faz uns seis meses, mais ou menos. — Havia constrangimento na voz do pastor. — Nós tivemos alguns danos por causa de uma tempestade e o orçamento ficou apertado. Agora nós temos voluntários fazendo o que George fazia.

— O senhor viu o noticiário hoje, pastor?

— Não, eu estava oficiando em um funeral...

— George Goddard abriu fogo no Centro em Jackson, a clínica de aborto, e neste momento está mantendo vários reféns.

— O quê? Não. Não, esse não é o homem que eu conheço.

Hugh não tinha tempo para crises existenciais.

— Ele apresentou alguma tendência violenta durante o tempo em que trabalhou para o senhor?

— George? Nunca.

— Ele era antiaborto?

— Bem — disse o pastor —, a nossa congregação acredita em proteger os direitos dos ainda não nascidos...

— O suficiente para matar pessoas para fazer sua mensagem ser ouvida?

O pastor respirou fundo.

— Eu não gosto de ser julgado pela minha fé, policial...

— Tenente. Tenente McElroy. E eu não gosto de pessoas que invadem uma clínica e começam a matar pessoas inocentes.

— *Matar?* Meu Deus.

— Faça bom proveito Dele — Hugh disse baixinho. — Escute, pastor, não é minha intenção atacar o senhor. Mas há pessoas naquela clínica que podem morrer. Qualquer coisa que o senhor possa me dizer sobre George Goddard que me ajude a entendê-lo e a entender suas motivações seria muito útil.

— Eu o conheci faz um pouco mais de quinze anos — disse o pastor Mike. — Ele apareceu uma noite na igreja, carregando uma bebê. A criança estava doente, com febre. A esposa tinha o deixado.

— Tinha morrido?

— Não. Ela foi embora, mas ele nunca me disse o motivo.

A mente de Hugh começou a trabalhar, combinando possibilidades. Ela teria fugido porque o marido era violento? Ele teria roubado a bebê e ido embora? Ela ainda estaria viva em algum lugar?

— O senhor sabe o nome dela? — indagou Hugh, tirando a tampa de uma caneta com os dentes.

— Não — respondeu o pastor. — Ele não queria nem falar dela. Eram apenas George e Lil.

— Lil?

— A filha dele. Uma boa menina. Ela cantava no coro da igreja.

Tudo que Hugh sabia sobre a filha de George era que ela viera aqui para fazer um aborto. Agora, também sabia seu nome. Hugh tampou com a mão o microfone do celular. — Lil Goddard — ele falou para a jovem detetive. — Encontre-a.

Hugh sabia todas as maneiras de encontrar alguém que não queria ser encontrado. Pesquisavam-se extratos bancários e de cartões de crédito e registros telefônicos. Seguiam-se nomes falsos e o rastro do dinheiro. A principal vantagem que um detetive tinha é que estava atrás de uma verdade, enquanto a pessoa se escondendo estava vivendo uma mentira. A verdade tende a reluzir, como o brilho de uma moeda. Mentiras, por outro lado, são uma série de giros que, uma hora, expõem você no alto.

Tinha sido o rádio do carro que lhe dera a dica. Ele havia levado a minivan de Annabelle para renovar o registro e, no caminho, pressionara os cinco botões pré-programados do rádio para encontrar a NPR. Havia uma estação de músicas antigas, uma estação de música acústica que sempre o fazia se sentir como se fosse cochilar ao volante, um canal de música clássica e um que tocava só músicas da Disney, para Wren. A estação NPR, porém, havia sido reprogramada para uma rádio country.

Hugh apertou os botões outra vez. Era verdade que ele raramente usava aquele carro, mas Annabelle detestava música country.

Ainda se lembrava dela deitada com a cabeça em seu colo quando estavam namorando, dizendo-lhe que o que mais detestava no sul era o bombardeio contínuo de músicas sobre homens com caminhões, homens traindo esposas, homens traindo esposas em caminhões.

Hugh reprogramou o botão de volta para a NPR, pegou o registro do carro, trocou o óleo e até foi a um lava-jato. Não voltou a pensar nisso por uma semana, até o dia em que chegou cedo do trabalho. Ele sabia que Wren ainda estaria na escola e, quando ouviu o som do chuveiro, sorriu e tirou a roupa, planejando fazer companhia a Annabelle. Foi só ao chegar ao quarto que a ouviu cantando entusiasticamente "Before He Cheats", uma das tais músicas country que ela não suportava.

Ainda estava parado na frente do banheiro quando o chuveiro foi desligado e Annabelle abriu a porta, enrolada em uma toalha.

— Hugh! — ela gritou. — Você quase me matou de susto! O que está fazendo aqui?

— Matando trabalho — disse ele.

Annabelle riu.

— Pelado?

— Isso foi uma feliz coincidência — ele respondeu.

Ele a abraçara e começara a beijá-la. Tentou não pensar naquele súbito interesse por música country ou se tinha sido sua imaginação que ela se contraíra ao seu toque.

Quando Annabelle saiu para pegar Wren na escola, Hugh vestiu um short e se sentou diante do computador. Conectou-se à conta deles da AT&T, o plano familiar que incluía o seu telefone e o de Annabelle. O histórico de ligações dela era protegido por senha, mas ele sabia a senha: Pepper, o nome de sua cachorrinha na infância. Quando a lista de números apareceu na tela, ele passou pelo número da mãe dela, o número de seu trabalho e outros que reconheceu. Seus olhos pararam nas ligações repetidas para Brookhaven, Mississippi. Eram ligações longas, às vezes de uma hora de duração. Havia mensagens de texto enviadas para esse número também.

Hugh anotou o número, vestiu uma camiseta e tênis e correu oito quilômetros de volta para a delegacia. Sua secretária, Paula, levantou os olhos quando ele entrou na sala, pingando de suor.

— Você não acabou de sair daqui?

— Não aguentei ficar longe de você — ele brincou.

Em casos criminais, Hugh podia intimar a companhia telefônica a informar o nome do assinante de um telefone celular. Ele brigou consigo mesmo quanto à moralidade de usar seu poder para investigar a esposa, e perdeu. Um dia depois, tinha um nome: Cliff Wargeddon. Pesquisou a licença de motorista e obteve a placa de uma picape Ford branca e um endereço.

Chegou lá às nove da noite. Era uma pequena chácara em uma rua sem saída, com jardins bem cuidados, pequenas estátuas de gnomos e cataventos coloridos girando ao vento. A picape branca estava estacionada ao lado. Um capacho diante da porta dizia AS PESSOAS DENTRO DESTA CASA SÃO ABENÇOADAS. Dos dois lados, vasos cascateando de begônias.

Quando uma mulher de uns setenta anos abriu a porta e saiu com um cachorrinho na coleira, Hugh começou a se perguntar se haveria cometido um engano. Ela passeou com o cachorro em volta do quarteirão e tornou a entrar. Hugh estava prestes a abandonar seu posto quando a porta se abriu de novo e um homem jovem saiu, gritou alguma coisa para dentro da casa, depois se dirigiu à picape branca e entrou nela.

Ele era mais novo que Hugh. Talvez uns dez anos. Caramba, ele ainda morava com a mãe. Hugh o seguiu até uma padaria em Jackson. O homem entrou por um acesso para funcionários nos fundos e só saiu seis horas depois, quando o dia começava a clarear, os braços e a calça polvilhados de farinha.

Foram mais dois dias seguindo-o antes que Wargeddon estacionasse sua picape branca perto da casa de Hugh, no meio do dia, quando Wren estava na escola e Hugh no trabalho.

Foi mais algum tempo até ele juntar coragem para seguir Wargeddon para dentro de casa.

A primeira coisa que ele notou foi que Wargeddon tinha uma tatuagem nas costas na altura do ombro direito, um escorpião. A segunda coisa que ele notou foi a música tocando baixinho no radio-relógio ao lado da cama. Ele olhou para Annabelle.

— Desde quando — disse ele — você gosta de Carrie Underwood?

Houve momentos desde que Annabelle foi embora em que ele se perguntou o que teria acontecido se ele não tivesse ido atrás de provas de sua infidelidade. Será que ele teria ficado sabendo? Ela teria enjoado de Cliff em vez de se mudar com o jovem rapaz para Paris, onde ele estudava a arte das baguetes e ela começara a fumar e trabalhava em um romance que ele nunca sequer soubera que ela queria escrever? Será que Wren estaria melhor tendo uma mãe com defeitos do que sem mãe nenhuma?

Às vezes, na respiração ofegante da noite, Hugh se perguntava se seria melhor deixar algumas coisas escondidas.

Ele se perguntava se George Goddard tinha ido atrás da esposa.

Ele se perguntava se, contra todas as probabilidades, havia mais uma coisa em comum entre ele e esse homem, afinal.

A cabeça de Janine estava latejando. Ela tentou se sentar, mas fez uma careta quando sentiu a forte pontada de dor no maxilar e na testa.

— Calma — ela ouviu, um sussurro como um chumaço de algodão. — Eu ajudo você.

Sentiu um braço deslizar sob seus ombros para levantá-la para a posição sentada. Devagar, abriu uma fresta de um olho, depois do outro.

Ela ainda estava no inferno.

O atirador andava de um lado para outro, murmurando consigo mesmo. A enfermeira estava refazendo a bandagem na coxa do médico. Ela tirou a gaze encharcada do ferimento e Janine desviou o olhar para não ter que ver mais.

Cobriu o rosto com uma das mãos, e em seguida, se viu olhando para Joy.

De repente, tudo voltou de uma só vez: o que ela tinha dito, o que havia acontecido. Ela olhou para sua peruca, caída como um animal atropelado a alguns metros de distância. Sentiu o rosto quente de constrangimento.

— Por que você está cuidando de mim?

— Por que eu não cuidaria? — respondeu Joy.

As duas sabiam a resposta para isso.

Janine examinou o rosto de Joy.

— Você deve me odiar — ela murmurou. — Vocês todos. Ah, meu Deus.

Joy tocou com cuidado um ponto no rosto de Janine.

— Você vai ficar com um hematoma enorme — disse. Ela hesitou, depois olhou Janine nos olhos. — Então você não disse aquilo só pra escapar daqui? Você é mesmo antiescolha?

— Pró-vida — Janine corrigiu automaticamente. Nessa guerra, rótulos significavam tudo. Ela tinha ouvido tantos do outro lado se ofenderem aquando eram chamados de pró-aborto. *É pró-escolha*, eles sempre diziam, como se fosse errado ser pró-aborto. Mas não era exatamente esse o ponto?

Joy a olhava fixamente.

— Então... você nem *tinha* que estar aqui.

Janine enfrentou o olhar dela.

— Nem você.

Joy não se afastou, mas Janine sentiu a linha entre elas se solidificar.

— Eu vim procurar... provas — ela explicou. — Áudios. Provas de pessoas sendo forçadas a... você sabe.

— Eu não fui forçada — disse Joy. — Era necessário.

— Não foi assim que o seu bebê sentia.

— Meu bebê não sentia nada. Nem sequer era um bebê.

Janine sabia que não havia uma diferença moral entre um embrião do passado e uma pessoa do presente. Os não nascidos eram menores do que bebês, mas isso significava que adultos mereciam mais direitos humanos do que crianças? Que homens tinham direito a mais privilégios do que mulheres?

Os não nascidos não eram plenamente conscientes, mas então isso excluía pessoas com Alzheimer ou com déficits cognitivos, ou pessoas em coma, ou pessoas que estavam dormindo, de ter direitos?

Os não nascidos estavam alojados dentro do corpo da mãe. Mas quem você é não é determinado pelo lugar onde você está. Você não é menos humana se atravessar a divisa de dois estados ou se mover da sala de estar para o banheiro. Por que uma trajetória do útero para uma sala de parto, uma viagem de menos de trinta centímetros, mudaria sua condição de não humano para humano?

A resposta era porque os não nascidos *eram* humanos. E Janine, por mais que tentasse, não conseguia entender por que pessoas como Joy, como todas as outras nesta clínica, não viam o que era tão claro.

Mas aquele não parecia o momento ou o local para ter essa discussão. Especialmente com alguém que estava apoiando sua cabeça dolorida no colo dela e afagando gentilmente seu cabelo.

Mesmo sem querer, o pensamento veio à mente de Janine: *Joy provavelmente teria sido uma boa mãe.*

— Você teria tentado me impedir? — Joy perguntou. — Se estivesse lá fora?

— Teria.

— Como?

Uma vez mais, todos os argumentos contra o aborto em que Janine havia sido instruída voaram para a ponta de sua língua, mas, em vez disso, ela olhou para Joy e falou com o coração.

— Talvez você não tivesse dado à luz o próximo Einstein ou Picasso ou Gandhi — disse ela. — Mas eu aposto que, quem quer que ele fosse, teria sido incrível.

Lágrimas encheram os olhos de Joy.

— Você acha que eu não sei disso?

— Então... devia haver outro caminho. Sempre há outro caminho.

Joy balançou a cabeça.

— Você acha que eu *queria* isso? Acha que alguma pessoa acorda um dia e diz *acho que vou fazer um aborto hoje de manhã*? Esta é a última parada. Este é o lugar para onde você vai quando percorre todos os cenários e percebe que as únicas pessoas que dizem que tem outro caminho são as que não estão ali com um teste de gravidez positivo nas mãos. Eu fiz. E não me arrependo. Mas isso não significa que não vou pensar nisso todos os dias da minha vida.

Janine se esforçou para sentar, a cabeça latejando.

— Isso não prova, de certa maneira, que o procedimento é questionável?

— É completamente legal.

— A escravidão também era — respondeu Janine. — Só por ser legal não significa que seja certo.

Seus sussurros estavam ficando mais altos. Janine ficou com receio de atraírem a atenção do atirador. Imaginou se iria morrer ali, hoje, uma mártir de sua causa.

— Toda essa proteção legal que vocês querem para os não nascidos — disse Joy —, muito bem. Deem isso a eles. Mas só se conseguirem encontrar um jeito de não tirá-la de mim.

Janine pensou no rei Salomão, sugerindo que um bebê fosse dividido ao meio. Obviamente, essa não era uma solução.

— Se você levasse a gravidez até o fim, sim, talvez tivesse alguns problemas para resolver, mas isso não ameaçaria a sua existência. Há muitas mulheres que não podem ter filhos e que fariam qualquer coisa para adotar.

— É mesmo? — disse Joy. — Então onde todas elas se meteram quando *eu* estava esperando para ser adotada?

Quando Joy tinha oito anos, seu bem mais precioso era um walkman que ela comprara em um bazar na igreja por dois dólares, com uma fita cassete ainda dentro: *Can't Buy a Thrill*, de Steely Dan. Joy não era particularmente fã de Steely Dan, mas a cavalo dado não se olham os dentes. Toda noite ela adormecia ouvindo "Reelin' in the Years", porque isso bloqueava os outros sons em sua casa.

Havia choro. Gritos. Joy aumentava o volume de seu walkman e fingia que estava em algum outro lugar. Depois, de manhã, sua mãe a acordava com um bracelete de hematomas no braço, bolhas na palma da mão. *Eu sou tão desastrada,* ela dizia. *Caí da escadinha. Pus a mão no fogão quando ele ainda estava quente.*

Joy nunca conheceu seu pai, mas houve uma procissão de homens no apartamento desde que ela era pequena. Alguns ficavam por uma semana, alguns por anos. Alguns eram melhores do que outros. Rowan lhe trazia livros para colorir e adesivos. Leon tinha um cachorro, um velho coonhound chamado Foxy, para quem ela dava restos de comida embaixo da mesa. Mas Ed gostava de observar Joy enquanto ela dormia e mais de uma vez ela acordara à noite e o encontrara sentado em sua cama, afagando seu cabelo. E Graves, o homem que estava com sua mãe agora, era feroz como um gato preso.

Uma noite, Joy ouviu as vozes ficando mais altas e aumentou o volume do walkman, mas o som distorceu, falhou, depois sumiu completamente. Ela abriu o pequeno compartimento de pilhas e viu que uma das duas pilhas AA estava oxidada na ponta. Deixou o aparelho de lado e notou que a casa tinha ficado em silêncio, o que, de certa forma, era ainda pior.

Joy saiu da cama. Ela se esgueirou até a cozinha.

A razão de sua mãe ter parado de gritar era que Graves estava com as mãos em volta de seu pescoço. O rosto dela estava vermelho, os olhos revirando.

Joy pegou uma faca na gaveta da cozinha e enfiou nas costas dele.

Com um grito, Graves se virou, puxou a faca pelo cabo e avançou para Joy. Ela se desviou dele e saiu da cozinha, enquanto sua mãe desabava no chão.

Mais tarde, Joy não se lembrava de ter fugido de seu apartamento e batido nas outras portas no corredor. Ela não se lembrava da sra. Darla abrindo a porta, com seu lenço de cabeça e penhoar; de como ela lavou as mãos e o rosto de Joy com água morna. Quando a polícia chegou para levá-la, Joy notou as pequenas marcas de mãos ensanguentadas em todas as portas do quarto andar.

Ela foi enviada para uma casa de acolhimento, de um casal chamado Gray, os dois magros e exauridos pelas quatro crianças que abrigavam. Sua mãe tinha permissão para visitá-la uma vez por semana. Ela apareceu só uma vez e Joy implorou que a levasse de volta. Sua mãe lhe disse que não era um bom momento, e foi assim que Joy soube que Graves continuava morando em seu apartamento.

Sua mãe nunca mais voltou.

Joy foi para três outras casas de acolhimento só naquele primeiro ano. A filha biológica dos Gray a intimidava, e, quando ela finalmente revidou e bateu na menina, foi enviada para outro lugar. Ela adorava sua segunda casa, mas o casal teve que se mudar para outro estado por causa do emprego do pai. Na terceira casa, uma das outras crianças abrigadas, um menino de treze anos chamado Devon, a fazia tocá-lo em lugares que ela não queria e ameaçava dizer que ela estava roubando da família se ela não o obedecesse.

Aos dez anos, Joy era uma sombra da menina que havia sido. Quando ela cortou os pulsos aos onze anos, não foi porque queria se matar. Foi porque queria sentir *alguma coisa*, mesmo que fosse apenas dor.

Olhando para Janine todos esses anos depois, Joy com certeza *sentia*. Ela sentia uma raiva vulcânica: por ter nascido de um pai que não pôde ou não quis cuidar dela. Por ser julgada por uma estranha que agia como se fosse a dona da verdade. Como ela ousava achar que Joy era egoísta quando, na verdade, ela estava sendo desprendida, sabendo que não tinha recursos para criar um filho, renunciando à única pessoa que poderia amá-la incondicionalmente?

— Eu morei em casas de acolhimento por dez anos — disse Joy. — Acredite em mim. Não tem pessoas fazendo fila para adotar as crianças que outros pais não querem.

— Se você não queria ficar grávida, então por que... — Janine não concluiu a frase.

— Por que eu fiz sexo? — Joy completou.

Porque eu estava solitária.

Porque eu quis.

Porque eu queria quinze minutos em que eu fosse o centro do mundo de alguém.

Mas Joe, vejam só, havia achado desnecessário mencionar que já era casado.

Na quarta semana em que veio a Jackson, Joe lhe contou que ele e a esposa estavam tendo problemas havia algum tempo e que ela finalmente o acusara de estar tendo um caso. Por um único belo e estonteante momento, Joy imaginara o resto de sua vida: uma vida em que Joe admitia que estava apaixonado por ela, escolhia ficar com ela, eles viviam felizes para sempre. Mas ele tinha vindo para dizer adeus.

Foi bom, disse Joe. *Dizer toda a verdade.*

Ele a fitara com seus belos olhos, que não faziam mais Joy pensar em mares pelos quais ela poderia navegar, mas em geleiras pálidas, um oceano de gelo.

Eu devia ter contado a você. Eu teria contado se... Ele deixou a frase em aberto.

Se o quê?, Joy pensou. Que condição tinha que existir para que ela fosse amada?

Nós vamos para Belize. Um lugar que a Mariah encontrou fora dos roteiros turísticos, para não termos nada para fazer além de conversar. Tirei duas semanas de licença no tribunal.

Mariah, Joy pensou. Esse é o nome dela.

Ela agradeceu a Deus por estar tomando anticoncepcional.

Poucas semanas depois, Joy descobriu que havia sido uma das nove por cento de mulheres que engravidavam mesmo usando pílula.

Ela não se permitira pensar em Joe. Contar a ele sobre a gravidez poderia ter sido moralmente certo, mas para quê? Ele deixara claro que estava acabado.

Mas, agora, ela se deu um instante para imaginar onde ele estaria neste momento, e o que estava fazendo. Pensou se ele teria ouvido a notícia sobre um atirador em uma clínica de aborto. Imaginou se ela seria uma vítima fatal; se, quando os nomes das vítimas fossem lidos por um repórter, ele lamentaria.

— Você quer saber por que eu fiz sexo? — Joy repetiu. — Porque eu cometi um erro.

— Os bebês nascem sem falhas. Eles merecem o mundo. — Para surpresa de Joy, Janine começou a chorar. Ela segurou as mãos de Joy. — Os bebês nascem sem falhas — ela repetiu —, e eles merecem o mundo. Não estou falando sobre... o que você fez hoje. Estou falando de *você*. Eu sinto muito por você ter ficado largada em uma casa de acolhimento. Sinto muito por você não ter se sentido segura. Só porque você não recebeu essa proteção, isso não significa que você não tenha nascido perfeita.

Joy não havia chorado na noite em que esfaqueou um homem.

Ela não havia chorado quando foi levada para uma casa de acolhimento.

Ela não havia chorado quando lhe contaram que sua mãe tinha morrido com o pescoço quebrado depois de uma queda "acidental".

Ela não havia chorado quando sofreu abuso sexual ou quando acordou na ala psiquiátrica pediátrica com os pulsos enrolados em bandagens.

Ela não havia chorado quando descobriu que estava grávida.

Ela não havia chorado durante o procedimento naquela manhã. Ou depois.

Mas, agora, Joy soluçou.

Os olhos de Olive estavam muito fechados, embora o armário estivesse escuro. Ela estava tentando bloquear a conversa exaltada do outro lado da porta com a imagem de Peg, o formato do rosto dela, o cheiro do cabelo dela quando acabava de sair do chuveiro, o som de seu nome na boca de Peg, envolto no sotaque sulino: *Olive. Olive. Love.*

— Você tem medo de morrer? — Wren sussurrou, tirando Olive de seu devaneio.

— Quem não tem?

— Não sei. Eu nunca tinha pensado nisso até agora.

Essa menina era tão nova; mais nova ainda que os alunos de Olive. Elas estavam ali espremidas juntas no chão do armário fazia três horas.

— Acho que o meu medo é de deixar as pessoas — disse Olive.

— Você tem marido? Filhos?

Olive sacudiu a cabeça, sem saber direito o que dizer. Ainda havia lugares no Mississippi em que ela apresentava Peg como sua colega de apartamento. E nunca andava pela rua em plena luz do dia de mãos dadas com Peg.

— Não foi o que a vida reservou para mim — ela murmurou.

— Como a minha tia — disse Wren. — Eu nunca perguntei se ela se sentia solitária.

— Você vai poder perguntar, quando sair daqui.

— *Se* eu sair daqui — Wren sussurrou. — Meu pai costumava me dizer para sempre sair de calcinha limpa. Que clichê, né? — Ela hesitou. — Estou usando sexta-feira.

— Como assim?

— Hoje é terça. E na minha calcinha do dia da semana está escrito sexta-feira.

Olive sorriu no escuro.

— Seu segredo está seguro comigo.

— E se eu levar um tiro? Assim, ela está limpa, mas é do dia errado. — Wren riu, um pouco excessivamente. — E se eu estiver toda cheia de sangue e os paramédicos perceberem que...

— Você não vai levar um tiro.

No escuro, Olive via o brilho firme dos olhos da menina.

— Você não tem como saber.

Ela não tinha. *Viver* era sempre um verbo condicional.

Houve uma agitação de passos do lado de fora do armário e o telefone tocou. Olive e Wren prenderam a respiração. Olive segurou a mão de Wren.

— Eu não quero falar com você. — Era a voz do atirador. Ela ficou mais baixa quando ele se afastou.

Olive apertou os dedos de Wren.

— Peg — ela disse em um suspiro. — Esse é o nome da mulher que eu amo.

— A... ah, certo — respondeu Wren. — Isso é maneiro.

Olive sorriu consigo mesma. Sim, Peg era maneira. Mais do que ela, pelo menos. Ela ria de Olive por não usar roupas brancas no inverno e por esperar meia hora depois de comer antes de nadar. *Viva um pouco*, Peg dizia para ela, rindo.

Naquele exato momento, isso era tudo que Olive queria fazer.

— Eu só queria dizer o nome dela em voz alta — Olive acrescentou, docemente.

— Pelo menos você pôde se apaixonar — murmurou Wren.

— Não é por isso que você está aqui?

Wren baixou a cabeça.

— Eu não sei. Se eu sobreviver, depois de tudo isso, pode ser que eu *nunca* faça sexo.

Olive sorriu.

— Se eu sobreviver — ela respondeu —, isso é *tudo* que eu vou fazer.

George atendeu no segundo toque.

— Sabe — começou Hugh, como se George não tivesse desligado na cara dele antes —, eu ia à igreja com a minha filha. Não toda semana; eu não fui um cristão tão bom quanto poderia ter sido. Mas sempre na Páscoa e na véspera do Natal.

George fez um som de desdém.

— Isso é como pôr molho de carne em cima de M&Ms e dizer que você fez um jantar de Ação de Graças.

— É, eu sei. Culpa minha. Eu tinha muita dificuldade de ficar todo aquele tempo parado. E não suportava os carolas. Sabe aquelas pessoas que sentam na frente e agem como se tivessem um passaporte VIP para Deus?

— Não é assim que funciona — disse George.

— Claro que não — disse Hugh. — Imagino que você também deve ficar irritado quando vê as pessoas agindo assim. Pessoas tomando liberdades que pertencem a um poder maior.

— Não entendi.

Hugh olhou para o papel que um dos detetives passou para ele.

— O Senhor faz morrer e faz viver.

— Samuel 2:6 — disse George.

— É por isso que você veio aqui hoje? Porque sentiu que as pessoas nesta clínica não tinham o direito de pôr fim em uma vida?

Silêncio na linha.

— *A vingança é minha, diz o Senhor* — Hugh citou, sem alterar a voz. — Não sua. Do Senhor.

— Não foi por isso que eu vim — disse George. — Foi por isso que *você* veio.

— Eu vim pra falar com você...

— Você veio — interrompeu George — pra decidir quem vive hoje e quem morre. Então, me diga... quem de nós está brincando de Deus?

George tinha seis anos quando aprendeu como era tênue a linha entre vida e morte. Havia sido um daqueles lindos dias de outono no Mississippi. Cores vivas e árvores que pareciam um colar de joias ao envolverem o lago. Ele caminhava pelo bosque, apreciando o som das folhas de bordo vermelho, nogueira-pecã e carvalho sob seus tênis. Estava chutando uma bolota de carvalho quando encontrou o passarinho.

Não era um bebê, mas uma espécie de pardal que havia quebrado a asa. Ele pulava em pequenos círculos pelo chão.

George o pegou como se ele fosse feito de vidro e o carregou para casa. Lá, encontrou uma caixa de charutos e a forrou com um lenço de papel. Por três dias, escondeu o passarinho embaixo de sua cama, tentando lhe dar água e trazendo folhas e larvas e qualquer outra coisa que achasse que poderia ser apetitosa.

O passarinho não melhorou. Ele mal se movia. Mal dava para ver o subir e descer de seu peito.

Ele precisava de ajuda, então foi procurar seu pai.

O que ele não sabia, na ocasião, era que seu pai estava em um dos dias de mau humor, na cama depois dos excessos da noite anterior.

Ele não está melhorando, George explicou. *Você pode ajudar?*

Claro que posso. Seu pai levantou o passarinho com o mais delicado dos toques. Um dedo longo acariciou do alto da cabeça da avezinha até a cauda torta. E, então, ele torceu seu pescoço.

Você matou ele!, George gritou.

Seu pai pôs a criatura sem vida de volta e o corrigiu. *Eu acabei com o sofrimento dele.*

George não conseguia parar de chorar; não tinha parado nem quando enterrou a caixa de charutos no canteiro de melões de sua mãe; nem quando ela fez peixe para ele no jantar; nem quando ele se deitou de pijama depois de dizer as orações para a falecida alma do passarinho e ouvia seus pais discutindo no corredor.

Que tipo de pai faz isso?

Na época, ele se perguntou se o pai realmente achava que estava fazendo a coisa certa ao acabar com o sofrimento do passarinho.

Agora, George olhou em volta na sala de espera da clínica para a coleção variada de pessoas cujo destino estava em sua mão.

O que parecia violência por um ângulo, parecia misericórdia por outro.

Dez anos antes, Hugh era um dos policiais no solo, vinte e dois andares abaixo do topo do prédio Regions Plaza. Ele apertou os olhos para o teto, onde um homem magro com uma jaqueta corta-vento hesitava. Seu chefe estava falando em um megafone.

— Saia da borda — ele dizia. — Não pule.

Parecia a Hugh que a última coisa que se devia dizer a alguém nessa situação era *Não pule.* Era como estar plantando a semente mais firmemente na cabeça dele, quando o que se queria de fato fazer era distraí-lo.

— Chefe — ele falou. — Eu tenho uma ideia.

Em questão de minutos, Hugh havia subido um lance de escadas do vigésimo segundo andar para o teto do prédio e se aproximado discretamente da borda onde o homem estava sentado. Só que não era um homem. Era um menino, na verdade. Dezoito anos, se tanto.

Hugh se sentou ao lado do garoto, virado para a direção oposta, para fora da borda. Ele ligou o gravador digital em seu bolso.

— Oi — disse Hugh.

— Eles te mandaram aqui?

— *Eles* não fizeram nada. Eu subi aqui porque quis.

O garoto deu uma olhada para ele.

— Ah, e é só por acaso que você está usando um uniforme de policial.

— Meu nome é Hugh. E o seu?

— Alex.

— Posso te chamar pelo nome?

O garoto deu de ombros. O vento agitava seu cabelo fino.

— Você está bem?

— Eu *pareço* bem?

Hugh pensou em quando era adolescente, e tão metido a sabe-tudo que, uma vez, Bex tinha feito o jantar e colocou um prato a mais na mesa. *Este é para a sua arrogância, ela disse, e sinta-se à vontade para deixá-la para trás quando acabar de comer.*

Hugh notou as cores conhecidas de uma camiseta da Universidade do Mississippi aparecendo por baixo da jaqueta corta-vento semiaberta do rapaz.

— Universidade do Mississippi, hein?

— É. Por quê?

— Porque, se você fosse um fã da Mississippi State, pode ser que eu empurrasse você.

Uma risada saiu da garganta do garoto, surpreendendo-o.

— Se eu fosse um fã da Mississippi State, já teria pulado.

Hugh se inclinou um pouco para trás, como se tivesse todo o tempo do mundo, e começou a falar sobre quem ia substituir o quarterback depois que ele se formasse. A conversa prosseguiu como se eles fossem simplesmente dois garotos batendo papo.

Depois de umas duas horas, Alex disse:

— Você já parou pra pensar por que eles têm o nome de andar? Os níveis de um prédio?

— Não.

— Porque, pensando na palavra por outro ângulo, o prédio poderia ser chamado de estrada.

Hugh riu.

— Você é bem inteligente — ele falou.

— Se eu ganhasse um centavo cada vez que ouço isso — disse Alex —, eu teria um centavo.

— Acho isso difícil de acreditar. Sem essa. Você é divertido, inteligente, e claramente torce pelo time de futebol americano certo. Deve ter alguém que está preocupado com você.

— Não — Alex respondeu, sua voz falhando. — Ninguém.

— Errado. Tem eu.

— Você nem me conhece.

— Eu sei que o meu turno de trabalho terminou há uma hora — disse Hugh.

— Então vá embora.

— Eu prefiro ficar aqui. Porque a sua vida é importante — disse Hugh. — Não posso fingir que sei o que está acontecendo com você, Alex. E não vou desrespeitar você afirmando que sei. Mas eu sei que os meus dias mais fodidos geralmente foram seguidos pelos melhores dias.

— Bom, amanhã eu não vou ser menos gay. Levei quinze anos pra me descobrir e mais dois pra ter coragem de contar pros meus pais. — Alex puxou um fio de seu jeans. — Eles me expulsaram de casa.

— Se você precisar de um lugar pra ficar, eu posso ajudar. Se precisar de alguém pra conversar, nós vamos providenciar alguém pra você conversar.

Alex olhou para o seu colo.

— Eu queria que o meu pai fosse como você — ele disse baixinho.

— É legal você dizer isso — Hugh respondeu. — Especialmente porque o meu pai foi o maior canalha deste planeta.

O garoto olhou para ele de imediato.

— O que ele fazia com você?

— Eu não me sinto muito bem de falar sobre isso... mas acho que você ia entender. Só vou dizer que nenhuma criança merece ser espancada o tempo todo. E nenhum pai deveria estar bêbado o tempo todo.

— Como você... você ainda fala com ele?

— Não — Hugh respondeu. — Quando eu contei pras pessoas o que estava acontecendo, elas se dispuseram a me ajudar. Recebi bons conselhos e apoio. — Ele olhou para Alex. — Descobri que o mundo era muito maior do que o meu pai.

Pela primeira vez em mais de duas horas, Hugh estendeu a mão. Alex olhou para ela e a segurou. Hugh puxou o garoto para fora da borda e para dentro de seu abraço.

Uma semana se passou até que o delegado Monroe chamou Hugh para seu escritório e lhe disse que o estava recomendando como candidato para a escola de negociação de reféns.

— Você tem um dom — disse ele. — O que você fez no telhado com aquele garoto... — Ele indicou a transcrição da gravação digital de Hugh, a conversa entre ele e Alex. Quando Hugh se virou para sair, a voz do chefe o chamou de volta. — Eu não sabia sobre o seu pai. Sinto muito.

Hugh parou na porta.

— Meu pai era um cara incrível. Ele nunca tocou em um gole de bebida na vida, chefe. — Ele inclinou a cabeça. — Eu só estava vendendo esperança.

Beth observou a estranha que, supostamente, seria capaz de mantê-la fora da cadeia. E, com base no que havia acabado de acontecer na frente do juiz, isso não parecia muito promissor.

A mulher era baixa, talvez um metro e sessenta, negra. Usava o cabelo com dezenas de trancinhas presas para trás. Vestia um conjunto azul-marinho que não favorecia suas curvas. E ainda estava mais ou menos um metro e meio afastada da cama. Beth não sabia se isso era para segurança da advogada ou sua.

A taquígrafa pegou sua máquina e saiu com os guardas de segurança. O advogado, aquele que não estava do seu lado, se aproximou da defensora pública de Beth.

— Sempre um prazer, Mandy.

— Talvez para você.

Ele riu.

— Vejo você no tribunal.

A porta ainda nem tinha se fechado quando a sra. DuVille se virou para o policial que estava plantado em seu quarto, como um stalker sinistro. Ele não saiu nem mesmo quando as enfermeiras entraram para examiná-la *lá embaixo*.

— Nathan — sua advogada falou. — Eu preciso conversar com a minha cliente.

— Não.

— Dois minutos, no máximo.

— Que parte você não entendeu?

— Pode ficar aqui. Vou sussurrar no ouvido dela para você não escutar.

— N, A, O, til — o policial soletrou.

Ela se aproximou um passo, recusando-se a ceder.

— Se você não me deixar ter uma conversa privada com a minha cliente, vou contar pra todo mundo na delegacia que você fez cocô na calça durante seu teste de corrida de resistência depois de comer comida chinesa estragada no almoço.

— Você não...

Ela cruzou os braços.

Ele franziu a testa.

— Se contar pra alguém que eu saí do quarto pra deixar você fazer isso, nunca mais vai conseguir a cooperação de uma pessoa sequer no meu departamento.

— Eu juro — a advogada disse e, com um palavrão, o policial as deixou sozinhas. — Nathan é meu primo — a defensora pública explicou, e sorriu.

— Sra. DuVille...

— Mandy. — Ela caminhou até o lado da cama. — Eu preciso que você me conte tudo que levou até este ponto. Mas primeiro você deve ter algumas perguntas.

Algumas perguntas? Ela tinha dezenas. Por que a estavam tratando como uma criminosa? Ela ia mesmo ter que ir para a prisão? O que o seu pai diria quando soubesse?

Quanto tempo ela teria que ficar no hospital? O que aconteceria se ela tentasse sair de lá? E para onde ela iria?

Em vez disso, ela olhou para Mandy e disse:

— Deus vai ter misericórdia de mim?

A advogada apertou os olhos.

— O quê?

— O que o juiz disse. Você acha que Deus vai ter misericórdia de mim?

— Eu estaria mais preocupada em saber se o Juiz Pinot vai ter — respondeu Mandy. — Nós o chamamos de Carrasco, porque ele sente prazer em dar penas máximas. Ele não é exatamente um grande exemplo. Você é menor, mas pode ser julgada como adulta. — Ela suspirou. — Olha, eu não vou mentir. Você comprou comprimidos ilegalmente pela internet, e a interrupção medicamentosa da gravidez só pode ser feita com supervisão médica. Mas essa é só a ponta do iceberg. Nós vivemos em um estado que considera que um embrião é uma pessoa, para fins do estatuto do homicídio. Isso significa que, se você causou intencionalmente a morte de um feto que estava crescendo dentro do seu corpo, pode ser processada no Mississippi por homicídio.

Beth se encolheu sobre os travesseiros. Ela fechou os olhos, vendo os ladrilhos brancos no chão do banheiro e o sangue espalhado por eles.

— Talvez você não soubesse que estava fazendo uma coisa errada, mas não é assim que a lei enxerga.

— Eu não entendo — Beth murmurou. — Eu achei que aborto era legalizado.

A advogada pegou um bloco de notas e uma caneta.

— Que tal começarmos do começo?

Beth concordou e, de repente, estava de volta ao Runyon's, o supermercado onde ela trabalhava como caixa. Era um lugar pequeno, não parte de uma rede de supermercados, o tipo que vendia fatias de torta feita em casa na caixa registradora. Era um turno comum, o que significava que as clientes eram senhoras brancas idosas com redinhas no cabelo e suas jovens acompanhantes negras empurravam o carrinho. *Tessie, quanto custam esses feijões-verdes?* Beth ouvia, e então *Srta. Ann, acho que estão em promoção.* O empacotador em seu caixa era um homem branco chamado Rule e, quando o sr. Runyon ia beliscar o traseiro de Beth, Rule baixava a cabeça para não ver. Não era preciso ir muito mais longe do que ao mercado para perceber que os Estados Unidos não tinham mudado muito em centenas de anos.

Todos os dias no Runyon's eram iguais, e foi por isso que, quando o estranho entrou, pareceu um relâmpago. Ele tinha pelo menos um metro e oitenta e usava um blazer, mesmo no calor infernal, sobre a camisa. Foi direto para o balcão dela, carregando uma caixa com seis garrafas de cerveja.

— Olá — disse ele, olhando para o crachá dela. — *Beth.*

Seu sotaque subia e descia como passarinhos com as asas cortadas.

— Eu preciso ver a sua identidade — disse ela.

— Fico lisonjeado. Mas eu também poderia só te dizer o meu nome, se você quiser saber.

Ele tinha um sorriso que era uma tocha.

— Eu acho que você não é daqui — disse Beth.

— Universidade de Wisconsin. Estamos aqui pra uma competição de atletismo. — Ele sorriu. — Você está na faculdade?

Beth tinha dezessete anos. Não estava na Universidade do Mississippi. Nem sabia se poderia ir para a faculdade. Mas confirmou com a cabeça.

— Então você podia ir torcer por mim. — Ele pegou uma fatia de torta enrolada em plástico e franziu a testa. — Torta de leitelho? Parece horrível.

— Na verdade, é doce.

— Não tão doce quanto você.

Beth balançou a cabeça.

— Isso funciona em Wisconsin? — disse ela. — E eu preciso mesmo ver a sua identidade.

Ele procurou a carteira no bolso e tirou uma licença de motorista. Beth examinou a data de nascimento, depois o nome.

— John Smith — disse ela, secamente.

— Culpe os meus pais. — Ele piscou para ela, pegou a cerveja e a torta e virou para trás logo antes de sair do mercado. — Você devia ir ver a competição.

E ele se foi e, com ele, todo o ar do mercado.

Beth sabia. Ela havia sido aconselhada sua vida inteira sobre o modo como, quando o diabo se aproximava, ele vinha em uma forma a que não se podia resistir. Por exemplo, um garoto do norte que parecia reluzir como fogos de artifício quando sorria. O jeito como Beth *sabia* que era o diabo foi que ele a fez mentir para o seu pai, dizendo que teria que dobrar o turno quando, na verdade, foi à universidade e se sentou nas arquibancadas e assistiu a ele no revezamento quatro por cem. Cada vez que ele fazia a curva, parecia estar correndo direto para ela.

O que Beth não sabia, apesar de todas as horas que gastara repassando tudo em sua mente desde então, foi como, no momento, parecia que uma porta havia se aberto para um mundo todo novo, mas depois ela passou a não ser nada além de um clichê. Ele estendera seu bonito blazer no chão atrás das arquibancadas como uma toalha de piquenique, dera a ela a primeira cerveja de sua vida e, quando a cabeça dela estava cheia de estrelas, ele a deitara e a beijara. Quando ele tirou sua blusa e a tocou, ela se transformou em outra pessoa, uma menina que era bela, uma menina que queria mais. Quando ele a penetrou, ardente, e de repente parou, Beth entrou em pânico. Ela não havia lhe contado que ele era o seu primeiro, mas essa não era a única mentira entre eles. *Desculpe*, ela lhe disse, e ele beijou sua testa. *Não é um problema*, ele respondeu.

Ele prometeu que viria visitá-la e que não seria um encontro único. Pôs seu nome e número de telefone na lista de contatos do celular dela. Ela voltou para casa flutuando, imaginando se todos no Mississippi poderiam ver como ela estava diferente agora, como se ser amada deixasse uma pátina sobre a pele.

Dois dias depois, ele ainda não havia mandado nenhuma mensagem, então ela juntou toda a sua coragem e tomou a iniciativa de escrever. No segundo seguinte, seu celular zumbiu com o aviso de que era impossível entregar a mensagem. Ela digitou o número e foi atendida por uma senhora idosa que lhe disse que não havia ninguém ali com aquele nome.

Havia John Smiths demais no Facebook. Tinha um John Smith na Universidade de Wisconsin, mas uma busca na internet revelou que era um professor de literatura comparada de setenta e poucos anos.

— Que canalha — disse a sra. DuVille, arrancando Beth de seu devaneio.

— É, mas isso foi só o começo — Beth respondeu. — Minha menstruação não veio.

— Ele não usou camisinha?

— Não, mas a Susannah da igreja, que é voluntária comigo na escola dominical para as crianças pequenas, me disse que a gente não fica grávida na primeira vez.

— Isso não... — A advogada balançou a cabeça. — Não importa. Continue.

— Eu achei que estava tudo certo. Mas a menstruação não veio pela segunda vez, então eu fiz um teste de gravidez. — Ela levantou os olhos, acanhada. — Na verdade, fiz três.

— E aí?

Beth se mexeu na cama.

— Eu fiquei adiando. Eu pensava *Alguma coisa vai acontecer. Isso vai ir embora*. — Seus olhos se encheram de lágrimas. — Eu rezei. Rezei por um aborto espontâneo.

— Foi isso que aconteceu?
Beth balançou a cabeça.
— Eu liguei pra clínica e marquei uma consulta.
— Eles não perguntaram a sua idade?
— Perguntaram. Eu disse que tinha vinte e cinco. Tive medo de eles dizerem que não poderiam me ajudar. — Beth encolheu os ombros. — Eles me perguntaram quando tinha sido minha última menstruação e me disseram que eu estava de catorze semanas e eles faziam os procedimentos até dezesseis semanas. Disseram que seria oitocentos dólares.
— Mas o Centro fica...
— A duas horas e meia de distância. Eu peguei um ônibus e todas as economias que tinha do trabalho: fantásticos duzentos e cinquenta dólares. Eu não contei para ninguém. Eu *não podia*. — Beth respirou fundo.
— Como você ia conseguir o resto do dinheiro?
Beth balançou a cabeça.
— Não sei. Pensei em roubar, se precisasse. Do meu pai. Ou do caixa do trabalho.
— Estou confusa. Se você foi até o Centro...
— Eles me pediram uma identidade com foto, e aí iam saber que eu era menor. Comecei a chorar. A moça na recepção disse que, se eu não podia contar pros meus pais, podia conseguir uma autorização judicial e voltar lá. Ela me deu um formulário pra preencher.
Mandy DuVille franziu a testa.
— Mas você não fez isso. E por isso acabou aqui.
— Eu *tentei* — disse Beth. — Só que, na véspera, alguém do gabinete do juiz ligou e me avisou que a minha audiência tinha sido cancelada. Disseram que o juiz teve uma emergência pessoal e tinha viajado pra Belize com a esposa.
— Isso não faz sentido — respondeu a advogada. — Sempre tem um juiz de plantão, para medidas protetivas no caso de violência doméstica ou qualquer outra situação de ameaça à vida...
— Acho que a minha vida não estava sendo ameaçada — disse Beth.
— Não do jeito que eles pensaram, pelo menos. A moça que me ligou do

gabinete do juiz disse que o mais rápido que ela poderia remarcar para mim seria em duas semanas. Mas eu não podia esperar tudo isso.

— Porque o Centro só faz abortos até dezesseis semanas de gravidez — a advogada completou.

Beth confirmou com a cabeça.

— Eu precisava fazer alguma coisa. Li na internet sobre uma menina que disse que comprou comprimidos pra úlcera que podiam provocar aborto espontâneo. Mas eu não achei nenhum lugar que vendesse perto de mim. Então eu postei em um fórum na internet.

Ela se lembrava do que havia escrito: *Como eu me livro de uma gravidez sem meus pais descobrirem?*

As respostas tinham sido horríveis:

Se jogue da escada.

Cabo de vassoura.

O bom e velho cabide.

Sua vagabunda nojenta, mate a si mesma, não o seu bebê.

Mas, enfiado em algum lugar no meio das respostas que diziam que ela era uma pecadora que devia ter ficado com as pernas fechadas, houve uma garota que lhe falou que ela podia comprar comprimidos abortivos na internet.

— Eles vinham da China com instruções — disse Beth. — Demorou só cinco dias pra chegar pelo correio.

Ela achou que seria fácil. Como tomar remédio para diarreia e ela acabar magicamente. Fez tudo como devia, enfiando os comprimidos nas bochechas como um esquilo, depois sentou no vaso e esperou. Jogou a embalagem no lixo. Quando as cólicas começaram, ela ficou tão feliz que começou a chorar. Mas logo ficaram tão fortes que ela teve que abrir a água na pia para abafar seus gemidos. Cambaleou para fora do vaso e agachou para tentar fazer a dor passar, e foi então que aconteceu.

— Eu o embrulhei — Beth soluçou — e joguei no lixo. Não sabia o que fazer.

Ela precisava de alguém para lhe dizer que ela não era uma pessoa terrível; que ela não havia feito o impensável. Beth enxugou os olhos no cobertor e olhou para a advogada em busca da absolvição que ela temia que nunca fosse ter.

— Sra. DuVille — ela sussurrou. — Ainda não era um bebê, não é?

Ou Lil Goddard havia desaparecido da face da Terra ou nunca havia existido. Mesmo com a descrição que o pastor fizera dela, e com os comentários do próprio George sobre sua filha, ninguém tinha conseguido obter nenhuma informação sobre a menina.

Hugh estava fazendo várias coisas ao mesmo tempo: ainda tentando ganhar a confiança de George pelo telefone enquanto examinava as anotações e os relatórios que os detetives lhe entregavam. Lil Goddard não estava em casa. Nunca havia recebido uma multa de trânsito e não tinha um veículo registrado em seu nome. Uma busca no Google só encontrou uma referência de dez anos antes, quando ela se vestiu de anjo em uma procissão de Natal em sua igreja e uma foto com legenda apareceu no jornal local. Não era incomum que menores não tivessem muitos rastros, mas Lil também nunca estivera matriculada em nenhuma escola pública no estado do Mississippi. Era fato que muitos filhos de evangélicos eram educados em casa. E tudo que Hugh realmente sabia sobre Lil era que ela havia, em algum momento, feito um aborto nessa clínica, mas os registros não eram acessíveis na internet, então tanto poderia ter sido ontem como um mês antes.

Até onde Hugh sabia, George Goddard podia até ter matado Lil em um acesso de fúria e a enterrado no quintal.

Mas, se eles conseguissem encontrá-la, talvez ela pudesse convencer George a acabar com aquilo.

— Eu poderia enviar uma mensagem para a sua filha. — Hugh hesitou. — Eu poderia ser um intermediário. Tenho certeza de que você quer explicar a ela o que está acontecendo.

— Eu não posso — disse George, sua voz falhando.

Porque ela não ia querer ouvir? Hugh pensou. *Porque ela está morta?*

— Cara, eu te entendo. Eu e minha filha às vezes não conseguimos nem concordar que o céu é azul.

Hugh teve uma súbita visão de si próprio deitado de costas em um campo, com a cabeça de Wren de nove anos apoiada em sua barriga, enquanto ela apontava para as nuvens no céu. *Aquela parece uma camisinha*, ela disse. Ele mal conseguiu se controlar para não sentar de repente. *Como você sabe o que é uma camisinha?* Wren revirara os olhos. *Papai. Eu não sou um bebê.*

— Eu posso ajudar você — Hugh sugeriu. — Talvez eu até pudesse fazê-la vir até aqui pra conversar com você pessoalmente... se você estiver disposto a me dar alguma coisa em troca.

— O quê, por exemplo?

— Eu quero todos os reféns em segurança, George. Mas isso não é por mim. É por você. E a sua filha. Ela é a razão de você ter vindo aqui hoje. É evidente que ela é muito especial pra você.

— Você já desejou poder fazer voltar o tempo? — George disse, docemente. — É como se ontem mesmo ela estivesse me pedindo pra trançar o cabelo dela. E agora... agora...

— Agora o quê?

— Ela cresceu — George murmurou.

Hugh fechou os olhos. Às vezes, quando ele passava pelo quarto de Wren e a ouvia conversando com uma amiga pelo celular e rindo, a voz dela parecia a de Annabelle, como uma mulher em vez de uma menina.

— É — disse Hugh. — Eu sei.

Wren ouviu seu pai. Por alguma razão, o atirador tinha ligado o viva-voz.

Eu e minha filha às vezes não conseguimos nem concordar que o céu é azul.

Ele estava falando sério? Ou fazia parte do papel que ele encenava como negociador? Wren costumava dizer que ele era, em essência, um ator terrivelmente mal pago, inventando o que quer que achasse que a pessoa com quem ele estava conversando queria ouvir. *É,* seu pai dizia. *Mas as melhores atuações brotam de alguma semente de verdade.*

Seu pai achava mesmo que eles brigavam muito?

Houve um ponto em que o pai era o centro do universo de Wren e ela o seguia como uma sombra, ajudando-o a consertar a secadora ou a aparar a grama, mas, basicamente, só atrapalhando. Porém, ele nunca lhe disse para largar do seu pé. Em vez disso, ele lhe mostrava como verificar se havia fiapos de tecido na ventoinha da secadora e como trocar as velas de ignição do cortador de grama. Depois ela foi para a escola e começou a frequentar a casa das amigas e descobriu que havia toda uma fatia da vida que estivera perdendo, como mexer na maquiagem da mãe e calçar seus sapatos de salto alto para fingir ser uma grande duquesa; ou ver novelas na televisão em vez de séries policiais. Foi a mãe de sua amiga Mina que lhe comprou sua primeira caixa de absorventes internos e ficou do lado de fora da porta do banheiro ensinando a ela como usar. Wren sabia que seu pai podia fazer, e faria, tudo por ela, mas havia algumas coisas que simplesmente não eram da alçada dele, e então Wren as encontrava em outro lugar.

E agora seu pai achava que eles não se davam bem?

Ela tentou se lembrar da última vez que haviam passado bastante tempo sem fazer nada além de apenas estar juntos. Tinha sido um mês e meio antes, no meio de agosto. Havia um compromisso marcado entre eles para ver a chuva de meteoros Perseidas; todos os anos eles subiam até o ponto mais alto na área de Jackson, seu pai carregando o telescópio e Wren arrastando a barraca. Passavam a noite ali, assistindo ao show que o céu apresentava para eles, depois comiam panquecas em um restaurantezinho ao amanhecer e dormiam o resto do dia. Mas, nesse ano,

Mina tinha convidado Wren para ir ao cinema e elas ficaram sabendo que Ryan ia estar lá com um grupo de garotos da escola. Ela e Mina tinham feito um plano elaborado para conseguir que Wren se sentasse ao lado de Ryan no cinema e dividisse um balde de pipoca com ele. Talvez suas mãos se tocassem. Talvez ele pusesse o braço em volta dela.

Wren quase desistiu da noite dos meteoros. Na verdade, ela tinha ido dar a notícia para seu pai quando o encontrou no porão, brigando com um colchão inflável.

— Eu achei que, depois de todos esses anos, nós merecíamos um pouco mais de conforto — disse ele. — Chega de pedras embaixo dos nossos sacos de dormir. — Ele olhou para ela. — O que foi?

Ela não teve coragem de cancelar. Então ligou para Mina e lhe disse que tinha um compromisso com seu pai. E tudo acabou dando certo, porque Ryan a convidou para ir ao cinema só os dois na semana seguinte, e não só pôs o braço em volta dela: ele a beijou durante os créditos, e Wren se sentiu da maneira como imaginava que uma estrela se sentia ao explodir.

Na noite da chuva de meteoros Perseidas, Wren e o pai caminharam até seu lugar habitual, ergueram a barraca, estenderam os colchões infláveis e arrumaram os sacos de dormir. Seu pai fez cachorros-quentes em espetos em uma fogueira e eles assaram marshmallows. Montaram o telescópio e Wren explorou o céu noturno.

— Lembra quando eu te mostrei Betelgeuse — seu pai falou — e você perguntou o que tinha vindo primeiro, a estrela ou o filme?

— Eu tinha uns sete anos — Wren protestou.

Ele riu.

Ela se afastou do telescópio e deitou ao lado dele.

— Ela está morrendo, não é?

— Betelgeuse? É. Ela é uma gigante vermelha. Então está esfriando.

— Isso é meio triste.

Seu pai sorriu.

— Você não vai estar aqui pra vê-la morrer, se isso te faz se sentir melhor.

— Acho que, quando se tem que ir embora, uma supernova é uma maneira bem espetacular de fazer isso. — Um dia Betelgeuse ia explodir em uma gigantesca centelha de luz, deixando atrás de si uma nebulosa planetária. E, quando toda a poeira e gás se dissipassem, tudo que restaria dela seria uma pequenina estrela branca. Um núcleo, sem fogo.

— Nada dura pra sempre — seu pai lhe disse.

Ela e o pai tinham visto muitas estrelas brancas pelo telescópio. Ela se perguntava quantas das que vira em sua infância já teriam deixado de existir e se elas estariam realmente mortas, ou se apenas estavam fracas demais para emitir luz. Era preciso fazer falta para existir?

Quando a primeira risca de luz arranhou o céu, ela se sentou, sem fôlego. O que se seguiu foi uma sinfonia visual, bombardeando o escuro, como se alguém tivesse sacudido as constelações como dados e as rolado pela noite.

— Às vezes eu esqueço como isto é lindo — ela murmurou.

— Eu também — disse seu pai, com a voz emocionada. Quando ela se virou, ele não estava olhando para os meteoros. Estava olhando para ela.

Se ela morresse, faria falta para alguém.

Wren sentiu os olhos se encherem de lágrimas. O que ela estava fazendo de tão importante esta manhã que não pôde passar mais cinco minutos na mesa com seu pai e lhe dizer que o amava? Ou contar sobre Ryan? Ou dizer que ultimamente ela acordava com os cobertores enrolados em volta dos pés e o coração acelerado, porque tinha medo de não se enturmar no ensino médio, e de repetir nos exames e não conseguir entrar na faculdade, e que de repente tudo estava acontecendo depressa demais.

No ano anterior, em seu aniversário, seu pai lhe comprara um ingresso para uma palestra de Neil deGrasse Tyson. Eles viajaram até Atlanta para vê-lo. O astrofísico falara sobre energia escura. Era uma pressão real e mensurável no universo que os cientistas ainda não compreendiam de fato, e que estava forçando o universo a se expandir além de nosso horizonte. Um dia, disse ele, os astrônomos só conseguiriam acompanhar as estrelas da Via Láctea, e não de outras galáxias, porque estas teriam se movido para fora da vista, como o último capítulo de um livro que tivesse sido rasgado. Talvez já estivéssemos vendo apenas parte da história, já perdendo capítulos.

Não se sabe o que não se sabe, Neil deGrasse Tyson tinha dito, um ano antes.

Mas agora, pela primeira vez, Wren realmente entendia.

Foi a esposa do pastor Mike, Earlene, que mencionou pela primeira vez o problema para George: o cabelo de Lil. Era impossível de pentear.

Ele também havia notado que os cachos finos tinham ficado emaranhados em alguns pontos. Ele tentara escovar, mas as cerdas da escova prendiam nos nós e Lil chorava. Então Earlene o interrompeu quando ele estava limpando as calhas da igreja em um dia de verão em que a temperatura certamente estava em quase quarenta graus. Ela parou ao pé da escada com um copo de limonada para ele. Ele agradeceu e, enquanto bebia, ela olhou a distância para onde Lil e algumas outras das crianças da igreja brincavam em um balanço.

— Sabe, uma das minhas também tinha o cabelo assim. Impossível de desembaraçar. — Earlene riu. — Eu lavava o cabelo dela na banheira à noite com xampu e condicionador e trançava, para não ficar emaranhado enquanto ela dormia. — Ela pegou o copo vazio que ele lhe devolvia e sorriu. — Não vá arrumar uma insolação, está ouvindo?

Earlene tinha um jeito muito doce de arranjar maneiras de fazer sugestões sem ser em um tom de crítica. George jamais conhecera uma mulher assim. Com certeza sua mãe não era desse jeito, e, se sua esposa tivesse sido mais como Earlene, talvez ele não ficasse tão bravo todo o tempo.

Naquela noite, quando ele deu banho em Lil, disse que ela ia para o Salão de Cabeleireiro do Papai. Passou um pente pelo cabelo molhado, trabalhando com condicionador nos lugares onde os nós eram piores e cortando um pedaço que já havia se tornado o começo de um dreadlock. Depois dividiu o cabelo dela em três partes e, desajeitadamente, foi cruzando-as com a mão para produzir uma trança meio torta. Prendeu-a com um elástico e pôs sua filha na cama.

Na manhã seguinte, quando ele desfez a trança, os cabelos de Lil se espalharam sobre seus ombros como uma cachoeira brilhante.

— Papai — ela disse naquela noite —, faz uma trança de novo.

George comprou fitas para cabelo na farmácia e elásticos que não enroscavam nos cabelos finos de Lil. Tornou-se um ritual duas vezes ao dia: ele a sentava em um banquinho na cozinha e ficava de pé atrás dela, escovando seu cabelo ritmadamente e trançando-o antes de dormir. De manhã, ele penteava as ondas. Quando ficou mais confiante, ele repartiu o cabelo e fez marias-chiquinhas. Pegou o jeito de como prender o cabelo dela para trás com uma fivela. Foi à biblioteca e assistiu a vídeos na internet que ensinavam a fazer trança embutida, coque, trança espinha de peixe.

Não havia como negar que ele ficava orgulhoso aos domingos, quando mães vinham até ele na igreja elogiá-lo por causa de Lil. Ou quando as pessoas se surpreendiam ao descobrir que ela estava sendo criada apenas pelo pai. Toda a sua vida, ele sempre só ouvira que fazia tudo errado. Agora, aquilo era um bálsamo em uma ferida. Mas o que George mais amava era a mágica que acontecia entre ele e Lil quando estavam apenas os dois, com ele passando a escova pelos cachos dela. George sabia que era um homem quieto, não muito dado a, bem, bate-papos. Mas, quando estava de pé atrás de sua filha, com as mãos no cabelo dela, ela conversava com ele. E ele começou a conversar de volta.

Eles falavam de coisas bobas: se prefeririam ter um cano de bombeiro na casa para descer do andar de cima para o de baixo ou uma piscina cheia de gelatina; o que comprariam se ganhassem na loteria, se o Batman levaria a melhor contra a Mulher-Maravilha ou o contrário. Havia algo em ficar de pé atrás de Lil, sem fazer contato olho no olho, que tornava a conversa mais fácil para ambos, mesmo quando os assuntos ficavam mais difíceis: enfrentar as meninas da igreja que zombavam dela por usar o mesmo vestido todos os domingos; entender que um menino que enfiava uma rã dentro da blusa dela talvez estivesse de fato tentando fazer com que ela o notasse; falar sobre sua mãe.

George vivia para esses momentos, as duas vezes por dia em que cuidava do cabelo de sua filha.

Até que, uma noite, quando Lil tinha catorze anos, ela não foi para a cozinha depois do banho. George a encontrou no quarto, com os braços dobrados para trás da cabeça, enrolando o cabelo em uma trança.

— É bobeira você fazer isso — disse ela — se eu posso fazer sozinha.

George não soube como dizer que não era por isso, mas pelos momentos que passava com ela. Não soube como explicar que a cada passada da escova podia entender uma fase da adolescência pela qual ela nem sabia que estava passando. Não soube como dizer que vê-la arrumar o próprio cabelo o encheu de um peso terrível, como se esse fosse o começo do fim.

Então ele não disse nada.

Se Lil tivesse continuado a deixar que ele trançasse seu cabelo, ele estaria aqui agora? Ou ela teria entendido que não havia nada que pudesse fazer ou dizer que a fizesse parecer menos perfeita para ele? Teria sabido que, qualquer nó que surgisse em sua vida, eles o desembaraçariam juntos?

Ele havia baixado o fone porque feria seu ouvido. O telefone estava no viva-voz agora e ele andava de um lado para outro na frente da mesa da recepção. Mas Hugh McElroy tinha parado de falar, e George também, ambos perdidos em seus pensamentos.

— Você ainda está aí? — George perguntou.

— Claro — respondeu Hugh.

E então, de algum lugar atrás da mesa, ele ouviu um espirro.

Imediatamente, Izzy espirrou também. Ela fingiu uma série de espirros, um acesso alérgico que teria lhe rendido um Oscar. Se conseguisse convencer o atirador de que tinha sido ela, e não as duas pessoas escondidas no armário de suprimentos atrás da mesa, talvez elas ficassem seguras.

Se o atirador as encontrasse, ele saberia também que Izzy havia mentido na cara dele quando lhe disse que o armário estava vazio.

Ele se virou, caminhou até o armário e abriu a porta.

— George? — chamou Hugh. Ele ouviu a movimentação, gritos e algo quebrando. — George, fale comigo. — Seu coração acelerou. *O que está acontecendo?*

Hugh ouviu um grunhido. Uma agitação.

— De pé. *De pé*! — George gritou.

— George, o que está havendo? — Hugh tentou de novo. Ele engoliu suas piores suspeitas. — Está tudo bem? Aconteceu alguma coisa?

Houve um estrondo e um grito, depois a voz de Wren: *Não, não, não... não!*

Todo o ar desapareceu dos pulmões de Hugh. Ele ficou paralisado, aterrorizado. Sua única esperança era acalmar George antes que ele fizesse o impensável.

— George — ele insistiu. — Eu posso ajudar. Eu posso...

— Cala a boca — disse George, e houve um barulho, e a linha ficou muda.

Uma da tarde

O atirador tinha desligado, mas Hugh ainda assim estava triunfante. Ele tinha a primeira peça do quebra-cabeça de que precisava para aquela negociação. George Goddard havia revelado, talvez de propósito, talvez não, o que o trouxera para o Centro hoje. A maior arma de um negociador era informação; conhecimento era poder.

Não era isso que ele sempre dizia para Wren?

Quando Wren estava no ensino médio e ele ainda preparava o lanche dela, costumava incluir um sanduíche, uma garrafa de água, uma maçã e uma pitada de conhecimento. Em um pedaço de papel, ele escrevia um fato: *Existe um planeta onde chove vidro. Se você chorar no espaço, as lágrimas ficam presas no seu rosto. Há uma pequena escultura de alumínio na lua. Seu corpo é constituído de partículas de estrelas que explodiram. Os átomos são quase inteiramente espaço vazio e, se você retirasse todo esse espaço dos átomos que compõem a humanidade, o resto da massa caberia em um cubo de açúcar. A Via Láctea tem quatro braços, não dois.*

Nenhum desses fatos havia incluído como se esconder em uma situação de refém. Como se proteger se alguém se aproximar com uma arma e você estiver desarmado. Hugh poderia facilmente ter enchido a cabeça dela com *essas* informações, porque eram a base do conhecimento de sua carreira. Mas, por razões que ele não podia imaginar neste momento, em vez disso ele lhe transmitira informações que a fariam ser o sucesso em uma festa.

Conhecimento era poder, e ele deixara sua filha sem uma arma. E agora cabia a ele corrigir isso.

— Você — ele chamou uma jovem detetive. — Descubra o que George Goddard faz da vida. Se ele é casado. Há quanto tempo mora no Mississippi. Se tem algum bar que ele frequenta. Onde ele comprou a arma. Se ele tem algum antecedente. — A mulher ficou olhando para ele. — *Agora!*

Ela saiu apressada e Hugh desabou na cadeira dobrável atrás de si e levou as mãos ao rosto. Talvez já fosse tarde demais para ele ajudar sua irmã. Não podia cometer outro erro. Não era apenas sua reputação profissional que estava em jogo desta vez.

A Via Láctea tem quatro braços, não dois.

Não era que a silhueta da galáxia tivesse mudado. O que acontecia era que, com frequência, não se conseguia ver a forma de alguma coisa estando dentro dela. Não era possível ser objetivo quando se estava perto demais.

Era por isso que médicos não operavam parentes, juízes se afastavam de questões que os envolvessem e negociadores de reféns saíam de cena em situações em que houvesse um interesse pessoal envolvido.

À merda, Hugh pensou.

Bex estava deitada de costas, sentindo a sopa de sua respiração, afogando-se em terra firme. Tudo doía: inalar, exalar, piscar. Estava tonta e fraca e se sentia como se uma lança tivesse sido enfiada em seu peito.

Pelo menos Wren ainda estava segura. Se Bex tivesse que morrer para que continuasse assim, ela o faria.

Ela devia ter contado a Hugh. Devia ter dito a ele o que Wren lhe pedira e fazê-lo jurar que não contaria a Wren que ela havia falado. Assim ele teria sabido que elas iam à clínica, pelo menos.

Ele saberia que ela estava lá dentro.

Mas Bex sabia por experiência pessoal que, no minuto que um pai percebia que sua bebê não era mais uma bebê, algo infinitesimal mudava no relacionamento. Mesmo que, externamente, ele parecesse sólido e inalterado, dava para sentir, como o osso quebrado que nunca cicatrizava perfeitamente, ou a trinca mínima no vaso para a qual os olhos eram inevitavelmente atraídos. Por isso ela guardara o segredo de Wren.

Ela era boa nisso.

Sentia que estava começando a tremer. Isso significava que estava em choque? Havia perdido sangue demais?

Todos naquela sala, ela percebeu, tinham uma história que terminava dentro daquelas paredes. Se hoje não tivesse acontecido, muitas dessas histórias não teriam sido contadas. Havia uma centena de caminhos diferentes que levavam à esquina da Juniper com a Montfort: de gravidez indesejada àquelas que eram muito esperadas mas impossíveis de levar a termo; de meninas tentando fazer a coisa certa a parentes que mentiam por elas. Aqui estava a única coisa que todas essas mulheres tinham em comum: elas não haviam pedido aquele momento em sua vida.

Estava ficando mais difícil respirar. Bex tentou virar a cabeça para o armário, para o caso de que Wren pudesse miraculosamente vê-la entre as placas de madeira. Doía tanto que os cantos de seus olhos eram de um branco quente, incandescente.

Bex fez uma promessa para si mesma: se ela saísse dali, se sobrevivesse, ela contaria a verdade para Hugh.

Toda a verdade.

George baixou os olhos para a arma em sua mão. E agora?

Ele imaginara sua vingança como se fosse um filme que ele vira muito tempo antes, em que alguém ultrajado tomava a justiça nas próprias mãos. Viu-se irrompendo pela porta da frente do Centro com a pistola levantada, como Stallone ou Bruce Willis; viu um médico se encolhendo sob o calcanhar de sua bota; viu um cenário apocalíptico de destruição deixado atrás de si enquanto ele emergia como o vitorioso.

Aqui estava o que não havia sido parte de sua visão: o zumbido nos ouvidos quando a arma disparava, o esguicho de sangue das pessoas, o modo como elas imploravam misericórdia.

George olhou para o grupo de pessoas amontoadas na sala de espera. O médico, ferido. A enfermeira que estava cuidando dele. A moça loira que ficava mexendo no cabelo. A outra que tinha acabado de matar seu bebê. A senhora que respirava com dificuldade. Ele havia feito isso com ela. George sentia enjoo de vê-la sofrer. No abstrato, eliminar todos que estivessem associados ao Centro havia parecido magistral, necessário. No mundo real, era uma confusão.

Aquelas pessoas eram marionetes e suas cordas eram feitas de terror. Seus sussurros morriam no momento em que ele olhava para elas. *Eu não sou quem vocês pensam que eu sou*, George queria dizer, mas isso não era mais verdade. Ele era exatamente o que essas pessoas pensavam que ele era.

Seu desgosto e fúria haviam sido uma granada ativa, largada em suas mãos. O que ele devia fazer com ela? Deixar que o explodisse em pedaços? Em vez disso, ele tinha corrido. Muito rápido, por trás das linhas inimigas. E então a atirara de volta para eles.

Eles estavam amontoados na sala de espera, deixando o maior espaço que podiam entre eles e George. Pareciam estar esperando alguma coisa dele: uma exigência, um acesso de raiva, uma explicação.

Todos tinham ouvido sua conversa com o policial. Eles sabiam que havia alguém lá fora que queria resgatá-los. A esperança era uma arma muito boa.

Por outro lado, George tinha sua pistola. Quando ele a balançava, eles pulavam, gritavam, tremiam. Eles o ouviam.

Mas ele não tinha ideia do que dizer.

Começou a andar de um lado para outro. Ele viera até aqui com determinação, mas não com um plano. De alguma forma, não havia imaginado que restariam pessoas quando ele terminasse de ensinar sua lição de vingança. Ele sabia como essas coisas terminavam. Em um impasse, onde seriam ele e um punhado de policiais com coletes à prova de balas.

Mas ele tinha outro poder além da arma.

Ele tinha reféns.

Wren abraçou os joelhos junto ao peito dentro do armário e xingou a si própria por ser consciensiosa. Quem diria que tentar ser responsável era mortal?

Poderia ter sido como a maioria das adolescentes do planeta e simplesmente ter esperado que as coisas ficassem tão intensas entre ela e Ryan que fosse tarde demais para planejar com antecedência. Poderia ter levado um punhado de camisinhas até a caixa registradora na farmácia ou poderia ter dito a Ryan que isso era problema dele. Mas houve uma menina na classe dela no ano passado que ficou grávida e continuou indo para a escola até a bolsa romper em uma aula de educação física. Wren ficara sentada na arquibancada com ela até a ambulância chegar, segurando sua mão enquanto as unhas da garota apertavam pequenas meias-luas de dor em sua pele. *Tem alguma coisa que eu possa fazer?*, Wren perguntou, e a menina se virou para ela, ofegante, e disse: *Tem. Use qualquer camisinha menos a Trojan.*

Então, em vez disso, ela e Ryan conversaram a respeito. Quando fazer Aquilo. Onde fazer Aquilo. Como Ryan estava se encarregando dessa logística, Wren se ofereceu para cuidar do método anticoncepcional. O que, como ela percebeu, era mais fácil falar do que fazer quando se era menor de idade e se tentava manter o assunto privado.

Tudo isso por não querer correr riscos. Podia-se tomar todas as precauções do mundo e coisas ruins ainda aconteciam.

Isso a fez pensar em sua tia.

Quando o pai de Wren ia para o treinamento de negociadores de reféns por alguns dias e Bex ficava de babá, ela deixava Wren faltar à escola. Chamavam de dia da saúde mental. Elas ficavam deitadas na rede do quintal, as duas juntinhas, e brincavam de um jogo de escolhas: *Você preferia ter um rabo ou um chifre?*

Preferia que sempre fizesse muito calor ou que sempre fizesse muito frio?

Preferia passar a noite em um hospital de doentes mentais mal-assombrado ou andar em uma montanha-russa quebrada?

Preferia passar a vida comendo só recheio de peru ou bebendo só molho de carne?

Preferia saber o dia em que você vai morrer ou saber como você vai morrer?

Para Wren, as respostas eram óbvias. Um rabo, porque dava para esconder dentro da roupa. Muito frio, porque dava para adicionar camadas de roupas e se aquecer. Ficar no hospital mal-assombrado, porque é melhor ser aterrorizada do que ser morta. Recheio, porque *recheava*. E saber a causa da sua morte seria melhor, ela tinha certeza na época, do que contar o tempo que lhe restava.

Wren estava repensando essa última resposta.

Agora, Wren pensou em mais uma: *Você morreria se com isso outra pessoa pudesse viver?*

Era isso que sua tia tinha feito por ela?

Wren estremeceu no armário ao lado de Olive, que cheirava a limões e estava sendo muito legal, mas, considerando toda a situação, a chance de que elas pudessem não ser pegas se ficassem escondidas era muito pequena.

Pelo menos, Olive era velha. Isso parecia terrível, Wren sabia, mas era verdade. Olive tinha vivido sua vida, ou a maior parte dela. Havia centenas de coisas que Wren não tinha feito. Sexo, para começar, mas isso era o óbvio. Ela nunca havia chegado em casa depois da hora. Nunca tinha ficado bêbada. Nunca tinha tirado a nota máxima em uma prova de matemática nem escalado a torre de água da Jackson State.

Também não tinha tirado sua licença de motorista. Tinha uma autorização de aprendiz: ela a solicitara no dia em que fizera quinze anos. Seu pai sabia que ela estava esperando por esse momento, e, quando ela entrou na cozinha na manhã de seu aniversário, ele já estava totalmente acordado, como se tivesse estado esperando por ela. Ele demorou de propósito comendo o café da manhã e terminando sua xícara de café, enquanto Wren se contorcia, desesperada para ele a levar até o Departamento de Trânsito.

— Me dê uma aula — ela implorou, quando saíram do prédio com aquele sagrado pedaço de papel.

— Puxa, por que eu não pensei nisso antes? — disse ele, sorrindo, e a levou até o estacionamento da delegacia, nos fundos, onde eles faziam churrascos às sextas-feiras no verão. Ele havia montado uma pista de obstáculos com cones cor de laranja. Mostrou a ela como ajustar os espelhos e conferir os pontos cegos, e durante dez minutos eles só praticaram mudar a alavanca de câmbio da posição estacionado para a posição de dirigir, com o pé dela firmemente no pedal do freio.

Por fim, ele a deixou avançar entre os cones laranja, movendo-se a dez quilômetros por hora.

— Fique mais para o meio quando fizer as curvas — ele lhe disse. — Nunca se sabe quem vai estar do outro lado.

— Entendido.

— É sério, Wren. Pode ter um ciclista.

— Está bem.

— E talvez não haja uma ciclofaixa, aí você faz a curva, colide com ele e ele sai voando da bicicleta e bate a cabeça no chão e então você sai do carro, liga pro serviço de emergência e o acompanha até o hospital e descobre que ele está morto e aí você tem que contar pra família dele por que isso aconteceu.

Ela olhou para ele.

— Pai.

— Olho na pista!

— Nem é uma pista!

Ele levantou as mãos, rendendo-se.

— Certo. Vire à esquerda.

Ela acionou a seta e virou o volante.

— Você sabe que não tem a preferência.

— Não tem nenhum outro carro.

— Mas se você sair na frente de alguém que está na preferencial e ele pegar você na lateral, provavelmente vai ser preciso usar ferramentas de resgate pra tirar você do meio das ferragens. E, a essa altura, suas costelas podem ter quebrado e penetrado no coração e você pode estar sangrando lentamente até a morte...

— *Pai.*

— Desculpa. É que tem milhões de motoristas por aí que eu não conheço e em quem eu não confio... e só tem uma *você*.

Wren pôs o carro na posição estacionado.

— Eu não vou morrer em um acidente de carro — ela prometeu.

Seu pai se virou, os olhos voltados para a frente. Depois sorriu, o mesmo tipo de meio sorriso que ela vira no rosto dele quando lhe dissera que agora já podia ler sozinha à noite; o mesmo tipo de sorriso que ele lhe dera quando ela atravessou o salão na quinta série para pegar aquele diploma de formatura bobo; o mesmo tipo de sorriso de quando ela desceu a escada pela primeira vez usando rímel e brilho labial.

— Vou lembrar você dessa promessa — ele disse baixinho.

O atirador tinha juntado os cinco na sala de espera. A mesa da recepção estava coberta de cacos de vidro. Havia folhetos espalhados por todo lado e manchas de sangue no tapete. A mobília havia sido empurrada contra a porta da frente como barricada: uma mesinha de café, um móvel de arquivo, um sofá. A televisão no alto exibia o programa de culinária *The Chew*.

Joy tinha deixado a bolsa e o celular na sala de recuperação quando fugiu do atirador. O nome dele era George. Ela o ouvira dizer no telefone. Ele parecia com qualquer um dos homens que protestavam do lado de fora, gritando quando ela correu para a clínica. Ela não ouviu uma única palavra que eles disseram. Mas se lembrava de um homem segurando uma boneca de cabeça para baixo pelo pé, com uma faca enfiada na barriga.

Para estar ali naquele dia, ela havia trocado seus turnos no bar e dito que ia para Arkansas visitar a família. Se fosse para mais alguém ser vítima de um atirador pró-vida, ele escolheria a mulher que acabara de fazer um aborto. Era esse o preço cármico que ela tinha que pagar? Uma vida por uma vida?

Alguém sequer notaria se ela não existisse mais?

— Ei. — A voz do dr. Ward flutuou até ela. — Você está bem?

Ela fez que sim com a cabeça.

— E *você*?

— Eu vou viver. Talvez. — Ele sorriu fracamente da própria piada. — É Joy, certo? Vai ficar tudo bem.

Ela não sabia como ele podia dizer isso com tanta autoridade, mas foi bom ouvir, assim como tinha sido bom contar com a gentileza dele durante o procedimento.

Se ela morresse hoje, seria uma nota de rodapé em um jornal.

Não concluiria a faculdade.

Não saberia como era se apaixonar.

Não teria a chance de ser o tipo de mãe que nunca tivera.

Uma risada histérica borbulhou em sua garganta. Ela era uma refém, à mercê de um lunático com uma arma. As solas de seus pés estavam literalmente ensopadas com o sangue de outras pessoas. Ela havia passado por cima de uma mulher morta para chegar ao lugar onde estava sentada e poderia muito bem ter que ver mais pessoas morrerem diante de seus olhos. Poderia até ser uma delas.

Mas pelo menos não estava grávida.

Dizer que aquilo não estava bom era dizer muito pouco.

Izzy se ajoelhou na frente de Bex. Ela havia conseguido tirar a blusa da mulher e podia ver o ferimento de saída da bala. O projétil havia entrado pelo seio direito e saído logo acima da escápula direita. Mas, mesmo com Janine pressionando a gaze sobre o ferimento, o sangramento de Bex não havia diminuído.

— Nós vamos cuidar bem de você, Bex — disse Izzy, sorrindo para ela.

A respiração da mulher estava pesada.

— Eu estou... eu...

— Não tente falar — disse o dr. Ward. — Nós vamos deixar você novinha em folha. Não posso me arriscar a manchar minha reputação como médico.

Isso, pelo menos, trouxe um sorriso para o rosto da mulher. Izzy apertou a mão dela.

— Eu posso...? — Janine levantou os olhos para ela. As mãos da jovem estavam cobertas pelo sangue de Bex e tremendo com o esforço que ela fazia para estancar o fluxo.

— Não — disse Izzy, com firmeza. — Não pode.

O telefone tocou de novo e todos se viraram para ele. Na última vez, tinha sido Izzy que atendera. O atirador a mandara fazer isso, balançando a arma na sua cara.

— Não pegue — ele ordenou agora.

O telefone tocou mais doze vezes; Izzy contou.

A respiração de Bex estava ficando mais penosa, mais borbulhante.

— Difícil — disse ela. — Puxar... o... ar...

Izzy pegou o pulso de Bex, contou seus batimentos cardíacos e fez o cálculo: duzentos e quarenta batimentos por minuto. Bex estava com taquicardia.

— Ela deve estar com um pneumotórax de tensão — disse o dr. Ward. — Temos que tirar o ar da cavidade torácica para ela poder respirar livremente. — Ele se virou, tentando se levantar sobre a perna boa, mas perdeu o equilíbrio e desabou sobre a perna ruim.

Izzy amparou parte do peso dele.

— A última coisa de que nós precisamos neste momento é você bancando o herói.

— O que nós precisamos é de um traumatologista — disse ele, olhando-a nos olhos. — E parece que vai ser você.

Izzy balançou a cabeça.

— Eu não sou médica.

— São só umas letrinhas diferentes na frente do nome. Aposto que sabe o que está fazendo.

Izzy já tinha visto descompressões por agulha serem realizadas em ambiente hospitalar, em condições estéreis e com todo o equipamento apropriado. Ela também sabia que Bex não estaria por muito tempo neste mundo sem algum tipo de intervenção médica imediata. Com o ar entrando do ferimento para o espaço pleural, a pressão ia aumentar e colabar o pulmão, o que, por sua vez, comprimiria o coração e deslocaria o mediastino. Isso significava que o coração não conseguiria bombear efetivamente e a veia cava, o grande vaso sanguíneo que trazia todo o sangue de volta para o coração, não faria seu trabalho.

Bex começou a chiar, lutando por ar. Seu corpo tremia com o esforço. Izzy segurou a mão de Janine e a pressionou com mais força sobre o ferimento do tiro. E então ela se levantou, juntando toda a sua coragem.

— Esta mulher precisa de atendimento médico — ela disse para o atirador.

Ele a encarou.

— Você quer que ela morra?

Que pergunta besta. Claro que ele queria. Ele queria que todos ali morressem. Foi por isso que ele viera com uma pistola.

— Eu posso cuidar dela. Mas preciso pegar material na sala de procedimentos.

— Você acha que eu sou idiota? Não vou deixar você sair sozinha.

— Então venha comigo — disse Izzy, desesperada.

— E deixar eles aqui? — Ele fez um gesto para as pessoas na sala de espera. — De jeito nenhum. Sente de novo.

— Não — respondeu Izzy, determinada.

Ele levantou as sobrancelhas.

— O que você disse?

— Não. — Ela começou a andar em direção ao atirador. A arma estava apontada para a barriga dela e suas pernas eram como macarrões, mas ela conseguiu dar um passo, depois outro, até o cano do revólver estar a quinze centímetros dela. — Eu não vou sentar. Só quando eu tiver o material para poder salvar a vida desta mulher.

Ele a encarou por um momento que durou dias. Então, de repente, ele agarrou Joy e encostou a pistola na cabeça dela.

— Vou contar até dez. Se você fizer alguma gracinha, ou se não voltar, esta mulher morre.

Um gemido baixo e dolorido escapou de Joy. Atrás dela, Bex estava totalmente ofegante.

— Um — o atirador disse. *Dois. Três.*

Izzy se virou e correu pelo corredor até a sala de procedimentos. *Quatro.* Ela remexeu as gavetas, abriu armários, pegando às cegas tudo em que conseguisse pôr as mãos, como se esse fosse um jogo de supermercado macabro. *Cinco.* Levantou a ponta da blusa e puxou sua pilhagem do balcão para a cesta improvisada. *Seis. Sete.*

Ela correu de volta para a sala de espera e despejou seus tesouros pelo chão.

O atirador soltou Joy, que caiu, trêmula, no sofá e puxou os joelhos para junto do peito.

— Recolha esse material do chão — Izzy disse para Janine. Ela tirou o avental hospitalar que havia enrolado em Bex. Os olhos da mulher estavam arregalados e aterrorizados; eles se fixaram em Izzy como se ela fosse o único ancoradouro em uma tempestade. — Bex — ela disse com firmeza. — Eu sei que você não consegue respirar. Eu vou dar um jeito nisso. Só preciso que você tente ficar calma.

Janine colocou um punhado de itens ao lado de Izzy: gaze, tubos, uma lâmina de bisturi número 15, duas pinças cirúrgicas, uma cureta.

Izzy era especialista em solucionar problemas. Quando o fogão quebrava, dava para fazer uma fogueirinha e cozinhar ovos segurando-os no vapor que saía de uma chaleira. Quando não havia leite para acrescentar aos cereais matinais, água funcionava. Quando a sola do sapato ficava gasta, dava para fazer uma palmilha de papelão. Se crescer pobre te ensina alguma coisa, é criatividade.

Ela pegou uma agulha de calibre 22. Tinha visto descompressões por agulha antes, mas com agulhas maiores. Essa era delicada, feita para injetar lidocaína. Não era suficientemente longa ou firme para proporcionar a liberação do ar que acumulava dentro da cavidade torácica de Bex.

— Não vai funcionar — o dr. Ward confirmou. — Você vai ter que inserir um tubo torácico.

Ela olhou para o médico sobre o corpo de Bex e concordou com a cabeça.

Izzy tirou o tubo de sua embalagem plástica estéril. Pegou uma pinça Kelly e o bisturi. Gostaria de ter tido a ideia de trazer Betadine cu um lenço umedecido com álcool, mas agora teria que ser assim mesmo. Levantando o braço direito de Bex, Izzy deslizou os dedos até um ponto entre a quarta e a quinta costelas e parou.

O fato de já ter visto o procedimento não significava que ela estivesse qualificada para fazê-lo.

— Vá em frente — o dr. Ward a incentivou. — Faça o corte.

Ela respirou fundo e pressionou o bisturi profundamente na pele de Bex. Uma linha fina de sangue subiu. Izzy enfiou o indicador esquerdo na incisão e tateou para sentir a parede torácica, bloqueando de sua mente o grito de Bex. Levantou a pinça Kelly com a outra mão e a introduziu na incisão.

— Você vai ter que empurrar com força — disse o dr. Ward.

Izzy balançou a cabeça e manobrou a ponta da pinça sobre a costela, e então a fez atravessar a parede torácica com um estalo. Imediatamente houve um som de saída de ar e o sangue espirrou em seu colo. Bex arfou, finalmente capaz de respirar.

Tinha sido não só um pneumotórax, mas um hemotórax. Sangue, não ar, havia enchido a cavidade pleural dela.

Izzy abriu a pinça e a girou de um lado para outro para aumentar a abertura na parede torácica. Com o dedo indicador, ela sentiu o balão do pulmão de Bex que subia e esvaziava. Retirou a pinça, mantendo a ponta aberta para evitar que ela furasse acidentalmente o pulmão. Com o dedo ainda dentro da cavidade torácica, inseriu o tubo de drenagem na incisão até ele alcançar a ponta. Só então ela retirou o dedo.

Izzy não tinha nada para segurar o tubo no lugar e nenhuma maneira de suturá-lo lá dentro. Então pegou a embalagem plástica em que o tubo tinha vindo e a pressionou contra o corpo de Bex para formar um selo oclusivo. O dr. Ward pegou a fita adesiva que ela havia usado para prender seu torniquete e rasgou dois pedaços para ela prender o plástico.

— Srta. Izzy — disse ele, impressionado —, se eu não soubesse, acharia que você tinha nascido para a emergência.

O tubo tinha funcionado: o sangue escorria por ele e pingava no chão. Izzy enrolou uma toalha na ponta, desejando ter um recipiente, assim ela poderia monitorar quanto sangue Bex havia perdido. Se Bex não recebesse uma transfusão, ia acabar morrendo.

Izzy sentiu uma mão segurar seu ombro. Ela se virou e viu o atirador com um cesto de lixo.

— Ponha tudo isso aqui — disse ele, indicando com a cabeça os instrumentos descartados no chão.

Ela juntou a agulha, a pinça Kelly cheia de sangue e os itens que não havia usado e jogou tudo dentro do cesto.

— Só isso? — ele perguntou.

Izzy confirmou com a cabeça.

Ele balançou a arma, indicando que queria que ela recuasse para ele ver por si mesmo. Satisfeito que nada havia ficado no chão, ele se afastou e colocou o cesto de lixo embaixo da mesa da recepção.

Bex agarrou a mão dela. Já parecia mais alerta e, definitivamente, mais confortável.

— Obrigada... — ela murmurou. Ela a puxou até Izzy se inclinar para mais perto.

A voz dela era uma oração. *Salve minha sobrinha.*

Izzy se afastou, olhando para ela, e fez um sinal afirmativo com a cabeça.

Izzy mexeu nas pontas da fita adesiva na pele de Bex. Com a mão livre, recuperou o bisturi que havia escondido atrás do quadril de Bex depois de fazer a incisão. Inclinou-se mais, suas mãos enfiadas entre ela e Bex, de modo que só as duas puderam ver Izzy fechar a lâmina e deslizar o bisturi pelo decote da blusa cirúrgica, prendendo-o no sutiã.

Embora Hugh tivesse mandado a polícia esvaziar a área, ainda havia algumas pessoas por lá. Os repórteres, que eram idiotas demais ou ambiciosos demais para ir embora. Curiosos, com seus celulares, filmando para postar nas redes sociais. Ainda havia alguns manifestantes também, embora eles tivessem ido para um lugar mais seguro para fazer um círculo de oração. Espalhadas pelo chão que eles haviam desocupado estavam as marcas de suas crenças: um cartaz proclamando ABORTO É HOMICÍDIO; bonecas pintadas com sangue falso e abandonadas na pressa, com os membros em posições estranhas sobre o concreto em sua própria cena do crime em miniatura.

Hugh não se lembrava da última vez que a polícia havia sido chamada por causa de algum conflito no Centro. Durante anos os funcionários haviam coexistido com os manifestantes da maneira como óleo e água se assentam em uma jarra: no mesmo espaço, mas separados. Cada lado tinha um respeito estranho e a contragosto pelo fato de que, apesar dos obstáculos, ambos vinham todos os dias para fazer o trabalho que acreditavam que precisava ser feito. O protesto quase sempre fora não violento e ordeiro.

Exceto, Hugh notou, neste momento.

Uma onda de surpresa passou pelos manifestantes e acionou algum reflexo inato que ele tinha para detectar problemas iminentes. Ele se virou bem na hora em que uma jovem de cabelo cor-de-rosa entrou no meio do pequeno aglomerado beato. Era a moça com quem ele havia falado uma hora antes, a funcionária que chamara a polícia depois de fugir do Centro quando os tiros começaram. Rachel. Ela ficou frente a frente com um dos manifestantes, um homem alto e corpulento de cabelo branco.

— Por favor — disse o homem. — Venha rezar.

Hugh a viu bater no peito do homem.

— Allen, *não* venha agir como se isso não fosse tudo sua culpa.

Ele ficou ligeiramente surpreso ao ver que ela o conhecia pelo nome.

— Ele não é uma de nós — Allen respondeu.

— Como você pode dizer isso na minha cara? — ela gritou. — Se pessoas como você não vomitassem esse monte de imbecilidades, pessoas como *ele* nem existiriam.

Hugh deu um passo na direção do grupo.

— Esta é uma situação ativa com reféns — disse ele. — Vocês têm que ir para casa.

— Eu não posso — Rachel soluçou. — Não posso enquanto todos lá dentro não estiverem em segurança.

— É para isso que nós estamos rezando. Tem uma pessoa pró-vida lá dentro — disse Allen.

Hugh passou a mão pelo cabelo.

— Não me diga.

O manifestante balançou a cabeça.

— Não, é *outra* pessoa — ele esclareceu. — Ela é uma refém.

Na aula de debate no ensino médio, Janine teve que debater sobre o caso *Roe versus Wade*. Ela argumentou a favor de revogar a decisão do Tribunal, os joelhos tremendo enquanto ela os pressionava um contra o outro, e disse que fazer um aborto era pôr fim em uma vida. Ela perdeu o debate, de acordo com sua professora, que era pró-escolha. Mas, depois, uma menina chamada Holly a procurou e perguntou se ela estava ocupada no sábado de manhã. E foi assim que Janine se viu de braços unidos com dois estranhos que eram parte da igreja de Holly, para formar uma "corrente pela vida" que se estendeu por mais de um quilômetro.

Ao longo dos anos, Janine não vacilara em sua crença de que a vida começa na concepção. No entanto, isso era algo que ela costumava manter em segredo, porque, quando se admitia ser pró-vida, as pessoas começavam a olhar como se você não fosse muito inteligente, ou como se você fosse parte de algum culto religioso. Ou diziam que se opunham pessoalmente ao aborto, mas defendiam o direito da mulher de escolher. Isso era como dizer *Eu nunca maltrataria meu filho, mas não vou dizer ao meu vizinho que ele não pode bater no filho dele.*

Janine vivia sendo atraída por essa convicção como por um ímã. Foi o que a trouxera para o Mississippi para trabalhar com Allen. Estavam tão perto: só faltava uma única clínica para livrar o estado de centros que faziam abortos.

Ela gostava dos outros manifestantes. Além de Allen, havia Margaret, que tinha paralisia cerebral, e rezava o terço enquanto as pacientes passavam. Havia o professor, que lecionava na universidade. Ethel e Wanda entregavam as sacolinhas para as mulheres que se dirigiam à clínica.

Tinha sido ideia de Allen que, como ela era a mais nova do grupo, Janine criasse um vlog em que explicasse, pela perspectiva de uma jovem, por que aborto era assassinato. Seu primeiro episódio ia se chamar "Por dentro da fábrica de abortos".

Ela queria ter uma experiência de perto. Mas nunca poderia prever *isso*.

Janine quase vomitou quando a enfermeira, Izzy, cortou a carne de Bex. Sem anestesia. Com Bex totalmente acordada. A pele sob o bisturi havia se dividido para se tornar uma boca aberta, vermelha e ensanguentada.

Janine olhou para seus próprios braços, cobertos até os cotovelos de sangue e, de repente, tudo lhe veio com clareza. Ela estivera com as mãos no peito de outra mulher. Estava presa com um atirador que não sabia que uma de suas reféns era tão contrária ao aborto quanto ele. Ela começou a oscilar.

Izzy levantou os olhos quando Janine se segurou na parede em busca de apoio.

— Você vai desmaiar? — ela perguntou.

Sua própria voz era distante e zumbida, como a do condutor de um trem que nunca se ouve direito. *Eu tenho que sair daqui*. Izzy pôs o braço em volta dos ombros de Janine para acalmá-la.

— Eu tenho que sair daqui — Janine disse, com mais firmeza.

— Respire fundo algumas vezes — disse Izzy, um tom de advertência na voz. Ela fez um movimento com os olhos em direção ao atirador, que havia se virado para elas.

— Não. — Janine se soltou. Ela caminhou em direção ao atirador, que segurava a pistola no nível da cintura, apontada para ela. — Moço, me desculpe, mas eu não tenho nada a ver com este lugar — ela disse, sorrindo para ele.

— Vá sentar — ele grunhiu.

— Eu sou como *você*, não como eles. Eu não sou uma paciente. Estou aqui porque... bom, é uma longa história. — Ela levantou o braço e tirou a peruca loira, revelando o cabelo escuro cortado curto. — Eu acho que aborto é pecado. Eles matam bebês aqui e eles merecem... eles merecem... — Ela olhou em volta e viu todos na sala de espera a encarando em choque. — Por favor, me deixe sair — ela implorou.

— Cala a boca — o atirador mandou.

— Eu prometo que não...

— Fica *quieta*.

— Eu vou dizer a eles que você é um homem sensato. Um *bom* homem. Com um bom coração, tentando dar voz aos não nascidos. — Ela deu mais um passo para a frente, encorajada. — Você e eu, nós estamos do mesmo lado...

Janine viu o atirador levantar a arma. E então tudo ficou escuro.

Ninguém fez nenhum movimento para ajudar a jovem que havia levado uma coronhada. Louie não poderia dizer nem mesmo que *ele* a teria ajudado, caso não estivesse imobilizado com um torniquete, mesmo tendo feito o juramento de Hipócrates.

Ela provavelmente viera para tentar pegá-los em uma armadilha. Fazia anos que os antiaborto se infiltravam em clínicas, tentando encontrar provas da mitologia de que partes fetais estavam sendo vendidas e que os funcionários forçavam mulheres a interromper gravidezes avançadas. O resultado? Pessoas acreditavam neles... e acreditavam tanto que isso inspirava violência. No Colorado, um homem atirou em uma clínica do grupo de planejamento familiar Planned Parenthood porque tinha certeza de que eles estavam vendendo órgãos e tecidos de bebês.

Quem poderia saber quais mentiras haviam levado o atirador para lá naquele dia?

Louie conhecia todos os manifestantes; era de fato uma questão de autopreservação. Havia muitas ruas escuras no Mississippi, muitos lugares para seu carro ser empurrado para uma vala, como eles costumavam fazer com ativistas de direitos civis. Então Allen havia elogiado seu corte de cabelo recentemente. Wanda oferecia donuts para os funcionários toda segunda-feira. Raynaud, que usava o cartaz-sanduíche com fotos de partes do corpo, não olhava diretamente para ninguém. Mark só vinha às terças-feiras e ficava sentado em seu andador, com o tanque de oxigênio a reboque para seu enfisema. Ethel, que fazia sapatinhos e gorrinhos de tricô para colocar nas sacolinhas, uma vez dera a Louie um par de luvas no Natal.

Havia aqueles que eram mais agressivos: manifestantes que tiravam fotos de placas de carros no estacionamento e as publicavam em sites para que sofressem assédio; manifestantes que haviam criado uma tecnologia de geofencing que fazia o navegador de seu celular se encher de propaganda antiaborto quando se chegava a uma distância de uns cinquenta metros da clínica. (Quando Louie olhava o Facebook no trabalho, aparecia um pop-up que o lembrava de que ele podia ficar com seu bebê.) Davis, um jovem pastor, bloqueava com o corpo a passagem de carros que chegavam e gritava com as pacientes, dizendo que elas iam para o inferno. O reverendo Rusty, da Operação Salve a América, vinha de Wichita a cada dois meses em um velho ônibus VW com um grupo de seguidores que ele levava a um frenesi com sua voz ríspida e olhos de cascavel.

De vez em quando vinha alguém novo. Em março, uma faculdade cristã tinha organizado uma viagem para o Mississippi no recesso de primavera e um ônibus inteiro de jovens estudantes fez piquetes durante uma semana. Houve um homem que apareceu por alguns dias com um pit bull rosnante, mas desapareceu tão rapidamente quanto havia surgido. Houve a vez, cerca de um ano antes, em que um manifestante louco invadiu a clínica e se acorrentou a uma máquina de ultrassom, sem perceber que ela era transportável e podia ser movida para fora sobre as rodinhas, que foi exatamente como a polícia o tirou do prédio para prendê-lo. E, aparentemente, havia Janine.

Sem aquela peruca na cabeça, ele a reconheceu como uma das ativistas antiaborto. Não podia acreditar que haviam estado sob o mesmo teto e ele *não* a reconhecera até aquele momento. Isso o fazia se sentir um idiota. Violado.

Quando Louie era criança, a srta. Essie vinha visitá-los, se sentava na varanda e reclamava da chefe das auxiliares na igreja, mas aos domingos ela ficava toda íntima da mulher como se as duas dividissem a mesma cama. *É melhor o diabo conhecido do que o diabo desconhecido*, ela dizia, quando a avó dele a chamava de hipócrita.

Então procure uma companhia de que você goste mais, sua avó costumava contra-argumentar.

Louie imaginou que aquela moça tinha tentado salvar a própria pele. Claramente, não havia funcionado. Quando ela recuperasse a consciência, será que pediria desculpas para as mulheres que tinham vindo àquele Centro porque haviam esgotado todas as suas possibilidades? Ou para Izzy e para ele, que enfrentavam a sociedade, políticos e, sim, violência para dar a essas mulheres uma última chance?

Ela poderia pedir um milhão de desculpas a Vonita, a proprietária da clínica, mas isso não a traria de volta à vida.

Essa mulher caída a alguns metros dele provavelmente ficaria surpresa em saber que não era a primeira antiabortista a entrar no Centro. Ele sabia porque já havia feito abortos em pelo menos uma dúzia delas.

Louie não conhecia um único colega que não tivesse feito o mesmo. Essas mulheres afirmavam ser pró-vida e insistiam que o feto era sagrado, até acontecer de ele estar dentro delas e não se encaixar em suas expectativas de vida. Elas entravam na sala de procedimentos e diziam que era diferente no caso delas. Ou vinham trazer suas filhas e diziam que aquela, obviamente, era uma exceção. Louie tinha vontade de lembrá-las de que todas que passavam pela porta do Centro eram filhas de alguém. Mas não o fazia.

Quando essas mulheres começavam a chorar na mesa de Louie por nunca terem se imaginado naquela situação, ele não as chamava de hipócritas. Qualquer um de nós pode racionalizar as coisas que fazemos.

Mas ele esperava que a empatia se propagasse como uma planta invasiva de compaixão.

Um ou dois dias depois, após fazerem seu aborto, essas mesmas mulheres o chamavam de assassino outra vez enquanto ele caminhava do carro para seu local de trabalho. Ele não as considerava fraudes. Ele compreendia por que elas sentiam que precisavam voltar a ser quem todos os outros em seus círculos sociais acreditavam que elas fossem.

Na verdade, quando ativistas antiaborto o procuravam para interromper uma gravidez e lhe diziam que não defendiam o aborto, Louie Ward só lhes dizia uma coisa:

Venha um pouco mais para baixo.

Problema resolvido, Joy pensou, com amargura. Quer solucionar uma questão que divide as pessoas? Jogue todas as partes no caldeirão de uma situação com reféns e deixe ferver.

Ela olhou para o corpo inconsciente da mulher que estivera sofrendo ao seu lado. Nem em uma centena de anos teria lhe ocorrido que ela fosse uma ativista antiescolha disfarçada. Se Joy *soubesse,* será que a teria tratado da mesma maneira?

Isso era carma, em sua forma mais pura. Não era como se Janine tivesse simplesmente entrado no lugar errado, como acontecera com Joy.

Um dia antes, ela tinha ido à clínica errada. Essa também era pintada de laranja. E ficava ali pertinho do Centro. A placa até dizia O CENTRO PARA MULHERES, como se quisessem deliberadamente confundir as pacientes.

A sala de espera estava cheia de cartazes de fetos em diferentes estágios: EU TENHO SEIS SEMANAS E TENHO UNHAS NOS DEDOS DAS MÃOS! EU TENHO DEZ SEMANAS E CONSIGO VIRAR A CABEÇA E FRANZIR A TESTA! EU TENHO DEZESSETE SEMANAS E ACABEI DE TER UM SONHO! Parecera declaradamente cruel para ela ter esses cartazes nas paredes, mas talvez eles tivessem a intenção de comover as mulheres que ainda estivessem inseguras de sua decisão. Joy fechou os olhos para não ter que olhar para eles.

Ela ouviu chamarem seu nome e uma mulher sorridente de cabelo escuro a conduziu até um cubículo nos fundos. A mulher usava um avental de laboratório e tinha o nome Maria bordado sobre o coração em letras cheias de curvas.

— Vamos começar com um ultrassom! — disse Maria, e Joy percebeu que ela era uma dessas mulheres que falavam tudo com exclamações. — Para ver de quanto tempo está o seu bebê!

Na mesa de exame, Joy observou Maria esguichar gel em sua barriga e começar a deslizar o transdutor sobre ela.

— Veja só o seu pequeno milagre! — disse Maria, virando o monitor para ela. Na tela, havia um bebê rechonchudo em preto e branco totalmente formado.

Joy havia procurado na internet; ela sabia que seu feto de quinze semanas era mais ou menos do tamanho de uma maçã, talvez uns dez centímetros de comprimento. Mas essa coisa na tela estava sugando o polegar. Tinha cabelo, sobrancelhas e unhas nos dedos. Parecia até que já poderia engatinhar. Enquanto ela olhava espantada para a tela do ultrassom, notou que os movimentos e contrações do feto eram repetitivos, reproduzidos em uma sequência.

Joy pigarreou.

— Acho que deve ter havido um mal-entendido — disse ela. — Eu estou aqui para fazer um aborto.

— Você sabe que, se fizer um aborto, provavelmente não vai mais poder ter filhos... nunca! E isso se você sobreviver — disse Maria.

E ela continuou:

— Você frequenta a igreja? E o seu namorado? — Até essas perguntas pareciam entusiásticas. — Se você deixou Jesus entrar no seu coração — disse Maria —, ele não quer que você mate o seu bebê!

Joy estava totalmente confusa.

— Acho que eu me enganei.

Maria segurou o braço dela.

— Fico tão feliz por ouvir você dizer isso! Nós podemos ajudá-la, Joy. Podemos ajudar você e o seu filho. Temos muitas informações sobre adoção!

Uma suspeita surgiu na cabeça de Joy.

— Eu... preciso pensar melhor — disse ela, baixando a blusa e se sentando.

Maria lhe deu um amplo sorriso.

— Não há pressa nenhuma!

Mesmo isso era uma mentira. Joy sabia que tinha exatamente quatro dias até que não pudesse mais fazer um aborto legalmente no estado do Mississippi.

Foi só ao chegar à rua, com a respiração ofegante, que ela viu o Centro do outro lado. Correu pelo meio dos manifestantes que gritavam para ela e pressionou repetidamente o botão do interfone. O trinco elétrico da porta zumbiu e Joy se apressou para dentro.

— Aqui é o Centro? — ela perguntou à mulher na recepção, que confirmou. — Tem certeza?

— Espero que sim, já que eu sou a proprietária. Você tem consulta marcada?

O crachá dela tinha o nome VONITA. Quando Joy se desculpou pelo atraso, Vonita soube exatamente o que havia acontecido.

— Esses malditos centros de apoio à gravidez — disse Vonita. — Desculpe o palavreado. Eles são como ervas daninhas, brotando ao lado de cada clínica de aborto, para confundir propositalmente as pacientes.

— Eu poderia apostar que são um punhado de charlatões.

— Eu *sei* que são — disse Vonita. — O estado nos faz cumprir uma centena de requisitos legais só para manter nossa licença de funcionamento, e eles passam totalmente sem fiscalização. Eles falam que nós não temos médicos de verdade aqui, não falam? E que você provavelmente vai sangrar até a morte? — Ela balançou a cabeça. — É mais provável você ser atropelada por um ônibus ao atravessar a rua para chegar aqui do que morrer por complicações de um aborto.

É mais provável você morrer entrando disfarçada em uma clínica de aborto para provar alguma convicção moral.

Com frio na barriga, Joy percebeu que Janine havia conseguido o que queria. Podia não ter sido da maneira que ela pretendia, mas era muito provável que essa clínica fosse fechar. Se não permanentemente, pelo menos por um tempo. Vonita, a proprietária, estava morta. E quem estaria disposta a vir aqui depois disso? O que aconteceria a mulheres como Joy, que estavam com quinze semanas de gravidez e com um aborto agendado para o dia seguinte, ou depois de amanhã?

Joy deu outra olhada para o corpo de Janine estendido no chão. Era como uma prova de que não havia um jeito certo de fazer a coisa errada.

Exceto não fazê-la.

Joy sentia todos os olhares sobre ela quando se ajoelhou lentamente no tapete na frente de Janine.

Vai entender. Quando se segurava a cabeça de uma mentirosa no colo, parecia com a cabeça de qualquer outra pessoa.

De certa forma, Olive pensou, estar no escuro era ainda mais difícil do que estar lá com os outros. Ela ouvia conversas, passos, batidas. Sabia que o atirador estava bravo e sabia que alguém estava sentindo dor. Mas, como não podia de fato ver com seus próprios olhos, começava a criar imagens em sua mente do que estaria acontecendo. E o que ela podia sonhar com uma imaginação fértil devia ser muito pior do que a realidade.

Certo?

Ao lado dela, Wren estremeceu.

— Você acha que ele matou ela?

Não havia necessidade de perguntar quem. A mulher que estivera tagarelando sobre como eles matam bebês ficara em silêncio depois do som forte de uma pancada.

— Ele não atirou nela — Olive sussurrou.

— Isso não quer dizer que ela está viva.

— O cérebro pode fazer muitas coisas — disse Olive —, mas não pode distinguir entre o que está realmente acontecendo e o que você está imaginando. É por isso que os filmes de terror assustam e que a gente chora com os livros do Nicholas Sparks.

— Quem?

— Não importa.

— Você fala como uma professora — disse Wren.

— Eu me declaro culpada — respondeu Olive. — Eu dava aula na faculdade.

Ela pensou na mulher que insistira que este lugar não tinha nada a ver com ela. Olive poderia ter dito o mesmo. O Centro tinha a ver com escolhas reprodutivas e não lhe restava nenhuma delas. Mas ela jamais teria colocado a vida de Wren em risco abrindo a porta do armário para salvar a própria pele.

— Se eu morrer — murmurou Wren —, eles vão fazer uma homenagem na escola.

Olive se virou ao som da voz dela.

— Vão pôr flores embaixo do meu armário, e cartazes dizendo DESCANSE EM PAZ com fotos minhas fazendo coisas bobas, como a que tem o meu rosto pintado para o Dia da Consciência LGBT ou vestida de Supergirl no Halloween. Aconteceu no ano passado, com uma menina que morreu de leucemia — disse Wren, suavemente. — Todas aquelas pessoas fingindo que sentem a minha falta, quando nem me conheciam.

Olive segurou a mão dela e a apertou.

— Você não vai morrer — ela prometeu.

Como para pontuar essa promessa, o celular de Wren zumbiu.

Vc ainda está segura?, Hugh escreveu.

Aqueles três pontinhos apareceram, se movendo na tela, e ele soltou a respiração que estava segurando.

Ouvi alguém gritando, depois um barulho e agora está quieto.

Ele se perguntou quantas mulheres haveria lá dentro, além de sua filha e sua irmã.

Sabia que sua responsabilidade era com todos os reféns dentro do Centro, mas a verdade era que ele só pensava em Bex e Wren.

Tia Bex?, ele escreveu.

??? não sei.

Quando ele era menino e ia para algum lugar depois da escola, Bex insistia que ele ligasse para ela quando chegasse. Ele detestava isso, se sentia o maior dos otários. Foi só depois de Wren nascer e ele se preocupar com ela a cada minuto em que ela não estivesse por perto que compreendeu por que sua irmã era tão vigilante. A razão de a gente se segurar tão fortemente em alguém nem sempre é para proteger a pessoa; às vezes é para proteger a nós mesmos.

Hugh olhou para seu celular, como se pudesse transmitir a Wren coragem, força, esperança.

Fique calma, ele escreveu.

•••

•••

Papai, Wren respondeu. *Estou com medo.*

Ela não o chamava de papai havia muito tempo.

Quando Wren era pequena, Hugh subiu ao quarto dela e a encontrou esfregando o rosto com limão, tentando se livrar das sardas. *Eu tenho essas marcas,* ela falou. *Eu sou feia.*

Você é linda, ele lhe disse, *e essas são constelações.*

A verdade era que ela era o seu universo.

Ter filhos era como acordar e encontrar uma bolha de sabão na palma da mão e receber a instrução de carregá-la consigo enquanto pulava de paraquedas de alturas estonteantes, escalava uma cadeia de montanhas, batalhava nas linhas de frente. Tudo que se queria era guardá-la, protegê-la de desastres naturais e violência, de preconceito e sarcasmo, mas essa não era uma opção. Vivia-se constantemente com medo de vê-la estourar, de rompê-la sem querer. De alguma maneira, se ela desaparecesse, você desapareceria também.

Ele se perguntou se as mulheres que tinham vindo ao Centro pensavam diferente.

Depois, reconsiderando, ele imaginou que isso era *exatamente* o que elas pensavam.

Eu estou aqui, ele escreveu para Wren, e esperou que fosse suficiente.

Beth olhou para o homem estranho em seu quarto. Um policial. Não do lado de fora da porta, mas dentro, e a observando. Era totalmente sinistro. Como se já não fosse suficientemente ruim ela estar algemada à grade da cama.

Ela queria seu pai. Queria poder escrever uma mensagem para ele, pedir desculpas, chorar, implorar, mas seu celular tinha sido levado pela polícia. Será que ele estava na cafeteria do hospital, ou dando uma caminhada, ou simplesmente sentado no carro rememorando as coisas horríveis que eles haviam dito um para o outro? Beth sabia que, se pudesse ver o rosto dele, conversar com ele diretamente, poderia fazê-lo ver que nada havia mudado; que ela ainda precisava dele como sempre, se não mais. Passaria um mês na igreja com ele, se ele quisesse, expiando seus pecados. Faria qualquer coisa para que tudo voltasse a ser como antes.

Quando a porta se abriu, ela se virou, com uma súbita esperança. Mas não, ela não havia conjurado seu pai. Era um homem estranho de terno, com cabelo escuro grosso. Ele veio seguido por uma taquígrafa, que posicionou uma máquina no canto perto do radiador.

— Olá, Beth — disse ele. — Sou o Promotor Distrital Assistente Willie Cork. Como você está?

Ela olhou desse homem para o policial, e então seus olhos pousaram na taquígrafa, uma mulher. Quando ela era pequena e tinha que ir ao banheiro, seu pai costumava pedir a uma mulher para levá-la ao banheiro feminino. Ele dizia que, se ela sentisse que precisava de ajuda, devia procurar alguém que parecesse uma boa mãe.

O que, ela percebeu com um choque, desqualificava a própria Beth.

Talvez ele fosse o seu advogado. Ela havia pedido um. Não sabia bem como isso funcionava.

— Oi — Beth disse baixinho, e naquele momento a porta se abriu de novo e um pequeno tornado entrou no quarto. Ela era negra e miúda, e o ar crepitava em sua volta.

— Sua masculinidade desbotada pode lhe garantir a entrada em praticamente tudo neste país, Willie, mas nem você devia se atrever a *isto*. Você não pode falar com a minha cliente sem que eu esteja presente.

— Que recepção afetuosa, doutora — debochou o promotor. — Parece que sentiu saudade de mim.

— Willie, quando vem de você, um pouquinho já representa muito. Como arsênico. Ou radiação nuclear. — Ela olhou para a cama de hospital. — Meu nome é Mandy DuVille, eu sou sua defensora pública. Você é Beth, certo?

Beth confirmou com a cabeça.

— Muito bem, Beth. Não fale com ninguém a menos que eu esteja presente, entendeu? — Ela encarou o promotor. — E por que você está aqui, afinal? Não tem coisas maiores para fazer? Como aprovar uma lei para identificar votos fraudados, ou manipular as fronteiras dos distritos eleitorais antes da sua próxima eleição...

— O policial Raymond aqui me chamou para a cena, e tem toda razão em ter feito isso — disse Willie Cork. — Nunca vi nada tão perturbador em todos os meus anos servindo à Deusa Justiça. Conseguimos um mandado de prisão em questão de uma hora.

Mandy deu uma olhada para o policial na porta.

— Nathan — ela cumprimentou.

— Prima — disse ele.

O promotor passou uma pasta para Mandy.

— Fique à vontade — disse ele, e a advogada de Beth abriu a pasta e começou a ler, seu olhar voando de um lado para o outro.

— Autoaborto — Mandy leu. — Comprimidos? — A advogada fechou a pasta ruidosamente e focalizou seu olhar no pulso algemado de Beth, equilibrando-se desajeitado sobre a grade. — Ela é uma criança. Uns quarenta e cinco quilos com muito boa vontade. Isso é mesmo necessário? — ela perguntou a Willie.

— Essa mulher é uma assassina — disse o promotor.

— *Suposta* assassina.

O olhar de Beth corria de uma pessoa para outra. Era como se eles estivessem jogando tênis e ela fosse a bola sendo lançada para lá e para cá. Ela se mexeu, fazendo chocalhar a corrente em seu pulso.

— Eu não...

— Pare de falar — Mandy a interrompeu com a voz alta, levantando a mão. — Nathan — ela chamou —, eu posso, por favor, me aproximar e sussurrar com minha cliente por um minuto de confidencialidade?

— Eu sou o policial Raymond pra você — disse Nathan —, e não. Você tem que ficar sempre a pelo menos sessenta centímetros da ré.

A defensora pública revirou os olhos.

— Beth, eu preciso que você me diga se entende o que o Estado está alegando que você fez. Não se você de fato fez ou não.

Beth olhou para Mandy de boca aberta, completamente confusa.

— Tudo bem. Eu vou entrar com uma declaração de não culpada em seu nome e renunciar à estipulação de fiança até você ser liberada daqui e transportada para a prisão.

A boca de Beth abriu mais ainda.

— *Prisão?*

Nesse momento, a porta se abriu e um guarda de segurança do hospital se enfiou dentro do quarto, seguido por um oficial de justiça que devia ter bem uns setenta anos e outro homem que mudou todo o tom no aposento. Imediatamente, os dois advogados adotaram uma postura mais ereta. O policial levou a mão à arma e se posicionou entre Beth e o juiz; o outro guarda de segurança empurrou Mandy para mais longe de Beth para abrir passagem.

— Ela não é Charlie Manson — Mandy murmurou.

— Todos de pé — anunciou o oficial de justiça, e Beth olhou para suas pernas sobre a cama do hospital. — O Excelentíssimo Senhor Juiz Pinot do Tribunal Distrital Judicial para o Terceiro Circuito.

O promotor dirigiu a Pinot um sorriso de adulação.

— Excelência — disse ele. — Soube que jogou abaixo de oitenta na semana passada no clube de golfe?

— Não é da sua conta, Cork — o juiz murmurou. — Eu odeio audiências preliminares no hospital. — Ele olhou para a única cadeira no quarto, que estava ocupada pela taquígrafa. — Não tem outra cadeira?

— Não tem muito espaço aqui — respondeu o oficial de justiça.

— Talvez nós possamos arrumar algum pondo para fora o que é desnecessário. A começar por você.

— Mas, Excelência — o oficial de justiça insistiu. — Eu estou aqui para sua proteção.

Beth se perguntou o que eles achavam que ela poderia fazer, acorrentada à cama do hospital. O segurança trouxe uma cadeira giratória de algum lugar e a espremeu dentro do quarto, o que empurrou Mandy para ainda *mais longe* de Beth.

— Pelo amor de tudo que é mais sagrado — disse o Juiz Pinot —, estamos *prontos*?

Beth esperou para ver se alguém teria a coragem de observar que era ele a causa do atraso. Mas não.

— Sim, estamos prontos, Excelência — disse Mandy.

— Estamos — confirmou o promotor.

O juiz pôs óculos de leitura e leu a acusação em voz alta. O nome de Beth não fazia parte dela, apenas suas iniciais.

— Você entende o que está acontecendo aqui hoje? — o juiz perguntou.

Beth balançou a cabeça.

— Este procedimento está sendo gravado, senhora — o juiz avisou. — Precisa responder à pergunta em voz audível.

— Não muito — ela murmurou.

— Bem, de acordo com o Código Penal do Mississippi seção 97-3-37, seção 1, e o Código Penal do Mississippi seção 97-3-19, seção D, você está sendo acusada de homicídio por ter causado intencionalmente a morte de uma criança no útero. Sob nossas leis estaduais, homicídio é definido como matar um ser humano sem a autoridade da lei quando isso é feito com a intenção deliberada de produzir a morte da pessoa que foi morta. Também sob nossas leis estaduais, o termo *ser humano* inclui uma criança não nascida em todos os estágios de gestação, da concepção ao nascimento vivo. A acusação é punível com prisão por não mais que vinte anos ou uma multa de não mais que sete mil e quinhentos dólares ou ambos, porque sua conduta resultou no aborto dessa criança.

Vinte anos? pensou Beth. *Sete mil e quinhentos dólares?* Ambos os números eram incompreensíveis.

— Se há algum erro aqui, Excelência, é da justiça — Mandy interrompeu.

Ele levantou os olhos para ela.

— Eu sugiro que tenha cuidado com o que fala, sra. DuVille. — Para Beth, ele acrescentou: — Como você se declara?

— Eu posso explicar...

— Não — Mandy instruiu. — Beth, eu sei que você tem coisas para dizer, mas não as diga para ninguém a não ser para mim. O que você disser a mim será confidencial. Para eles, não. Tudo o que você precisa fazer agora é dizer culpada ou não culpada.

— Não culpada — ela murmurou.

— Onde estão os pais? Quem a trouxe aqui? — perguntou o juiz.

Beth esperou que alguém perguntasse para ela; eles estavam agindo como se ela nem estivesse ali.

— Nem imagino — disse Willie Cork.

— Sua recomendação de fiança, Senhor Promotor?

— Dada a natureza séria desse crime violento contra uma criança não nascida indefesa e dada a grave indiferença que a perpetradora parece demonstrar, eu solicitaria que ela ficasse detida sem fiança enquanto aguarda o julgamento.

— Canalha — Mandy murmurou.

— O que disse, sra. DuVille? — O juiz levantou uma sobrancelha.

— Eu disse que a mente dele está falha. Para ele pensar assim. — Ela indicou Beth com um gesto. — Eu solicito respeitosamente adiar a decisão da fiança até que minha cliente seja transportada para a prisão. Isto não é grave indiferença, Excelência. É choque. Esta ré é uma criança, Excelência. Uma *criança* de dezessete anos, que teve um aborto no recesso de sua própria casa.

— Meu Deus, você mesma já esteve na posição desse pobre bebê indefeso — revidou Willie. — A diferença é que *você* teve uma chance de existir.

— Excelência, permite que eu fale?

O juiz Pinot se acomodou mais pesadamente na cadeira giratória.

— Algo me diz que você vai falar quer eu permita ou não.

Mandy encarou o promotor.

— Willie, você pode ficar no alto do monte Everest e gritar que a vida começa na concepção quanto quiser, mas, se este hospital estivesse pegando fogo e você tivesse que decidir entre salvar um óvulo fertilizado no laboratório de fertilização *in vitro* ou um bebê na ala da maternidade, qual você escolheria?

— Essa é uma falsa equivalência...

— Qual você escolheria? — repetiu Mandy.

— Ninguém está tentando dizer que tudo bem matar uma criança no lugar de um embrião. Isso tem a ver com permitir que o embrião nasça e...

— Exatamente. Obrigada por provar meu argumento. Ninguém *verdadeiramente* acredita que um embrião é equivalente a uma criança. Não biologicamente. Não eticamente. Não moralmente.

Por um momento, o quarto ficou em silêncio. Então Willie falou:

— Infelizmente para você, o estado do Mississippi *acredita* que são equivalentes. — Ele deu uma olhada para Beth. — A lei não faz distinção se ela matou um adulto crescido ou um feto...

— Supostamente matou — Mandy murmurou mecanicamente.

— ... exceto que, se ela tivesse matado um adulto, ele poderia ter gritado por socorro.

O juiz pigarreou.

— Sra. DuVille, este é um tribunal de justiça e, neste estado, tudo que precisamos levar em conta é que a criança que estava no corpo da ré agora está morta e que ela foi a causa imediata. Por essa razão, estou estipulando uma fiança de quinhentos mil dólares. A ré terá vigilância vinte e quatro horas enquanto estiver no hospital e, após receber alta, será enviada à prisão do condado. A sessão está encerrada. — Ele se levantou da cadeira e abriu caminho para a saída, com o oficial de justiça nos seus calcanhares. Na porta, ele se virou para Beth. — E você, jovem... que Deus tenha misericórdia de você.

Beth era cristã devota. Ela havia venerado Jesus, havia rezado para ele, havia confiado nele.

Ela acreditava em Deus.

Mas tinha suas dúvidas se Deus acreditava nela.

Fazia quase uma hora que Izzy havia introduzido o tubo torácico em Bex, e o tempo dela estava se esgotando. Tanto sangue havia drenado que já havia encharcado totalmente duas toalhas.

— Favor — disse Bex.

Izzy se inclinou.

— O que você quiser.

— Diga à minha sobrinha... — ela chiou. — Que não é culpa dela.

— Você mesma vai dizer a ela, Bex.

Ela sorriu de leve, uma sombra por trás da dor.

— Acho que nós duas sabemos que não é assim — disse ela. Bex fechou os olhos e uma lágrima escorreu por seu rosto. — Não é a despedida que dói mais. É o buraco que fica.

Izzy a encarou. Ela sabia o que era não ter; essa tinha sido a premissa orientadora de sua infância. Mas nunca fora ela que deixara o espaço vazio. Só que agora seria ela, quando dissesse para Parker que estava terminado entre eles. Partir o coração de alguém, aparentemente, causava um dano igual ao seu próprio coração.

Ela não sabia nada sobre Bex, exceto que era uma artista e tinha uma sobrinha que, de alguma maneira, ainda estava miraculosamente escondida. A vida de Bex era um fio na tapeçaria de outras pessoas, e isso era, de fato, tudo que importava.

Izzy se levantou e se aproximou do atirador.

— Esta mulher vai morrer sem ajuda médica — disse ela.

— Então dê um jeito nela.

— Eu fiz o que posso, mas não sou cirurgiã.

Ela olhou em volta na sala de espera, que havia ficado dolorosamente silenciosa desde que ele nocauteara Janine com uma coronhada na testa. Joy estava sentada ao lado dela. A mulher havia se mexido algumas vezes, então Izzy sabia que ela não estava morta.

— Eu ouvi você no telefone — Izzy disse, de repente.

— O quê?

— Você sabe como é perder alguém que ama. — Ela encarou os olhos vazios do atirador. — Todos nós também temos família. Por favor. Ela precisa ser levada para um hospital.

Antes que ela pudesse pensar se ele a ouviria ou se atiraria nela, o telefone tocou.

Na primeira vez que George percebeu que era um super-herói, Lil tinha apenas seis meses. Ambos estavam gripados, e, exausto, George a deixou dormir ao seu lado. Mas a febre dela cedeu antes da dele e ela acordou e começou a rolar para fora da borda do colchão. Embora ele pudesse ter jurado que ainda estava dormindo, sua mão se estendeu e segurou o bebê pelo pé antes de ela cair.

Ele supunha que todos os pais fossem assim. Uma vez, ela era pequena e ficou com o pé preso nas frestas estreitas da cerca no quintal do pastor. Earlene estava cuidando dela enquanto George tinha ido buscar fertilizante para os jardins da igreja, e, quando ele voltou para buscar Lil, ouviu seus gritos histéricos. George estava fora do carro antes que ele parasse totalmente. Earlene tentara de tudo e estava chorando também.

— Eu já chamei a emergência — ela lhe disse, tentando acalmar a criança.

— Dane-se a emergência — disse George, e arrebentou a madeira com o punho, pegou Lil e a apertou junto ao peito, mesmo enquanto sua mão ensanguentada manchava o vestido dela.

Algumas das dores do mundo não eram sentidas de forma física. Quando Lil tinha oito anos, um menino babaca na escola dominical lhe disse que ela não podia brincar de pirata com eles porque era menina. Ele fez com Lil o que o pastor Mike tinha feito por ele quando ele achava que não valia nada.

Começou fingindo que tinha esquecido como acender o fogão para ferver a água para o espaguete.

— Papai — ela disse, com ar de enfado. — É só virar o botão!

— Me mostra como faz?

E ela fez.

Depois ele fingiu que não lembrava como usar um martelo. Ela pôs a mão sobre a dele e, pacientemente, explicou como bater no prego, só umas batidinhas de leve primeiro, para não se machucar.

Ele fingiu não saber trocar uma lâmpada, limpar o aquário, preparar a argamassa, empinar uma pipa. Alguns meses depois, eles foram a uma quermesse na igreja.

— Acho que eu não lembro o caminho de volta até o algodão-doce — ele disse para Lil, e lhe estendeu a mão. Mas, dessa vez, ela fez que não com a cabeça.

— Papai — disse ela —, você tem que tentar. Eu não vou estar sempre aqui.

As palavras dela o atingiram tão duramente que ele não conseguiu se mover, e ficou em pânico quando ela se afastou e foi engolida pela multidão. Mas ela seguiu direto para o algodão-doce, como ele sabia que ela faria. Essa foi uma das poucas vezes desde que entrara para a Igreja Vida Eterna que ele verdadeiramente duvidara da existência de Deus. Que divindade cruel lhe concederia o superpoder da paternidade para proteger alguém que, um dia, não precisaria mais de você?

No décimo segundo toque, George pegou o fone outra vez.

— Alô — disse Hugh, calmamente. — Tudo certo aí dentro?

— Não fale como se estivéssemos do mesmo lado.

— Mas eu estou — Hugh respondeu. — Vou garantir que todos ouçam o que você tem a dizer, pra que isto termine bem para todos nós.

— Ah, eu sei como isto termina — disse George. — Você chama a sua equipe SWAT e me liquida como um inseto.

— Não tem nenhuma equipe SWAT aqui — Hugh falou, o que era verdade. Eles ainda estavam se reunindo; fazia só quarenta e cinco minutos que tinham sido chamados.

— Você acha que eu acredito que você é o único policial aí fora?

— Tem outros policiais aqui. Eles estão preocupados, mas ninguém vai machucar você.

— Aposto que tem um atirador de elite mirando a porta neste momento.

— Não.

— Prove — disse George.

Hugh sentiu um arrepio descer pela espinha. Finalmente. Uma moeda de troca.

— Eu posso provar pra você, George, e te dar essa paz de espírito. Mas acho que você tem que me dar alguma coisa também.

— Eu não vou sair.

— Eu estava pensando nas pessoas aí dentro. — *Eu estava pensando em minha filha. Minha irmã.* — É verdade que eles estão me pressionando, George, pra trazer uma equipe SWAT. Mas eu disse que você e eu estamos tendo uma conversa racional e que devemos esperar. Se você soltar um refém, isso vai ser um grande passo pra convencer meu chefe de que eu estou certo.

— Você primeiro.

— Eu tenho a sua palavra? — Hugh perguntou.

Houve uma longa pausa.

— Tem.

Provar que não havia um atirador de elite. Agora que ele havia prometido, como cumprir a promessa?

Hugh saiu apressado de sua tenda de comando, ainda segurando o telefone. Ele correu pela calçada na frente da clínica e agarrou pelo braço o primeiro câmera que encontrou.

— Cara — o rapaz disso, recuando. — Tira a mão de mim.

— Pra que emissora você trabalha?

— WAPT.

— Me filme — Hugh mandou. — *Agora*. — Ele levou o celular ao ouvido outra vez. — George? Você está me ouvindo?

— Estou...

— Tem uma TV aí? — *Deus, por favor, que tenha uma televisão.* — Ligue no canal dezesseis.

Ele ouviu uma movimentação, e um grito, e a voz de uma mulher.

— George? — ele perguntou. — O que está acontecendo?

Mas ele agora ouvia a sua própria voz saindo da TV dentro do Centro. O câmera tinha o olho escuro de seu equipamento voltado para o rosto de Hugh.

— George, esse sou eu. Você pode ver o que está acontecendo atrás de mim, certo? — Para o câmera, ele disse: — Filme para esse lado. Faça uma panorâmica à minha volta.

Hugh continuou narrando.

— Como eu prometi, George. Nenhum atirador de elite. Nenhuma equipe SWAT. Só alguns policiais que estão controlando a área. — A câmera girou de volta para focar no rosto dele. — Então. Nós temos um trato, certo? Quem você vai libertar?

George se viu hipnotizado pelo rosto na tela da televisão. Hugh McElroy era um daqueles homens que pareciam altos, mesmo sem conseguir ver seu corpo inteiro. Tinha cabelo preto com corte militar e olhos que pareciam o núcleo azulado de uma chama. Estava olhando para a câmera como se pudesse enxergar dentro da mente de George.

Se ele pudesse, saberia o que George estava pensando. Todos esses anos com Lil em que ele havia acreditado que era o defensor dela? Ele não era um herói.

Hugh começou a falar como se realmente estivesse lendo os pensamentos de George.

— O que quer que você tenha feito, George, e o motivo por que você fez, não importa. Isso já foi. O que importa é o que você vai fazer daqui pra frente.

George havia dado a sua palavra. Ele não acreditava que isso de fato significasse alguma coisa para Hugh. Mas o fato de ele a ter pedido fez George se sentir... bem... respeitado.

Pelo menos dessa vez.

George se aproximou da enfermeira, aquela mulher irritante que ficava toda hora lhe lembrando que havia pessoas sangrando pelo chão, como se ele não pudesse ver por si próprio, e a puxou para cima pelo braço.

— Escolha um — disse ele.

Izzy olhou para Louie com o coração em seus olhos. Ele fez um sinal afirmativo com a cabeça. Ainda que isso lhe parecesse uma escolha de Sofia, Bex era a refém que precisava ser libertada. Os outros todos presos naquela sala poderiam morrer. Mas Bex, se ficasse, *ia* morrer.

— Ela tem que sair — disse Louie.

— Bex — Izzy escolheu.

O atirador começou a arrastar o sofá, as cadeiras e mesas da frente da porta onde ele os havia empilhado como uma barricada.

Louie o observou, apertando os olhos. Ele se parecia com qualquer um de uma centena de homens brancos antiaborto que Louie tinha visto do lado de fora de clínicas. A ampla maioria dos ativistas era formada por homens, e isso fazia perfeito sentido para Louie: o macho da espécie se sentia ameaçado pela biologia da mulher. Mesmo na Bíblia, as funções biológicas normais das fêmeas eram vistas como patológicas. A menstruação tornava a mulher impura. O parto tinha que acontecer com dor. E havia a natureza questionável daquelas que sangravam regularmente — mas não morriam.

Também havia, claro, a história. As mulheres haviam sido propriedade. Sua castidade sempre pertencera a um homem, até que o aborto e a contracepção puseram o controle da sexualidade feminina nas mãos das mulheres. Se as mulheres podiam fazer sexo sem medo de uma gravidez indesejada, de repente o papel do homem havia encolhido a um nível entre o desnecessário e o vestigial. Então os homens passaram a criminalizar as mulheres que faziam abortos. Eles criaram o estigma: boas mulheres queriam ser mães, mulheres ruins não queriam.

Vonita, que Deus a tivesse, costumava dizer que, se fossem os homens que ficassem grávidos, o aborto provavelmente seria um sacramento. O show do intervalo do Super Bowl o comemoraria. Na igreja, pediriam que os homens que tivessem interrompido a gravidez ficassem em pé e eles seriam aplaudidos pela coragem de tomar essa decisão. Viagra seria vendido com um cupom valendo três abortos grátis.

Puxa vida. Louie já estava com saudade de Vonita.

Quarenta anos antes, Vonita tinha feito um aborto. Não era legalizado na época, mas todos sabiam que havia uma mulher em Silver Grove que trabalhava na garagem de sua casa. Quando a mulher morreu na década de 1980 e sua propriedade foi vendida e os novos proprietários quiseram fazer um jardim, desenterraram centenas de ossos pequeninos, do tamanho de ossos de passarinho.

Vonita contou a Louie que ela sonhava com o bebê que não tivera. Tinha sonhos tão vívidos em que discutia com a filha perdida que acordava com a garganta doendo; uma vez, havia sonhado com sua filha trançando seu cabelo e acordara com ele todo trançado.

Tinha consciência de que, embora o aborto tivesse sido legalizado, o estigma ainda existia, mesmo que uma em cada quatro mulheres o fizesse. Vonita achou que era sua missão pessoal criar um lugar em que uma mulher pudesse conseguir um aborto com segurança se precisasse de um, um lugar em que uma mulher pudesse ser apoiada, e não julgada.

Ela abriu a clínica e, quando não conseguiu encontrar um médico local para fazer abortos, achou Louie e o convidou a vir prestar seus serviços. Ele nem pensou em recusar.

— Eu não consigo carregá-la — disse Izzy, interrompendo seus pensamentos.

— Tem uma cadeira de rodas. — Louie apontou para o lugar onde havia uma cadeira enfiada atrás de um móvel de arquivo, depois do corpo de Vonita.

O atirador agitou sua arma para Izzy, indicando que ela podia pegá-la. Ela correu para trás da mesa da recepção, passando por Vonita. Arrastou a cadeira até Bex, pôs um pé de cada lado da mulher e passou os braços sob suas axilas para levantá-la. Com um esforço a que Louis assistiu impotente, ela conseguiu sentar a mulher na cadeira de rodas e tornou a prender a vedação de plástico sobre o tubo torácico.

Bex tossiu e arfou, ajustando-se à nova posição.

— Você sai com ela — disse o atirador —, depois volta pra cá imediatamente. Se não, eu começo a atirar. — Ele segurou a maçaneta da porta e a puxou em sua direção, ficando escondido atrás da madeira. O sol entrou na sala, desenhando a silhueta de Izzy e Bex.

Aquela fatia de luz chegou perto de Louie quando a porta se abriu. Ele se inclinou um pouco para a esquerda, fazendo uma careta de dor, até conseguir segurar o raio na palma da mão. De repente, ele tinha sete anos de idade outra vez, sentado na varanda enquanto sua avó debulhava feijões. O ar era pegajoso e a madeira sob suas coxas estava quente o bastante para queimar a pele. Ele estendeu a pequena mão, tentando pegar o sol que se derramava por entre as folhas dos ciprestes. Imaginou se o sol teria vindo dançar apenas para ele, ou se continuaria fazendo seu show mesmo depois que ele se fosse.

Meio-dia

Hugh tinha sido o terceiro policial a chegar. Seu carro não identificado parou com um rangido de pneus atrás de um carro de polícia. Imediatamente, aproximaram-se dele dois policiais de ronda de olhos arregalados, que haviam sido os primeiros a alcançar o Centro depois da chamada geral reportando um tiroteio ativo.

— Tenente — disse um dos policiais. — O que quer que a gente faça?

— O que nós sabemos até agora?

— Nada — disse o segundo policial. — Chegamos aqui dez segundos antes do senhor.

— Ouviram algum tiro?

— Não.

Hugh balançou a cabeça.

— Até que cheguem mais reforços, posicionem-se nos cantos noroeste e sudeste do prédio, para caso o atirador tente sair.

Os policiais correram para as posições. Hugh começou a percorrer uma lista em sua cabeça. Ele precisaria de um cordão de isolamento na rua. Precisaria de um centro de comando. Se o atirador não saísse, precisaria de uma linha de comunicação direta para falar com ele. Precisaria se livrar das pessoas que se agrupavam na rua achando que aquilo era entretenimento.

Seu celular pessoal zumbia freneticamente no bolso, mas ele o ignorou enquanto ia até o carro e chamava o Centro de Comunicação da polícia.

— Estou no local — ele disse a Helen. — Vou isolar a área. O atirador ainda está lá dentro, presumivelmente com reféns. Alguém já conseguiu falar com o chefe?

— Estamos trabalhando nisso.

— Chame a equipe regional da SWAT e mande-a para cá — disse Hugh. — E me consiga fotos aéreas do Centro.

Assim que desligou o rádio, mais três viaturas chegaram. Ele pôs a mão no bolso da camisa e pressionou o botão na lateral do celular para silenciar quem quer que fosse que não parava de encher o saco enquanto ele tentava impedir que um pesadelo se tornasse ainda mais desastroso.

Quando outros ficavam paralisados de pânico ou inundados de adrenalina, Hugh se mantinha calmo, estável, com a mente clara. Ele ainda não sabia se havia sobreviventes dentro do prédio, nem o que tinha acontecido para levar aquele homem armado à rota de colisão com ele hoje. Mas ia descobrir logo, e moveria céus e terras para fazer o sujeito largar a arma antes de causar mais danos.

Enquanto instruía outros policiais sobre como isolar o perímetro e quais materiais ele precisaria ter ali para fazer seu trabalho, Hugh estava rezando. Bem, talvez não rezando, mas implorando ao universo. Rezar era para pessoas que não tinham visto o que Hugh já vira em sua função. Rezar era para pessoas que ainda acreditavam em Deus. Ele estava desejando fervorosamente que aquele imbecil com uma arma fosse alguém que pudesse ser facilmente neutralizado. E que os tiros que ele disparara tivessem atingido reboco ou vidro, e não pessoas.

Em questão de minutos, Hugh estava administrando trinta e poucos policiais. Ele bateu impacientemente na coxa. Precisava ter a área isolada antes de iniciar o contato com o atirador. Essa era sua parte menos favorita do processo: esperar para começar a trabalhar.

Seu celular voltou a zumbir.

Hugh o tirou do bolso. Havia vinte e cinco mensagens de sua filha.

Há um momento em que se percebe que, por melhor que se planeje, por mais cuidadosa que seja sua organização, você está à mercê do caos. É a maneira como o tempo fica mais lento no instante antes de o motorista bêbado cruzar a linha divisória da pista e colidir com o seu veículo. São os segundos entre o momento em que a médica o convida a se sentar e aquele em que ela lhe dá a má notícia. É a trepidação de sua pulsação quando você vê o carro de outro homem na frente de sua casa no meio do dia. Hugh olhou para a tela inicial de seu celular e sentiu o arrepio elétrico da intuição: ele soube. Ele simplesmente *soube*.

Ele clicou nas mensagens de Wren.

Socorro

Tem alguém atirando.

Eu estou aqui com a tia Bex.

Ela está ferida. Eu não sei onde ela está.

Pai? Cadê você?

PAI ISTO É UMA EMERGÊNCIA

EU NÃO SEI O QUE FAZER

PAI

Ele parou de ler. Suas mãos pareciam chumbo e todo o seu sangue estava se concentrando no intestino. Por que Wren estava lá dentro? Por que *Bex* estava lá? Ele conseguiu digitar uma resposta:

Onde você está?

O momento mais longo na vida de Hugh foi a respiração que ele segurou até ver aqueles três pontinhos que indicavam que ela estava digitando.

Escondida, ela escreveu.

Fique aí, Hugh digitou. *Estou indo.*

Ele devia se retirar do caso. Tudo o que mais importava na negociação de reféns era estar com a mente clara, e ele não podia ser objetivo se sua própria filha era refém. Continuar no comando seria contra as regras.

Mas ele também sabia que não se importava. De jeito nenhum ia confiar a vida de Wren a outra pessoa.

Ele começou a correr em direção à clínica.

Para Bex, o ar tinha se tornado fogo e cada respiração a carbonizava por dentro. Alguma pequenina célula de autopreservação a alertava para rastejar para algum lugar, qualquer lugar, em que pudesse se esconder. Mas, quando ela tentou rolar de lado, a agonia que a apunhalou tornou o movimento impossível; o mundo perdeu a cor no canto de sua visão.

Ela ficou olhando para cima, seu cérebro criando padrões com as luzes fluorescentes e as placas do forro. Era isso que artistas faziam, eles organizavam o não organizável em algo que fizesse sentido.

Quando ela criava suas telas, com seus pixels gigantes, estava filtrando o impressionismo pela tecnologia. A chave para sua técnica era que o olho humano, o *cérebro* humano, não precisava ver partes individuais para imaginar o todo. Isso se chamava teoria da Gestalt. Similaridade, continuidade, unidade — esses eram alguns dos princípios que a mente buscava. Ela completava linhas que ainda não estavam completamente desenhadas; preenchia quadros que estavam vazios. O olho era atraído para o que estava faltando, mas, mais importante, o olho o finalizava.

Talvez Hugh pudesse fazer isso também, se ela se fosse. Finalizar seu trabalho.

No entanto, ela também sabia que havia mais um princípio na arte: o observador poderia facilmente deixar de perceber o que não fosse óbvio. Uma ilusão de óptica funcionava porque o cérebro focava o espaço positivo de um cálice, não as silhuetas negativas dos dois perfis que o formavam. Mas, só porque o observador via o cálice, isso não significava que o artista, enquanto criava a peça, não tivesse estado totalmente focado naqueles rostos.

Talvez um dia Hugh e Wren fizessem uma retrospectiva de seu trabalho em uma galeria. Talvez ela alcançasse a fama morrendo relativamente jovem. E só então, talvez, eles perceberiam que eram o tema de cada uma de suas obras.

Essa foi a pior dor que ela já sentiu.

Abriu a boca para dizer o nome deles, mas percebeu que sua garganta estava cheia das palavras de Leonardo da Vinci: *Embora eu acreditasse estar aprendendo a viver, estava aprendendo a morrer.*

Hugh estava a meio caminho da porta da clínica quando colidiu com um policial.

— Tenente? — disse o policial. — Esta é Rachel Greenbaum. Foi ela que telefonou para avisar sobre o atirador.

Ele piscou. Teve que sacudir a cabeça algumas vezes para clarear a mente, para afastar o nome de Wren, que estava entalado como um freio entre os seus dentes.

O que tinha dado na cabeça dela? Evidentemente, a cabeça *dele* não estava funcionando. Invadir a clínica era um erro. Ele não poderia ajudar Wren se levasse um tiro.

— Sra. Greenbaum — disse ele, respirando fundo. — Venha comigo, por favor.

Lentamente, ele afrouxou seu aperto convulso no celular e o deslizou para dentro do bolso. Conduziu-a na outra direção (afastando-se da clínica; afastando-se de Wren e Bex, droga) para um local onde dois policiais estavam erguendo rapidamente um toldo sobre uma mesa improvisada e duas cadeiras dobráveis. Havia também um notebook.

Ele se sentou e ofereceu uma cadeira a ela. A garota, de uns vinte e poucos anos talvez, tinha cabelo cor-de-rosa e uma argola no nariz. Seu rímel tinha escorrido, dando-lhe círculos de panda sob os olhos. Ela usava um avental com buttons pregados: MEU ÚTERO É MEU. QUE O FETO QUE VOCÊ SALVA SE TORNE UM FORNECEDOR DE ABORTOS GAY!

— Você trabalha no Centro? — ele perguntou, pegando um bloco de notas e uma caneta.

Ela confirmou com a cabeça.

— Sou uma faz-tudo lá. De acompanhar pessoas do estacionamento a trabalho administrativo e segurar a mão de pacientes durante procedimentos.

— Você estava lá quando o atirador entrou?

Rachel fez que sim e começou a chorar.

Hugh se inclinou para a frente.

— Eu entendo como isso deve ser difícil para você. Mas qualquer coisa que você puder me contar vai dar uma chance muito maior de conseguirmos ajudar os seus amigos lá dentro.

Ela enxugou os olhos com o pulso.

— Eu cheguei atrasada hoje porque o meu carro quebrou. Eu tinha acabado de chegar.

— Pode me descrever em detalhes o que você viu?

— A sala de espera estava quase vazia — disse Rachel. — Isso queria dizer que a sessão de orientação em grupo tinha terminado.

— Orientação em grupo?

— Nós temos que fazer uma todo dia para os procedimentos do dia seguinte. É a lei — ela explicou. — Tinha só mais umas duas pacientes, eu acho.

Uma delas era uma menina? Hugh pensou, desesperadamente. *Ou uma mulher com olhos da mesma cor dos meus?* Mas o policial que havia trazido Rachel Greenbaum estava logo ao lado. Não podia correr o risco de que ele ouvisse.

— Vonita estava na recepção. — Rachel levantou os olhos. — Vonita é a dona da clínica — disse ela, e começou a chorar outra vez. — Ela... ela está morta.

— Eu sinto muito — Hugh disse, com a voz calma, mas seu coração deu um pulo. Wren disse que Bex estava ferida. Estaria morta também?

— Ela estava bebendo um diet shake. Ela odeia... *odiava*... diet shakes. Nós estávamos fazendo brincadeiras e então a campainha tocou e era *ele*. — Rachel deu uma olhada para Hugh. — Nós não somos como a Planned Parenthood, com seguranças e detectores de metal. Acho que trabalhamos contando com a civilidade sulina. Temos manifestantes, mas eles ficam do lado deles da cerca e a porta do Centro está sempre trancada, e há um interfone. Se você não chegar com um acompanhante do próprio Centro, é só dizer que está lá para uma consulta, ou que está com alguém que veio para uma consulta, e quem estiver na recepção aperta um botão e deixa você entrar.

— Não era incomum um homem tocar o interfone?

— Não. Namorados e maridos vêm buscar pacientes o tempo todo.
— Ele disse que estava lá para pegar uma paciente?
— Não — Rachel disse baixinho.
— Como ele era?
— Sei lá. Comum. Mais baixo que você. Cabelo castanho. Camisa xadrez. Uma jaqueta. — Ela poderia estar descrevendo metade dos cidadãos do Mississippi.
— Que tipo de arma ele estava carregando?
— Eu... eu não vi a arma.
— Uma arma pequena, então — disse Hugh. — Não de cano longo.
Rachel enxugou os olhos enquanto outro policial se aproximou.
— Tenente, o Centro de Comunicação mandou as informações dos registros dos carros.
Sua primeira ordem tinha sido pesquisar as placas de todos os carros no estacionamento. Eram poucos. Hugh passou os olhos pelas fotos das licenças de motorista e excluiu as mulheres.
— Algum destes?
Rachel hesitou no primeiro.
— Este é o dr. Ward — disse ela. — Ele trabalha para nós. — Então ela virou a página. — É este.
— George Goddard — Hugh leu. — Me dê licença um minuto. — Ele pegou seu celular e pressionou algumas teclas. — Dick? É, eu sei. Escute, eu estou trabalhando em uma situação ativa e o tomador de reféns tem um carro registrado em Denmark. Pode ir até lá? — Ele olhou para a tela depois de desligar. Wren não tinha mandado mensagem de novo.
— Ele disse alguma coisa? — perguntou Hugh.
— Eu estava indo guardar minha mochila no escritório da Vonita — disse Rachel. — Ouvi quando ele entrou e foi até a recepção, e a Vonita perguntou como poderia ajudá-lo. Eu achei que ele ia dizer que estava procurando a esposa, ou que tinha vindo buscar a namorada, ou algo assim. Mas ele disse "O que vocês fizeram com o meu bebê?", e começou a atirar.

— "O que vocês fizeram com o meu bebê?" — repetiu Hugh. — Tem certeza?
— Tenho.
— Ele disse mais alguma coisa? Falou algum nome?
— Eu não sei.
— Pareceu que ele já tinha estado no Centro antes?
— Não... não sei.
— Ele parecia ser daqui mesmo? Tinha sotaque?
Ela o encarou.
— Algum de nós tem, aqui no Mississippi?
— O que aconteceu depois?
Rachel levou as mãos ao rosto.
— Ele atirou na Vonita. Eu me enfiei embaixo da mesa. Ouvi mais tiros. Não sei quantos.
— Você viu mais alguém ferido? — *Você viu minha irmã?*
— Não. Eu tentei ajudar a Vonita, mas ela... ela não... — Rachel engoliu em seco. — Então eu fugi. — Ela começou a soluçar.
— Rachel, escute — disse Hugh. — Você nos fez chegar aqui rápido. E, graças a você, agora eu sei que o atirador não está aqui por causa de alguma cruzada filosófica. Isso é pessoal para ele, o que vai me ajudar a estabelecer uma conexão. — Ele se inclinou para a frente, os cotovelos sobre os joelhos. — Você teve sorte de escapar.
As lágrimas começaram a escorrer com mais força.
— Não tenho sorte nenhuma. — Ela sugou a verdade como se estivesse respirando por um canudo. — Eu o vi pelo vidro espelhado. E ele estava de casaco. Eu só reparei nisso porque ninguém usa um casaco em um dia de trinta graus. Mas eu não parei pra pensar. Eu só apertei o botão pra ele entrar. — Ela se dobrou sobre si mesma, um origami de dor. — E se eu tiver sido a pessoa que podia ter impedido que isso acontecesse?
— Não é sua culpa — disse Hugh, mas não era só Rachel que ele estava tentando convencer.

Joy havia sido conduzida para uma sala de recuperação depois de seu aborto, onde ela tornara a vestir a calça de moletom e a camiseta larga e se sentara para descansar. Reclinada em uma poltrona de couro, ela cochilou, e sonhou com o tempo em que trabalhava como babá de uma menininha chamada Samara, que morava ao lado da casa de sua família de acolhimento. Samara tinha bochechas muito redondas, pequenos coques no cabelo e dentinhos brancos afiados. Ela fazia os movimentos das mãos em "Dona Aranha" quando se cantava a musiquinha para ela e não gostava da casca no pão de seus sanduíches. Sua mãe saía duas vezes por semana para a escola noturna e era então que Joy vinha, dava o jantar para Samara e a punha na cama.

A mãe de Samara, Glorietta, levava meia hora para se despedir da filha. Ela a enchia de beijos e agia como se fosse ficar fora por um ano, não por três horas. Quando ela chegava em casa, ia ver Samara e inevitavelmente a acordava com seus carinhos e abraços, mesmo quando Joy tinha tido dificuldade para fazê-la dormir. Às vezes, Glorietta ia para casa no meio da aula, dizendo que sentira falta demais de seu bebê e precisava ficar com ela. Ela sempre pagava a Joy o valor integral, então era bom para as duas, mas Joy achava um pouco estranho mesmo assim.

Uma noite, Joy voltara para casa do treino e encontrara seis carros de polícia em sua rua e uma ambulância estacionada na frente da casa de Glorietta. Samara estava morta. Glorietta a havia sufocado no sono. Disse à polícia que assim sua filha continuaria sendo um anjo para sempre.

Não dava para saber o que acontecia por trás de portas fechadas. Crianças que cresceram em um lar de acolhimento sabiam disso. Joy não pensava em Samara havia anos. Mas, agora, ela se perguntava: se uma criança morria, será que continuava a crescer na vida após a morte? Samara estaria lá com o filho de Joy agora? Ela serviria de babá para ele?

Um grito despertou Joy. A mulher triste fora embora da sala de espera e a música ambiente tinha parado. Nesse instante, ela ouviu um estampido, o som de vidro quebrando.

— Olá! — ela chamou, mas não houve resposta.

Ela se levantou lentamente. Sentiu o absorvente em sua calcinha se mover quando ela ficou de pé e o fluxo quente de sangue que veio com a mudança de posição.

Então ela ouviu os tiros.

Não conseguia se mover suficientemente rápido. Seus membros não estavam funcionando adequadamente; era como se ela estivesse nadando embaixo d'água.

Ela avançou pelo corredor com movimentos instáveis e furtivos. Seu coração batia tão forte, como timbales marcando o ritmo, enquanto ela tentava lembrar o caminho para a saída da clínica, mas o som de passos se aproximando a fez pegar a primeira maçaneta e se enfiar em uma sala. Ela fechou a porta, a trancou e apoiou a testa no metal frio.

Por favor, ela rezou. *Por favor, me deixe viver.*

George baixou os olhos para a enfermeira ruiva, que se contraiu.

Ele a teria matado. Ele poderia tê-la matado para chegar ao médico. Exceto que, se ele a matasse, também estaria matando o bebê dela.

O que não o faria melhor do que aquele canalha que estava sangrando no chão.

Frustrado, ele afastou o olhar e prestou atenção pela primeira vez no lugar em que estava. A sala de procedimentos. Seria aqui que Lil tinha ficado? Será que ela teve medo? Chorou?

Será que havia sentido dor?

Ele só conhecera uma mulher que havia feito um aborto. Alice era da sua igreja, e ela e o marido tinham acabado de saber que iam ter um bebê quando ela descobriu um linfoma. A congregação rezou muito, mas isso não impediu o diagnóstico de câncer avançado e a necessidade médica de fazer uma cirurgia e começar a quimioterapia. O pastor Mike disse a ela que Deus entenderia se ela interrompesse a gravidez, e isso se provou verdadeiro um ano depois, quando ela ficou livre do câncer e engravidou outra vez.

George lembrou como ele havia chegado cedo à igreja um dia durante a semana e encontrara Alice, agora saudável e grávida de oito meses, sentada em um banco e chorando aos soluços. Ele nunca tivera jeito com mulheres chorando, então deu seu lenço para ela e ficou ali parado, constrangido.

— Quer que eu chame o pastor? — ele perguntou.

Ela fez que não com a cabeça.

— Pode sentar um pouquinho aqui comigo?

Era a última coisa que George queria fazer, mas ele se sentou no banco. Olhou para a barriga dela.

— Acho que não falta muito tempo.

Alice começou a chorar e George fez tudo que pôde para se desculpar.

— Eu sei que é uma bênção — ela soluçou —, mas não é um substituto.

Duas, George se deu conta agora.

Ele conhecia *duas* mulheres que haviam feito aborto.

Izzy se encolheu quando o atirador se virou para ela, abruptamente, e a puxou para fazê-la se levantar. Ela sentiu a dor da mão apertada em seu braço.

— Quem mais está aqui? — ele perguntou, a respiração quente no rosto dela. — Quantas pessoas?

— Eu... eu não sei — Izzy gaguejou.

Ele a sacudiu com força.

— Pense, porra!

— Eu não sei! — Ela se sentia como se fosse feita de serragem.

— Responda! — ele ordenou, balançando a arma na direção do rosto dela.

Ele torceu o braço dela e lágrimas vieram aos olhos de Izzy.

— São só essas pessoas! — ela exclamou.

E ele a largou de repente. Ela perdeu o equilíbrio, conseguindo, no último instante, não cair em cima da perna ferida do médico. Ficou deitada de lado, com os olhos muito fechados, esperando para acordar daquele pesadelo. Aconteceria a qualquer momento. Parker iria sacudi-la pelo ombro, lhe dizendo que estivera falando enquanto dormia, e ela se sentaria e diria: *Eu tive um sonho horrível.*

O atirador caiu de joelhos. Ele esfregou o cano da pistola na têmpora como se estivesse com uma coceira e aquilo fosse uma extensão de seu dedo. Então ele baixou a arma e a ficou olhando como se não entendesse como aquilo tinha vindo parar em sua mão.

Será que ela conseguiria avançar sobre o atirador naquele instante? Conseguiria pegar a arma e apontá-la para ele?

Como se pudesse ler seus pensamentos, ele virou a arma para ela outra vez.

— Como você pode estar grávida e trabalhar aqui todos os dias sem se sentir mal com o que acontece?

— Por favor, você não está entendendo...

— Cala a boca. Só cala essa boca. Eu não consigo pensar. — Ele se levantou e começou a se mover em um pequeno círculo, murmurando consigo mesmo.

Izzy se arrastou para perto do médico. Sabia pelo fio contínuo de sangue que escorria de sua perna que ele precisava de um torniquete melhor. Ela sentiu a pulsação no pescoço dele.

— O que você está fazendo? — o atirador perguntou.

— Meu trabalho — disse Izzy.

— Não.

Ela levantou os olhos.

— Eu faço o que você quiser. Mas me deixe ajudar essas pessoas antes que seja tarde demais.

O atirador lançou um olhar irritado para ela.

— Primeiro você reune todo mundo no mesmo lugar. A sala da frente. A que tem o sofá.

A sala de espera. Izzy fez uma careta de dor quando o atirador a arrastou para o corredor. Eles pararam na frente de um banheiro.

— Abra — ele ordenou e, quando Izzy hesitou, seus dedos apertaram a carne dela com mais força. — Abra!

Por favor, que esteja vazio, ela pensou.

Com a mão trêmula, ela abriu a porta e revelou um vaso sanitário baixo, uma pia imaculada. Ninguém.

— Venha — disse o atirador. Ele a puxou do banheiro para o vestiário, vazio; a sala de recuperação, vazia; e o consultório, onde eram feitas as ultrassonografias. Ali, outra mulher estava esparramada no chão: a assistente social do Centro. Izzy não precisou chegar mais perto para saber que ela estava morta.

Lutando contra a vontade de vomitar, ela se deixou ser puxada pelo corredor. O atirador parou diante da única porta que eles não tinham aberto ainda. Izzy virou a maçaneta, mas estava trancada. Ela olhou para o homem, e ele puxou o gatilho e arrebentou a maçaneta com um tiro. Mesmo tendo levado as mãos, ainda que um pouco atrasadas, aos ouvidos, Izzy os sentiu zumbir. Quando entrou na sala, viu uma mulher pálida encolhida em um canto do laboratório, seus lábios arredondados em um grito.

O som voltou aos poucos aos seus ouvidos. Ela se ouviu tentando acalmar a mulher.

— Meu nome é Izzy — disse ela.

— Joy. — Ela olhou para o atirador.

Izzy tentou redirecionar a atenção da mulher.

— Você está machucada?

— Eu acabei de... de... — Ela engoliu em seco. — Eu estava na sala de recuperação.

— Ele quer que a gente vá para a sala de espera, mas eu preciso de ajuda para carregar o médico, que está ferido. Você acha que tem condições de me ajudar, Joy?

Joy confirmou e elas voltaram para a porta. Izzy tinha plena consciência da arma apontada para ela.

— Depressa — o atirador disse.

Na sala de procedimentos, Joy congelou, olhando para a enfermeira morta. Droga. Izzy tinha se esquecido de alertá-la.

— Ah meu Deus. *Ah meu Deus ah meu Deus ah meu...* — Ela desviou o olhar do corpo no chão e levou um susto. — Dr. Ward!

Ele estava consciente agora, mas claramente com dor.

— Srta. Joy — ele conseguiu murmurar.

— Isto não é uma festinha social — o atirador gritou. A irritação dele acionou um botão em Izzy. Ela se apressou pela sala, abrindo gavetas e pegando tanta gaze e fita cirúrgica adesiva quanto pudesse e enfiando tudo dentro da blusa, que inchou com os itens que se amontoaram em volta da cintura da calça.

Ela ficou de joelhos e passou o braço do médico em volta de seu pescoço, depois olhou para Joy, pedindo sua assistência. Joy passou o outro braço do médico em volta do pescoço. Juntas, elas o levantaram e começaram a arrastá-lo pelo corredor, sua perna deixando um rastro de sangue.

Quando se aproximaram da sala de espera, o dr. Ward olhou para a recepção e viu o corpo da proprietária da clínica.

— Vonita — ele gemeu, ao mesmo tempo que o atirador agarrou Izzy pela trança. Lágrimas vieram aos seus olhos e ela perdeu o apoio do dr. Ward, o que deixou Joy com todo o peso. Eles caíram, o médico aterrissando sobre a perna ferida. Seu torniquete improvisado se soltou e o sangue começou a fluir livremente.

Izzy se ajoelhou de imediato para arrumar o torniquete, mas o atirador não permitiu.

— Você ainda não terminou — disse ele. — Eu quero *todos* juntos onde eu possa ver.

— Joy — Izzy gritou —, amarre esse garrote! — Enquanto falava, ela engatinhou até Bex, a mulher que havia sido baleada perto da recepção. Janine, a jovem que ela mandara ficar aplicando pressão sobre o ferimento, continuava ali, pressionando a lesão para reduzir o fluxo de sangue.

Izzy olhou para o atirador.

— Eu não consigo movê-la.

— Não sou eu que me importo se ela morrer.

Apertando os dentes, Izzy arrastou Bex, pedindo desculpas por estar lhe causando dor. Janine ficou observando seu esforço por um momento.

Quando Izzy olhou para ela com ar de incredulidade, ela se aproximou para ajudar.

Elas posicionaram Bex ao lado do médico no chão da sala de espera.

— Muito bem, comece de novo a pressão — Izzy disse a Janine. Ela era jovem, mas era evidente que estava usando uma peruca loira, e não muito boa. *Quimioterapia?* Izzy cogitou, e isso lhe produziu uma onda de empatia.

Ela voltou imediatamente a atenção para o médico. Joy havia amarrado o garrote em volta da perna dele e o segurava no lugar com a mão. Izzy rasgou a perna ensanguentada da calça dele e começou a enrolá-la em um cordão.

— Você. Não. Terminou — o atirador grunhiu. — Olhe o resto das salas!

As mãos de Izzy pararam quando a pistola cutucou suas costas.

Levantando as mãos, ela fez uma súplica silenciosa a Joy para continuar cuidando do médico e se levantou de novo. Com passos decididos e zangados, ela foi até o banheiro que havia usado mais cedo para vomitar e escancarou a porta.

— Vazio — anunciou.

O atirador não foi conferir. E nem podia, sem dar as costas a seus reféns. Em vez disso, ele ficou a uma distância com a arma erguida, balançando a mira entre Izzy e os outros.

Ela abriu a porta de um armário de suprimentos, a única outra porta na sala de espera. De um lado, havia uma pilha de caixas e material de limpeza. Do outro lado havia três aventais brancos longos de laboratório pendurados e uma barricada feita de um aspirador de pó, um esfregão e um balde. De onde ela estava, Izzy também viu dois rostos, tensos e pálidos, piscando para ela. Uma delas, uma mulher idosa, levou um dedo aos lábios.

Izzy se virou, bloqueando esse lado do armário com o corpo.

— Vazio. Feliz agora? — disse ela, e bateu a porta. Cruzou os braços, juntando uma coragem que não sentia. — *Agora* eu posso voltar a fazer o meu trabalho?

Por um minuto, Wren teve a certeza de que era o seu fim. Quando aquela porta de armário se abriu, ela se sentiu petrificada. Olhou assustada para a mulher, que claramente as viu, mas não denunciou seu esconderijo. Permaneceu totalmente imóvel até serem mergulhadas na escuridão outra vez, e então sentiu os dedos de Olive apertando os seus, com a pele fina e frágil que os dedos de senhoras idosas sempre tinham. O celular de Wren vibrou e ela o levantou no escuro.

Ainda segura?

Sim, ela escreveu de volta para seu pai.

Onde vc está?

Num armário

Sozinha?

Não, ela escreveu. *Com Olive*. Ela não explicou quem era Olive. Era suficiente seu pai saber que ela não estava ali sentada sozinha e aterrorizada.

Você está vendo a Bex?

Não.

Não se mexa, seu pai escreveu. *Não fale. Escute e me diga o que vc ouve.*

Wren tentou, mas, com a porta do armário fechada, tudo ficava abafado. *Houve tiros*, ela escreveu depois de um momento. *A tia Bex caiu. Acho que entrou no peito dela.*

De que lado?

Wren tentou pensar; onde o vermelho se espalhara? Ela moveu a mão sobre seu próprio peito, mapeando a memória. *Direito.*

Ela percebeu, enquanto digitava, que seu pai estava querendo lhe dar esperança. O lado direito do peito não continha o coração. Havia uma chance de sua tia ainda estar lutando.

As pessoas estavam gritando, Wren digitou. *Uma mulher de roupa cirúrgica abriu a porta do armário e nos viu, mas deu um jeito de ele não ver.*

Um aviso apareceu em sua tela. *Só restam 10% de bateria. Quer entrar no modo Economizar?*

Sim, Wren pensou. *Sim, eu quero muito.*

Pai, ela digitou, *desculpe.*

Tinha sido sua decisão procurar um anticoncepcional. Sua decisão manter essa pequena informação escondida do pai. Sua decisão pedir à tia para levá-la até o Centro em segredo. Ela esperou seu pai a absolver, dizer que estava tudo bem, que não era culpa dela.

Diga o que mais está acontecendo, ele escreveu.

Wren sentiu algo doer dentro dela. E se ela saísse de lá e as coisas nunca mais fossem as mesmas entre eles? E se ela tivesse estragado tudo com um único erro?

Ela ia viver, decidiu, nem que fosse só para provar ao seu pai que podia crescer e continuar sendo a menininha dele.

Wren começou a digitar. *A mulher que nos viu estava com a roupa toda suja de sangue.*

Ela estava ferida?

Acho que não, Wren escreveu. *Mas outras pessoas estão.*

Você ouviu o atirador dizer alguma coisa? Algum nome? Quando foi a última vez que você ouviu um tiro? Quantos feridos você viu antes de se esconder?

As perguntas de seu pai se acumulavam como nuvens de tempestade, rápidas e pesadas. Wren fechou os olhos e pressionou o botão na lateral do celular para escurecer a tela e economizar um pouco da bateria limitada que ainda tinha. Pensou, em vez delas, em todas as perguntas que ele não estava lhe fazendo.

Por que você está em uma clínica para mulheres e não na escola?

Por que sua tia está com você?

Por que você não me contou?

Sua lembrança mais antiga era de quando ela tinha quatro anos, quando ainda tinha uma mãe e uma família normal. Estava no jardim de infância e um menino no parquinho a beijou nos lábios embaixo do brinquedão que parecia um navio pirata e anunciou que queria fazer bebês com ela. Wren fechara a mão em punho e lhe dera um soco na boca.

Seus pais foram chamados na escola. Sua mãe estava inconformada e ficava repetindo que Wren não tinha nenhum grama de violência no corpo, o que a fez pensar se outras pessoas tinham gramas de violência e se estes estariam enfiados entre as costelas ou pressionadas sob a sola quando se batia o pé no chão.

— Wren — sua mãe disse —, o que você *fez*?

— Eu fiz o que o papai me falou para fazer — ela respondeu. Seu pai riu tanto que não conseguia parar, e sua mãe disse a ele para sair e ficar esperando do lado de fora, como se fosse ele que estivesse sendo repreendido.

Sua mãe queria castigá-la. Mas seu pai a levou para tomar uma taça de sorvete enorme.

Pai, ela escreveu, *você ainda está aí?*

•••

•••

•••

Sempre, ele escreveu, e ela respirou.

O atirador tinha pegado os celulares de todos e os jogado no cesto de lixo. Ele montou uma barricada atrás da porta com o sofá e poltronas e mesinhas de café. Ofegante, ele se virou, apontando a arma para os outros.

— Façam como eu mandar — ele murmurou — e ninguém vai se machucar.

— *Mais* ninguém — Izzy corrigiu baixinho.

Ela sabia que ele a estava observando; seus olhos eram como lasers. Mas Izzy não se importava. Ela tinha feito sua parte no trato, e havia pessoas ali que estavam feridas. De jeito nenhum ela ficaria sentada e as deixaria sofrer.

Janine ainda estava com as mãos pressionadas sobre o peito de Bex. Izzy se inclinou, tentando ver quanto o ferimento ainda estava sangrando. A mulher sussurrou em seu ouvido.

— Minha sobrinha. Armário.

Izzy pensou nos dois rostos, tensos e aterrorizados, que vira olhando para ela quando abriu a porta por ordem do atirador. Ela se inclinou ainda mais, fingindo escutar a respiração difícil de Bex.

— Ela está bem — Izzy murmurou.
Bex fechou os olhos.
— Preciso avisar pra ele.
— Pra quem?
Bex tossiu e deu um grito com a dor que deve ter percorrido seus pulmões e costelas. Izzy tentou distraí-la, porque não havia muito mais que pudesse fazer para ajudar.
— O que você faz, Bex?
— Artista plástica — ela gemeu. — Dói.
— Eu sei — Izzy respondeu. — Quanto menos você se mexer, melhor. — Ela olhou para Janine e, silenciosamente, a instruiu a manter sua posição. — Vou cuidar de outra pessoa — disse Izzy —, mas prometo voltar logo.
Ela engatinhou pelo tapete até o dr. Ward. O torniquete que Joy havia amarrado precisava ser mais apertado e mais resistente.
— Vonita — ele disse baixinho. — Ela morreu?
Izzy confirmou com a cabeça.
— Sinto muito.
— Eu também — ele murmurou. — Eu também. — Ele olhou sobre o ombro, como se pudesse ver atrás da barreira da recepção, onde estava o corpo. — Essas mulheres, elas eram todas as filhas que Vonita nunca teve. O marido ficava louco com o tanto que ela se dedicava a este lugar. Ele dizia que ela ia sair daqui em um caixão. — Sua voz falhou na última palavra. — Ela odiaria saber que ele estava certo.
Izzy enrolou o tecido da perna da calça do dr. Ward em volta da coxa dele e amarrou logo acima do ferimento.
— Segure firme, doutor — ela disse.
Ele levantou uma sobrancelha.
— Você acabou de rasgar a minha calça. Acho que pode me chamar de Louie, não?
Izzy enfiou no centro do nó uma caneta que havia encontrado embaixo do sofá e amarrou o tecido mais uma vez. Ela começou a girar a caneta para apertar o novo torniquete. O fluxo de sangue diminuiu, parou.

— Pronto — disse ela. — Assim está melhor. — Ela pegou um rolo de fita adesiva e cortou desajeitadamente com os dentes, para poder fixar o torniquete. Depois olhou para seu relógio de pulso; passava um pouco de meio-dia e meia. Agora, a contagem regressiva começava: ela havia contido o sangramento do dr. Ward, mas, sem o fluxo arterial, logo haveria danos isquêmicos nos tecidos. Se esse torniquete permanecesse ali por mais de duas horas, poderia haver danos em músculos ou nervos. Seis horas e ele teria que amputar a perna.

Talvez até lá eles já tivessem sido resgatados.

O dr. Ward deu uma batidinha na mão dela quando ela terminou de prender a fita adesiva.

— Nós formamos um bom time — disse ele. — Obrigado. — Ele levantou a perna sobre uma cadeira para que ela ficasse elevada acima da altura do coração.

Ela olhou para Bex, ainda deitada no chão, horrivelmente pálida, mas estável.

Agora que Izzy não tinha uma emergência médica para ocupar suas mãos, elas começaram a tremer. Ela segurou a direita com a esquerda.

— Eu acho que não a vi por aqui antes, não é? — murmurou o dr. Ward.

Izzy balançou a cabeça. Ela começou a responder, mas hesitou quando o atirador passou, falando baixinho consigo mesmo.

Quando ele chegou ao outro lado da sala, o médico falou outra vez.

— Tem um marido lá fora preocupado com você?

Ele estava falando baixo, criando uma bolha de conversa, grande o suficiente apenas para os dois.

— Não — disse ela. — Só um namorado.

— Só um namorado? — ele provocou.

— Talvez um noivo...

— Talvez você não se lembre? — O dr. Ward deu uma risadinha. — Ou talvez não tenha decidido ainda?

— É complicado.

— Garota, tempo é o que eu mais tenho. — O dr. Ward sorriu.

— Não é tão fácil. Nós viemos de lugares muito diferentes — Izzy explicou.

— Palestina e Israel?

— O quê? Não...

— Marte e Vênus? — o dr. Ward perguntou. — União e Confederados?

— Parker cresceu comendo caviar. Eu cresci comendo quando tínhamos dinheiro pra comprar comida. — Imediatamente, Izzy ficou muito vermelha. Ela não falava sobre sua infância e adolescência. Tentava, diariamente, esquecer disso.

Ela e Parker estavam juntos havia três anos. Quase nunca brigavam e, quando isso acontecia, sempre tinha a ver com suas histórias diferentes.

Houve uma vez, quando eles estavam saindo havia apenas algumas semanas, em que ela o encontrara olhando uma rede social no celular. Ele murmurou: *Valencia ficou bem legal.*

Me deixe adivinhar. Ela estudou com você na escola. Izzy se arrepiara de ciúme. Mulheres com nomes como aquele tinham dinheiro aplicado e instrutores de esqui.

Parker levantou o celular e mostrou para ela que era o nome de um filtro novo do Instagram.

Alguém está com ciúme, ele brincou.

Eu te falei que não sou perfeita.

Não é, Parker falou. *Mas é perfeita pra mim.*

Outra vez, eles mal tinham começado a morar juntos e ele pusera seu copo diretamente em cima da mesinha de café que haviam acabado de comprar em uma liquidação.

Onde está o porta-copos?, ela o repreendeu.

É uma mesa de vinte dólares, ele respondeu, incrédulo.

Izzy não podia imaginar gastar tudo isso em um objeto e não considerá-lo precioso.

Exatamente, disse ela.

Toda a atitude de briga desapareceu dele.

Eu sou um babaca, ele falou, e ela nunca mais o pegou sem um porta-copos.

Ela sabia muito bem por que tinha se apaixonado por Parker. Só não conseguia, por mais que se esforçasse, entender por que ele havia se apaixonado por ela. Um dia, Parker ficaria envergonhado dela na companhia de seus amigos, quando ela fizesse algo que revelasse seu passado. Ou ele acabaria por deixá-la e ela ficaria arrasada. Era melhor que fosse ela a terminar tudo.

O dr. Ward segurou a mão firme dela.

— Vejam só — disse ela —, alguém esqueceu de ficar com medo.

Durante essa conversa sussurrada, que eles poderiam estar tendo em qualquer lugar a qualquer hora, e não no meio de uma crise com reféns, Izzy tinha parado de tremer.

— O que você acha que ele vai fazer conosco? — ela murmurou.

— Eu não sei — o médico respondeu. — Mas eu sei que você vai sobreviver. — Ele piscou para ela. — Você não pode deixar esse seu pobre namorado sozinho.

Você não sabe nem a metade da história, Izzy pensou.

Verdade seja dita, Janine estivera esperando por esse dia. Ela sabia que Deus a castigaria; só não imaginou que seria de forma tão irônica.

Ela mantinha as mãos pressionadas no peito da mulher que havia sido baleada. Se pressionasse com força suficiente, não havia sangue. Se pressionasse com força suficiente, talvez pudesse empurrar para o fundo o segredo que estava enterrado há tanto tempo que mais parecia uma lembrança falsa.

Janine não tinha muitos amigos na época. Ter um irmão com síndrome de Down consumia muito tempo. Significava que precisava ir para casa depois da escola quando seus pais estavam trabalhando para cuidar dele. Significava explicar para todo mundo por que Ben tinha que ir com ela a toda parte, e às vezes ela simplesmente não tinha energia ou vontade para isso. E também significava defendê-lo dos comentários estúpidos que as pessoas faziam, chamando-o de retardado, ou dizendo *Mas até que ele* parece *normal*, ou perguntando por que sua mãe não havia feito o exame pré-natal. Era mais fácil não receber ninguém em sua casa, permanecer solitária na escola.

Foi por isso que, aos dezesseis anos, quando acabou fazendo dupla com a menina mais popular da classe na aula de biologia, ela esperou o pior. Em vez disso, Monica a pôs debaixo de sua asa, como se ela fosse uma irmãzinha inocente, e a arrastou para o banheiro feminino para ensiná-la a fazer delineado gatinho e mostrar vídeos no YouTube para fazê-la rir. Era a primeira vez que participava de uma piada em vez de ser o alvo dela, por isso, quando Monica a convidou para sair em uma sexta-feira à noite, ela foi. Disse à sua mãe que ia estudar para a prova de biologia com sua dupla do laboratório, o que era apenas parcialmente mentira. Ela se encontrou com Monica, que lhe deu uma carteira de identidade falsa que havia sido de sua prima, que, com algum esforço, se parecia com Janine de cabelo mais comprido. Elas iam entrar de penetra em uma festa da faculdade.

Janine só havia bebido vinho na comunhão, e a oferta daquela noite era ponche de Everclear, um destilado de altíssimo teor alcoólico. Tinha gosto de suco em pó, e sempre havia um garoto enfiando mais um copo em sua mão. A noite se tornou uma colagem de imagens e momentos: um copo de plástico vermelho, as batidas ritmadas da música, meninos que dançavam tão colado que os pelos de sua nuca se arrepiavam como acontecia antes de uma tempestade de trovões. As mãos deles em seus ombros, uma massagem. Dentes roçando em seu pescoço. A constatação de que a maioria das pessoas, incluindo Monica, tinha ido embora. O feltro verde de uma mesa de sinuca em suas coxas nuas. Alguém a segurando enquanto outra pessoa se movia entre suas pernas, dividindo-a ao meio. *Não me diga que você não quer,* ele disse, e, enquanto ela tentava pensar se a resposta que o faria sair dela era um sim ou um não, um pênis foi enfiado em sua boca.

Quando acordou, sozinha, com hematomas e molhada, ela baixou o vestido. Sua calcinha tinha desaparecido. O sol furava o horizonte enquanto ela saía da casa. O gramado estava cheio de latas de cerveja e um dos moradores estava desmaiado na varanda. Ela imaginou se ele teria estado sobre ela, dentro dela. Ao pensar nisso, ela se curvou e vomitou violentamente, até achar que não havia restado mais nada dentro.

Estava enganada quanto a isso.

Ela descobriu que estava grávida da maneira habitual: a falta da menstruação, os seios sensíveis, cansaço. No entanto, mesmo se não tivesse sentido tudo isso, ela simplesmente saberia. Ela podia senti-los, ainda dentro de si, sujos. Criando raízes.

Ninguém ficou sabendo. Monica só havia dito *Bom, quando eu fui embora você estava cercada de garotos. E parecia estar se divertindo.* Os pais dela ainda achavam que ela havia saído para estudar. Janine estava determinada a manter desse jeito.

Onde eles moravam, era fácil. Ela ainda tinha a identidade falsa. Usou-a para marcar a consulta em uma clínica em uma parte de Chicago onde nunca havia estado antes. Agendou o procedimento para a parte da tarde, quando deveria estar em casa cuidando de Ben. *Eu tenho um compromisso,* ela disse a ele. *Se você não contar para a mamãe, eu deixo você ver* TV *o dia inteiro.*

Roubou o dinheiro para emergências que ficava na jarra no armário da cozinha. Pegou um táxi até lá. Eles perguntaram na recepção se havia um pai e Janine não entendeu de imediato, achando primeiro que estavam se referindo ao pai dela. Então percebeu que era o pai do bebê. Mas não era um bebê para ela. Não era um ser humano. Era uma ferida que precisava ser fechada.

A médica era uma mulher indiana com um perfume que cheirava a jardim. Houve uma pinçada, depois uma pressão, e ela entrou em pânico e tirou o pé do apoio. Depois disso, uma enfermeira entrou para ajudar a mantê-la deitada, o que só a fez lembrar de novo *Deles,* e ela resistiu com mais força. Até que a médica se sentou e olhou para ela. *Você quer fazer isso,* ela perguntou, objetivamente, *ou não?*

Não me diga que você não quer.

Ela se controlou durante o procedimento, e na recuperação, e depois, quando pegou outro táxi sozinha. Mas, quando viu Ben na varanda com o vizinho do lado, ela ficou em pânico.

O vizinho levantou do chão um volume embrulhado em um cobertor.
— O Galahad foi atropelado — disse ele. — Eu sinto muito.
O terrier deles não devia sair de casa a não ser na coleira.
— Você estava demorando muito e eu fui ver se você estava chegando e ele correu pra fora antes de eu poder segurar — explicou Ben. — Agora ele não acorda.
Ela o abraçou.
— Não é sua culpa.
Janine pegou o cobertor dos braços do vizinho. Era a primeira vez que carregava algo morto. O peso de Galahad parecia pouco, como se ele estivesse evaporando. Naquela manhã, ela havia gritado com ele por estar mascando a sua meia. Tinha tantas meias órfãs por causa daquele cachorro que começara a usá-las descombinadas. Agora mesmo estava com um pé de bolinhas azuis e o outro vermelho com pequenos pinguins. Janine ficou nauseada pensando nisso, com vertigem, do jeito que se ficava na beirada de um penhasco. Era isso que havia entre a vida e a morte, um único passo em falso.

Ela carregou o cachorro para o quintal e, usando uma das pás de jardinagem de sua mãe, cavou um buraco. Ben ficou olhando. Ele perguntou por que ela estava pondo o rosto de Galahad na terra.

Não sabia como explicar vida e morte para seu irmão. Não sabia como deixar de pensar que isso era seu castigo, pelo que ela havia feito. O bebê dentro dela teria sido assim também, vivo em um momento, morto no seguinte? Era a primeira vez, a única vez, em que pensara nele como uma pessoa e não um problema.

Quando Janine terminou, com as mãos cobertas de terra, ela se sentou no quintal e chorou. Foi assim que sua mãe a encontrou quando chegou do trabalho. Ela estava inconsolável, e todos em sua família achavam que sabiam por quê.

O fato era que, quando se removia cirurgicamente uma lembrança, podia-se parar de sentir as bordas da cicatriz. Podia-se até chegar a acreditar que nunca havia sido estuprada, nunca havia estado grávida, nunca havia feito um aborto. Quanto mais a distância crescia entre aquele dia e o futuro de Janine, mais ela acreditava que era diferente de outras mulheres que se viam com uma gravidez indesejada. Ela havia sido a vítima. Ela havia limpado a mancha com anos de ativismo pró-vida. Não se considerava hipócrita. Aquela coisa dentro dela não havia sido um bebê. Era algo que eles tinham largado lá.

Janine havia fingido que, se nunca contasse a ninguém onde tinha estado naquela tarde, seria como se não tivesse acontecido. Mas, claro, Deus sabia. E era por isso que esses tiros tinham sido culpa sua.

Vir aqui disfarçada tinha sido uma péssima ideia. Era como se o Centro fosse a caixa de Pandora. Ela abrira a porta e libertara todo o mal no mundo.

Noventa e nove por cento do trabalho de Hugh como negociador de reféns envolvia ser um bom ouvinte, mas essa não era uma habilidade que ele sempre havia tido. Quando ele e Annabelle terminaram, ela o acusara de interrompê-la constantemente e de não dar atenção a seus sentimentos. "Isso é ridículo", ele explodira, cortando-a no meio da frase. Annabelle levantara as mãos, como para dizer Não falei? O espaço entre eles havia se enchido de choque, com a amarga constatação de Hugh de que ela tinha razão. "Talvez se você me deixasse terminar de expressar um pensamento", Anna disse no silêncio, "eu não tivesse tido que encontrar alguém que fizesse isso."

Hugh só se tornara um negociador depois de Annabelle o deixar. Mas ele estava determinado a não cometer em sua vida profissional o mesmo erro que cometera na vida pessoal. Havia sido treinado para permanecer calmo, mesmo quando a adrenalina estava a todo vapor. Sabia manter a voz controlada, ficar atento ao que a pessoa dizia, sintonizado a cada detalhe.

Ele sabia também indicar que estava escutando. Aceitar. Dizer *Certo, sim, está bem*. Mas ele não dizia *Eu entendo*, porque não entendia nada, particularmente o que levava qualquer pessoa específica a qualquer penhasco específico.

Sempre fora mais fácil para Hugh ser equilibrado e imperturbável durante um impasse com reféns do que ele havia sido com Annabelle. Ele supunha que era porque, no trabalho, ele não tinha nada pessoal em jogo.

Até agora.

— McElroy. — Ele se virou ao som da voz de seu chefe. — Que merda é essa?

O delegado Monroe ainda estava vestido com o paletó e gravata de seu almoço formal.

— Situação com reféns — respondeu Hugh. — Eu já chamei a equipe SWAT e nós temos um nome e endereço. George Goddard.

— Tem ficha criminal?

— Não. Segundo uma testemunha ocular, parece ser uma questão pessoal.

Ele não disse as palavras que estavam na ponta da língua: *As duas pessoas que eu mais amo no mundo estão lá dentro. Não confio em mais ninguém além de mim para tirá-las de lá.* No minuto em que ele admitisse isso, seria retirado do caso. Mas, felizmente, parte do treinamento de Hugh era saber mentir de forma convincente.

O chefe olhou da clínica cercada por cordões de isolamento para a linha de policiais que isolava o perímetro.

— Me avise do que você precisa — disse ele, cedendo a autoridade a Hugh.

— Está tudo certo por enquanto — respondeu Hugh, e levantou um megafone que tinha vindo de um dos carros de polícia.

Ele não era fã daqueles telefones de linha direta que costumavam ser largados em uma caixa reforçada na porta da frente por um veículo blindado. Os policiais se afastavam enquanto o atirador levava a caixa para dentro e levantava o receptor. Em vez disso, ele só precisava que o atirador soubesse que era ele que ia ligar para conversar.

— Olá — sua voz ressoou pelo megafone. — Aqui é o tenente detetive Hugh McElroy da Polícia de Jackson. Eu vou ligar para a linha fixa da clínica daqui a um minuto. — Ele ergueu seu celular, para o caso de alguém estar olhando pelas janelas espelhadas.

No silêncio que se seguiu às suas palavras, Hugh ouviu a sinfonia de besouros e o contralto gutural de carros na avenida a distância. Imaginou Wren, escondida em um armário, se esforçando para ouvir sua voz. Ele estava se dirigindo ao atirador, mas, em seu coração, falava diretamente para sua filha.

— Eu só quero conversar — disse Hugh e, então, baixou o megafone e digitou.

George sempre havia acreditado que era um homem honrado: um bom cristão, um bom pai. Mas e quando ser bom não o levava a lugar nenhum? Quando mesmo assim mentiam para ele, ferravam com ele, e não o ouviam?

Eles iam ouvir agora.

Como se a tivesse chamado, uma vozinha amplificada se infiltrou pelas paredes da clínica. *Aqui é o tenente detetive Hugh McElroy da Polícia de Jackson.*

Ele sentiu na hora: o otimismo eletrizado que fervilhou no grupo. Havia chegado ajuda. Eles não estavam sozinhos.

George sempre soubera, em algum nível subconsciente, que no fim seria isso: alguém viria para salvar aquelas pessoas. Cabia a ele salvar a si próprio.

Uma vez, quando criança, George encontrara um rastro de sangue no bosque e o seguira até uma armadilha ilegal, onde um coiote havia arrancado a própria pata com os dentes para escapar. Durante meses depois disso, ele acordara suando no meio da noite, assombrado por aquela pata cortada. Imaginava se o coiote teria sobrevivido. Se teria valido a pena fazer um sacrifício tão grande para ter um novo começo.

Ele não culpava Lil. Ela era uma criança, pelo amor de Deus. Ela não sabia o que estava fazendo. Podia facilmente pôr a culpa nas pessoas daquela clínica por terem *feito* aquilo com ela.

A pistola parecia uma extensão de seu braço, como seu próprio membro. Ele poderia arrancá-la de si e ter a esperança de sobreviver. Aquela era uma armadilha que ele próprio havia montado.

Na recepção, sob o brilho de vidro estilhaçado, o telefone começou a tocar.

Era o equivalente moderno do dilema do bonde, o velho dilema ético. Há um bonde vindo em velocidade pelos trilhos, sem freios. À frente dele há cinco pessoas incapazes de se mover e o bonde vai atingi-las. Há a possibilidade de puxar uma alavanca e fazer o bonde seguir para um trilho alternativo. No entanto, nesse trilho há uma única pessoa que também não pode se mover. Você deixa o bonde manter seu curso e matar cinco pessoas? Ou você puxa a alavanca e mata uma pessoa que, de outra forma, estaria em segurança?

Até hoje, Hugh havia dito que o menor de dois males seria a perda de uma única vida em vez de cinco vidas. Mas as coisas eram diferentes quando se estava com a mão naquela alavanca e a pessoa condenada no trilho alternativo era alguém que se amava.

Era como se Bex estivesse em um trilho e Wren no outro. E se tentar trazer o atirador para uma negociação levasse tanto tempo que Bex, ferida, não sobrevivesse? E se ele tentasse conseguir ajuda para Bex rapidamente, desarmando a situação pela força, e acabasse pondo Wren na linha de fogo?

Hugh ligou para o número do Centro e o ouviu tocar, e tocar, e tocar. Sabia, graças a Wren, que a falta de resposta não era porque todos lá dentro estavam mortos, incluindo o atirador. Então ele desligou, esperou um momento e ligou de novo.

Quando Wren nasceu, Hugh tivera certeza de que havia algo errado com ele. Não conseguia ficar entusiasmado com aquele pacotinho de carne que babava e fazia cocô. Mesmo quando as pessoas exclamavam de admiração pelos grandes olhos azuis dela, ou a cabeça cheia de cabelo, ele sorria e balançava a cabeça e, secretamente, achava que ela parecia um pequeno alienígena. Claro que ele a adorava. Teria dado a vida por ela. Entendia os deveres que acompanhavam o fato de ser pai, mas não a ligação visceral que ouvia os outros descreverem.

Só espere, Bex lhe disse, e, como sempre, ela estava certa.

Esse milagre havia acontecido quando Wren tinha três anos e a professora da escolinha mencionara casualmente como era bonitinho que ela e um menino chamado Saheed brincassem de casinha juntos. *Quem é Saheed?*, ele perguntou naquele dia, enquanto a levava para casa. *Ah,* disse Wren, *é o meu namorado.*

Na primeira vez que viu Wren no parquinho de mãos dadas com Saheed, Hugh teve claramente a sensação de que o mundo tinha mudado. Aquele foi o momento em que percebeu que Wren não pertencia a ele. Na verdade, *ele* pertencia a ela.

Um dia ela não precisaria que ele a ajudasse a decidir se ela usaria a calça com as bolinhas coloridas ou a calça com as raposinhas. Um dia ela se lembraria da letra inteira de "Bohemian Rhapsody" sem que ele tivesse que preencher as lacunas quando cantavam juntos no carro. Um dia ela não lhe pediria para pegar os biscoitos em uma prateleira que ela não conseguia alcançar. Um dia ela não precisaria mais dele.

Às vezes não se percebe quanto o amor o consome até que se veja a sua ausência. Às vezes não se reconhece o amor porque ele o modificou, como uma quimera, tão lentamente que não foi possível testemunhar a transformação.

Enquanto Hugh observava Saheed seguir Wren como um súdito leal, pensou em todas as conversas que costumava jogar quando estava tentando atrair a atenção de uma menina e prometeu nunca deixar nenhum garoto tratar Wren do jeito que ele tratava as meninas no colégio. Mas ele também sabia que não poderia protegê-la. Que ela sofreria de coração partido algum dia e ele teria que vê-la chorar.

Isso era paternidade. Paternidade era querer pôr sua filha em uma bolha onde ela jamais pudesse ser ferida, sabendo, ao mesmo tempo, que ele próprio havia magoado a filha de alguém um dia. Paternidade era planejar o assassinato futuro de um menininho inocente chamado Saheed porque ele tivera a sabedoria de ver que ninguém mais no mundo era tão incrível quanto Wren.

Agora, Hugh estava percorrendo conversas esquecidas em sua mente. Em alguma delas Wren mencionara algum garoto?

Wren disse que estava aqui com Bex. Mas essa era uma clínica de aborto. Bex já passara da idade de precisar de um. Talvez sua irmã tivesse vindo aqui por alguma outra razão, mas por que ela teria tirado Wren da escola para acompanhá-la?

A menos que...

Ele não conseguia sequer terminar a frase em sua mente.

Decidiu que, depois que salvasse a vida de Wren, ia descobrir quem era o garoto. E talvez matá-lo.

Hugh digitou de novo o número do Centro. Dessa vez, no terceiro toque uma mulher atendeu. Não era Wren.

Mas havia feito o primeiro contato. *Agora,* ele pensou. *Em frente.*

— Aqui é o tenente McElroy da Polícia de Jackson. Estou no viva-voz?

— Não.

— Com quem estou falando?

— Ahn... meu nome é Izzy...

— Izzy — disse Hugh. — Estou aqui para ajudar vocês. Posso falar com a pessoa que talvez consiga resolver essa situação?

Ele a ouviu dizer a alguém:

— É a polícia e eles querem falar com você.

E depois:

— Alô.

A voz do atirador retumbou como uma vareta arrastada pelos postes de uma cerca. Uma única palavra que abriu uma caverna em que Hugh poderia olhar. A palavra era grave, tensa, cautelosa. Mas também era apenas uma palavra, em vez de uma enxurrada delas. O que significava que ele estava ouvindo.

— Aqui é o detetive Hugh McElroy do Departamento de Polícia de Jackson. Sou da unidade de negociação de reféns. Estou aqui para conversar com você e garantir a sua segurança e a de todos que estiverem no prédio.

— Eu não tenho nada pra conversar — o atirador disse. — Estas pessoas são assassinas.

— Está bem — respondeu Hugh, sem fazer julgamentos. Só demonstrando que estava ouvindo. — Como é o seu nome? — ele perguntou, embora já soubesse. — Como gostaria de ser chamado?

— George.

Ao fundo, Hugh ouviu um grito de dor. *Por favor, que não seja a Bex*, pensou.

— Você está ferido, George?

— Eu estou bem.

— Alguma outra pessoa está ferida? Alguém precisa de um médico? Parece que tem alguém aí sentindo dor.

— Eles não merecem ajuda.

Hugh sentiu os olhos do delegado Monroe e de pelo menos uma dúzia de outros policiais sobre ele. Virou-se de costas. A relação que ele precisava construir com George Goddard era entre os dois e mais ninguém.

— O que quer que tenha acontecido aí dentro, George, não é culpa sua. Eu sei que tem outras pessoas erradas aqui. O que aconteceu já foi. Está feito. Mas você e eu podemos trabalhar juntos agora pra garantir que ninguém mais se machuque. Podemos resolver isto... e ajudar você... ao mesmo tempo.

Hugh esperou uma resposta, mas não houve nenhuma. Bom, era melhor que um *Vá à merda*. Enquanto George permanecesse na linha, ele tinha uma chance.

— Este é o meu número, se a ligação cair — disse Hugh, e falou os números. — Sou eu que estou no comando aqui.

— Por que eu deveria confiar em você? — perguntou George.

— Bom — disse Hugh, já sabendo que essa pergunta viria —, nós não invadimos o prédio, não é? Minha arma ainda está no coldre, George. Eu quero trabalhar com você. Quero que nós dois tenhamos o que queremos.

— Você não pode me dar o que eu quero — respondeu George.

— Tente.
— Sério?
Hugh ouviu o sarcasmo na voz de George.
— Sério — ele confirmou.
— Traga o meu neto de volta à vida — disse George, e desligou o telefone.

Onze da manhã

Não era como se a sala de espera do Centro gritasse *Nós fazemos abortos aqui*. Ela se parecia um pouco com o consultório do dentista de Wren: arte ruim nas paredes, revistas da Idade da Pedra, uma televisão mostrando algum talk show bobo. Havia um sofá e um punhado de cadeiras, todas descombinadas. A mesinha de café tinha riscos fundos na madeira, como se tivesse vindo de uma casa descuidada anterior.

Mas era verdade que nem todas estavam ali para fazer um aborto. *Ela* não estava. Sua tia não estava. A outra mulher na sala de espera claramente não estava também: uma mulher idosa de cabelo branco liso e olhos avermelhados.

Wren se perguntou se essa mulher estaria supondo que ela estava grávida, que ela havia "arrumado problema". Mas ela estava ali pela razão exatamente oposta.

As pessoas podiam perceber que ela era virgem? Transar com um garoto produziria uma mudança, de alguma forma, de dentro para fora? Ela desceria a escada na manhã depois que *Aquilo* acontecesse e seu pai saberia instantaneamente só de olhar para ela?

O pensamento a constrangeu. E se seu pai adivinhasse, e perguntasse a ela sobre isso? *Pode me passar o sal, e com quem foi que você dormiu?*

Não que ela tivesse medo de que ele fosse matar Ryan. (Ele poderia até *querer* fazer isso, mas era literalmente um agente da lei.) O problema era que, por muito tempo, tinham sido apenas eles dois. Embora ela achasse que as coisas não iam mudar, e não quisesse que as coisas mudassem, era como se sempre fosse existir uma terceira pessoa entre eles agora.

A mulher na recepção que fizera sua ficha estava conversando com uma moça de cabelo cor-de-rosa que acabara de entrar no Centro.

— Desculpe o atraso, Vonita — disse a moça.

— Graças ao Senhor que você chegou. Não tenho ninguém para acompanhar as pacientes lá fora.

— O que aconteceu com a Irmã Donna?

— Não apareceu — disse Vonita. — Talvez o Vaticano finalmente tenha feito ela largar.

Tia Bex cutucou Wren com o ombro e levantou as sobrancelhas. Wren deu um sorrisinho, toda uma conversa sem palavras. Sempre tinha sido assim entre elas.

— Uma *freira*? — Bex sussurrou.

— E você achando que *você* ia ser a pessoa mais improvável aqui — Wren respondeu. — Que demora. Não vai nem dar tempo de encher a barriga antes de voltar pra escola.

— Não é isso mesmo que você está aqui pra evitar que aconteça? — Bex sorriu. — Não sei do que você está reclamando. Eu estou fascinada com o material de leitura.

Na mesinha ao lado delas havia uma pilha de folhetos: "A consulta e o exame ginecológico — o que esperar".

"Para pais, parceiros e amigos: depois que ela fizer o aborto."

"O que é HPV?"

Havia também uma caneta hidrográfica. Wren levantou o joelho e, com a caneta, começou a desenhar estrelas na sola de seu tênis Converse. Uma estrela, duas. Uma constelação: Virgem. Só pela ironia.

Ela sabia que sua tia não estava tão calma quanto queria parecer. Tia Bex tinha dito repetidamente a Wren que não se sentia à vontade entrando ali, que a levaria e ficaria esperando no estacionamento. Mas isso foi até terem chegado e visto a fila de manifestantes. Então tia Bex decidiu que de jeito nenhum ia deixar sua menina entrar sozinha.

Na semana passada, no estúdio da tia Bex, ela ouvira algo fantástico na NPR: pela primeira vez os cientistas tinham visto duas estrelas de nêutron colidirem a mais de cem milhões de anos-luz de distância.

O fenômeno resultante chamava-se quilonova, e foi uma explosão tão enorme que criou ondas gravitacionais e emitiu luz. O cara que estava sendo entrevistado disse que era preciso uma colisão de forças gigantescas assim para criar as partículas que constituíam o ouro e a platina. Wren achou que isso era algo que seu pai ia adorar: saber que os materiais mais preciosos vinham de colisões de titãs.

Tinha que se lembrar de contar para ele. Então, desenhou uma pequena estrela no semicírculo de pele entre o polegar e o indicador. No jantar, ele ia ver e dizer *Você sabe que provavelmente vai morrer de envenenamento por tinta, não é?*, o que lembraria Wren de lhe contar sobre a quilonova. Ela convenientemente omitiria a parte de onde estava quando desenhou aquilo em sua mão.

Isso era o que se fazia pelas pessoas que a gente amava, certo? Protegê-las do que elas não queriam saber.

Depois de sua consulta, Olive andara de volta para a sala de espera. Cambaleara, na verdade. Não sabia como havia ido da sala de exames até lá. Em um minuto estava sentada com Harriet, a enfermeira especializada que ela encontrava havia anos para seus checkups, tentando absorver o que lhe estava sendo dito. Então, em um piscar de olhos, seu cérebro atingira a capacidade máxima de sobrecarga. De alguma forma ela se despedira, levantara, caminhara pelo corredor e estava parada na frente da mesa da recepção, atordoada.

Vonita, a mulher adorável que administrava o Centro, viera de trás da mesa e envolvera Olive em um abraço apertado com seus braços grossos.

— Srta. Olive — disse ela. — Como está se sentindo?

Como ela poderia responder a isso?

Vonita a conduziu para um assento na sala de espera, perto de uma jovem que batia os pés ansiosamente.

— Você não precisa ir embora ainda — disse Vonita. — Fique aqui sentada, espere a cabeça assentar.

Olive concordou. Não era sua cabeça que precisava assentar. Seu cérebro, sobre o qual ela sabia mais do que a ampla maioria das pessoas deste planeta, estava bem. Era o resto de seu corpo que parecia alienígena para ela.

Já havia sido traída por ele antes, mas de uma maneira muito diferente. Fora dez anos antes, quando ainda morava com uma mulher que, como uma onda de maré, a estava desgastando pelas bordas. Ela fingia que estava feliz, mas na verdade o que sentia era que estava acomodada. Que isso era mais fácil do que ficar imaginando, uma vez mais, se algum dia haveria alguém para ela.

Então ela foi a uma festa do corpo docente da universidade para comemorar o início do novo ano. Sua parceira não foi: ela odiava essas coisas, onde ninguém fazia as perguntas certas sobre ela e sua carreira de projetista de, como ela chamava, cozinhas viáveis (mas não eram todas elas?). Por isso Olive foi sozinha, planejando ficar só o suficiente para ser vista pela chefe do departamento e depois ir para casa e tomar uma taça de vinho, ou talvez uma garrafa. Mas, então, notou uma mulher no bar de cabelo comprido, tão comprido que era fora de moda, como um flashback dos anos setenta. Como Lady Godiva, Olive pensou, enquanto observava a mulher virar três shots de bourbon e pedir um quarto para o atendente.

Você está bem?, Olive lhe perguntou.

Estou. Por outro lado, respondeu Peg, *o diretor da faculdade de engenharia é um imbecil misógino.*

Olive não respondeu. Ela, que nunca havia traído e jamais quisera fazer isso, estava olhando os lábios de Peg formarem as palavras, hipnotizada.

Ah, cacete, disse Peg. *Você é a esposa dele, não é?*

Ah, não. Nem de perto. Ela se aproximou mais e apoiou o cotovelo no balcão. *Você sabia que beber não faz de fato a gente esquecer nada? Quando você apaga de tanto beber, o cérebro só perde temporariamente a capacidade de formar memórias.*

Essa cantada costuma funcionar?, Peg perguntou.

Não sei. Ela ainda está em teste.

Peg riu.

Quer dizer que, se eu continuar neste ritmo, posso não lembrar de ter conhecido você?

É por aí.

Ela empurrou aquele último copo de shot e estendeu a mão para se apresentar.

Agora, Olive baixou o rosto sobre as mãos. Ah, meu Deus. Peg. Como ia contar para ela?

O pensamento correu repetidamente pela sua mente, como um esquilo nas calhas do telhado. Olive sentia o pânico a apertando. Respirou fundo e fechou os olhos, tentando lembrar a si mesma que o que estava sentindo era perfeitamente normal. O cérebro tinha um limite para o que conseguia conter, levava cerca de noventa minutos para limpar seu cache, por assim dizer.

Na sequência, outro fragmento de memória. De quando devolvia a primeira prova de múltipla escolha e ouvia os murmúrios de decepção. Estudos mostraram que, diante de uma lista de opções, o padrão do cérebro é escolher a que vem primeiro.

O mesmo se aplica a votações e cédulas eleitorais.

Mas às vezes não *há* escolhas, Olive percebeu.

O que o cérebro faz quando não tem mais opções?

Não era fácil tentar vomitar em silêncio, mas o banheiro em que Izzy se enfiara dava direto na sala de espera. Quando terminou, ela limpou o rosto com papel higiênico e lavou a boca. Depois ficou ali parada, esperando um momento.

O banheiro era decorado como o resto do prédio, como se a arte tivesse sido comprada em uma liquidação de queima de estoque ou, pior, trazida das caixas de itens grátis que não tinham sido vendidos. Na parede havia uma fotografia do que parecia a Riviera Francesa, uma pintura a óleo tecnicamente fraca de um palhaço triste e uma ilustração em bico de pena detalhada e biologicamente correta de um camarão.

Todas as três a fizeram pensar em Parker.

No último fim de semana, os pais dele tinham vindo visitá-los e os levaram a um restaurante para uma refeição que custou metade do que ela ganhava em uma semana. Era um daqueles restaurantes de carnes e frutos do mar em que a comida vinha de avião do Mar do Norte ou de uma fazenda na Nova Zelândia, e onde era possível ter uma adega privativa com vinhos de sua safra preferida. O pai de Parker pediu uma torre de frutos do mar para eles. O prato parecia um bolo de casamento: camadas de ostras e mariscos, fitas de cavalinha defumada e pasta de anchovas, botões de pequenas vieiras ao molho, coroados por uma lagosta inteira. Era fascinante, excessivo e completamente fora do compasso de Izzy.

A mãe de Parker falou sobre o trabalho que ela fazia como voluntária em um hospital, e o pai fez a Izzy todo tipo de pergunta, como se ela sempre quis ser enfermeira e onde ela estudou. Conversaram sobre a viagem recente que haviam feito a Paris e perguntaram a Izzy se ela já havia estado lá, e, quando Izzy respondeu que não, disseram que esperavam que ela e Parker pudessem ir junto com eles da próxima vez. Era evidente que Parker havia lhes dito que ela era importante para ele.

Ela observou Parker engolir ostras e usar uma faca de peixe e nunca ter que se estressar quanto a qual prato era para o pão e qual copo era o dele, enquanto Izzy ainda tinha que se esforçar para lembrar que o pratinho ficava à esquerda e o copo à direita. As coisas que eram instintivas para ele eram estranhas para ela, e vice-versa. Ela duvidava que Parker já tivesse tido que avaliar se o pão mofado ainda podia ser consumido sem deixá-lo doente. Tinha certeza de que ele nunca pescara um sanduíche meio comido no lixo, ou fora à lavanderia self-service ver se alguém tinha esquecido alguma moedinha nas máquinas de lavar.

Ela sabia que ele percebia seu constrangimento, porque, de tempos em tempos, ele procurava a mão dela e a apertava sob a mesa. Ele pôs uma pequena coleção de frutos do mar no prato dela, para que ela não tivesse que se preocupar se era adequado ou não pegar uma concha de mexilhão com os dedos.

Não havia como negar que ele a acalmava. Quando o polegar dele acariciava seus dedos distraidamente, ela conseguia respirar melhor. Deixou que ele a introduzisse na conversa como se fosse em uma piscina gelada.

Acabou se sentindo tão à vontade que, por um momento, esqueceu-se de quem havia sido. O pai de Parker contou uma piada boba, como as que seu próprio pai costumava contar: *Por que a velhinha não usa relógio? Porque ela é senhora. Entenderam? Sem hora...* A mãe de Parker deu um tapinha de leve no ombro dele e revirou os olhos. *Pelo amor de Deus, Tom, ela vai querer distância de nós.* Tudo pareceu tão normal, tão semelhante ao comportamento de seus próprios pais, que ela cometeu o engano de pensar que ela e Parker na verdade tinham algo em comum.

Rindo, ela levantou um camarão do prato e deu uma mordida.

Fez um som crocante, o que era estranho, mas muitas comidas de que gente rica gostava eram estranhas: caviar, patê, carne crua. Foi só quando notou os pais de Parker olhando para ela que percebeu seu erro. Ela nunca havia comido camarão na vida; como ia saber que precisava tirar a casca?

— Com licença — ela murmurou, e fugiu para o banheiro.

Ficou lá escondida, pensando sobre contar ou não a Parker do teste de gravidez que havia feito. Se ele soubesse que ela estava grávida, nunca a deixaria ir embora. Ela estava fazendo o que era melhor para ele. Mesmo que ele achasse agora que Izzy era o que ele queria, era questão de tempo até decidir que estaria melhor com alguém que recebera o mesmo tipo de criação que ele. Alguém que já tivesse comido camarão antes.

— Iz? — Era a voz de Parker.

— Você está no banheiro feminino — disse ela.

— Estou? Uau. — Ele fez uma pausa. — Você vai sair?

— Não.

— Nunca?

— Não.

Uma mulher entrou no banheiro e deu um gritinho.

— A senhora poderia, por favor, nos dar um minuto? — Parker pediu. Izzy ouviu a porta abrir, o barulho do restaurante, e tudo ficou quieto outra vez. — Quer saber? Eu odeio camarão. É como comer uma coisa pré-histórica — disse ele. — O fato é, eu não ligo.

— Eu ligo. — Em resumo, era isso. — Parker, volte para os seus pais. Não há nada que você possa dizer que vá melhorar isto.

— Nada?

Ela ouviu uma movimentação e, em seguida, a mão de Parker passou sob a porta do cubículo e seu punho se abriu como uma flor para revelar um anel de diamante.

— Izzy — disse ele —, quer casar comigo?

Havia apenas mais uma mulher na sala de recuperação quando Joy foi levada para lá. Ela usava um moletom da Universidade do Mississippi e sapatilhas de neoprene e estava chorando.

— Sente naquela cadeira, minha querida — a enfermeira disse, dando uma olhada para a outra paciente. Harriet entregou a Joy uma caixinha de suco e um pacote de biscoitos recheados. — Você pegou a azitromicina? — Joy confirmou. — Ótimo. Tome conforme as instruções. Você também pode tomar Advil daqui a duas horas, mas não aspirina, está bem? Ela afina o sangue. E esta é a receita para a Sprintec, que é a pílula anticoncepcional que você escolheu, certo?

Joy balançou a cabeça roboticamente. Não conseguia parar de olhar para a outra mulher, que estava soluçando tanto que Joy se sentia uma intrusa por estar ali. O que isso dizia sobre Joy, que *não estava* chorando? Seria essa a prova que ela estava procurando de que teria sido uma péssima mãe?

— Você me dá licença um minuto? — disse Harriet, e foi até a cadeira da outra mulher e pôs a mão em seu ombro. — Você está bem? Está com dor?

A mulher sacudiu a cabeça, incapaz de falar.

— Está triste por ter tido que tomar essa decisão?

Quem não estava?, Joy pensou. Que ramo infernal da evolução teria tornado a reprodução, e toda a dificuldade que a acompanhava, um trabalho da mulher? Pensou em todas as mulheres que haviam se sentado naquela mesma cadeira em que ela estava agora, e nas histórias que as haviam levado até lá, e em como, por um breve capítulo, todas elas se cruzavam. Uma sororidade de desespero.

A mulher pegou um lenço de papel que Harriet lhe ofereceu.

— Às vezes nós temos que fazer escolhas e não gostamos de nenhuma das opções — disse a enfermeira, dando um abraço na mulher. — Você já ficou muito tempo aqui. Posso chamar seu acompanhante se estiver pronta para ir.

Alguns minutos depois, a mulher foi embora. Um rapazinho (ele realmente não era mais do que isso) parou constrangido ao seu lado enquanto ela se levantava e começava a caminhar pelo corredor. Ele pôs a mão em seu ombro, mas ela a tirou, e Joy os observou até não poder mais vê-los, movendo-se em fila com constantes quinze centímetros de distância entre eles.

Joy pôs os fones de ouvido e encheu a cabeça com música. Se alguém perguntasse, ela teria dito que estava ouvindo Beyoncé ou Lana Del Rey, mas a verdade era que ouvia a trilha sonora de *A pequena sereia*. Em uma de suas casas de acolhimento, ela ganhara esse CD de presente de aniversário e havia memorizado todas as letras. Quando as coisas ficavam muito ruins, ela costumava pôr um travesseiro sobre a cabeça e murmurar as músicas.

Posso dizer que eu sou alguém que tem quase tudo...

— Srta. Joy? — disse a enfermeira. — Vamos ver como está. — Ela parou ao lado da grande poltrona de Joy na sala de recuperação.

Joy deixou Harriet pôr o termômetro em sua boca e prender o manguito em seu braço. Ficou vendo os números vermelhos piscarem no aparelho, prova de que seu corpo, mesmo tão maltratado, ainda era funcional.

— Dez por sete — a enfermeira disse. — Normal.

Normal.

Nada estava normal.
O mundo inteiro tinha mudado.
Ela havia tido dois corações, e agora não tinha mais.
Ela havia sido mãe, e agora não era mais.

George ficou sentado na picape, as mãos apertadas no volante, sem ir a lugar nenhum. A ignição estava desligada e ele tinha duas escolhas. Podia ligar o motor de novo, dirigir de volta para casa e fingir que nunca tinha vindo para cá. Ou podia terminar o que havia começado.

Estava respirando ofegante, como se tivesse corrido todo o caminho, em vez de dirigir centenas de quilômetros para se distanciar de uma verdade que não conseguia absorver.

Pensou em como ele e Lil haviam participado uma vez da vigília Trinta Dias pela Vida com a igreja, na qual a congregação se revezou o tempo inteiro, reunida em um círculo de oração, na frente da sede do governo estadual. Haviam levado cobertores, cadeiras dobráveis e garrafas térmicas de chocolate quente, dado as mãos e pedido a Jesus para ajudar os legisladores a ver o caminho certo. Lil era criança, talvez oito ou nove anos, e ela e outras crianças da congregação ficavam correndo em volta enquanto os adultos oravam. Ele se lembrava de vê-los soletrar seus nomes com velas estrelinha no escuro e de pensar que o movimento pela vida era para isso.

Como Lil pôde ter feito um aborto?

Ela só podia ter sido pressionada. Alguém deve ter dito a ela que essa era a coisa certa, a única coisa, a fazer. Ela não podia ter achado que ele não a ajudaria, criaria a criança, faria tudo que ela quisesse.

No fundo de sua mente havia um pensamento como um verme dentro de uma maçã: *e se isso fosse o que ela queria?*

George não acreditava, não podia acreditar. Ela era uma boa menina, porque ele havia sido um bom pai.

Se a primeira parte da afirmação não fosse verdadeira, isso não negaria a segunda parte?

Uma centelha de luz

Lil havia aceitado Jesus Cristo como seu Senhor e Salvador. Ela sabia que a vida começava na concepção. Provavelmente podia recitar cinco versículos da Bíblia que provavam isso. Ela era boa, generosa, bonita, inteligente e todos se apaixonavam por ela quando a conheciam. Lil era, simplesmente, a única perfeição na vida de George.

Ele sabia, claro, que todos eram pecadores. Mas, se houvesse alguma fagulha de mal em sua filha, ele sabia de onde tinha vindo.

Dele.

George, que havia passado quase duas décadas tentando limpar as manchas de sua alma entregando-se para a igreja. George, a quem disseram que o perdão era divino; que Deus o amava incondicionalmente. E se tudo isso tivesse sido uma mentira?

George sacudiu a cabeça para organizar os pensamentos. Era simples assim: algo terrível havia acontecido; alguém era culpado por isso. Esse era um teste de Deus. Como o que Jó enfrentou. E Abraão. Ele estava sendo testado a provar sua devoção à sua fé, e à sua filha, e sabia exatamente o que era esperado dele.

Vestiu o casaco e puxou o zíper até a metade. Depois tirou a pistola do porta-luvas e a prendeu na cintura da calça, escondendo-a sob o casaco. Seus bolsos já estavam cheios de munição.

Começou a suar quase imediatamente, mas não era de admirar, já que devia estar uns trinta graus lá fora. Pôs-se em movimento na direção do prédio cor de laranja. Era espalhafatoso, uma cicatriz na paisagem da cidade. George baixou a cabeça e levantou a gola.

Havia uma cerca em volta do Centro, e nesse perímetro estava um grupo de manifestantes. Eles seguravam cartazes. Havia uma mulher sentada em uma cadeira dobrável, fazendo tricô; e um homem grande segurando um sanduíche em uma das mãos e uma boneca na outra. George pensou em Lil. Imaginou se estava andando pelo mesmo caminho por onde ela passara.

Uma mulher negra estava saindo da clínica. Seu marido ou namorado estava com o braço em volta dela. Quando passaram pelos ativistas, ele a envolveu mais protetoramente no abrigo de seu corpo. George cruzou com o casal e continuou andando. O homem grande que comia o sanduíche gritou para ele.

— Irmão — ele disse —, salve seu bebê!

George prosseguiu para a porta da frente do Centro, pensando: *Deixa comigo.*

Por puro tédio, Wren estava escutando a conversa.

— O dr. Ward chegou aqui às nove e meia — Vonita dizia. — Tivemos uma de quinze semanas que veio para o Cytotec hoje de manhã e ela está lá nos fundos agora.

— E tudo isso enquanto eu estava sentada em casa comendo bombom? — A moça de cabelo cor-de-rosa riu.

— Bombom — Vonita suspirou. — Bem que eu queria. — Ela tomou um gole de sua caneca.

— O que é isso aí?

— Espero que sejam os ossos triturados de supermodelos — disse Vonita, com ironia. — Esta porcaria é obra do diabo.

— E por que você bebe esse lixo?

Vonita fez um gesto mostrando suas curvas generosas.

— Por causa do meu caso de amor tórrido com a comida.

Tia Bex levantou.

— Acho que estou criando raízes — disse ela, começando a andar em pequenos círculos. — Quanto tempo pode demorar para dar uma receita médica para alguém? — Wren a viu levantar os braços sobre a cabeça, inclinar o corpo para a frente e repetir a sequência.

Ah, meu Deus. Sua tia estava fazendo ioga de velho *em público.*

Uma campainha soou na recepção e Vonita levantou os olhos sobre seus óculos de leitura.

— De quem é esse aí? — ela se perguntou.

Wren esticou o pescoço. O vidro na porta do Centro era feito de um material em que se podia ver o lado de fora, mas quem estava do outro lado não conseguia ver o lado de dentro. Havia um homem de uns quarenta e tantos anos apertando os olhos para a superfície espelhada.

Ela ouviu um clique, o som de uma fechadura sendo destravada, como tinha visto em filmes sobre apartamentos em Nova York.

— Pois não? — disse Vonita.

Cerca de um ano antes, Wren e seu pai estavam no carro em uma estrada deserta perto de Chunky, Mississippi, quando, de repente, todos os pelos de sua nuca ficaram de pé. No minuto seguinte, uma corça pulou do meio das árvores e colidiu com o carro. Eles foram atingidos com força suficiente para os airbags inflarem e o para-brisa estilhaçar. Foi o único momento realmente presciente de sua vida.

Até agora.

Wren sentiu um estremecimento de eletricidade, o roçar de um dedo gelado invisível.

— O que vocês fizeram com o meu bebê? — o homem disse, e então o ar em volta dela se rachou em pedaços.

Ela se jogou no chão, cobrindo os ouvidos. Era como se seu corpo tivesse reagido por instinto, enquanto o cérebro ainda lutava para entender. Não conseguia mais ver Vonita, mas havia uma poça de sangue se espalhando onde a mesa da recepção encontrava o piso.

Wren tentou se mover, mas estava paralisada.

— Wren — Tia Bex gritou, estendendo a mão para ela.

Para puxá-la? Para arrastá-la para fora? Para abraçá-la?

Wren não pôde saber. Porque então os olhos de sua tia se arregalaram e ela foi abatida com um tiro. Ela desabou no chão, enquanto Wren rastejava para ela, gritando, suas mãos trêmulas quando as suspendeu sobre o sangue brilhante na blusa de sua tia.

Os olhos da tia Bex estavam arregalados. Sua boca estava aberta, mas Wren não ouvia nenhum som saindo.

Ela leu os lábios de sua tia. *Aia. Aia. Aia.*

Então entendeu o que sua tia estava realmente dizendo.

Saia.

A outra clínica não tinha sido nada parecida com esta, Janine pensou. Tinha sido em um estado diferente, em uma vida diferente, em uma parte da cidade cheia de bêbados e veteranos do Vietnã lutando contra o estresse pós-traumático. Havia alguém fumando um baseado na viela ao lado do prédio e o saguão cheirava a comida chinesa. Mas nenhuma das diferenças podia fazer Janine afastar o fato de que ela havia, por livre e espontânea vontade, mais uma vez, entrado em uma fábrica de abortos.

Janine se sentou na mesa de ultrassom, o celular no bolso do vestido, gravando toda a conversa entre ela e a assistente social.

O nome dela era Graciela e tinha o cabelo preto mais bonito que Janine já vira. Ia até a cintura. Em contraste, a peruca barata que Allen lhe dera como camuflagem era desigual e fazia sua cabeça coçar. Janine esfregou os dedos nas têmporas.

— Mesmo assim... você acha que eu deveria fazer um aborto, né?

A assistente social deu um sorriso.

— Eu não posso responder isso por você. Você vai saber dentro de si o que deve fazer.

— Mas eu não sei.

— Bem — sugeriu Graciela —, ainda está cedo, certo? Só sete semanas? Dê uma caminhada. Vá lá fora. Clareie a mente. Durma. Espere mais um dia se achar que precisa. Escreva o que está sentindo para tentar entender suas emoções. Grite no travesseiro. Chore. Desabafe. Converse com amigos ou familiares. No fim, a decisão é toda sua, Fiona.

Fiona? Janine franziu a testa e então se lembrou que esse era o nome na identidade falsa que usara na recepção.

Graciela estendeu a mão e apertou a dela. Estava sendo tão gentil que fazia Janine se sentir mal por dentro. Por que ela não dizia algo incriminador?

Por que não houvera alguém como Graciela quando ela...

— Não tem a ver com fazer a escolha certa — disse Graciela. — Tem a ver com fazer a escolha certa para *você*.

— Mas eu estou com muito medo — disse Janine. Ela precisava de provas. Precisava coletar evidências de que eles forçavam as pessoas a matar bebês.

— Todas as mulheres que já estiveram no seu lugar sentiram medo — Graciela lhe assegurou. — Você não está sozinha.

— Minha família ficaria tão decepcionada comigo. — Janine sentiu lágrimas queimando seus olhos, não porque fosse uma atriz espetacular, mas porque eram genuínas.

— Vai ficar tudo bem — Graciela assegurou. — Eu sei como você se sente, mas eu garanto que, qualquer que seja a sua decisão, vai ser a certa. — Ela se afastou, segurando Janine pelos braços, e fez um gesto na direção do aparelho de ultrassom. — Nós não precisamos fazer hoje.

Janine fez uma pausa, tentando pensar no que fazer em seguida. Ela não podia fazer o ultrassom sem revelar que não estava grávida. Mas também não queria voltar para Allen de mãos vazias.

No silêncio, houve um som, como livros caindo. Depois um grito e um barulho forte. Graciela franziu a testa.

— Você me dá licença? — Ela abriu a porta do consultório enquanto Janine levava a mão ao bolso para checar a gravação. De repente, Janine foi jogada de costas no chão. Ela derrubou o celular e se esforçou para levantar, presa pela assistente social, emaranhada no rio de seu cabelo. Por fim ela se desvencilhou e Graciela desabou no chão, aterrissando de barriga.

— Graciela? — Janine disse, agachando. Ela segurou o ombro da mulher e sacudiu, e, quando Graciela não respondeu, ela a virou.

Graciela tinha levado um tiro no rosto.

Janine gritou, notando só então o sangue em suas mãos e roupas. Não conseguia respirar. Não conseguia pensar. Com um gemido, Janine ficou de pé, passou por cima do corpo e correu.

Quando estava dirigindo com Wren uma vez, Bex teve que pisar forte no freio e, instintivamente, estendeu o braço direito para proteger a carga preciosa que levava no banco do passageiro. O Braço de Mãe, Wren tinha dito. Ainda que sua mãe de verdade não tivesse sido especialmente dedicada.

Hoje, assim que o homem entrou, o corpo de Bex se moveu por conta própria. Algo não estava certo, ela percebera isso na linguagem corporal dele, no suor acumulando em sua testa e molhando o cabelo. Ela *soube* em algum nível celular, visceral; e, do mesmo jeito que quando o carro deslizara no gelo, sem nenhum pensamento consciente, Bex estendera o braço para sua sobrinha.

Ela viu o brilho da pistola prateada quando ele a puxou de baixo do casaco. Viu até o raio explodindo do cano da arma, que abriu um buraco no tecido da sala e sugou todo o som. Estava consciente de que assistia a uma pantomima, que seus tímpanos estavam cheios de pressão e de um silêncio pulsante, mas, de alguma maneira, ela era uma atriz nesse show e tinha uma fala. Bex sentiu o grito jorrar de sua garganta e, embora não conseguisse ouvi-lo, o homem deve ter ouvido. Ele se virou e Bex se sentiu lançada para trás antes sequer de compreender que a bala a havia atingido.

Não atire não atire não atire, ela dizia repetidamente, embora ele já tivesse atirado. O que Bex realmente queria dizer era *Não atire em Wren.*

E então Wren estava inclinada sobre ela.

— Tia B-bex, levante... — Seus olhos eram como os de Hugh.

O cabelo, porém, veio da mãe. Ele roçou a face de Bex, como um véu de seda, uma cortina que as fechou do mundo.

No ano anterior, Bex havia inaugurado uma instalação artística no centro do Parque Smith. No galho de uma árvore, ela pendurou uma pequena lona listrada de circo, com tamanho suficiente para apenas uma pessoa. A pessoa entrava e encontrava ali um cavalete com uma tela em branco e uma variedade de canetas coloridas. ANTES DE MORRER, Bex havia pintado no alto, EU QUERO...

Ao longo de duas semanas, pessoas que vinham ao parque para almoçar, andar de skate ou ler um livro haviam entrado por curiosidade e contribuído com suas respostas.

... nadar nos cinco oceanos.

... correr uma maratona.

... *me apaixonar.*
... *aprender mandarim.*

Quando Bex desmontou a instalação, ela havia, no finzinho da tela, terminando sua própria frase aberta, pintado apenas uma palavra:

Viver.

Ela olhou para Wren e imaginou um universo paralelo em que ainda pudesse respirar, em que ainda pudesse se mover. Em que punha a mão no rosto de sua linda menina. Em que podia fazer o relógio voltar atrás e recomeçar.

Antes de Olive se aposentar da universidade, o reitor tinha distribuído um protocolo sobre como agir em caso de tiros na escola. O Mississippi permitia o porte não ostensivo de armas, e, embora não se devesse levar armas para um campus universitário, isso não significava que não fosse acontecer. Mesmo assim, como ela havia dito a Peg naquela noite, não queria ter que ir para o trabalho todos os dias imaginando se aquele seria o dia em que ela precisaria Fugir-Esconder-Lutar. Foi a primeira vez em que se sentiu cansada de seu trabalho, e foi a primeira semente plantada em sua cabeça de que talvez fosse hora de parar de lecionar e começar a se dedicar à jardinagem ou a fazer pão. O mundo estava mudando; talvez ela devesse abrir espaço para outra pessoa, que pudesse não só falar de plasticidade neural, mas fazer isso enquanto escapava de um maníaco com um rifle semiautomático.

Não parecera o som de um tiro. Isso foi tudo em que Olive pôde pensar enquanto subia à tona do túnel diáfano de seus pensamentos. Era como pipoca em um forno de micro-ondas. Foi só quando ouviu um grito que ela levantou os olhos e viu uma jovem de cabelo cor-de-rosa passar correndo por ela e sair pela porta da frente.

Depois olhou para baixo e encontrou uma mulher sangrando no tapete, com uma adolescente curvada sobre ela.

Houve um barulho de queda nos fundos da clínica.

A adolescente se virou, seus olhos enormes.

— Socorro.

Fugir.

Olive se levantou e olhou em volta com agitação. Viu um braço mole estendido na mesa da recepção, um braço escuro com um festival de braceletes dourados, nadando em uma poça de sangue. Meu Deus; era Vonita.

Olive agarrou a menina pelo pulso e a puxou na direção da porta, mas ela estava se segurando firmemente na mulher que fora baleada.

— Nós temos que sair daqui — Olive disse para ela.

— Não vou deixar minha tia.

Olive fez uma careta e tentou levantar a outra mulher, mas, mesmo com a ajuda de Wren, não conseguiram movê-la mais do que alguns centímetros. O grito que saiu da garganta da mulher era um alerta que chamaria o atirador de volta.

— Se nós sairmos, podemos conseguir uma ambulância para ela.

Isso convenceu a menina. Ela se levantou depressa enquanto Olive puxava a maçaneta da porta, mas estava trancada. Era preciso apertar um botão para liberar a entrada na clínica; será que precisava disso para sair também? Ela jogou todo o seu pequeno peso sobre a trinca, socou a porta, mas a fechadura não cedeu.

— Nós estamos presas aqui? — a menina perguntou, sua voz subindo em timbre por uma escala de pânico.

Esconder.

Olive não respondeu. Ela abriu a primeira porta que encontrou. Era um armário de suprimentos, cheio de caixas de um lado e material de limpeza do outro. Olive agachou, puxou a menina para dentro com ela e fechou a porta.

E era aí que seu conhecimento do protocolo para casos de tiros ficava confuso. Ela havia deixado a bolsa na sala de espera, com o celular. Não podia ligar para a emergência. Deveria tentar fazer uma barricada na frente da porta? Com o quê?

Não pôde deixar de pensar que, se não tivesse ficado sentada em uma sala de espera contemplando a mortalidade, sua vida não estaria em perigo agora.

Uma centelha de luz

Ao lado dela, os dentes da menina estavam batendo.
— Meu nome é Olive — ela sussurrou. — E o seu?
— Wr-Wren.
— Wren, preste atenção. Nós não podemos fazer nenhum barulho, entendeu?
A menina confirmou com a cabeça.
— É a sua tia ali fora?
Ela levantou os olhos depressa.
— Ela... ela vai morrer?
Olive não sabia como responder. Ela deu uma batidinha na mão da menina.
— Tenho certeza de que a polícia está a caminho.
Na verdade, ela não tinha certeza nenhuma disso. Se ela havia achado que os tiros soavam como pipoca no micro-ondas, por que alguém fora da clínica teria imaginado que havia algo errado? *Lutar*, ela pensou, o último passo do protocolo. *Quando sua vida estiver em perigo iminente e você não tiver como fugir ou se esconder, aja.*
A instrução parecia particularmente relevante hoje.
De repente, no escuro, surgiu um pequeno retângulo de luz.
— Você tem um celular — Olive sussurrou com surpresa. — Você tem um *telefone*! Ligue para a emergência.
No reflexo da tela, o rosto de Wren era sério, determinado. Olive viu os polegares dela voarem sobre o teclado.
— Posso fazer melhor do que isso — disse ela.

Izzy ouviu o que pareceram balões estourando, depois um grito de socorro. Ela abriu a porta do banheiro e viu uma mulher sangrando no chão da sala de espera.
Ela estava consciente e claramente com dor.
— O que aconteceu?
— Tiro — a mulher gemeu.
Izzy levou a mão ao peito.

— Qual é o seu nome? O meu é Izzy. — A bala tinha entrado pelo lado direito, o que era bom, porque provavelmente significava que não havia afetado o coração.

— Bex — a mulher arfou. — Precisa pegar... Wren...

— Vamos cuidar de você primeiro. — Izzy levou a mão a uma mesa lateral, procurou uma caixa de lenços de papel e amassou-os para pressionar sobre o ferimento.

Em segundos, eles estavam encharcados.

— Eu já volto — disse ela, e se levantou. Desse ângulo, viu uma segunda vítima: Vonita, a dona da clínica. Izzy começou a se aproximar dela, mas viu os olhos abertos e vazios, o sangue empoçado sob a cabeça. Não havia mais nada a ser feito.

Izzy correu para o banheiro e arrancou da parede a pequena prateleira decorativa. Bateu com ela no suporte de toalhas de papel e o quebrou, fazendo o maço de toalhas cair como um acordeom em volta de seus pés. Ela as juntou e voltou depressa até Bex, usando-as para conter o sangue.

A cada tiro subsequente que ouvia, as pernas de Izzy ficavam mais moles. Foi só por estar fazendo algo rotineiro, cuidando de uma paciente, que Izzy conseguiu não desmoronar. Precisava sair de lá, e precisava ser agora. Mas Bex era uma mulher grande e Izzy não conseguiria levantá-la sozinha. Ela podia se salvar, mas isso significaria deixar Bex para trás.

Ou poderia ajudar Bex, estabilizando seu ferimento com bandagens. Mas, se fosse buscá-las, estaria arriscando sua própria vida *e* a de Bex, porque alguém tinha que ficar e aplicar pressão sobre o ferimento.

O que ela realmente precisava era de alguém para ajudá-la.

No momento em que Janine virou no corredor e avistou a meca da porta da frente do Centro, ela viu uma mulher morta. A dona da clínica. Com um sobressalto, ela se desviou do corpo e, quando outra mão a segurou, ela gritou como uma *banshee*. Abriu os olhos e viu uma mulher de cabelo crespo ruivo e roupa suja de sangue.

— Escute — disse ela. — Eu sou enfermeira e preciso da sua ajuda. Esta mulher precisa da sua ajuda. — Ela indicou outra senhora deitada com uma poça de sangue manchando o chão sob o ombro direito.

Janine mal conseguiu pronunciar as palavras.

— M-mas... tem um at-tirador...

— Eu sei. Também sei que ela pode sangrar até morrer. Preciso pegar material para ajudá-la. Por favor, só fique apertando aqui onde está a minha mão. Eu prometo que é só um minuto, depois você pode ir.

Janine olhou para a porta; a enfermeira seguiu seu olhar.

— Você pode salvar sua própria vida — disse a enfermeira — ou pode salvar a dela também.

Se as únicas vidas com que Janine se importasse fossem as dos ainda não nascidos, isso faria dela uma hipócrita. Ela se ajoelhou ao lado da enfermeira, que posicionou as mãos dela sobre o ferimento.

— Meu nome é Izzy. Qual é o seu?

— Janine.

— Esta é a Bex — disse ela. — Aperte com força. — E no instante seguinte ela tinha ido embora, deixando Janine com as mãos pressionando firmemente o peito de uma estranha.

Bex estava olhando para ela.

— Eu estou machucando você? — Janine perguntou.

A mulher sacudiu a cabeça.

— Você... devia ir. — Ela moveu o queixo na direção da porta.

Janine percebeu que essa mulher estava lhe dando literalmente uma chance de fugir, um modo de se salvar. Se ela fosse embora agora, ia sobreviver. Mas poderia não conseguir viver consigo mesma.

Ela se posicionou com mais firmeza, cobrindo uma das mãos com a outra, como Izzy tinha lhe mostrado. O sangue se empoçava entre seus dedos.

— Bex? — Janine perguntou, sorrindo como se não estivesse aterrorizada. — Você costuma rezar?

George estava ofegando, como se tivesse corrido uma maratona. Recostou-se na parede, com as mãos trêmulas. Isso tinha que ser feito, e ele sabia que Deus o perdoaria. Estava bem ali em Isaías 43:25: *Eu sou o que apaga as tuas transgressões por amor de mim, e já não me lembro dos teus pecados.*

Mas havia uma diferença entre a ira justa que o acompanhara em sua longa viagem e a sensação real da pistola dando um coice em sua mão quando ele atirava. E, mesmo ele sabendo que isso era ridículo, o coice da arma parecia mais forte quando a bala atingia a carne do que quando só acertava o estuque.

Quando ele baixou os olhos, seu jeans estava respingado de sangue. Bem, não tinha sido ele que o derramara primeiro.

Não havia como alguém dizer que ele não estava com a razão moral. Não poderia desfazer o que tinha sido feito com Lil. Mas podia ter retaliação. Podia ensinar a eles a lição que não conseguira ensinar a ela: a vida é uma coisa que só Deus deve dar e tirar.

George olhou de novo para a pistola em sua mão.

Ele havia esquecido como era ver alguém morrer. Na Bósnia, aquele homem que batera a cabeça na guia havia segurado o braço de George e olhado em seus olhos como se houvesse uma corda estendida entre eles e, enquanto ele não piscasse, conseguiria permanecer neste mundo.

Foi o mesmo quando ele abriu fogo na clínica e acertou a recepcionista: ele viu seus olhos no momento em que escureceram, como uma vela no fim do pavio. A segunda mulher em que ele atirou, bem, aquilo foi um acidente. Ele nem a notara ao entrar. Só tinha olhado para a recepção e o que estava além da mesa. Mas, quando ela começou a gritar, precisou fazê-la se calar. Ele precisou. Seu corpo simplesmente assumira o controle.

George disse a si mesmo que isso não era diferente de ser um soldado. Na guerra, matar não era assassinato, era uma missão. Hoje, ele lutava no exército de Deus. Os anjos nem sempre eram mensageiros. Eles podiam destruir uma cidade com um movimento da mão. Às vezes a violência era necessária para lembrar aos caídos o poder de Deus. Se as pessoas não perdessem a graça divina de vez em quando, não perceberiam como eram felizes quando a tinham.

Ainda assim, George se perguntava se os anjos que haviam assolado Sodoma e Gomorra, ou o que matara o exército de Senaquerib, tiveram problemas para dormir à noite. Ele se perguntava se eles viam o rosto dos mortos por toda parte.

Quando ele atirou na mulher na sala de espera, ela havia se apresentado como um sacrifício.

Estou fazendo isso por você, ele pensou, segurando o nome de sua filha entre os dentes enquanto se forçava para a frente.

Estou fazendo isso por você.

Quando Beth era pequena, ela jogava as almofadas do sofá no chão e fingia que o mundo era lava e ela precisava pular de uma ilha para outra. Agora que era mais velha, o mundo continuava sendo um caldo borbulhante de injustiça e Beth estava simplesmente tentando atravessá-lo da melhor maneira que pudesse.

Nunca se sentira tão sozinha na vida, mas era sua própria culpa.

Pensou em como, quando ela o enrolou na toalha, sentiu um peso leve e mole. Foi a primeira vez que pensou naquilo como algo real, e não abstrato.

Quando Beth fechava os olhos, ainda podia ver o azul translúcido de sua pele. Os trajetos da circulação. As sombras dos órgãos. Seu pulso começou a acelerar e, um momento depois, Jayla, a enfermeira, entrou no quarto. Ela apertou um botão em um monitor.

— Meu pai voltou? — Beth perguntou.

Jayla sacudiu a cabeça. Quando Beth chegou, Jayla havia segurado sua mão, acariciado sua testa. Parecia haver uma barreira entre elas agora e Beth mordeu o lábio. Mesmo quando não tinha essa intenção, parecia que ela sempre estragava tudo.

Foi nesse instante que dois policiais apareceram na porta.

— Nathan? — Jayla se virou para um dos policiais, uma pergunta embutida naquela única palavra.

Ele sacudiu a cabeça só um pouquinho, depois se virou.

— Você é a Beth?

Ela puxou os joelhos para o peito, com medo de olhar para ele.

— Você está sendo acusada de homicídio, pela morte de uma criança não nascida.

Beth já havia sentido o seu mundo desmoronar. Foi um choque perceber que havia sido uma falsa aterrissagem, que ela ainda tinha mais para cair. Tentou juntar os pedaços, mas eles não se encaixavam. Ela estava em um hospital. Havia perdido muito sangue. Quase morrera. As únicas pessoas que sabiam que ela havia estado grávida era a equipe médica.

Ela se virou para Jayla, chocada.

— Você chamou a polícia — disse ela.

— O que eu podia fazer? — a enfermeira explodiu. — Você afirmou que não estava grávida, mas tinha tanto hCG no sangue que isso não podia ser verdade a menos que tivesse acabado de dar à luz... então havia uma chance de ter um recém-nascido abandonado em algum lugar.

— E a confidencialidade do paciente? — perguntou Beth.

— Isso não importa se uma vida estiver em perigo — Jayla respondeu. Seus olhos se inundando de lágrimas de repente.

— Você tem o direito de ficar em silêncio — disse Nathan. — Qualquer coisa que disser pode e será usada contra você no tribunal. Você tem direito a um advogado. Se não puder pagar, a justiça providenciará um.

O segundo policial avançou e algemou o braço direito de Beth à grade da cama do hospital.

Socorro.
Pai, socorro.

Wren devia ter escrito umas cinquenta vezes para seu pai, mas ele não estava respondendo.

Ela sabia que ele a salvaria. Ele sempre fez isso. Na festa de aniversário no boliche em que a mão dela quase foi esmagada entre duas bolas e ele praticamente pulou sobre uma mesa, ultrapassou uma divisória de metal e uma festa de despedida de solteira para conseguir enfiar a mão dele no meio. No mês em que tinha certeza de que havia um alienígena morando no armário de seu quarto e o pai diligentemente dormiu no chão ao lado de sua cama. Na corrida de bicicleta em que competira aos oito anos e em que seus freios falharam e ela desceu uma ladeira na direção de uma rua com trânsito. De alguma maneira, seu pai a alcançara e a puxara do assento com um braço um segundo antes de a bicicleta virar um pretzel.

Reflexos de pai, ele dizia.

Ela achava que era amor.

Socorro, Wren escreveu outra vez.

Cerca de vinte minutos depois de sua festa de aniversário surpresa, Hugh foi chamado ao escritório do delegado Monroe para tratar de trabalho. Ele se recostou, já sabendo aonde aquela conversa ia levar.

— Tenho que sair para almoçar em quinze minutos — o chefe disse.

— Com Harry Van Geld.

Hugh levantou as sobrancelhas, se fazendo de bobo.

— O conselheiro municipal?

— É. Parece que o filho dele foi apreendido ontem à noite. O que você sabe sobre isso?

— Bom — disse Hugh. — Eu sei que ele é um moleque, pra começar.

— Isso não vai me ajudar a explicar para o pai por que ele foi indiciado.

— Dirigir embriagado — disse Hugh. — Mas ele se recusou a soprar no bafômetro.

— Por que ele foi parado?

— Ele fez uma curva em velocidade excessiva e bateu na guia. Eram duas da manhã. Ele ficava dizendo que o pai dele ia mandar me demitir. Eu nem imaginava quem ele era, até juntar os pontos.

O chefe uniu as mãos sobre a mesa.

— Então nós poderíamos mudar a acusação para direção imprudente, já que não temos prova suficiente para direção sob influência de álcool?

Hugh fez uma careta.

— Se você quiser seguir esse caminho...

— O que você quer dizer com isso?

— Ele estava bêbado, chefe. — Hugh encolheu os ombros. — Cheirava a bebida. E ele já tem uma reputação em relação a isso.

O celular zumbiu em seu bolso e ele o silenciou apertando um botão.

— E o vídeo?

Hugh sacudiu a cabeça.

— Não está funcionando na viatura faz uma semana. Ainda estou tentando conseguir que alguém o conserte.

— Então não temos teste de bafômetro, não temos vídeo e sabemos que Van Geld é um imbecil que vai ficar muito puto se nós indiciarmos o filho dele por dirigir embriagado. — Ele franziu a testa para Hugh. — Que foi?

— Que foi *o quê*?

— Por que essa cara? Você está agindo como se eu tivesse acabado de dizer que vou afogar seu cachorrinho. Se o garoto tivesse o resultado do bafômetro era uma coisa. Mas isso não aconteceu, e você não tem uma análise da concentração de álcool no sangue. Ele *podia* estar bêbado. E *com certeza* foi imprudente. Considere isso errar pelo lado da cautela. Não precisamos criar problema com os conselheiros. Não vale a pena. Colabora comigo, Hugh. Mude a acusação antes da audiência.

— Porque ele não matou ninguém ontem? — Hugh perguntou. — E como vai ser amanhã?

Seu celular vibrou outra vez.

O delegado Monroe se levantou e pegou seu paletó.

— Considere-se com sorte por não ter que almoçar com o pai dele.

— Acho que é por isso que é você que ganha mais. — Hugh recostou na cadeira.

— Mantenha a cidade funcionando direitinho por mim, está bem? — o chefe disse. Ele tinha o hábito de tirar o volume do rádio enquanto almoçava e confiar a condução da delegacia para Hugh quando necessário.

Hugh balançou a cabeça.

— Os rapazes vão sentir que você passou por cima deles — disse, enquanto o chefe saía.

— Não se você explicar a eles — Monroe respondeu.

Hugh balançou a cabeça de novo.

— Eu definitivamente não ganho pra isso — ele murmurou. Levantou-se e pegou o celular no bolso.

Atenção para mensagem Código Vermelho...

A voz do Centro de Comunicação soou pelos intercomunicadores do prédio. Hugh largou o celular de novo no bolso. Da janela do escritório do chefe, ele viu o carro de Monroe sair do estacionamento.

Temos uma situação de atirador ativo acontecendo na esquina entre a Juniper e a Montfort. Todos os policiais juramentados devem se dirigir ao Posto de Comando na rua Juniper, 320, o estacionamento da Pizza Heaven, e aguardar novas instruções. Todos devem estar de colete à prova de balas. Esta é uma situação de atirador ativo. Repito, todos os policiais juramentados devem se dirigir...

Hugh não ouviu o resto do aviso. Ele já estava correndo para fora.

Louie estava fazendo anotações no prontuário de Joy Perry quando Harriet voltou para a sala de procedimentos. Ela havia acomodado a paciente na sala de recuperação e levado o produto de concepção para o laboratório, onde faria uma segunda revisão. Agora, ela começou a remover o papel que cobria a mesa de exame, preparando-a para a próxima paciente. Ninguém nunca poderia dizer que enfermeiras trabalhavam pouco.

— Você tem algum doce de Halloween?

Harriet riu.

— Se você ficar pegando meu estoque secreto, não vai ter nada quando chegar o Hallo...

O que quer que ela tenha dito foi abafado quando uma chuva de tiros explodiu fora da sala de procedimentos.

Louie segurou Harriet e a puxou para o chão atrás da mesa de exames. Levou o dedo aos lábios, pedindo silêncio. Devia ter fechado a porta. Por que ele não fechou a porta?

Ele soube, de imediato, o que estava acontecendo. Esse era o pesadelo que ele não conseguia lembrar quando acordava suando frio; esse era o bicho-papão, todo crescido; esse era o segundo pé de sapato caindo. Não era que ele, como fornecedor de abortos, fosse obcecado com a violência, mas tinha consciência das possibilidades. Havia tido colegas que foram feridos. Louie não podia se permitir ficar preocupado com o que poderia acontecer a ele se quisesse continuar fazendo seu trabalho. Conhecia médicos de abortos que usavam máscara no trabalho para esconder sua identidade; ele nunca quisera ser uma dessas pessoas. O que ele fazia era honrado e justo. O que ele fazia era humano. Ele não ia se esconder.

Não era que ele ingenuamente acreditasse que esse dia talvez nunca viesse. Em 1993, um incendiário pusera fogo no Centro e Vonita tivera que reconstruí-lo. Em 1998, depois que a clínica de aborto em Birmingham foi bombardeada por Eric Rudolph, Louie fora lá oferecer apoio. Ele se lembrava do Departamento de Explosivos mapeando a trajetória da bomba, que estava cheia de pregos: havia cordões cor-de-rosa esticados de onde a bomba fora colocada até cada cadeira na sala de espera e a mesa da recepcionista, em uma teia de danos planejados. No entanto, ele ouvira o telefone tocar com novas consultas sendo marcadas e vira mulheres passando pelo meio dos furgões da imprensa para fazer seu aborto. Depois disso, Vonita pensara em pôr vidro à prova de balas em volta da mesa da recepção, como seu marido a aconselhara a fazer, mas, se as pacientes eram fortes o bastante para passar pelos ativistas que lhes gritavam que elas iam para o inferno, os funcionários também não deveriam ser corajosos para enfrentá-los cara a cara?

Agora, Louie estava tremendo terrivelmente. Tentou ouvir onde os tiros estavam sendo disparados — estavam chegando mais perto —, mas havia uma estranha distorção no som. Não era, ele pensou, como os filmes levavam a imaginar. E, na sequência: esse era um fato que ele desejava que nunca tivesse tido que aprender.

Em seu primeiro dia no Centro, Louie chegara cedo. Ele atravessou o estacionamento, onde encontrou uma senhora idosa miúda carregando uma cadeira. *Posso ajudar?*, ele perguntou, pegando-a das mãos dela. Ela agradeceu e, algumas dezenas de metros adiante, disse que ia ficar ali. Louie montou a cadeira e percebeu que estava bem no centro de um grupo de manifestantes. Ele se afastou e entrou em uma lanchonete do outro lado da rua, onde pediu um sanduíche de salada de frango e uma Coca diet e se sentou no balcão. Alguns minutos depois, reparou que alguém estava parado na janela tirando uma foto dele: a mulher que ele havia ajudado. *O senhor a conhece?*, a garçonete perguntou, e Louie disse que não, que era a primeira vez que vinha ao Mississippi, mas que trabalhava no Centro logo em frente. A garçonete bateu na janela. *Se não vai comprar nada, pare de ficar rodeando*, ela disse, e então se virou para Louie. *Essas pessoas precisam cuidar da vida delas*, ela falou.

Quando Louie terminou o sanduíche, a senhora idosa estava esperando por ele. Ela o seguiu pela rua, gritando o tempo todo. *Você devia ter vergonha. Você não é um médico de verdade. É um carniceiro.*

Louie percebeu duas coisas naquele dia: que a garçonete podia não ser uma médica de abortos ou mesmo ir a manifestações pró-escolha, mas era uma ativista mesmo assim. E que não se podia subestimar um militante antiaborto. A doce vovozinha estivera próxima o suficiente para enfiar uma faca nele, caso quisesse.

Quando ele entrou no Centro naquele dia, estava molhado de suor. Nos últimos dez anos, fora cuidadoso. Só saía do prédio no fim do dia. Pedia comida para comer lá mesmo. Enquanto estivesse dentro do Centro, aquele era um espaço seguro.

Até agora.

Harriet estava chorando. Sua mão tremia quando ela pegou o celular e digitou uma mensagem. Para o marido, talvez? Seus filhos? Será que ela *tinha* filhos? Por que Louie não sabia disso?

O celular de Louie estava trancado na sala de Vonita, junto com sua carteira. Mas com quem ele entraria em contato? Não tinha mais família, nenhuma outra pessoa importante em sua vida. Exatamente por essa razão. Porque era suficiente que ele se pusesse na linha de frente todos os dias, fazendo o trabalho que fazia. Não era justo alguém mais sofrer por tabela. As palavras do dr. King flutuaram para sua cabeça: *Se você ainda não achou uma causa pela qual valha a pena morrer, ainda não achou razão de viver.* Ele morreria, hoje, pelos seus princípios? Ou já havia morrido anos antes, ao se dedicar a esse trabalho e se isolar de outras pessoas que poderiam estar perto dele? Se seu coração parasse de bater hoje, esse seria apenas um anúncio atrasado de uma morte que já havia acontecido?

Às vezes, em bares, conferências ou casamentos, ele conhecia mulheres que se impressionavam com sua coragem. Elas perguntavam se ele tinha receio de sofrer violência nas clínicas e ele minimizava a situação. Dizia: *Viver é fatal; nenhum de nós vai sair daqui respirando.*

Era fácil fazer brincadeiras em resposta a uma pergunta hipotética. Mas e agora?

Ele não queria morrer, mas, se morresse, esperava que fosse rápido e não prolongado.

Ele não queria morrer, mas, se morresse, acreditava que havia sido um homem bom na medida que lhe fora possível.

Ele não queria morrer, mas, se morresse, teria tido mais tempo do que Malcolm ou Martin tiveram.

No entanto... Droga. Ele não havia acabado ainda.

Um gemido agudo saía chiado de Harriet; Louie tinha certeza de que ela nem sabia que estava fazendo o som. Segurou as mãos dela e a forçou a olhar para ele.

— Harriet, você está bem? — Ela balançou a cabeça em negação, as lágrimas correndo. — Harriet, olhe para mim.

Louie podia enxergar o corredor por cima do ombro dela. Ele tirou seu olhar por um instante da enfermeira, procurando algum movimento, alguma sombra. Cinco minutos se passaram. Ou quinze. Ele não poderia dizer.

— Dr. Ward — sussurrou Harriet. — Eu não quero morrer.

Ele apertou as mãos dela.

— Harriet, mantenha os olhos em mim, certo?

Ela concordou com a cabeça, engoliu. Seus olhos fixos nos dele, grandes e castanhos, confiantes. Ele se agarrou com firmeza à fé dela, mesmo quando avistou em sua visão periférica a silhueta que se elevou atrás dela na porta; o movimento da pistola; o rasgo cruel de uma boca quando os traços do homem entraram em foco.

A perna de Louie explodiu em dor. O mundo se estreitou para o latejar de sua coxa e o fogo que queimava o músculo. Então Harriet caiu em cima dele. Ele inspirou o perfume de gardênia de sua pele, provou o gosto metálico de sangue.

Passos. Mais perto.

Louie fingiu estar morto. Ou talvez desejasse que isso fosse verdade.

Ele prendeu a respiração, esperando para morrer. Contou até trezentos. E, então, arriscou abrir a fresta de um olho. O atirador tinha ido embora.

Louie estava olhando para Harriet. Havia um buraco de bala, redondo como uma tachinha, no centro de sua testa. Um leque difuso de sangue salpicava a parede atrás dela.

Louie virou a cabeça e vomitou.

Ele se ergueu sobre os braços, determinado a se esconder, gemendo com a dor que cortava sua perna. As palavras do dr. King martelavam em sua cabeça: *Se não puder voar, corra. Se não puder correr, ande. Se não puder andar, rasteje, mas continue em frente de qualquer jeito.* A julgar pelo centro de irradiação da dor e a pulsação rítmica do sangramento, Louie chutaria que havia sido baleado no ramo superficial da artéria femoral, que seu fêmur havia sido estilhaçado. Talvez conseguisse rastejar para algum lugar e se esconder, mas sangraria até morrer se não pudesse dar um jeito nisso primeiro. Cerrou os dentes e avançou sobre os cotovelos até alcançar o puxador da porta de um armário.

Dentro, havia tubos de látex estéreis usados para conectar a cânula ao aparelho de aspiração. Ele abriu o pacote com os dentes e tentou amarrar o tubo em volta da coxa. Mas era como tentar fazer um laço de presente de Natal sozinho: por mais que ele se esforçasse, não conseguia apertar o suficiente. E a dor era como nenhuma outra dor que ele já tivesse sentido na vida.

As bordas de sua visão começaram a escurecer, como as bordas no fim de um daqueles velhos filmes do cinema mudo, logo antes de encolherem a um ponto de escuridão. O último pensamento de Louie antes de desmaiar foi que este era realmente um mundo louco, em que a espera para conseguir uma autorização de aborto era mais longa do que a espera para conseguir uma arma.

Izzy se esgueirou pelo corredor, com a certeza de que havia caído em um universo-espelho de caos, discórdia e sangue. O atirador deixara migalhas macabras marcando sua trilha: janelas estilhaçadas, manchas de sangue, cartuchos usados. Todos os instintos lhe diziam para virar e correr na outra direção, mas ela não podia. Não era heroísmo que a impulsionava para o armário de suprimentos, mas o medo de descobrir que ela não era a mulher que sempre acreditara ser.

A porta da sala de procedimentos estava entreaberta e ela viu as fileiras de armários com porta de vidro cheios de gaze e fita cirúrgica. Também viu dois corpos.

Ela se ajoelhou, rolou a enfermeira, procurou uma pulsação e não encontrou. Fez o mesmo com o médico, que gemeu, inconsciente. Ele havia sido baleado na perna e alguém amarrara um tubo de látex em volta da coxa, um torniquete improvisado. Isso provavelmente salvara sua vida.

— Consegue me ouvir? — ela perguntou, enquanto tentava apertar mais o tubo.

Estava tentando avaliar para onde carregá-lo em segurança quando ouviu o clique de uma arma sendo engatilhada.

O atirador estava atrás dela, na porta. Izzy congelou.

Ele era mais velho do que ela, talvez uns quarenta e cinco anos. Tinha cabelo castanho repartido no meio. Usava uma jaqueta de lã xadrez, mesmo naquele calor infernal. Ele parecia... comum. O tipo de homem

Uma centelha de luz

que se deixava passar na frente na fila do supermercado por estar com poucos itens. O tipo de homem que se sentava ao seu lado no ônibus, dizia oi, depois a deixava em paz pelo resto da viagem. O tipo de homem que passava despercebido.

Até ele entrar em uma clínica segurando uma arma.

Houve várias vezes no passado em que Izzy acreditou que pudesse morrer. Quando não havia comida por uma semana inteira. Quando o aquecimento foi cortado e a temperatura despencou para quase dez graus abaixo de zero. No entanto, ela sabia, quando criança, que sempre havia algo que se podia fazer: comer do lixo do vizinho; dormir com várias camadas de roupa, aninhada entre seus irmãos. Como enfermeira, ela enganara a morte em seus pacientes, lembrando a um coração parado como bater ou usando seu próprio pulmão para respirar por alguém. Nada a havia preparado, porém, para uma situação como aquela.

Izzy queria implorar por sua vida, mas não conseguia; estava tremendo tanto que sua boca não formava palavras. Imaginou se a jovem e a mulher na sala de espera iam sobreviver; se elas contariam à imprensa como Izzy tinha sido corajosa, correndo na direção do som dos tiros para ajudar outras pessoas. Imaginou quanto tempo levaria até que Parker ficasse sabendo. Imaginou se as pessoas que teriam ido ao seu casamento iriam ao seu enterro em vez disso.

— Saia da frente que eu vou acabar com ele — o atirador disse, e ela percebeu que a arma estava apontada não para ela, mas para o médico.

Há momentos na vida que mudam uma pessoa. Como quando Izzy roubou um cachorro-quente em um posto de gasolina, porque não comia havia quatro dias. Quando abriu uma conta poupança. Quando, três anos antes, entrou no cubículo de Parker em um hospital.

Ela não ia morrer sem lutar.

Izzy se lançou na frente do médico e abriu os braços como se pudesse criar um escudo.

O atirador riu.

— Eu tenho balas suficientes para os dois — disse ele.

Eu não posso parar uma bala, Izzy pensou. *Mas posso impedir que ele atire.*

Izzy se forçou a olhá-lo nos olhos. Ele era um basilisco; ela podia ser transformada em pedra. Mas também era um atirador em uma clínica de aborto; presumivelmente, era pró-vida. Ela juntou todos os fios de coragem que conseguiu encontrar e os uniu em um nó sólido.

— Você não pode atirar em mim — disse ela. — Eu estou grávida.

Dez da manhã

Quando Bex entrou no estacionamento do Centro, um manifestante pulou na frente de seu carro. Ela pisou no freio. Ele gritou, agitando as mãos sobre o capô. No banco de passageiro, Wren olhava, assustada.

— Você não tinha dito que havia pessoas para ajudá-la a entrar? — Bex perguntou à sobrinha. — Não estou vendo ninguém de avental cor-de-rosa.

— Vai ver é muito cedo — disse Wren. Enquanto Bex avançava em passo de lesma para dentro do estacionamento, Wren esticou o pescoço. No retrovisor, Bex viu o homem voltar para junto dos outros do lado da cerca. Uma mulher idosa serviu a ele um copo de café de uma garrafa térmica.

Bex estacionou e flexionou a mão no volante.

— Você poderia entrar lá comigo — Wren sugeriu, com uma vozinha vacilante.

Bex olhou para ela, agoniada. Ela faria qualquer coisa por Wren.

— Meu bem, eu...

— Esqueça. Espere no carro. Eu não devo demorar muito.

Bex respirou fundo.

— Eu acredito que uma mulher deve fazer o que quiser com seu próprio corpo. Acredito mesmo. Mas não posso dizer que eu, pessoalmente, faria essa escolha.

— Esqueceu que eu não estou aqui para fazer um aborto? — disse Wren.

— Não esqueci. Mas...

Ela não podia dizer o que estava pensando. Que, embora Wren estivesse lá por uma razão completamente inocente, ainda assim havia outras mulheres lá dentro, talvez mulheres que não tivessem tias para trazê-las, que tinham ficado sem opção. Mulheres que estavam criando segredos que esconderiam dos outros. Isso a deixava doente.

Wren colocou seu donut de creme de chocolate inacabado no console entre elas.

— Não vai inventar coisa — ela avisou.

Bex a observou caminhar para o Centro. Mas então uma picape cruzou seu campo de visão e parou bem na frente de seu carro, bloqueando a vista.

Bex buzinou e gesticulou: *Sai da frente!* O homem na picape olhou para ela com indiferença. Ela se perguntou se ele estaria perdido. Estava sozinho no carro; não havia nenhuma mulher com ele que pudesse ter uma consulta marcada.

Ela viu Wren se aproximar da cerca de arame e da fila de ativistas. Uma mulher se inclinou, tentando pegar nela.

Ah, droga, não.

Bex saiu do carro, bufando em direção ao Centro, rápida como um foguete. Ela alcançou Wren e deu o braço para a sobrinha, ancorando-a firmemente ao seu lado.

Wren se virou, surpresa.

— Mas...

— Nada de mas — Bex disse, definitiva. — Você não vai entrar ali sozinha.

— Você está atrasado — disse Helen, do Centro de Comunicação, quando Hugh entrou no departamento de polícia.

Hugh olhou para seu relógio.

— Estou dez minutos adiantado — respondeu ele.

— Não para a reunião da equipe.
— *Que* reunião?
— A que está acontecendo na sala dos funcionários — disse Helen.
— Merda. — Hugh esperou Helen liberar a porta, depois desceu os degraus de dois em dois para o porão, onde ficava a sala dos funcionários. Na última vez que perdera uma reunião da equipe, o chefe ficara furioso por ele não levar sua posição a sério e reclamara que não podia tratar Hugh como o segundo no comando se ele se esquivava das partes menos glamorosas do trabalho policial.

Ele deslizou por uma curva, com a esperança de conseguir entrar discretamente, quando ouviu a voz ressoante do chefe.

— Finalmente o detetive McElroy decidiu nos dar a dádiva de sua presença. E falando em presentes...

A equipe inteira começou a cantar "Parabéns pra você". Sua secretária, Paula, levantou uma bandeja de donuts arrumados para formar os números 4-0. Um deles tinha uma vela em cima.

Hugh ficou vermelho. Ele *odiava* ser o centro das atenções. Odiava *aniversários*. Eles eram basicamente marcadores no calendário para ele renovar sua licença profissional e fazer o checkup anual.

Paula caminhou até ele e colocou a bandeja sobre uma mesa para ele soprar a velinha.

— Faça um pedido — disse ela, parando ao seu lado.

— Quem contou para você que hoje era o meu aniversário? — ele perguntou, pelo meio de um sorriso tenso.

— Facebook — Paula murmurou. — Você não devia ter aceitado a minha solicitação.

Hugh fechou os olhos, fez um pedido e soprou a vela.

— Fizemos uma vaquinha — disse um dos detetives júnior — e compramos isto para você. — Ele levantou uma bengala, decorada com um vistoso laço vermelho.

Todos riram, inclusive Hugh.

— Obrigado. Isto vai ser útil quando eu quiser dar um cacete em você mais tarde.

— Paula — disse o chefe —, não esqueça de agendar um exame de próstata para o nosso menino. — Ele deu um tapa no ombro de Hugh. — Vamos lá, pegue o seu donut e de volta para o trabalho. Não é como se fosse o aniversário de Jesus. É só o do Hugh.

Hugh recebeu os cumprimentos de todos do departamento, até ficar sozinho com Paula na sala dos funcionários.

— Você não parece muito feliz para um aniversariante — ela comentou.

— Eu não sou muito fã de surpresas.

Ela encolheu os ombros.

— Sabe o que meu marido me deu quando *eu* fiz quarenta anos? — disse ela. —Me engravidou.

Hugh riu.

— Acho que eu não corro esse risco.

— Qual foi o seu desejo?

Ele abriu a boca, mas Paula abanou a mão.

— Não, não, essa pergunta não é pra responder. Se você me contar o desejo ele não se realiza. Sério, Hugh, você nunca teve uma festa de aniversário? — Ela lhe entregou um prato com três donuts. — Tem direito a uma porção extra, porque você é especial. Mas só hoje. Não deixe isso lhe subir à cabeça. — Ela sorriu e o deixou sozinho na sala.

Ele tirou a vela do donut de cima. O que ele havia desejado era, simplesmente, a única coisa que não poderia ter. Desejou que tudo pudesse ficar sempre do jeito que era agora: com Wren fazendo ovos para ele no café da manhã, e pessoas que se importavam com ele o suficiente no trabalho para lhe fazer uma festinha boba, e sua saúde intacta. Desejou que pudesse continuar se levantando manhã após manhã, com o mundo se mantendo inalterado. Essa era a questão quando se sentia que a vida era boa. Mesmo quando ela era, *especialmente* quando ela era, a gente sabia que tinha algo a perder.

Meu Deus, será que isso poderia ser mais constrangedor? Izzy mal havia se aproximado da mesa da recepção e uma onda de enjoo revirou seu estômago. Ela correu para a porta com a placa BANHEIRO e vomitou profusamente. Lavou a boca, depois pegou um punhado de toalhas de papel, umedeceu-as na pia e as esfregou na pele suada de seu rosto e pescoço.

Houve uma batida à porta e Izzy abriu uma fresta.

— Você está bem? — perguntou a mulher que estivera sentada atrás da mesa da recepção.

— Desculpe, sra. ...

— Vonita — ela informou.

— Eu não costumo ser tão mal-educada — disse Izzy.

Vonita passou para ela uma latinha com balas de gengibre.

— Isto ajuda — disse ela, com toda a naturalidade. — Quando estiver melhor, venha aqui para nos apresentarmos.

Izzy fechou a porta e se sentou na tampa do vaso. Viu-se pensando na época em que estava no terceiro ano da escola e não tinha um casaco de inverno. Foi à secretaria da escola e disse que precisava ir aos achados e perdidos e lá pegou um casaco que não lhe pertencia. A pior parte foi que a secretária sabia perfeitamente que aquele casaco não era de Izzy, mas não disse nada.

Vonita estava apenas sendo gentil, mas havia algo nos olhos dela que fez Izzy sentir que a outra mulher já conhecia todos os seus segredos.

Enfim. Izzy era enfermeira. Essa não era a primeira vez que enfrentava algo novo e assustador e não era a primeira vez que precisava fingir o que não sentia para lidar com uma situação até conseguir ter autoconfiança suficiente.

Podia estar em uma clínica de aborto, mas sempre tinha sido e sempre seria uma sobrevivente.

Assim que ela viu o sangue, soube que não era bom sinal. Mulheres da idade de Olive não tinham escape de sangue, especialmente quando não eram heterossexualmente ativas. Somando a dor que sentia ao urinar e os estranhos formigamentos na perna, ela decidiu que seria melhor ir ao Centro. Fazia muitos anos que ia lá para seus exames ginecológicos de rotina. Harriet, a enfermeira especializada, a examinou, depois se virou para ela.

— Quando foi a última vez que você fez um Papanicolau? — ela perguntou.

Tempo suficiente para Olive não se lembrar.

— Olive — Harriet havia dito. — Acho que você devia consultar um oncologista.

Isso havia sido duas semanas antes. Na sequência, ela havia feito uma radiografia do tórax, uma ressonância magnética de abdome total, um hemograma completo, dosagem de eletrólitos e exames de função hepática. Ouvira o que o oncologista havia dito, mas talvez não acreditasse realmente nele. Ou talvez precisasse ouvir de alguém que ela conhecia e em quem confiava.

Agora, estava sentada na sala de exames, esperando Harriet entrar. A ficha médica do consultório do oncologista ginecológico estava em suas mãos. Para ela, era como se estivesse escrita em grego:

Massa vegetante, exofítica, com obstrução da parede pélvica lateral direita.

Hidronefrose direita moderada; envolvimento posterior pela serosa e camada muscular do retossigmoide... linfadenopatia pélvica e paraórtica... sem evidência de ascite.

Creatinina: 2,4 mg/dL; hematócrito: 28%

Caramba, grego teria feito *mais* sentido para ela.

A porta se abriu.

— Olive — disse Harriet. — Como está se sentindo? O que o oncologista disse?

Olive lhe entregou o envelope.

Uma centelha de luz

— Eu devia ter trazido um tradutor junto.

Harriet examinou os papéis.

— Carcinoma neuroendócrino cervical — ela leu. — Ah, Olive.

— Carcinoma — Olive repetiu. — Essa foi a *única* palavra que eu entendi. — Ela balançou a cabeça. — O médico conversou comigo. Bom, ele *falou* comigo. Porque eu... parei de ouvir depois de alguns minutos.

— Você tem câncer cervical — Harriet disse com gentileza. — Eu sinto muito.

— Tem certeza de que isso não está errado? Como pode? Eu sou lésbica.

— As lésbicas, na verdade, têm taxas mais elevadas de câncer cervical — Harriet explicou. — Elas acabam não fazendo o controle, porque não estão tendo relações sexuais com penetração. Existe um tipo que pode acometer até freiras, não o tipo de células escamosas, que está associado ao HPV, mas um que até virgens podem ter.

— Bom, felizmente — disse Olive — eu não sou uma *dessas*. — Ela olhou para a enfermeira. — É muito ruim?

— É estágio quatro, metastático. Você sabe o que isso significa?

— É como ganhar na loteria — Olive respondeu. — Mas no estilo Shirley Jackson.

Harriet olhou para ela sem entender.

— Deixa pra lá.

A enfermeira examinou as informações outra vez.

— Está nos seus pulmões; possivelmente no fígado. Está bloqueando seu rim direito. — Ela olhou de frente para Olive. — Vou ser franca com você. É improvável que alguém com um câncer tão disseminado possa se curar. Tenho certeza de que há coisas que o oncologista pode fazer para te ajudar a ter uma boa qualidade de vida, mas... você tem que se preparar.

Olive sentiu a boca ficar seca como pó. Ela, que sempre tinha uma resposta espirituosa, não encontrava nada para dizer.

— Quanto tempo? — ela conseguiu, por fim.

— Seis a oito meses, eu diria. Detesto dizer isso, Olive. E espero muito estar errada. Mas, se eu estivesse no seu lugar, gostaria que alguém me falasse a verdade.

Olive ficou ali sentada, digerindo a informação, afundando em sua súbita e inevitável mortalidade. Sentiu os braços de Harriet virem em volta dela e a apertarem com força.

Isso. Era para isso que ela tinha vindo ao Centro. Já sabia o que estava se escondendo dentro daquele envelope do médico. Só não queria ter que enfrentar sozinha.

Houve uma batida rápida à porta e o dr. Ward apareceu.

— Harriet? Está na hora. — Ele sorriu para Olive e fechou a porta outra vez.

Olive tinha tantas perguntas. Tinha sido sua culpa, alguma deficiência na dieta ou alguma promiscuidade na faculdade, que levara a isso? Como contar a Peg? Aconteceria rápido ou seria um declínio lento? Ia doer? No fim, ela ainda seria ela mesma?

Harriet deu um passo para trás, ainda segurando as mãos de Olive. Então lhes deu um aperto final.

— Eu preciso ir. Você vai ficar bem?

Ela saiu sem ouvir uma resposta de Olive. Mas ambas sabiam a resposta, de qualquer modo.

Quando Wren começou o ensino médio, dois meses antes, sofreu os trotes habituais do primeiro ano: ouvir que havia uma piscina no porão quando não havia, encontrar creme de barbear em seu armário, ser esguichada com revólveres de água enquanto caminhava para a aula de língua estrangeira. Ela aprendeu depressa quais rotas pela escola eram seguras e quais não eram. O lugar que ela mais odiava, porém, era o Fosso, um corredor externo que conectava duas alas do prédio, onde os fumantes ficavam nos intervalos entre as aulas. Ela passava pelo corredor polonês, sabendo que aqueles garotos sentiam que ela estava com medo e era ingênua, e logo tiravam conclusões precitadas a seu respeito.

Era assim que ela se sentia agora, passando diante da fila de manifestantes. Alguns sorriam para ela, mesmo enquanto agitavam cartazes de bebês ensanguentados na sua cara. Alguns cantavam dr. Seuss: *Uma pessoa é uma pessoa, por menor que seja.* "Você poderia vir aqui um segundo?", uma mulher disse, com o tipo de sorriso contrito que se usa quando se está realmente constrangido por pedir ajuda, porque seu carro quebrou na beira da estrada e seu celular está sem bateria e você precisa ligar para casa, ou você está equilibrando um monte de mantimentos nos braços e desejando ter sido esperta o bastante para ter levado uma sacola. O instinto a puxava na direção dela, porque Wren sempre tinha sido uma boa menina. A mulher tinha cabelo ruivo e óculos roxos extravagantes e parecia incrivelmente familiar, mas Wren não conseguiu identificá-la. Mesmo assim, não queria correr o risco de a mulher a reconhecer também. E se ela trabalhasse no departamento de polícia ou algo assim, e contasse o segredo para o seu pai? Então baixou a cabeça quando a mulher enfiou uma sacolinha em sua mão, do tipo que a gente ganha em festas de aniversário de crianças.

Nesse instante, sua tia apareceu colada ao seu lado.

— Você não vai entrar ali sozinha — disse Bex, e Wren pôs os braços em volta do pescoço de sua tia e a abraçou com força.

Wren sabia que isso a fazia parecer insensível, mas ela não lamentava o fato de não ter sua mãe. Em parte porque sua mãe havia ido embora quando Wren era pequena; e em parte por causa de sua tia, que preenchia qualquer espaço vazio.

Tia Bex costurara para ela um vestido colonial para uma atividade sobre a Revolução Americana no segundo ano. (Bem, na verdade ela grudara o tecido com cola quente, porque não era particularmente boa com agulhas.) Ela nunca perdera um jogo de beisebol infantil e levava chá gelado para todos os outros pais e mães. Ela até pendurava as aquarelas toscas de Wren em sua parede; ela, que era uma artista e sabia muito bem que eram horríveis. Para Wren, ter uma mãe tinha muito menos a ver com algumas horas suadas de parto e muito mais a ver com aquele rosto que você sempre procurava na multidão.

Como se ela precisasse de alguma prova, ali estava Bex ao seu lado, mesmo Wren sabendo o quanto custava a ela. Ela sabia que tia Bex nunca tivera filhos e que esse fato talvez tivesse algo a ver com sua aversão ao Centro. Mas, de certa forma, Wren se sentia secretamente feliz porque Bex pertencia só a ela.

Quando a porta abriu para elas entrarem, havia suor nas costas de Wren.

— Vá se sentar — Wren disse para sua tia. — Eu cuido disso.

Havia poucas pessoas na sala de espera, e uma televisão estava ligada, sem som. Na recepção havia uma mulher com a mais impressionante torre de tranças que Wren já tinha visto: espessas mechas vermelhas e pretas enroladas umas nas outras. Ela usava um crachá com o nome VONITA e estava falando ao telefone. Ela sorriu para Wren e levantou um dedo, indicando que demoraria apenas mais um minuto.

— No estado do Mississippi é um processo de dois dias. Sim, isso mesmo. Então, na quinta-feira seria sua sessão de orientação, a parte laboratorial e um ultrassom. No dia seguinte, quando você fizer o procedimento, vai ficar aqui entre uma hora e meia e três horas. Se quiser marcar uma consulta, posso fazer isso agora. — Ela fez uma pausa, depois pegou uma caneta. — Nome? Idade? Data da última menstruação? Melhor telefone para contato? Então você está agendada para quinta-feira às nove horas. Anote a data e hora, porque não podemos confirmar se você ligar para cá e perguntar sobre seu agendamento, por questões de confidencialidade. Você tem que trazer um documento de identificação com foto e cento e cinquenta dólares. Dinheiro ou cartão. Sem bolsas grandes, sem coisas de valor, sem crianças. Tudo certo, então. De nada! — Ela desligou o telefone e sorriu para Wren. — Desculpe por fazer você esperar. Pois não?

— Eu tenho uma consulta — disse Wren, e rapidamente —, mas não... não desse tipo que você acabou de marcar. Meu nome é Wren McElroy.

— Ren... Ren... — A mulher procurou em uma lista.

— Com W.

— Ah, está aqui. — Vonita registrou a chegada dela e lhe entregou uma prancheta. — Preencha essa ficha para mim e nós vamos te chamar o mais rápido possível.

Wren se sentou na frente da televisão e preencheu suas informações. As coisas de sempre: nome, endereço, idade, alergias.

Ao lado dela, tia Bex estava examinando o conteúdo da sacolinha que a manifestante havia dado para Wren. Confeitos de chocolate. Protetor labial. Um par de minúsculos sapatinhos de tricô azuis.

— São bonitinhos — disse Bex.

Ela tirou ainda higienizador de mãos, balas de menta e dois pequenos sabonetes.

— Eles devem achar que nós somos todas sujas — disse Wren. Ela puxou o folheto de dentro da sacolinha e começou a ler: *Por favor, não seja precipitada nessa decisão. Aborto é* PARA SEMPRE.

Se você estiver em um centro de abortos neste momento, pode simplesmente ir embora. Não precisa dizer a ninguém. Se já tiver pagado, podemos ajudar você a recuperar o dinheiro.

Wren abriu o folheto. Havia fotos de bebês de gengivas à mostra e olhos brilhantes.

Antes de formar você no útero, eu já te conhecia. — Deus

— Você acha que essa é uma citação direta dele? — Bex perguntou enquanto lia.

Wren abafou uma risada.

— Meu professor de história não aceitaria essa citação.

Na parte de trás havia uma lista das supostas consequências de abortos químicos e cirúrgicos:

Útero perfurado, infecções crônicas e agudas, dor intensa, sangramento excessivo requerendo transfusão, risco de abortos espontâneos futuros, infertilidade, câncer, morte.

Sentimentos de culpa, raiva, impotência. Colapso mental. Depressão, pesadelos e flashbacks. Incapacidade de sentir alegria na vida. Sensação de separação de Deus. Medo de não ser perdoada. Afastamento da família e amigos. Perda de relacionamento com namorado ou marido. Promiscuidade. Abuso de drogas. Suicídio.

Wren se lembrou daquelas propagandas de antidepressivos na televisão. *Sim, nós vamos fazer você sair desse buraco, mas você pode acabar tendo incontinência, pressão alta, maior tendência a suicídio ou, ei, morte.*

Ela olhou para as letras grandes no fim. VOCÊ NÃO ESTÁ SOZINHA. NÓS NOS IMPORTAMOS COM VOCÊ!

De repente, ela se lembrou de onde tinha visto aquela mulher ruiva. Ela era mãe de um colega do nono ano e fizera um escândalo por causa das aulas sobre opções de contracepção no curso de saúde pública. No dia em que Wren teve que colocar um preservativo em uma banana, a mulher irrompeu na classe, despejando bobagens sobre mentes impressionáveis, Deus e método da tabelinha. Wren se sentira mal pelo filho dela, que passou a ser transferido para a biblioteca durante as aulas de saúde pública daquele momento em diante.

Wren balançou a cabeça, agora que descobrira que essa mulher que era contra métodos anticoncepcionais também era antiaborto. Isso não era contraditório? Se você não queria abortos, não deveria no mínimo estar distribuindo preservativos e pílulas anticoncepcionais grátis para todos que quisessem? Aquela mulher não deveria estar *aplaudindo* Wren por vir ao Centro obter uma prescrição de pílula, em vez de criticá-la?

Wren baixou os olhos para o folheto outra vez. NÓS NOS IMPORTAMOS COM VOCÊ!

Ou não.

Ela se levantou, atravessou a sala e jogou o folheto no lixo.

— Papai! — Beth gritou. — *Papai*?

Seu pai deixou um rastro de decepção, mas não olhou para trás enquanto saía. Ele quase passou por cima da enfermeira em sua pressa de se afastar dela.

De se afastar do que ela havia feito.

Jayla deu uma olhada para ela.

— Você está bem? — ela perguntou gentilmente.

Beth balançou a cabeça, incapaz de falar.

A enfermeira se sentou na beirada da cama de Beth.

— Eu não tinha a intenção de escutar a conversa — disse ela —, mas é complicado com a porta aberta. — Ela hesitou. — O pronto-socorro não é minha ala habitual. Eu trabalho no andar da ortopedia, mas estou cobrindo uma colega que precisou de um dia para resolver problemas pessoais. Então não tenho certeza de qual é o protocolo aqui.

Beth enxugou os olhos.

— Como assim?

— Bom, na ortopedia, se eu descobrisse que a minha paciente é usuária de drogas intravenosas ou tem algum outro histórico que ela não quer revelar para os médicos, eu contaria para a minha supervisora. Isso poderia ser uma questão de vida ou morte. O que estou querendo dizer é que você realmente precisa me contar a verdade. — Ela olhou para Beth. — Qual é a verdade?

Beth ficou olhando para a enfermeira sem dizer nada. Sentia as paredes se fechando à sua volta.

— Você me disse que não sabia que estava grávida. Mas acabei de ouvir você contar para o seu pai que foi a uma clínica de aborto.

Beth enrubesceu.

— Eu quero que o meu pai...

— Se você fez um aborto cirúrgico e alguma coisa não correu bem e *essa* é a causa do sangramento, a sua saúde pode estar em perigo. Beth, você pode morrer.

Beth enxugou os olhos com a ponta do avental do hospital.

— Eu *fui* até a clínica — ela admitiu. — Mas eles disseram que não poderiam fazer nada se eu não tivesse uma autorização do juiz. Então eu preenchi todos os papéis e marquei uma audiência, mas aí recebi um telefonema dizendo que o juiz só ia poder me receber dali a duas semanas. — Ela olhou para Jayla. — Eu não podia esperar tudo isso pra voltar pra clínica. Ia ser tarde demais.

Beth começou a chorar tão forte que ficou sem ar.

— Eu não tive escolha — ela soluçou, enrolando-se e fazendo uma concha com o próprio corpo. — Você entende, né?

Jayla acariciou as costas dela.

— Tudo bem — ela disse. — Tudo bem. Respire fundo.

Se ao menos eles tivessem usado camisinha.

Se ao menos ela não fosse menor de idade.

Se ao menos o juiz a tivesse atendido na data marcada.

Se ao menos ela morasse em Boston ou Nova York, onde não havia só uma clínica, mas muitas.

Se ao menos não tivesse sido tão difícil ter que resolver tudo aquilo sozinha.

Se ao menos ela tivesse ficado com o bebê.

O pensamento rastejou para sua mente como uma aranha. Ainda assim ela teria enfrentado a cólera de seu pai. Ainda assim teria sido uma prostituta aos olhos dele. Ele até poderia tê-la posto para fora de casa.

Na verdade, essa ainda era uma possibilidade.

Isso a fez chorar ainda mais, e foi por esse motivo que ela não ouviu Jayla ir até o corredor, pegar seu celular e ligar para o marido.

— Nathan — a enfermeira disse. — Eu preciso da sua ajuda.

Janine se sentou na mesa de exame, em pânico. Era uma coisa vir ao Centro usando uma identidade falsa, registrar-se para um aborto e passar por uma sessão de orientação. Mas era outra muito diferente escapar do ultrassom obrigatório por lei. De alguma maneira, ela precisava obter as provas que viera aqui para conseguir. No mês anterior, em outro estado, uma garota pró-vida tinha entrado em uma clínica disfarçada, como Janine, e dito a uma orientadora que tinha treze anos e seu namorado tinha vinte e cinco e ela queria um aborto. A orientadora tinha dito, na gravação, *Finge que eu não ouvi isso*. O áudio tinha percorrido a internet e aparecera até no programa *Hannity*.

Janine ouviu a batida rápida e deslizou o celular para o bolso do vestido. Ela apertou o botão de gravar no aplicativo no momento em que a porta se abriu. A assistente social sorriu.

— Olá — disse ela — meu nome é Graciela. Vamos fazer seu ultrassom, certo?

Janine começou a suar. Ela precisava fazer aquela mulher falar.

— Espere! — ela exclamou. — Eu sou alérgica!

— A látex?

Janine engoliu em seco.

— Ah, a quase tudo. Eu esqueci de escrever.

Graciela fez uma anotação na ficha dela e se voltou para o ultrassom. A máquina começou a emitir um zumbido, como se eles todos fossem uma orquestra e aquela fosse a nota com a qual deviam se afinar.

— E se eu não quiser um ultrassom? — Janine perguntou.

— Infelizmente você não tem escolha. A lei estadual diz que precisamos fazer um ultrassom hoje e perguntar se você quer ver. Você pode se recusar a ver, se preferir. — Graciela fez uma pausa, segurando o transdutor. — Você parece um pouco nervosa.

Em qualquer outra situação, Janine teria pensado *Esta mulher é bem legal*. Mas, ainda que Graciela pudesse ser um ser humano adorável, isso não mudava o fato de que ela havia escolhido trabalhar em uma fábrica de abortos. Não era como se fosse possível fazer o pré-natal aqui se você quisesse. A última espiã disfarçada que Allen mandara para a clínica tinha usado óculos com uma câmera minúscula na ponte sobre o nariz e feito um vídeo dessa mesma mulher dizendo que não, eles não ofereciam acompanhamento pré-natal, mas poderiam encaminhá-la para outra clínica. Eles não deviam se chamar de centro de saúde reprodutiva se não estavam dispostos a ajudar mulheres a reproduzir.

Uma vez ela estivera em uma clínica como essa, não como espiã, mas como paciente. Ela tinha feito um ultrassom lá? Por que não conseguia se lembrar?

Foi só quando Graciela lhe entregou um lenço de papel que ela percebeu que estava chorando.

— Você está nervosa? *Disso* eu posso cuidar — disse a assistente social. — Mas, se você está chorando porque não sabe se tomou a decisão certa... nisso eu *não posso* te ajudar.

Janine pensou na gravação que estava acontecendo em seu bolso, fechou os olhos e rezou para que algo acontecesse, *qualquer coisa*, que pudesse incriminar Graciela, antes que a própria Janine fosse incriminada.

Quinze semanas era o cenário mais complicado. Quando Louie tinha uma paciente que chegava com quinze semanas de gravidez, ele sabia que precisava se preparar para um desafio. Os ossos do feto estariam começando a calcificar, portanto teriam que ser desarticulados. Louie costumava explicar que o útero era como um cone de sorvete. Imagine que você tivesse um Oreo no topo e precisasse fazê-lo passar pelo fundo do cone; claro que seria preciso quebrá-lo em pedaços. No Mississippi, havia um detalhe adicional: pela lei, não se podia usar fórceps enquanto o feto ainda tivesse um batimento cardíaco. Essa lei foi aprovada por não cientistas que acreditavam que fetos com dezesseis semanas podiam sentir dor, o que não era verdade. Mas, como resultado dessa postura política, Louie tinha que adaptar seu procedimento, acrescentando passos extras que poderiam causar mais risco para a paciente, em vez de fazer o que seria melhor para ela.

Isso significava que Louie começava com um ultrassom. Cytotec causava contrações uterinas contínuas, o que fazia a maioria dos fetos ficar assistólica devido à compressão constante. Mas, se isso não acontecesse, se ainda houvesse um batimento cardíaco visível no ultrassom, cabia a Louie usar sucção para puxar o cordão umbilical e cortá-lo a fim de interromper a atividade cardíaca.

Louie não contou à paciente nada disso.

Ele olhou para Joy Perry, que seria sua preocupação principal nos próximos quinze minutos. Como todas as suas pacientes de quinze a dezesseis semanas, ela era o primeiro e último procedimento do dia. Ela havia chegado cedo para o Cytotec, oitocentos microgramas em forma de comprimido, que foi inserido por ele, vaginalmente, para tornar a cérvix maleável.

Agora ela estava deitada de costas, seu cabelo claro em um rabo de cavalo que descia pela borda da mesa de procedimentos, como as borlas das cortinas de brocado de sua avó. Ele encontrou o olhar dela entre o vale de seus joelhos dobrados.

— Isso vai levar uns sete minutos — disse Louie. — Nós estamos com você.

Ele deu uma olhada para Harriet, sua enfermeira do dia. Já havia trabalhado com Harriet por tempo suficiente para ter uma comunicação instantânea com ela, mas, verdade seja dita, Louie voava para sete clínicas diferentes pelos estados do sul e das Planícies e estava acostumado a trabalhar com um grupo rotativo de enfermeiras. Todas elas eram excepcionais, mantendo-se ao lado das mulheres na mesa de procedimentos; entregando-lhe uma seringa de lidocaína quando ele precisava e dando um sussurro gentil de apoio quando essa era a necessidade da paciente. Uma olhada rápida de Louie para a direita e Harriet segurou a mão de Joy e a apertou.

Ele tocou o joelho dela.

— Espere! — Joy exclamou, e Louie levantou a mão imediatamente, os cinco dedos estendidos. — Eu... eu não me depilei... — ela murmurou.

Louie disfarçou um sorriso. Ah, se ele ganhasse um centavo cada vez que ouvia isso. Sabia o que era estar na cadeira do dentista e se perguntar se haveria uma sujeira em seu nariz; entendia o que era ser uma paciente, e vulnerável. Hora de aplicar um pouco de anestesia vocal. No Mississippi ele não tinha autorização para dar nenhum narcótico, nem mesmo Xanax, para relaxar uma paciente.

— Ah, sra. Harriet — disse ele, em um tom exagerado —, eu já não lhe disse para não me trazer mais nenhuma paciente aqui sem que ela tenha feito uma depilação total?

Ele viu: um pequenino sinal de sorriso no rosto de Joy.

— Você vai sentir uma leve pressão. — Louie pressionou o interior da coxa da paciente. — Deste jeito. Vou pôr o espéculo agora; relaxe esse músculo. Isso. Pronto. De onde você é?

— Pearl.

— Aqui do lado. — Quando Louie conversava durante o procedimento, ele não estava trivializando. Ele estava normalizando o momento, colocando-o no contexto. Ele queria que a mulher soubesse que esse aborto era só um pedacinho de sua vida, não o marco em relação ao qual ela deveria se julgar.

Enquanto tagarelava sobre o trânsito em Jackson, Louie enrolou uma bola de gaze na pinça e pincelou o colo do útero de Joy com Betadine. Harriet, sua parceira nessa dança, segurou com firmeza o frasco de lidocaína enquanto ele enchia a seringa.

— Uma fisgadinha agora. Dê uma tossida. — Quando Joy tossiu, Louie pegou a borda da cérvix com a pinça e injetou a lidocaína em vários pontos em volta do anel de tecido. Sentiu os músculos das coxas dela se retesarem. — Sabia que pessoas que conseguem tossir quando lhes pedem também podem simular outras coisas? Você costumava simular lágrimas para não apanhar da sua mãe? — Louie perguntou.

Joy fez que não com a cabeça.

— Eu fazia isso. Sempre funcionava. — Ele pegou à sua esquerda uma haste de dilatação cervical, inseriu-a no colo do útero e a tirou em seguida. Depois outra um pouquinho maior, e outra depois dessa, até chegar a quinze milímetros, quando o colo do útero se abriu como o obturador de uma câmera. — Então você nasceu em Pearl?

— Não, nasci em Yazoo.
— Yazoo — disse Louie. — Esse é o lugar da bruxa. — Às vezes ele achava que sabia mais sobre os estados onde fazia abortos do que os próprios residentes locais. Ele precisava saber, para momentos como esse.
— O quê? — Ela fez uma careta.
— Você está indo muito bem, Joy. Teve uma bruxa que viveu em Yazoo no século XIX. Você nunca ouviu falar dela? — perguntou Louie.
— Você vai sentir um líquido agora; isso é normal. — Ele rompeu as membranas fetais e recuou quando um jorro de sangue e líquido amniótico se despejou entre as pernas dela na bandeja embaixo. Um pouco do líquido respingou em seu tênis. — Ela morreu em areia movediça, me parece, quando a polícia foi atrás dela. Um pouco antes de morrer, ela jurou que ia voltar depois de vinte anos para assombrar e queimar a cidade. — Louie levantou os olhos. — Uma puxadinha agora. Só respire. O que eu estou fazendo é só manobrar dentro do seu útero, usando o ultrassom para me orientar.

Pelo canto do olho, ele viu os dedos de Joy apertarem os de Harriet com mais força. Ele inclinou a cabeça, atento a seu trabalho, puxando o feto para fora com o fórceps. Tirou grumos de tecido rosado, alguns reconhecíveis, outros não. Nesse estágio da gravidez, a calota craniana já estava ficando sólida o bastante para não se desfazer com sucção. Se ela subisse para o canto superior do útero, tinha uma tendência a rolar em volta como uma bola de praia. Ele introduziu e tirou o fórceps. Uma mão em miniatura. Um joelho. Para dentro e para fora; para dentro e para fora. A clave de sol de uma coluna vertebral. A forma côncava da calota craniana.

— Enfim, vinte anos depois, em 1900, houve um incêndio misterioso na cidade que queimou uma centena de prédios e duzentas casas. Os moradores foram até o túmulo da bruxa e, dito e feito, a lápide estava quebrada e a corrente em volta do túmulo toda arrebentada. Sinistro, né? Agora, só mais um minuto...

Louie sabia *exatamente* o que significava interromper um processo de vida. Com cinco semanas, ele não veria nada além de um minúsculo saco.

Com seis semanas, um polo fetal com atividade cardíaca, mas sem brotos de membros, sem tórax, sem calota craniana. Com nove semanas, havia partes do corpo diferenciadas: minúsculos braços, minúsculas mãos, o ponto preto de um olho emergente. No marco das quinze semanas, como o procedimento de hoje, a calota craniana tinha que ser rompida para passar por uma cânula de quinze milímetros. Era impossível não sentir aquele momento. No entanto... aquilo era uma pessoa? Não. Era um pedaço de vida, mas assim também era um espermatozoide, um óvulo. Se a vida começava na concepção, o que dizer de todos aqueles óvulos e espermatozoides que não se tornavam bebês? E quanto aos óvulos fertilizados que não se implantavam? Ou os que se implantavam ectopicamente? E quanto ao zigoto que não conseguia se desenvolver depois de implantado e era expulso com o revestimento uterino? Isso era uma morte?

Até vinte e duas semanas de gravidez, um feto não podia sobreviver sem um hospedeiro, mesmo em um respirador. Entre vinte e duas e vinte e cinco semanas, um feto poderia viver brevemente, com sérios danos cerebrais e em órgãos. O Congresso Americano de Obstetras e Ginecologistas não recomendava ressuscitar bebês nascidos com vinte e três semanas. Com vinte e quatro semanas, cabia aos pais e aos médicos decidir juntos. Com vinte e cinco semanas, a Associação Médica Americana sugeria ressuscitação, mas também dizia que a capacidade de sobrevivência não era certa. Havia muitos bebês diagnosticados no fim do segundo trimestre com anomalias que eram incompatíveis com a vida. Se esses bebês nascessem com mais de vinte e nove semanas, eles sentiriam dor quando morressem. Nesses casos, o aborto seria assassinato ou misericórdia? Se você decidisse que esse era um caso excepcional, e quanto à hipótese de a mãe ser dependente de heroína? E se o marido a espancasse com tanta violência que ela quebrasse ossos várias vezes por ano? Seria ético essa mulher carregar um bebê em seu ventre até o fim da gravidez?

Ele entendia, realmente entendia. Naquela bagunça pegajosa de sangue e tecidos, havia partes reconhecíveis. Eram familiares o bastante para serem perturbadoras. A verdade, no fim, era esta: um zigoto, um embrião, um feto, um bebê, todos eram humanos. Mas em que ponto esse humano merecia proteção jurídica?

— Estamos na linha de chegada agora. — Louie ligou a sucção e passou a cânula pelo útero. — Você nunca ouviu essa história da bruxa?

Ela balançou a cabeça.

— E você ainda diz que é Yazooita! — Louie brincou. — É isso mesmo? Como se chamam as pessoas que nascem em Yazoo?

— Ferradas — disse Joy.

Ele riu.

— Eu sabia que tinha gostado de você. — Louie procurou sentir a textura arenosa conhecida na parede uterina que lhe avisava que havia acabado.

Quer se acreditasse ou não que um feto era um ser humano, não havia dúvida na mente de ninguém de que uma mulher adulta *era*. Mesmo que se pusesse valores morais naquele feto, não se podia lhe dar direitos sem que estes fossem tirados da mulher que o carregava. Talvez a pergunta não fosse *Quando um feto se torna uma pessoa?*, mas *Quando uma mulher deixa de ser uma?*

Louie baixou os olhos para os tecidos na bandeja entre as pernas de sua paciente. O conteúdo da bandeja era confuso e amorfo, como uma galáxia sem estrelas. Isso era parte de seu trabalho como médico: se não conferisse que todos os produtos de concepção estivessem ali, haveria uma infecção mais tarde. Também era filosoficamente importante para ele como um prestador de abortos reconhecer o procedimento pelo que era, em vez de usar eufemismos. Ele terminou sua contagem silenciosa de membros e peças. Podia sentir o útero de Joy começando a encolher outra vez.

Ele endireitou o corpo para poder olhar sua paciente nos olhos, para que ela soubesse que ele a havia *visto*: não apenas como uma paciente, mas como a mulher que ela era e seria quando saísse por aquela porta.

— Você — ele disse para Joy — não está mais grávida.

A mulher fechou os olhos.

— Obrigada — ela murmurou.

Louie deu uma batidinha gentil no joelho dela.

— Srta. Joy — ele disse apenas —, você não precisa agradecer por uma coisa que é seu direito.

Como havia acontecido isso, Joy se perguntou, como ela estava interrompendo uma gravidez e falando sobre fantasmas? Talvez não fosse tão despropositado assim. Ela sabia que havia todo tipo de coisa que podia voltar para assombrar as pessoas.

Sentiu cólica e fez uma careta. Ainda ouvia o zumbido da máquina que fez a sucção. Aquilo parecia um descuido; eles não poderiam ter lhe dado fones de ouvido, como o tipo que tinham em aviões e que cancelava todo o barulho? Ou tocado um heavy metal para que ela não tivesse que ficar deitada ali ouvindo o som de sua gravidez terminando?

Talvez a ideia fosse exatamente essa: eles não *queriam* tornar fácil. Eles queriam que se fizesse isso com os olhos (e as pernas) bem abertos.

Joy olhou para o teto, onde havia um cartaz de Onde está Wally? com milhares de pinguins usando cachecóis vermelho e brancos e um sujeito solitário com uma blusa listrada. Por que alguém deveria tentar encontrar Wally? Deixem o pobre rapaz continuar perdido.

A sucção foi um afogador, um regulador de pressão, uma desobstrução da garganta. Uma passada de aspirador, pensou Joy. Limpando a sua bagunça.

Nove da manhã

Hugh estava fazendo pintura com água. Era o nome que ele dava a trabalhos policiais que eram não só terrivelmente entediantes, mas, em última instância, uma completa perda de tempo. Hoje a tarefa era investigar uma Toyota RAV4 2010 que havia sido roubada para dar umas voltas depois que seu proprietário, um estudante universitário, deixou as chaves na ignição. Ela fora encontrada na margem da estrada, amassada e cheirando a maconha. Caramba, não era preciso ser um detetive para descobrir o que havia acontecido ali; ou para saber que o tempo que Hugh estava gastando com o processamento do carro e da cena, uma vala de terra na lateral da rodovia, acabaria sendo mais caro que o valor do cheque que a companhia de seguros mandaria para o proprietário para o conserto. Quem queria passar seu aniversário de quarenta anos colhendo impressões digitais em um veículo roubado? Ele suspirou enquanto tentava aplicar o pó no interior. Nunca funcionava, por causa da textura do painel, mas, se ele não fizesse, iam dizer que havia negligenciado provas. Já havia fotografado o veículo em 360 graus e tirado fotos das marcas na grama deixadas pelos pneus. Anotara a reclinação do assento, a estação em que o rádio estava sintonizado, os objetos que se encontravam no console. Mais tarde ele teria a honra duvidosa de entrar em contato com o proprietário do carro e lhe passar essa lista: goma de mascar, barra de cereal, garrafa d'água, chaveiro, boné de beisebol, cupons fiscais de um supermercado Piggly Wiggly, uns folhetos de propaganda, e perguntar se havia alguma coisa faltando. Hugh poderia apostar sua casa que o proprietário não seria capaz de responder. Não havia uma só pessoa neste mundo que pudesse catalogar com precisão o conteúdo de seu console e porta-luvas.

Ele se levantou, sentindo o suor sob o colarinho da camisa. Deveria investigar a área para saber se alguém havia visto ou escutado alguma coisa, mas estava literalmente a dez quilômetros da saída mais próxima e a única evidência visível de humanidade era uma gigantesca bandeira dos Confederados que estalava ao vento do outro lado da pista, elevada acima da linha das árvores como um lembrete ou uma ameaça, dependendo de seu lado político. Hugh pôs as mãos nos quadris e ergueu o queixo para a bandeira.

— E aí? — ele perguntou em voz alta. — Quer me dar um testemunho ocular?

Decidindo que já havia feito tudo que precisava, Hugh começou a voltar para seu próprio carro. Agora tinha que passar todas aquelas fotos ridículas para um disco e preencher uma tonelada de formulários. Sabia que nada ia sair daquele caso, eles nunca iam encontrar os ladrões, mas, mesmo sendo um trabalho enfadonho, ele ia fazer tudo como devia ser feito. Esse mantra era parte de Hugh tanto quanto sua altura, sua cor de cabelo ou sua genealogia. Era verdade que aquele não havia sido o caminho profissional que ele tinha planejado, mas aí ele conheceu Annabelle e ela ficou grávida. De alguma maneira, em vez de acompanhar os movimentos das estrelas na NASA, ele acabou tendo que acompanhar os movimentos dos moradores de Jackson, Mississippi. Tinha visto *Columbo*, como todas as crianças dos anos 1980, e o trabalho de detetive lhe parecera um plano B empolgante. Bem, as coisas não funcionaram exatamente assim e ele não estava desvendando roubos de joias, mas colhendo impressões digitais em uma tampa de tanque de gasolina.

Seu celular tocou no bolso e ele atendeu, achando que poderia ser o proprietário do veículo. Ele deixara uma mensagem naquela manhã para o garoto.

— McElroy — disse ele.

— Hugh.

Ele fechou os olhos. Havia conjurado Annabelle só de pensar nela.

— Você não era quem eu estava esperando — ele respondeu e, no silêncio que se seguiu, pensou nas implicações daquela frase.

A voz dela soava como filigrana, delicada e irreplicável, com um traço de sotaque francês que ele supunha que havia sido cultivado depois de anos vivendo em um país estrangeiro.

— Eu não ia esquecer seus quarenta anos — disse Annabelle. — Como você está?

Ele olhou em volta: a bandeira dos Confederados pairando acima das árvores, a grama pisada alta até os joelhos, o carro riscado e amassado. Em vez de dar uma resposta que nem *ele* queria ouvir, Hugh deu as costas para a estrada.

— Que horas são aí? — ele perguntou, apertando os olhos para o sol.

Ela riu. Ah, Deus, como ele havia amado aquele som. Lembrava-se de às vezes fazer alguma palhaçada, deixando um bigode de creme de barbear intencionalmente sobre o lábio superior quando descia de manhã, só para ouvi-lo. Quando foi que ele parou de fazê-la sorrir?

— É hora da saída do trabalho — disse Annabelle.

— Sorte sua. — Houve uma bolha de silêncio. Impressionante pensar que ela estivesse tão longe e, mesmo assim, ele pudesse ouvir a hesitação em sua voz.

— Como ela está?

Hugh exalou.

— Está bem.

Annabelle havia concordado em lhe dar a custódia de Wren porque, disse ela, seria o mais confortável para Wren. Se os pais estavam se separando, pelo menos ela manteria sua casa, seus amigos e seu pai. Hugh sempre acreditara que esse gesto magnânimo tinha sido resultado de culpa: ela sabia que o havia traído; como prêmio de consolação, deixara para Hugh a melhor parte do casamento deles.

— Você está feliz, Hugh? — Annabelle perguntou.

Ele forçou uma risada.

— Que pergunta é essa?

— Não sei. Uma pergunta parisiense. Uma pergunta existencial.

Ele a imaginou com seu cabelo ruivo comprido, uma cascata que costumava deslizar por suas mãos. Ainda podia ver o rosto dela quando fechava os olhos: as sobrancelhas claras que ela escurecia com lápis, o modo como seus olhos se desviavam para a esquerda quando ela mentia, o jeito como ela mordia o lábio inferior quando eles faziam amor. Quando se perdia alguém, quanto tempo tinha que passar antes que os detalhes começassem a desvanecer? Ou pelo menos a sensação de que se tinha uma ponta solta que poderia desenrolar a qualquer momento, até que não fosse mais do que um emaranhado da pessoa que se costumava ser?

— Não precisa se preocupar comigo — disse Hugh.

— Claro que preciso — respondeu Annabelle —, porque você está ocupado demais se preocupando com todos os outros.

Havia sete mil e quinhentos quilômetros entre eles e Hugh se sentia claustrofóbico.

— Tenho que desligar.

— Ah. Claro — Annabelle disse depressa. — É bom ouvir sua voz, Hugh.

— A sua também. Vou dizer à Wren que você ligou — ele prometeu, embora ambos soubessem que ele não diria. A relação entre Wren e a mãe era mais complicada do que entre ele e Annabelle. Ele se sentia como quando se esquecia onde havia guardado alguma coisa importante: um pouco bravo consigo mesmo, um pouco frustrado. Wren se sentia como se fosse ela a coisa importante que ficara perdida.

— Cuide-se — disse Hugh, sua maneira sutil de dizer que o novo amante não poderia fazer um bom trabalho em relação a isso e que ela estava por sua própria conta.

Ele desligou, saboreando sua pequena e agradável vitória de uma frase.

Precisamente às 9h01 da manhã, Wren se levantou de sua cadeira e foi até a sra. Beckett, a professora de saúde pública. Todos estavam fazendo uma prova que envolvia identificar as partes dos sistemas reprodutores masculino e feminino, com pontos a menos por escrever errado palavras como *epidídimo* ou *clitóris*. A sra. Beckett era bem legal para uma professora. Era jovem e havia se casado com o professor de ginástica gostosão, o sr. Hanlon, no ano anterior. Embora a sra. Beckett ainda não tivesse contado oficialmente para ninguém, era evidente pelo seu guarda-roupa cada vez mais largo de macacões e batas que ela ia precisar de uma substituta por um longo período nos próximos meses enquanto estivesse de licença-maternidade. Havia uma justiça poética nisso, Wren pensou: uma professora de educação sexual que ficara grávida.

Era também por isso que ela sabia que, se fosse até a mesa da sra. Beckett e lhe falasse a verdade, que precisava sair porque tinha uma consulta para começar a tomar pílula, a professora provavelmente teria dado cobertura a ela. Mas contracepção não era exatamente um motivo válido para perder aula, então ela usou a segunda opção quando a sra. Beckett levantou os olhos do computador. Fez uma careta de dor terrível e murmurou:

— Cólica.

A palavra mágica. Trinta segundos depois, ela estava caminhando pela escola com um passe para ir à enfermaria. Só que, em vez de virar para a direita para ir à sala da enfermeira, ela fez uma curva abrupta para a esquerda e saiu pela porta perto da ala de línguas estrangeiras, deixando o sol quente escaldá-la. Pegou o celular, mandou uma mensagem e, dez segundos depois, o carro de tia Bex encostava à sua frente. Wren abriu a porta depressa e se lançou para o banco do passageiro no momento em que um dos seguranças da escola virava na esquina do prédio.

— Vai logo! — ela falou. — Vai, vai!

Tia Bex saiu pisando forte no pedal.

— Meu Deus — disse ela, enquanto os pneus cantavam. — Eu me sinto como Thelma e Louise.

Wren virou para ela com ar de interrogação.

— Quem?

— Menina, você faz eu me sentir um dinossauro. — Tia Bex riu. Ela estendeu o braço para o banco de trás e procurou tateando até encontrar um saco de papel, que largou no colo de Wren. A garota nem precisou abrir para saber que eram donuts.

Ela supunha que era em momentos como esse que valia a pena ter uma mãe por perto. Mas, para ser sincera, sua mãe era tão *excessiva*, vivendo em uma comunidade de artistas ou algo assim em Marais e fazendo piercings em lugares em que nem mesmo Wren ia querê-los. Tia Bex não era a segunda opção. Ela era melhor.

Wren se esparramou no assento e pôs os pés no painel.

— Não faça isso — Tia Bex disse automaticamente, embora fosse difícil imaginar como aquele carro caindo aos pedaços pudesse se danificar de alguma maneira pela marca do sapato de Wren. Havia trapos sujos de tinta no banco de trás e baldes vazios e pó das telas esticadas, e tudo cheirava um pouco a terebintina.

— Pode começar — disse Wren.

— Pode começar?

— Faça um sermão. Como é mesmo que você sempre diz? Não existe almoço grátis.

Tia Bex sacudiu a cabeça.

— Não. Esse almoço não tem nada por trás.

Wren se endireitou no banco e inclinou a cabeça.

— É mesmo? — Sua tia era a única pessoa que parecia entender que não era possível agendar o momento certo para se apaixonar como se fosse uma consulta médica. — Tia Bex — Wren falou de repente —, por que você nunca se casou?

Sua tia encolheu os ombros.

— Tenho certeza de que a história que você está esperando é muito mais romântica do que a verdade. Eu não casei, só isso. — Ela olhou na direção de sua sobrinha. — Não estou trazendo você aqui hoje por causa de algum amor não correspondido — disse Bex. — Estou trazendo porque acho melhor você tomar pílula do que fazer um aborto.

Wren enfiou a mão no saco de papel e deu uma mordida em seu donut.

— Eu já disse que amo você?

Sua tia levantou uma sobrancelha.

— Porque eu estou levando você para o Centro ou porque trouxe donuts de chocolate?

Wren sorriu.

— Pode ser as duas coisas? — ela perguntou.

Quando Olive foi dar um beijo de despedida em Peg, encontrou sua esposa embaixo da pia, tentando consertar o sifão. Ficou olhando por um momento, admirando o movimento dos quadris de Peg e a curva de seus seios quando ela levantou o braço para fazer alguma coisa em um cano. Ei, Olive podia estar velha, mas não estava morta. Ainda.

— Como foi que eu tive tanta sorte? — ela se perguntou, em voz alta.

— Casar com uma encanadora. E sexy, ainda por cima.

— Você casou com uma engenheira com habilidades de encanadora.

— Peg saiu de baixo da pia. — E sexy, ainda por cima.

Peg sorriu para ela. Olive queria memorizar cada detalhe da vida delas juntas: a falha no dente da frente de Peg, a faixa de meia cor-de-rosa aparecendo acima do tênis dela. O suco de laranja suando sobre o balcão e a coluna do corrimão da escada que se soltava da base semanalmente por mais cola de madeira que elas usassem. O punhado de canetas perto do telefone, jogadas como runas, todas elas sem tinta. Havia tanta arte no cotidiano que Olive podia chorar.

— Aonde você vai tão cedo? — perguntou Peg, pondo a cabeça de novo sob a pia.

Olive não havia contado a Peg sobre a consulta com o oncologista na semana anterior; havia escondido a pasta com a confusão de números e exames embaixo do colchão, onde Peg não a encontraria. Estava tudo enfiado em sua bolsa agora, para que a enfermeira do Centro interpretasse. Mas Olive de fato precisava da tradução? Ela já sabia, mas ainda precisava que outra pessoa lhe confirmasse a verdade.

— Um checkup. Nada demais.

Olive ouviu o ronco gutural do sifão e o arpejo da risada de Peg. Meu Deus, fazia uma década que ela dançava à música daquele riso. Sentia-se como uma exploradora movendo-se por um mundo que sempre conhecera, encarregada de catalogar as minúcias do dia a dia, as reentrâncias da rotina, para o caso de alguém, daqui a mil anos, querer ver as coisas exatamente como eram pelos olhos dela. O modo como sua mão deslizava naturalmente para a de Peg no escuro de um cinema, onde elas não precisavam se preocupar se alguém poderia ficar chocado ao ver duas mulheres idosas apaixonadas; o longo cabelo grisalho, ondulado no formato do infinito no ralo do chuveiro; a pressão fresca e possessiva do beijo dela.

Era desses detalhes que ela mais sentiria falta. Imaginou se, ao deixar este mundo, seria possível levá-los no bolso, apertados nos punhos ou guardados no céu da boca, com você para sempre.

Quando Louie não estava fazendo abortos, estava ensinando novos médicos a fazê-los. Era professor assistente na Universidade do Havaí e na Universidade de Boston. Começava seus semestres da mesma maneira, contando aos alunos que, mais de cinco mil anos atrás, na antiga China, mercúrio era usado para induzir abortos (embora, mais provavelmente, também matasse as mulheres). O Papiro Ebers, de 1500 a.C., mencionava abortos. Ele mostrava um slide de um baixo relevo do ano 1150 que decorava o templo de Angkor Wat, no Camboja, em que uma mulher no mundo inferior estava tendo um aborto pelas mãos de um demônio.

Ele contava a seus alunos de medicina que Aristófanes mencionou o chá de poejo como um abortifaciente: apenas cinco gramas dele já podiam ser tóxicos. Que Plínio, o Velho, disse que, se uma mulher não quisesse uma gravidez, poderia passar sobre uma víbora ou ingerir arruda. Hipócrates sugeriu que uma mulher que quisesse sofrer um aborto espontâneo poderia pular e bater os calcanhares em seu traseiro até o embrião se soltar e cair; se isso não funcionasse, havia sempre uma mistura de cocô de rato, mel, sal egípcio, resina e coloquíntida que se podia introduzir no útero. Um manuscrito sânscrito do século VIII recomendava sentar acima de uma panela de água fervente ou cebolas fumegantes. Escribônio Largo, o médico da corte do Imperador Cláudio, tinha uma receita que incluía raiz de mandrágora, ópio, cenoura selvagem, mirra doce e pimenta. Tertuliano, o teólogo cristão, descreveu instrumentos que são comparáveis aos usados hoje para dilatação e evacuação e disse que Hipócrates, Asclepíades, Erasístrato, Herófilo e Sorano os utilizavam.

O aborto estivera presente, Louie lhes contava, desde o início dos tempos.

— Eu tenho uma nova para você, dr. Ward — disse Vonita, quando ele entrou na área da recepção durante um intervalo de cinco minutos.
— Artemísia.
— Uma paciente?
Vonita riu.
— Não, é uma planta. Uma erva, não sei. Era usada como abortivo na Idade Média.
Ele sorriu.
— Onde você aprendeu isso?
— Lendo um dos meus livros de romance — ela respondeu.
— Eu não sabia que romances tratavam desse tema.
— Com todo aquele sexo, não dava pra imaginar?
Ele riu. Vonita era uma de suas pessoas favoritas no mundo. Ela administrava a clínica desde 1989, quando a proprietária anterior se aposentara. Pintou-a de laranja porque queria que o prédio se destacasse com orgulho, como se estivesse em suas melhores roupas de domingo. Vonita tinha sido criada em Silver Grove, inserida firmemente no Cinturão da

Bíblia, e sua mãe era batista devota. Quando Vonita abriu a clínica, a igreja daqui entrara em contato com a mãe dela para lhe contar o que sua filha desgarrada estava fazendo. *Vonita Jean, sua mãe lhe disse ao telefone, não me diga que você está abrindo uma clínica de aborto.*

Então, mamãe, não me pergunte, Vonita respondera.

— Eu vou estar muito ocupado hoje? — Louie perguntou.

— Por acaso eu pareço uma bola de cristal?

— Você parece a pessoa que faz os agendamentos.

Ela grunhiu.

— Eu espero que você tenha tido um bom café da manhã, porque talvez seja também o seu almoço.

Louie sorriu. Teria muito trabalho; *sempre* tinha muito trabalho. Já havia começado com sua primeira paciente, aliás, uma mulher no segundo trimestre que precisava de um amaciamento do colo do útero antes do procedimento. Seria a primeira e última paciente que ele atenderia naquela manhã. A sala de espera já tinha mulheres que estavam ali para suas sessões de orientação e que voltariam no dia seguinte para o procedimento. Elas vinham de Natchez e Tupelo e de lugares próximos. Vinham de Alligator e Satartia e Starkville e Wiggins. Havia cento e vinte e cinco mil quilômetros quadrados de Mississippi e esta era a única clínica onde se podia fazer um aborto. Às vezes era preciso dirigir cinco horas para chegar lá e, claro, esperar vinte e quatro horas entre a orientação e o procedimento, o que significava mais despesas de viagem com as quais muitas mulheres desesperadas não tinham como arcar. Vonita tinha na discagem rápida os nomes de voluntários e organizações para quem ela podia ligar quando aparecia uma mulher que não tinha dinheiro para o almoço ou para a passagem de ônibus de volta para casa, muito menos para um procedimento. E havia ainda as mulheres que tinham que ser encaminhadas para outros estados, porque o Centro só fazia abortos até dezesseis semanas.

Vonita estava esvaziando uma das sacolinhas que os ativistas entregavam para as pacientes, as quais muitas vezes, atordoadas, as entregavam na recepção.

— Tenho três pares de sapatinhos — disse ela —, mas estou à espera de um gorrinho. — Ela levantou os olhos. — Você vai fazer o Cytotec?

— Acabei de fazer, na verdade — respondeu Louie.

Vonita ergueu um pequeno cartão pintado a mão da sacolinha.

— Pelo fim do financiamento à Planned Parenthood — ela leu. — Você acha que eles sabem que nós não fazemos parte da organização Planned Parenthood?

Era como usar a palavra *Xerox* no lugar de *fotocopiadora*. Além do mais, já era legalmente proibido usar recursos federais para abortos. Eles cobriam o atendimento ginecológico; os abortos eram autofinanciados. Na verdade, eram o único procedimento reprodutivo que as clínicas de serviços de saúde ofereciam que não operava com prejuízo.

Se os recursos para organizações de saúde reprodutiva *fossem* cortados, isso não interromperia os abortos. Abortos seriam precisamente as únicas coisas que elas teriam condição financeira de fazer.

Às vezes, Louie se sentia como se eles só existissem em contraponto aos antiaborto. Se todos desaparecessem, será que ele sumiria em uma nuvem de fumaça? Seria possível posicionar-se em defesa de algo se não houvesse uma oposição?

Ele observou Vonita jogar o conteúdo da sacolinha na lata de lixo.

— Moças, quem está esperando para fazer exames de laboratório? — Mãos se levantaram aqui e ali. Vonita pressionou um botão em seu telefone e chamou Harriet para vir pegar o próximo grupo de pacientes para os exames de sangue. Ela fez isso com fluidez e naturalidade; era como assistir a um maestro criando beleza da dissonância de uma orquestra.

— Ei, Vonita — disse Louie —, alguma vez você já pensou em tirar férias?

Ela nem olhou.

— Eu tiro quando você tirar, dr. Ward. — O telefone tocou e ela atendeu, já o dispensando. — Sim, querida — disse Vonita. — É aqui mesmo.

Em uma pequena fileira de cadeiras ao lado do laboratório, Joy se sentou com os fones firmemente enfiados nos ouvidos, escutando sua playlist da Disney enquanto o Cytotec fazia efeito dentro dela. Levaria algumas horas até que a cérvix estivesse flexível o bastante para ser dilatada, o que significava que ela teria que ficar no Centro por algum tempo, enquanto outras mulheres chegavam e saíam.

Ela mudou de posição e tirou uma fotografia amassada do bolso. No dia anterior havia estado entre cerca de uma dúzia de mulheres que vieram ali para a orientação, os exames laboratoriais e para ouvir Vonita explicar os formulários exigidos pelo estado e o dr. Ward falar sobre o procedimento. Também lhe foi pedida uma amostra de urina e ela fez um ultrassom. Uma mulher chamada Graciela foi a responsável pelo ultrassom; tinha o cabelo até abaixo dos quadris e, embora com uma voz doce, falava as frases de rotina.

— Somos obrigados a oferecer a você a oportunidade de ouvir o batimento cardíaco fetal e ver o ultrassom, se você quiser — Graciela lhe disse, e, para sua própria surpresa, Joy se ouviu dizer sim. E então ela começou a soluçar. Chorou por sua má sorte, por sua solidão. Chorou porque, embora tivesse tomado todas as precauções possíveis, acabara, como sua mãe, encurralada em escolhas ruins por causa de um homem.

Graciela lhe deu um lenço de papel e apertou suas mãos.

— Você tem certeza de que quer fazer isso? — ela perguntou, afastando-se do script. Embora não estivesse falando do ultrassom, ela pôs o transdutor de volta no suporte.

— Eu tenho certeza — Joy respondeu. Mas ela não sabia se acreditava nisso. Fazer xixi em um bastão de teste de gravidez não era a mesma coisa que ver um feto em um ultrassom. — Eu quero ver — ela disse a Graciela.

Então Graciela espalhou gel por sua barriga inchada, passou o transdutor sobre a pele e, abracadabra, um peixe prateado nadou para a pequena tela. Ele se metamorfoseou em um círculo, uma curva, depois um formato fetal.

— Eu posso... — começou Joy, e engoliu em seco. — Eu posso ter uma foto?

— Claro — respondeu Graciela. Ela pressionou um botão e uma pequena impressão saiu enrolada da máquina. Preto e branco, em perfil. Ela a entregou a Joy.

— Você deve achar que eu sou louca — murmurou Joy.

Graciela balançou a cabeça.

— Você não faz ideia de quantas mulheres pedem uma.

Joy não sabia o que fazer com a fotografia do ultrassom. Só sabia que não podia sair dali sem ela. Não queria dobrá-la dentro de sua carteira minúscula, e estava usando calça sem bolsos. Então a enfiou no sutiã, sobre o coração. Disse a si mesma que, quando chegasse em casa mais tarde, ia amassá-la e jogar fora.

Ainda estava com ela hoje.

Beth sentia como se estivesse nadando para cima em uma piscina funda, e, cada vez que tentava enxergar a gema fluida do sol, ele parecia se afastar mais. Então, de repente, ela emergiu em um turbilhão de barulho e atividade. Estava tonta e com a boca seca quando seus olhos se abriram subitamente. Onde ela estava, afinal?

Deslizou a mão sob o cobertor que a envolvia e tocou a barriga, agora mais baixa, e desceu até o volume de um absorvente em sua calcinha. A consciência lhe voltou, gota por gota, até que, de repente, estava encharcada na verdade: eles lhe perguntaram se ela estava grávida e ela disse que não, e não sentiu nenhum aperto no coração ao dizer isso, porque não era mentira. Mesmo assim, eles tinham feito um exame de urina e um exame de sangue e haviam feito um ultrassom em sua barriga, como se não acreditassem nela. A última coisa de que Beth se lembrava era de olhar para as feias luzes fluorescentes no teto, e depois não se lembrava de mais nada.

Tentou falar, mas teve que cavar fundo para encontrar a voz e, quando ela veio, não parecia a voz dela.

— Papai? — ela arfou.

E lá estava ele inclinado sobre ela, as mãos quentes em seu ombro, em seu braço.

— Oi, filhinha — disse ele, e sorriu para ela, e ela notou as linhas profundas sulcando os cantos de sua boca, como se fossem uma declaração entre parênteses de medo. As têmporas dele tinham marcas escuras de idade que ela não tinha notado antes. Quando ele ficara velho e por que ela não percebera?

— Onde eu estou?

Ele afagou o cabelo de Beth.

— Você está no hospital. Vai ficar tudo bem, querida. Só descanse.

— O que aconteceu?

Ele baixou os olhos para o chão.

— Você estava... perdendo muito sangue. Precisou de uma transfusão. Mas seja o que for, meu amor, nós vamos enfrentar isso juntos.

Beth desejou que fosse verdade. Ela desejou, como em uma loucura, que o médico voltasse e lhe dissesse que ela tinha um câncer raro e terrível, porque isso quase seria mais fácil de ouvir do que o fato de que ela havia decepcionado seu pai.

Ele estendeu o braço, desviando os olhos, e a enrolou melhor no avental do hospital.

— Não precisa dar um show grátis — ele murmurou.

Ela havia lido em algum lugar que as vítimas da Inquisição tinham que pagar por suas próprias punições, por sua própria prisão. Para escapar da morte, elas precisavam dar os nomes de outras pessoas que não acreditavam que Jesus Cristo era Deus. Se elas eram ou não de fato inocentes não tinha nada a ver com o processo. Beth respirou fundo.

— Papai — ela começou e, nesse instante, a enfermeira entrou no quarto.

Ela era toda arredondada, rosto, traseiro, peitos, barriga, e cheirava a canela. Beth se lembrava, vagamente, do rosto dela inclinado sobre o seu. *Meu nome é Jayla, sou a sua enfermeira e vou cuidar de você, entendeu?*

— Já estava na hora — seu pai disse. — Isso não pode ser normal, todo esse sangue, da... dali. Minha filha vai ficar bem?

Jayla olhou de Beth para o pai dela.

— Será que eu poderia conversar com a Beth em particular?

Foi nesse instante que Beth entendeu que seu Dia do Juízo Final tinha chegado, seu momento diante do Grande Inquisidor. Mas seu pai não sabia disso, então ele interpretou sua súbita rigidez como medo em vez de fatalismo.

— Você pode conversar com nós dois juntos. Ela só tem dezessete anos. — Seu pai segurou a mão dela, como se pudesse ser a força para qualquer má notícia que estivesse para ser comunicada.

Seria imaginação de Beth ou os olhos de Jayla realmente se suavizaram quando encontraram os dela, como se isso pudesse acolchoar o impacto de suas palavras?

— Beth, os resultados dos seus exames chegaram. Você sabia que estava grávida?

— Não — ela sussurrou, uma sílaba que talvez fosse uma mentira, talvez uma negação do que certamente estava para acontecer.

Beth não conseguiu olhar nos olhos de seu pai. Ele levantou a mão dela, e, por um momento expectante, ela achou que talvez tivesse se enganado em relação a ele, que ele ficaria ao lado dela, ou a perdoaria, ou ambos. Mas, em vez disso, ele moveu o polegar até ela senti-lo passando sobre o aro fino do anel de prata que ele lhe comprara no seu aniversário de catorze anos, o anel que deveria significar a promessa de que ela se manteria pura até sua noite de núpcias.

— Você... você...?

A enfermeira murmurou alguma coisa e saiu pelas cortinas do cubículo. Beth mal percebeu. Ela estava em outro lugar, atrás de um campo esportivo, sob as arquibancadas, com estrelas no alto que davam as respostas para perguntas que ela sentia medo de fazer em voz alta: *Será que eu devo...? E se ele...? Será que isto pode ser...?*

Sim. Sim. Sim.

Por uma noite, ela fora venerada. Um garoto acendera fogos dentro dela em lugares que ela nem sabia que podiam queimar. Ele rezara com suas mãos e sua boca e suas promessas, e ela cometera um único erro: depositara sua fé nele. Mesmo depois de tudo que ele fizera, ela havia repassado a lembrança daquela noite repetidamente em sua mente, até deixá-la tão lisa e polida que não era mais um grão áspero de areia, mas uma pérola.

Ela *tinha* que ver desse jeito, porque, se não fosse algo raro e especial, então teria sido ainda mais estúpida.

Mas seu pai não pensaria assim. Ela acreditara que nada jamais poderia doer mais do que o momento em que percebeu que John Smith não era um nome real, que ela entregara voluntariamente algo que nunca mais poderia recuperar, não só sua virgindade, mas seu orgulho. Mas isto, isto cortou ainda mais profundamente: a expressão no rosto de seu pai quando ele descobriu que Beth era um produto estragado.

— Por favor, papai — ela implorou. — Não foi minha culpa...

Ele se agarrou àquela saída de emergência.

— Então quem fez isso com você? Quem machucou você?

Ela imaginou os lábios de John deslizando pelo interior de sua coxa, os lábios dele se fechando sobre ela.

— Ninguém — ela respondeu baixinho.

Seu pai apertou os punhos.

— Eu vou matá-lo. Eu vou *matá-lo* por encostar as mãos em você. — As palavras dele eram cheias de farpas. — Quem. É. Ele.

Por um momento, Beth quase riu. *Boa sorte tentando encontrá-lo*, pensou. Mas, em vez de direcionar sua fúria contra quem quer que John Smith fosse, ela voltou toda a força de sua irritação para seu pai.

— Era por isso que eu não podia contar pra você. — Sua própria voz a assustou com sua verdade e mira perfeita. — Foi por isso que eu fui pra clínica. Porque eu *sabia* que você ia ficar assim.

Sua raiva balançou as cortinas. Suas unhas se enfiaram nas palmas das próprias mãos. Ela era uma hidra. Seu pai a havia cortado e algo duas vezes mais forte crescera no lugar.

Em algum lugar, distantemente, Beth percebeu que se deitar com um garoto não fizera dela uma mulher. Nem mesmo a gravidez, ou tentar removê-la. Era isso: ser tratada forçosamente como uma criança, quando ela não era mais.

Seu pai a encarou.

— Eu nem sei quem você é — ele disse baixinho, depois se virou e foi embora.

Janine sabia que parte do disfarce de ser uma mulher que queria um aborto envolvia enganar seu próprio grupo. Ela e Allen haviam conversado sobre isso, sobre como seria mais seguro, como era quase um teste de controle de qualidade antes de ela entrar no Centro. Se ela conseguisse passar pelos ativistas pró-vida com sua peruca loira e o capuz levantado para encobrir o rosto, provavelmente conseguiria convencer os funcionários lá dentro. Além disso, se ela passasse por todo mundo e eles não a chamassem do jeito como fariam com qualquer outra mulher, isso poderia parecer suspeito.

Assim sendo, a única pessoa que sabia quem ela era, quando passou pela primeira vez para o outro lado da cerca, era Allen. Ele a olhou e se virou logo em seguida para falar com outro ativista. Enquanto isso, os outros começaram a chamá-la. Ela sabia que o Centro considerava isso assédio, mas, francamente, era um dever de cidadão: quando se via um assassinato em progresso, não se devia tentar impedi-lo?

— Bom dia — disse Ethel, entendendo o braço sobre a cerca com uma sacolinha cor-de-rosa pendurada nos dedos. — Posso te oferecer um presente?

Janine sentiu o coração bater acelerado. Ela não podia falar; e se Ethel reconhecesse sua voz? Em vez disso, ela apenas estendeu a mão e pegou a sacolinha.

— Você não precisa continuar com isso — disse Ethel, triunfante. Janine sabia por quê: quando se conseguia que uma das mulheres *fizesse o gesto* para pegar uma sacolinha, era porque já se havia feito contato com a cabeça dela. — Nós podemos ajudar!

Janine se virou, tocou a campainha na porta da frente do Centro e, dois segundos depois, ouviu o zumbido que a deixaria entrar. Havia talvez umas dez outras mulheres sentadas na sala de espera, jovens e idosas, calmas e agitadas, negras e brancas. A mulher na recepção tinha um crachá com o nome VONITA. Janine lhe deu seu nome falso, Fiona, e viu Vonita passar uma caneta marca-texto sobre ele na lista.

— Você é a última — disse ela. — Vamos fazer um teste de laboratório rápido e você pode fazer o ultrassom depois da orientação, assim não deixamos as outras esperando. Você vai ter que ficar um pouco mais depois, mas serão só alguns minutos. Tudo bem?

Mas Janine não disse nada. Ela já esperava o nervosismo que lhe dificultaria ser uma espiã. Mas não esperava o transtorno de estresse pós-traumático, a onda súbita que a nocauteou e a fez ver não esta proprietária da clínica e esta mesa de recepção, mas outra que ela havia visitado muito tempo antes em um outro estado.

— Vou entender isso como um sim — disse Vonita, sorrindo. Ela deu uma batidinha na mão de Janine. — Eu sei que você está nervosa, mas prometo que nós vamos ajudá-la.

Janine foi conduzida para os fundos para coletar sangue para uma tipagem de Rh e entregar uma amostra de urina. A de Janine estava em sua bolsa, em um pequeno pote de comida para bebê. Allen a conseguira com alguém que conhecia alguém que estava grávida, e ela não fizera perguntas. No banheiro, a despejou do pote para o recipiente do laboratório.

Quando ela voltou à sala de espera, Vonita estava começando a sessão de orientação. Ela se sentou entre uma mulher com pálpebras tão pesadas que parecia estar cochilando e outra que tomava notas diligentemente em um caderno de espiral.

— Eu sou a proprietária desta clínica — Vonita dizia — e estou feliz por vocês terem nos procurado. Nós vamos passar alguns momentos juntas, em seguida o médico vai vir conversar com todas em grupo, depois vocês terão a oportunidade de falar com ele individualmente.

Enquanto falava, ela caminhava ao longo do semicírculo de cadeiras, distribuindo pranchetas com uma série de papéis.

— Todas receberam o material, certo? O primeiro papel é uma prescrição de azitromicina, que é dada profilaticamente, para evitar qualquer tipo de infecção. Preciso que vocês preencham isso e me tragam quando retornarem para o procedimento. — Ela olhou em volta, fazendo contato visual com cada mulher para ter certeza de que haviam entendido.

"A folha embaixo dessa prescrição é por onde nós vamos começar. Esse é o seu termo de consentimento livre e esclarecido de vinte e quatro horas. A legislação do Mississippi diz que vocês podem fazer um aborto a partir de vinte e quatro horas depois de completarem esta sessão de orientação. Esse formulário significa que vocês fizeram duas visitas, a primeira sendo esta de hoje. Vamos preencher as áreas marcadas com um X para documentar que vocês estão aqui nesta primeira visita. Muito bem. Peguem suas canetas e vamos todas fazer isso juntas."

Janine seguiu cegamente as instruções, inventando um endereço falso para sua personagem falsa e preenchendo a data e uma assinatura. A mulher ao lado de Janine que estava tomando notas levantou a mão.

— E a hora?

— O dr. Ward vai preencher essa parte quando vocês se encontrarem com ele. — Vonita levantou um leque de folhetos vivamente coloridos. — Estes são folhetos que o Departamento de Saúde determina que nós entreguemos a nossas pacientes. Este primeiro apresenta alternativas ao aborto, como programas para mães solteiras, casas de amparo maternal autorizadas e informações sobre adoção, e traz a localização dos departamentos de saúde em todo o estado. O segundo folheto mostra como o feto se desenvolve do início até o fim da gravidez. O terceiro folheto fala sobre os riscos envolvidos quando se faz um aborto e quando se tem um bebê. E o último é o meu favorito. É sobre contracepção. — Todas riram, exceto Janine. — Hoje é o dia em que vocês devem decidir que método de contracepção gostariam de usar quando saírem daqui.

Isso surpreendeu Janine; ela sempre soubera que o Centro era uma fábrica de assassinatos, mas não que eles também tentavam *evitar* gravidezes. Pressionou sua lapiseira com tanta força que o grafite quebrou.

— Agora, por favor, assinem e datem o formulário para documentar que vocês receberam estes materiais. — Havia um cansaço na voz de Vonita, como se esse fosse um roteiro que ela havia memorizado muito tempo antes. — A segunda parte dessa página vai ser preenchida quando vocês voltarem. Vocês terão que reafirmar sua decisão assinando outra vez. Alguma pergunta até aqui?

Algumas mulheres balançaram a cabeça. As outras só permaneceram em silêncio.

— Nós fazemos dois tipos de abortos aqui no Centro — disse Vonita, e Janine se inclinou para a frente na borda da cadeira. — Há o aborto cirúrgico, que é feito pelo médico; e há o aborto medicamentoso, que é uma opção quando se está no máximo com dez semanas de gravidez.

— Qual é o mais rápido? — uma mulher interrompeu.

— Menina — Vonita a repreendeu gentilmente —, já vou chegar aí! Se vocês decidirem fazer um aborto cirúrgico, vão ficar aqui de três a quatro horas, embora a cirurgia em si não leve nem cinco minutos da hora que vocês entram até a hora em que vocês saem da sala de operação. Vocês ficam na recuperação por cerca de meia hora, depois nossa enfermeira vai dar a vocês as informações sobre a alta, oralmente e por escrito, sobre como se cuidar, além de um número de telefone para emergências e uma data para uma consulta de retorno. Para as pacientes cirúrgicas, se vocês retornarem para o checkup, são quinze dólares pelo teste de gravidez e trinta dólares caso queiram se consultar com o médico. O que eu sugiro é que vocês considerem esperar umas três semanas e ir ao seu médico habitual para o checkup; e podem comprar um teste de gravidez na farmácia e fazer vocês mesmas. Deve dar uma linha clara ou nenhuma linha, e, nesse caso, vocês podem começar a usar o método de controle de natalidade escolhido.

Uma jovem com contas no cabelo que faziam um som musical perguntou:

— Vai... doer? — Todas ficaram atentas para ouvir a resposta.

Sim, Janine pensou. Ela se sentia afundando no canto mais escuro de sua mente, o cofre em que mantinha a memória de seu próprio procedimento. Doía em todos os tipos de lugares, quando menos se esperava.

— Há algum desconforto — respondeu Vonita. — Sugerimos que vocês respirem fundo, inspirando e expirando. Vai haver uma enfermeira na sala para ajudar vocês durante o processo. É administrável, é o que eu posso dizer a vocês, mas também não é uma festa. — Ela correu os olhos pelo grupo. — Agora, para as pacientes de aborto medicamentoso, quando *vocês* vierem, vão ficar aqui por uma hora e meia. Vocês vão ficar em uma sala como esta, poucas por vez. O médico vai dar o primeiro comprimido a vocês, que impede a gravidez de prosseguir e avisa seu corpo e seu cérebro que vocês estão prestes a abortar. Então ele vai mandar vocês para casa com quatro comprimidos em uma caixinha. Vinte e quatro horas depois que vocês tiverem tomado o primeiro comprimido aqui no Centro, já vão poder tomar esses outros quatro comprimidos. Há uma margem de tempo para isso, portanto, se vocês estiverem no trabalho ao meio-dia no dia seguinte, continuem no trabalho e tomem os comprimidos quando chegarem em casa. Vocês vão sangrar por umas três semanas; leva esse tempo para o seu nível hormonal voltar ao estado natural, e depois disso vocês voltam para o checkup.

— Qual deles você recomenda?

— Só vocês podem decidir — disse Vonita. — Se estiverem de dez semanas ou menos e forem elegíveis para os comprimidos, podem evitar a cirurgia. Mas a cirurgia termina mais rápido que o procedimento por comprimidos. Então, de fato, a escolha é de vocês.

Janine se viu pensando em seu irmão, Ben. Ele morava em uma casa comunitária agora e trabalhava como embalador de supermercado. Tinha uma namorada com síndrome de Down que ele levava para jantar e ao cinema toda sexta-feira à noite. Era obcecado por *Stranger Things.* Comia o mesmo bolo de pacote toda noite na sobremesa. Ele era feliz.

Por outro lado, ela era? Havia dedicado sua vida a salvar bebês inocentes, mas seria isso por fé ou por culpa? Ela olhou em volta e se perguntou quantas dessas mulheres fariam seu aborto e sentiriam que haviam se livrado de um peso; e quantas, como ela, deixariam isso governar o resto de sua vida. Mas não disse nada.

Forçou sua atenção a voltar para Vonita.

— Agora, depois que eu terminar de falar, o médico vai vir aqui conversar com vocês em grupo. Ele vai explicar exatamente o que ele faz na cirurgia e exatamente como ele administra os comprimidos. Se vocês tiverem alguma dúvida, podem fazer perguntas a ele. Se tiverem alguma pergunta pessoal, podem esclarecer com ele depois, durante a sessão individual que ele vai ter com vocês. Durante essa sessão, ele vai dizer a vocês o que a lei exige que ele diga. Vai examinar o ultrassom e o histórico médico de vocês e assinar o seu formulário. Depois vocês vão voltar à recepção para agendar o procedimento. Eu informo quanto vai ficar e quem vai ser o médico no dia do seu retorno. — Ela ajeitou a pilha de papéis em seu colo. — Perguntas?

Como vocês fazem isso?, Janine pensou. *Como vocês aconselham isso, sabendo que elas sairão daqui mulheres completamente diferentes do que quando chegaram?*

Ela olhou para as outras mulheres. *Como eu posso salvar todos os seus bebês?*

Como eu posso dizer a elas que a decisão que tomarem hoje pode não parecer certa amanhã?

Mas não disse nada.

— Eu posso ir trabalhar no dia seguinte? — alguém perguntou.

— Pode — Vonita garantiu a ela. — Você precisa de um atestado médico para sua ausência hoje?

— Não, obrigada.

Vonita olhou em volta.

— Esperamos que vocês não estejam aqui porque alguém as forçou a vir. É nossa obrigação dizer que vocês não precisam levar adiante esse procedimento se não quiserem.

Com os olhos baixos, Janine conteve a respiração.

E se ela se levantasse agora e dissesse que estava cometendo um erro? E se largasse seu disfarce e falasse àquelas mulheres que elas precisavam pensar em seus filhos não nascidos? E se ela se tornasse a voz delas?

Mas não o fez, e nenhuma mulher desistiu.

Izzy ficou presa no trânsito em uma área de obras, por isso, quando conseguiu chegar ao Centro, o trajeto tinha levado meia hora a mais do que deveria. Ela estacionou torto na vaga, pegou a bolsa e trancou as portas do carro enquanto corria pelo caminho que levava à porta da frente do Centro. Nem sequer ouviu os manifestantes, de tão *esbaforida* que estava.

Quando abriram a porta para ela entrar, um homem de roupa cirúrgica estava se acomodando entre um grupo de mulheres e começando a falar. A mulher na recepção olhou para Izzy e se pôs a rir.

— Minha querida — disse ela —, primeiro respire fundo. Como posso ajudá-la?

Izzy respirou.

— Desculpe, estou atrasada — ela começou, e percebeu que aquilo podia ser interpretado de tantas maneiras diferentes, e que estariam todas certas.

Louie chamava de Lei de Três. A maior parte do que ele disse àquelas mulheres no grupo já havia sido dita pela sra. Vonita, e ele repetiria praticamente as mesmas coisas para elas nas sessões individuais médico-paciente que viriam em seguida. Mas ele também sabia que essas mulheres estavam atordoadas demais para absorver até mesmo uma pequena fração do que era dito e era por isso que ele esperava que, até a terceira vez, as informações fossem assimiladas.

Havia onze mulheres na frente dele: sete negras, duas brancas, duas negras de pele clara. Ele prestava atenção na cor das mulheres que vinham ao Centro porque, para ele, a política do aborto tinha muito em comum com a política do racismo. Como homem negro, ele podia imaginar muito facilmente como era não ter jurisdição sobre o próprio corpo. Homem brancos, no passado, foram donos dos corpos de homens negros. Agora, homens brancos queriam ser donos dos corpos das mulheres.

— Sou obrigado pelo estado a dizer a vocês algumas coisas que não são medicamente verdadeiras — disse Louie. — Sou obrigado a dizer a vocês que fazer um aborto aumenta seu risco de câncer de mama, embora não exista nenhuma evidência para corroborar isso. — Ele pensou, como sempre fazia, na paciente que tratara uma vez que teve câncer de mama e que havia interrompido a gravidez para poder fazer o tratamento. *Meu risco de ficar com câncer de mama por causa disso é zero*, ela lhe dissera, realisticamente, *uma vez que eu já tenho*.

— Sou obrigado pelo estado — ele continuou — a dizer a vocês que, com o aborto, há riscos de lesão nos intestinos, bexiga, útero, tubas uterinas e ovários; e que, se houver uma lesão muito grave no útero, nós talvez tenhamos que remover seu útero, o que é um processo chamado histerectomia. Mas vejam só. Esses são exatamente os mesmos riscos que vocês correm ao dar à luz um bebê. Na verdade, é mais provável que existam esses riscos dando à luz do que fazendo um aborto. Imagino que vocês todas tenham perguntas para mim?

Uma mulher levantou a mão, hesitante.

— Ouvi dizer que vocês usam facas e tesouras para cortar os bebês.

Louie ouvia isso pelo menos a cada duas sessões de orientação. Uma das coisas que ele desejava poder dizer às mulheres que queriam fazer um aborto era para nunca, jamais pesquisar a palavra no Google. Ele balançou a cabeça.

— Não há facas, nem tesouras, nem bisturis. — Ele se assegurou de corrigir o uso do termo *bebês* da maneira mais gentil possível. — Se as pacientes quiserem ver o *tecido* depois que ele for removido, elas podem. E ele é descartado com respeito, de uma maneira legalmente apropriada.

Ela concordou com a cabeça, satisfeita com a resposta. Não pela primeira vez, Louie ficou surpreendido de ver uma mulher que acreditava em mentiras como aquela ter, ainda assim, coragem bastante para agendar um procedimento.

Ele olhou nos olhos de cada uma das mulheres. Guerreiras, cada uma delas. Todo dia ele era lembrado da determinação delas, de sua bravura diante de obstáculos, da graça discreta com que elas enfrentavam seus problemas. Elas eram mais fortes do que qualquer homem que ele já conhecera. Com certeza eram mais fortes do que os políticos homens que sentiam tanto medo delas que faziam leis especificamente para manter as mulheres sob controle. Louie balançou a cabeça. Como se isso fosse possível. Se ele havia aprendido alguma coisa durante seus anos como médico de abortos era isto: não havia nada neste mundo de Deus que detivesse uma mulher que não queria estar grávida.

Havia uma lagosta de pelúcia sobre a cama da filha de George. Ela era vermelha e usava um chapeuzinho branco como um bebê vitoriano, e ele a ganhara para Lil em uma quermesse da igreja. Ele estava sentado no quarto dela, do jeito que costumava fazer todas as noites quando a colocava para dormir, antes de ela lhe dizer que podia ler seus *próprios* livros, muito obrigada. Ela estava com sete anos na época. Ele se lembrava de rir sobre isso com o pastor Mike. Não achava muito engraçado agora. Em retrospectiva, parecia-lhe o primeiro passo em um caminho que acabaria por levá-la para tão longe dele que ele nem conseguiria mais vê-la a distância.

Ela queria tanto aquela lagosta que ele pagou mais de trinta dólares a um mercenário por três bolas de beisebol para jogar nas latas de leite enferrujadas. Na primeira vez que ele ganhou, lhe entregaram uma pequena cobra de pelúcia do tamanho de um lápis. Merda de propaganda enganosa. Mas Lil estava ali ao lado dele, batendo palmas cada vez que ele acertava uma bola, então ele continuou até conseguir o bicho de pelúcia que a filha queria. O fato de ela ainda o ter depois de todos esses anos era uma prova, ele supunha, de quanto aquilo significava para ela.

Ou talvez ela também, tanto quanto ele, não quisesse se desfazer de sua infância.

Quando ela era pequena, todos os sábados de manhã no verão eles saíam em sua picape para pegar lagostins. Lil se aninhava ao lado dele no banco, as perninhas balançando e chutando porque não chegavam nem perto de alcançar o chão. Pés felizes, ele os chamava. Havia um riacho que era raso o bastante até mesmo para uma criança de cinco anos, e ele e Lil pegavam um balde no banco traseiro, tiravam os sapatos e meias e entravam na água. Ele lhe ensinou a encontrar as pedras que seriam bons esconderijos. Se levantassem as pedras depressa demais, isso assustaria os lagostins e agitaria a lama no fundo, e eles fugiriam. Se levantassem devagar, podiam conseguir surpreender os lagostins. Então, dava para pegá-los com as mãos, tomando cuidado com as pinças. Quando tinham um bom dia de caça, Lil o ajudava a fervê-los em um caldo feito de cebolas, limão e alho. Eles os comiam com batatas e milho na espiga até ficarem sonolentos no sol oblíquo do entardecer, a barriga cheia e os dedos lambuzados de manteiga.

Uma vez, Lil levantara um dos lagostins e encontrara fileiras de pequenos ovos vermelhos embaixo de sua cauda. *Papai,* ela perguntou, *o que é isto?*

Ela vai ter bebês, George explicou. *Então nós temos que pôr ela de volta e deixar como estava. Não se mexe com uma mãe, Lil. Ela tem que ficar com seus bebês.*

Lil ficara em silêncio por um momento. *Papai,* ela perguntou. *Quem mexeu com a minha mãe?*

Ele pegara sua menininha no colo e a tirara da água. *Vamos para casa antes que os papais saiam do balde,* ele lhe disse. Porque não poderia responder a ela: *Fui eu.*

Agora, ele levantou a pistola que estava em seu colo e ficou de pé. Nesse movimento, o papel que ele encontrara na mesinha de cabeceira dela flutuou para o chão. Ele pisou nele enquanto saía do quarto, seu calcanhar aterrissando diretamente sobre o título no alto. *Autorização para aborto medicamentoso e Termo de consentimento livre e esclarecido,* dizia. *Centro para a Saúde Feminina, Jackson.*

Oito da manhã

Com um floreio, Wren colocou o prato na frente de seu pai: um ovo frito, e uma vela gotejante espetada em um sorriso de melão.

— Parabéns pra você — ela cantou. — A propósito, ficaria bem melhor se eu tivesse um irmão. É complicado fazer as harmonias sozinha.

— Até parece que você é uma grande cantora — seu pai resmungou.

Ela riu.

— *Alguém* está de mau humor.

— Alguém está se sentindo muito velho.

Ela se sentou na frente dele.

— Os quarenta são os novos vinte — ela falou.

— Quem disse?

— Eu. — Ela suspirou. — Eu *disse* que você nunca ouve.

Ele deu um sorriso e comeu uma garfada do ovo. Ela nem precisou olhar no rosto dele para saber que estava perfeitamente cozido. Fora seu pai que lhe ensinara a fritar um ovo corretamente. A maneira de arruinar um ovo era não ser paciente, e aquecer a frigideira rápido demais, o que faria o ovo grudar. Era preciso ser lento, metódico, cuidadoso. Wren perdera a conta de quantas vezes seu pai entrara na cozinha quando ela estava fazendo o café da manhã e baixara o fogo automaticamente. Mas, por mais que ela detestasse admitir, ele era um mestre nisso. Os ovos que ela preparava eram obras de arte.

Ela cruzou os braços e apoiou o queixo neles.

— Eu estava guardando esta para hoje — disse ela, e ele levantou os olhos imediatamente. Por tanto tempo quanto ela conseguia se lembrar, eles trocavam fatos, principalmente sobre astronomia, na qual seu pai a introduzira fazia tanto tempo que ela nem podia se lembrar de não ser capaz de distinguir constelações como Andrômeda, Cassiopeia, Perseu e Pégaso. — Os astrônomos encontraram uma estrela enorme que explodiu em 1954... e de novo em 2014.

Seu pai ergueu as sobrancelhas.

— Duas vezes?

Ela confirmou com a cabeça.

— É uma supernova que se recusa a morrer. Está a quinhentos milhões de anos-luz de distância, perto da Ursa Maior. As supernovas geralmente se extinguem em uns cem anos, certo? Essa ainda está firme e forte depois de *mil*.

Seu pai havia ensinado que as estrelas precisavam de combustível, como qualquer outra coisa que queimava. Quando começavam a ficar sem hidrogênio, elas esfriavam e mudavam de cor, tornando-se gigantes vermelhas, como Betelgeuse. Mas *essa* estrela havia desafiado todas as probabilidades.

— Esse é um excelente fato de presente de aniversário. — Ele sorriu.

— O que tem na agenda pra hoje?

Ela encolheu os ombros.

— Vou dar uma olhada em como estão as coisas no meu laboratório de anfetamina, transferir um milhão de dólares pra minha conta no paraíso fiscal e almoçar com a Michelle Obama.

— Fala pra ela que eu mandei um abraço — respondeu seu pai. Ele terminou de comer o ovo. — Você sabe como são poucas as pessoas que conseguem cozinhar um ovo perfeito?

— Sei, porque você me diz isso pelo menos duas vezes por semana. Eu tenho que ir senão vou perder o ônibus. — Ela deu a volta na mesa e se inclinou para lhe dar um beijo no rosto, sentindo o cheiro tão conhecido da goma no uniforme e da essência Bay Rum da loção pós-barba. Wren achava que, se um dia entrasse em coma, tudo que os médicos teriam que fazer era abanar essa combinação de aromas sob seu nariz e ela certamente acordaria. Ela pegou a mochila no balcão, mas, antes que pudesse sair, seu pai segurou seu braço.

— O que você não está querendo me contar? — ele perguntou, apertando os olhos.

Ela se forçou a não desviar o olhar.

— O quê?

— Sem essa. Eu sou detetive.

Wren rodopiou para longe dele.

— Não tenho ideia do que você está falando — disse ela.

Seu pai balançou a cabeça, sorrindo.

— Que nunca ninguém diga que eu estraguei uma surpresa de aniversário.

Wren já estava na metade do caminho para o ponto de ônibus quando soltou a respiração que estava prendendo. Como ele sabia?

Ela não estava escondendo uma surpresa de aniversário. Ela estava indo ao Centro hoje, para uma consulta de controle de natalidade. Ia sair no meio da aula de saúde pública para isso, o que parecia quase cármico. Wren pensou em como ela e Ryan haviam conversado sobre aquilo: se fazia sentido usar preservativos, se a taxa de segurança desse método era suficientemente boa, como Wren faria, se resolvesse tomar pílula anticoncepcional, para fazer isso sem contar para seu pai. Nisso ela e Ryan haviam concordado. Ryan não se sentia bem com a ideia de o pai detetive dela, com sua pistola Glock padrão, descobrir que a filha estava fazendo sexo com ele.

Wren sabia que havia meninas que eram tão pouco românticas que faziam sexo porque queriam resolver essa questão de uma vez. Havia outras que eram tão sonhadoras que realmente acreditavam que o garoto com quem fizessem sexo pela primeira vez seria o único de sua vida. Wren estava em algum ponto entre esses dois extremos. Ela queria fazer sexo pela primeira vez com alguém com quem pudesse rir junto se as coisas na hora ficassem esquisitas ou não funcionassem direito. Mas também sabia que havia mais do que isso. Sabia que a primeira vez era uma só. Havia tantas lembranças que *não* se podia escolher: como ser a única criança da classe que escrevia um cartão de Dia das Mães para sua tia, ou ficar de todos os tons de vermelho quando teve que explicar para seu pai que a razão de ter telefonado para ele da enfermaria para que viesse buscá-la não era por estar gripada, mas porque tinha ficado menstruada. Então por que não escolher *essa* lembrança, e fazê-la perfeita?

O ônibus parou no ponto, exalando pesadamente quando suas portas se abriram. Ela foi avançando pelas filas de bancos, passando pelos atletas e os nerds e a turma do teatro, e deslizou para uma fileira abençoadamente vazia. Pressionou o rosto contra o vidro frio. Na próxima vez que pegasse esse ônibus, estaria tomando pílula. Imaginou quantas outras meninas no ônibus já estavam tomando. Imaginou quem estaria fazendo sexo, se todas elas se sentiam tão estufadas com esse segredo quanto ela.

Um dia ela contaria a seu pai que não era virgem. Tipo, quando estivesse casada, com trinta anos e prestes a ter um bebê.

Enquanto o ônibus roncava em direção à escola, Wren pensou que talvez esse fosse um presente de aniversário para seu pai, afinal. Ele poderia pensar que ela pertencia só a ele, por um pouco de tempo a mais.

Hugh tinha quarenta anos, e sentia cada minuto disso. Ele apoiou as mãos na mesa, em volta do prato do café da manhã que Wren fizera para ele e que ele comera até o fim. Podia-se ter a impressão de que as coisas seriam diferentes, que haveria uma linha invisível entre ontem e hoje para marcar o fato de que ele agora tinha essa idade, mas não. Ele ainda estava indo para o mesmo local em que trabalhava desde que se tornara policial. Ainda era um pai solteiro. A mesa ainda tinha uma perna bamba que ele não conseguira consertar. Só o que havia de novo eram fios brancos em seus tocos de barba, o que, francamente, ele dispensava.

Ele supunha que essa fosse a idade em que os homens começavam a se perguntar se estariam fazendo algo que deixaria uma marca no mundo. Se ele morresse hoje, o que seria dito em seu funeral? Claro, ele havia feito diferença na vida de alguns indivíduos, por causa de sua profissão. E não trocaria por nada nenhum momento de seu tempo com Wren.

Mas ele não era um gênio. Ele não inventaria algo que pudesse eliminar os combustíveis fósseis ou que possibilitasse a viagem no tempo. Nunca negociaria a paz mundial. Ele acreditava que, se cada indivíduo desse o seu melhor, o equilíbrio maior se inclinaria para o bem e não para o mal, mas isso não impedia que a corrente cotidiana individual da vida de uma pessoa parecesse... mundana.

Além disso, suas costas doíam depois de ele ficar de pé o dia inteiro, de um jeito que não acontecia antes.

Ele temia, embora nunca fosse admitir para ninguém, que este fosse o cume, o ápice. Que o resto de sua vida seria uma lenta marcha colina abaixo; que ele já havia experimentado o melhor do que lhe estava reservado. O que era envelhecer, afinal, exceto arrastar os pés em direção ao inevitável?

Foi salvo de deslizar ainda mais para baixo nesse caminho mórbido pelo toque de seu celular. O rosto de Bex apareceu na tela e ele sorriu, balançando a cabeça.

— Parabéns pra você — ela cantou, assim que ele atendeu. — Nesta data querida!

Ele a deixou terminar sua cantoria desafinada.

— Acho que já sei de quem a Wren puxou as habilidades duvidosas para a música — disse ele.

— *Só* porque hoje é seu aniversário — sua irmã disse —, eu vou deixar passar.

Hugh coçou o pescoço.

— Conta pra mim, isso vai embora?

— O quê?

— Essa sensação de que é o começo do fim.

Ela riu.

— Hugh, eu daria tudo pra ter quarenta anos outra vez. Você deve achar que eu já estou com um pé na cova.

Ela era catorze anos mais velha, mas ele nunca pensara nela dessa maneira.

— Você não é velha.

— Então você também não é — disse ela. — O que você vai fazer pra marcar esta ocasião festiva?

— Proteger e servir.

— Hum, isso é deprimente. Você devia fazer alguma coisa extraordinária. Como uma aula de salsa. Ou pular de asa delta.

— É — Hugh respondeu. — Acho que não.

— Onde está o seu espírito de aventura?

— Amarrado em um salário — disse Hugh. — Hoje é como qualquer outro dia.

— Talvez você esteja errado — Bex respondeu. — Talvez hoje acabe sendo inesquecível.

Ele levou seu prato vazio para a pia e passou uma água nele, como fazia todas as manhãs. Pegou seu crachá e a chave do carro.

— É, talvez — disse Hugh.

Todas as manhãs, Janine acordava e fazia uma oração pelo filho que não teve. Ela sabia que havia muitas pessoas que não entenderiam, que a chamariam de hipócrita. Talvez ela fosse. Mas, para ela, isso significava apenas que tinha uma dívida a pagar e era assim que ela o faria.

Ela foi para o banheiro e escovou os dentes. Havia pessoas antivida que prefeririam cortar o braço a mudar de opinião. Mas ela *podia* tentar fazer pessoas como essas entenderem como ela se sentia:

Comece com a frase *O bebê não nascido é uma pessoa*. Substitua as palavras *bebê não nascido* pelas palavras *imigrante. Afro-americano. Mulher trans. Judeu. Muçulmano.*

Sabe aquele *sim* visceral que explodia de dentro deles quando diziam essa frase em voz alta? Pois isso era exatamente como Janine se sentia quanto a ser pró-vida. Havia tantas organizações estabelecidas para combater o racismo, o sexismo, a falta de moradia, a homofobia, o preconceito contra doenças mentais. Por que não poderia haver uma para lutar pelos menorzinhos dos humanos, que eram os mais necessitados de proteção?

Janine sabia que nunca seria capaz de convencer todos a acreditar no que ela acreditava. Mas, se pudesse fazer uma única mulher grávida mudar de ideia, isso era um começo, não era?

Ela pegou a peruca que havia colocado sobre o gargalo de um frasco de xampu na noite anterior. Inclinando a cabeça, ela a enfiou, ajustando-a firmemente em seu couro cabeludo. Depois olhou no espelho.

Janine sorriu. Ela não ficava nada mal como loira.

Olive se deitou de lado, olhando Peg dormir. Havia tantas coisas que ela fazia por sua esposa que Peg nem reparava. A primeira xícara de café que estava sempre amarga demais? Olive a tomava. O chão estava sujo? Olive passava aspirador enquanto Peg saía para sua corrida matinal. Os lençóis da cama limpos todos os domingos? Eles não se trocavam sozinhos. Olive fazia essas coisas porque amava Peg. Mas, agora, podia enxergar o futuro. Daqui a um ano, Peg ia cuspir seu café, andar pelo meio de tufos de pó, dormir em lençóis que nunca eram lavados.

Talvez eles guardassem um cheiro tênue de Olive.

A verdade era que desde muitos anos Olive era incapaz de imaginar um mundo sem Peg. Peg ia ter que imaginar um mundo sem ela.

Os olhos de Peg se abriram. Ela viu Olive a observando e se aconchegou mais nos braços dela.

— Em que você está pensando? — ela murmurou.

Olive sentiu a garganta apertar com a pressão do segredo que guardava, e isso parecia errado, não natural.

— Estou pensando — ela disse, por fim, com honestidade — em como eu vou sentir a sua falta.

Peg sorriu, fechando os olhos.

— E pra onde é que você vai?

Olive abriu a boca e hesitou. Ela talvez tivesse que contar o tempo, mas não precisava ligar o cronômetro ainda. Olive puxou Peg para seus braços.

— Não vou a lugar nenhum — disse ela.

Joy não costumava se lembrar de seus sonhos. Isso vinha, ela tinha certeza, de dormir com um olho aberto em lares de acolhimento, para ter certeza de que outra criança não estivesse roubando algo que pertencia a ela: um livro, uma barra de chocolate, seu corpo. No entanto, meses antes, na noite antes de Joy fazer um teste de gravidez, ela imaginara que tinha um bebê, enrolado em um cobertor azul.

Tivera o mesmo sonho na noite anterior.

Ela acordou com o alarme: outra anomalia; normalmente acordava pelo menos cinco minutos antes de ele tocar. Mas não podia se atrasar hoje. Então tomou um banho rápido e percebeu que seu depilador estava quebrado. Ela não comeu, tinha sido avisada para ir em jejum; e, como não ia poder dirigir de volta para casa, chamou um Uber.

O motorista tinha fotos de seus filhos coladas no painel do Kia.

— Vai fazer calor hoje — disse ele assim que começou a viagem, e ela xingou em silêncio. Não queria um motorista conversador. Queria um que fosse mudo, de preferência.

— Acho que sim — ela respondeu.

Ele deu uma olhada pelo retrovisor.

— Está na cidade para a convenção?

Ela ficou imaginando isso. E se houvesse uma convenção de mulheres grávidas infelizes? E se elas lotassem um salão de conferências inteiro? E se houvesse sessões de intervalo sobre Baixa Autoestima e Escolhas Estúpidas? Ou uma área em que se pudesse sentar e chorar e uma sala à prova de som em que se pudesse xingar tão alto quanto se quisesse um homem, sua terrível má sorte, Deus?

E se houvesse um discurso de abertura de um palestrante motivacional que pudesse verdadeiramente convencer as pessoas de que o amanhã ia ser melhor do que o ontem?

Apaga tudo. Não eram as mulheres grávidas que precisavam de uma convenção para educá-las. Eram as pessoas que se aglomeravam no portão gritando para mulheres como Joy que ela ia para o inferno.

— Então você não é dentista? — perguntou o motorista.

— O quê?

— A convenção.

— Ah — disse Joy. — Não.

Ela havia posto o endereço do Centro no aplicativo do Uber, mas agora queria sair do carro. Queria andar. Precisava ficar sozinha.

— Pode parar aqui? — ela pediu.

— Está tudo bem? — O motorista reduziu a velocidade, ligou o pisca-pisca e parou devagar.

— Está. Eu só preciso... Aqui está ótimo. Eu escrevi o endereço errado — ela mentiu. Não importava que estavam literalmente ao lado do estacionamento de uma locadora de vídeos fechada e abandonada. — É logo ali na frente.

— Está certo, então — disse o motorista.

Joy começou a andar. Sentiu o sol no alto da cabeça; poderia ter sido uma bênção. Ouviu o carro vindo atrás dela, esmagando lentamente o cascalho na lateral da rua. *Me deixe em paz,* ela pensou. *Por favor, vá embora.*

O Kia parou ao lado dela e o motorista abriu a janela. Joy teve vontade de chorar. Por que, justo hoje, teve que pegar um motorista de Uber preocupado?

— Moça — disse ele —, você esqueceu isto.

Ela chegou mais perto e viu que ele segurava o cobertor azul que estivera em dois de seus sonhos. Ele não estava no banco traseiro com ela.

Joy piscou, atordoada.

— Isso não é meu — disse ela, e continuou andando.

Izzy estava bocejando ao volante. Detestava turnos da noite e trabalhava havia tempo suficiente na emergência do hospital Baptist Memorial para conseguir evitá-los. Mas tinha trocado, por vontade própria, com uma colega, Jayla, porque precisaria tirar os dois dias seguintes de folga.

Já estava na estrada por uma hora e meia e ainda tinha mais uma hora pela frente, e sabia disso porque procurara no Google múltiplas vezes, como se a resposta pudesse mudar. No entanto, em vez de sair de Oxford às seis da manhã como havia planejado, quando seu turno acabou ela pegou o elevador para a ala da maternidade.

Ninguém a impediu de entrar no berçário; ela estava com o crachá preso em sua roupa cirúrgica. Para sua surpresa, porém, havia um único bebê ali. Era um menino, enrolado em um cobertor azul. Tinha um cartão com o nome: LEVON MONELLE. Um punho minúsculo socou o ar e ele estava com a boca muito aberta. Izzy o viu chorar e se debater um pouco, e então, como por algum milagre de orientação, sua mãozinha aterrissou sobre os lábios e ele começara a sugar.

Nunca se era novo demais para aprender a ser autossuficiente.

Ela acariciou com um dedo o embrulho firmemente mumificado de seu pequeno corpo. Seria desonesto não contar a Parker que ela estava grávida? Ou seria pior lhe contar e depois terminar com ele?

Izzy havia crescido com o rosto pressionado com tanta força contra a realidade que era impossível para ela acreditar em criaturas míticas: fadas e unicórnios e homens que estavam mais interessados no futuro de Izzy com eles do que em seu passado. Havia tentado se imaginar no mundo de Parker, aprendendo a esquiar e a gastar cinquenta dólares em ingressos de cinema, pipoca e refrigerantes sem se sentir culpada. Mas, se ela se tornasse essa mulher, não seria mais Izzy. E não era por esta que ele havia se apaixonado?

Era melhor assim. Parker nunca saberia. Ele não seria forçado a ficar com ela por algum senso equivocado de honra ou cavalheirismo. Quando ele tivesse espaço e tempo para refletir, quando ele encontrasse alguém mais *parecido* com ele, entenderia que ela havia lhe feito um favor. Alguém que havia crescido tendo que se virar para sobreviver todos os dias não tinha os recursos para sonhar com o futuro.

Quando Izzy saiu do berçário, ela parou na mesa das enfermeiras.

— Por que não tem mais bebês?

A enfermeira a olhou como se ela fosse doida.

— Eles estão nos quartos com as mães.

Izzy se sentiu uma idiota. Claro. Ainda agora, enquanto dirigia, ela pensou na mãe de Levon. Será que ela havia precisado de uma boa noite de sono? Estaria doente? Ou *ele* estaria?

Izzy teve medo de que a resposta fosse algo que qualquer mulher vagamente maternal saberia, e foi por isso que não perguntou à enfermeira. Se precisava de alguma confirmação de que estava fazendo a escolha certa, ela a havia recebido.

O GPS em seu celular avisou que, em três quilômetros, ela devia virar à direita. Ela acionou a seta, seguindo as instruções com atenção, porque não estava familiarizada com as estradas em Jackson, Mississippi. Mas, mesmo com sua parada não planejada no berçário, Izzy sabia que não teria problema. A não ser que pegasse um trânsito imprevisto, chegaria ao Centro com tempo de sobra para a primeira consulta para seu aborto.

Era preciso acordar ridiculamente cedo em Atlanta para chegar ao Mississippi às oito da manhã, mas Louie preferia dormir em sua própria cama a dormir em um hotel. Ele passava tantos dias do mês voando para Kentucky e Alabama e Texas e Mississippi e outros estados onde clínicas de aborto estavam sendo fechadas a torto e a direito que, quando podia puxar seus próprios cobertores e descansar a cabeça em seu próprio travesseiro, ele movia céus e terra para que isso acontecesse.

Ele vinha para o Mississippi quatro vezes por mês para prestar serviços de aborto, assim como três outros colegas que revezavam com ele, voando de Chicago e Washington. Louie sabia que trabalhar no Sul Profundo como prestador de abortos era mais desafiador, digamos, do que trabalhar na Costa Leste. A maior diferença entre o norte e o sul não era o clima ou a comida ou mesmo as pessoas: era a religião. Aqui, a religião era parte da atmosfera tanto quanto o dióxido de carbono. Era preciso oferecer às pessoas uma chance de ser pró-escolha não apesar de sua fé, mas por causa dela.

Louie gostava de rotina e a mantinha sempre que possível. Ele conhecia os comissários de bordo pelo nome e sempre reservava seu assento favorito (6B). Bebia café, preto, e comia uma barrinha de cereal e um iogurte que trazia de casa. Usava o tempo no avião para se atualizar com os artigos das revistas médicas.

Hoje ele estava lendo a pesquisa de uma equipe da Northwestern University, que havia registrado um clarão de zinco no preciso instante em que um espermatozoide fecundava um óvulo. Uma onda de cálcio nesse momento fazia o zinco ser liberado do óvulo. Quando o zinco era lançado para fora, ele se ligava a pequenas moléculas fluorescentes: a faísca resultante disso foi captada por microscópios de fluorescência.

Embora isso já tivesse sido observado antes em camundongos, era a primeira vez em humanos. Mais importante, alguns óvulos produziam um brilho um pouco mais forte do que outros no momento da concepção: os mesmos que, posteriormente, se tornariam embriões saudáveis. Uma vez que cinquenta por cento dos óvulos fertilizados *in vitro* não eram viáveis, e que com frequência o processo se resumia a um médico tendo que adivinhar quais *pareciam* mais saudáveis, as implicações do estudo eram significativas. O embrião correto a ser transferido era o que emitisse o lampejo mais brilhante no momento da fertilização.

— *E Deus disse: faça-se a luz* — Louie murmurou consigo mesmo. Ele balançou a cabeça, fascinado. Essas porções infinitesimais de zinco determinavam se um óvulo fertilizado se tornaria uma entidade genética completamente nova. A ciência nunca deixava de maravilhá-lo, assim como sua fé, e ele acreditava inequivocamente que as duas podiam existir lado a lado.

Quando era médico residente, ele havia tido sua cota de pacientes terminais e o que se ouvia dizer era verdade: pessoas que estavam morrendo falavam de um túnel, com um brilho quente no fim.

Era razoável dizer que tanto a vida como a morte começavam com uma centelha de luz.

Louie estava tão concentrado no artigo que o solavanco do avião atingindo a pista lhe deu um susto. Ele juntou seu material de leitura e esperou que o sinal de apertar cintos se apagasse. Então se levantou e pegou a mala no compartimento superior. Viajava apenas com uma mala de mão, preferindo manter algumas roupas extras no escritório de Vonita para um caso de necessidade.

Ele se despediu de Courtney, a comissária de bordo, e virou à esquerda quando entrou no terminal. Conhecia o aeroporto de cor: as horas em que a área de inspeção rápida ficava movimentada, o portão em que estava o Starbucks, onde eram os banheiros masculinos. Ele sabia exatamente quanto tempo levava para alugar um carro e dirigir até o Centro.

E, como sempre, por seu horário ser tão previsível, seu comitê de boas-vindas estava à sua espera quando ele chegava.

Um dos manifestantes assíduos na clínica encontrava-se com Louie no aeroporto, sem falhar, e o esperava na base da escada perto das esteiras de bagagens, que era a única rota para as agências de locação de veículos. Louie costumava pensar naquele homem como Allen, o Anti. Ele segurava uma placa escrita a mão que dizia LOUIS WARD ASSASSINO BEBÊS. Louie não sabia o que o irritava mais: que o homem fosse tão pontual quanto um relógio ou que ele escrevesse seu nome errado.

Allen estava ali de pé, como de hábito, com sua placa. Louie nunca fazia contato. Ele sabia que não valia a pena. Mas dessa vez seu nome estava escrito certo. Isso foi suficiente para fazer Louie diminuir o passo.

— Dr. Ward — disse Allen, sorrindo. — Fez um bom voo?

Ele parou.

— É Allen, certo?

— Sim, senhor — respondeu o homem.

Louie deu uma olhada em seu relógio de pulso.

— Que tal a gente comer alguma coisa?

Ele tinha quinze minutos de folga, porque seu voo havia pousado antes do horário. E se sentia seguro no aeroporto, cercado por pessoas. Talvez fosse possível colocar-se no lugar de outra pessoa sem andar com as pernas dela.

Allen pôs a placa embaixo do braço e ele subiram de novo a escada até o McDonald's, onde Louie comprou um desjejum e um café para o ativista, depois eles se sentaram frente a frente em uma mesa à plena vista de qualquer pessoa que passasse para ir ao balcão.

— Posso te perguntar por que você vem me encontrar aqui? — ele indagou.

Allen engoliu e sorriu.

— Eu quero fechar aquela fábrica de assassinatos em que você trabalha — disse ele, com tanta facilidade como se estivesse dizendo *Está um outubro muito quente.*

— Fábrica de assassinatos — Louie repetiu, virando a frase em sua boca. — Por quanto tempo as mulheres que eu atendo deveriam ir para a cadeia pelo seu crime?

— Odeie o pecado, não o pecador — disse Allen.

— A menos que o pecador seja eu, certo? — Louie retificou. — Então, se você pudesse, proibiria todos os abortos?

— Seria o ideal.

— Mesmo em casos de estupro e incesto?

Allen encolheu os ombros.

— Qual é a porcentagem disso?

— Você não respondeu à minha pergunta — Louie insistiu.

— Você não respondeu à minha — Allen contrapôs. — E, mesmo que seja uma dessas circunstâncias raras, isso não significa que você não esteja cometendo homicídio.

Louie pensou no saco que removia durante um aborto no início da gravidez. Era tecido que não sentia dor nem tinha pensamentos ou sensações. Para ele, era um potencial. Para Allen, era uma pessoa. No entanto, quem afirmaria que não havia diferença na implicação moral de derrubar um carvalho de cem anos ou pisar em uma bolota de carvalho?

Allen levou à boca um punhado de ovo mexido. Outro potencial de vida frustrado, Louie pensou.

— Sabe, eu me considero pró-vida — disse ele. — É que por acaso eu sou pró-vida da mulher. Eu chamaria você de pró-nascimento.

— Eu chamaria você de pró-aborto — disse Allen.

— Ninguém está forçando mulheres a fazerem abortos se elas não pedirem. É a diferença entre apoiar o livre-arbítrio e negar o livre-arbítrio.

Allen se recostou na cadeira.

— Acho que você e eu nunca vamos concordar sobre isso.

— Provavelmente não. Mas talvez nós possamos concordar em neutralizar o espaço público em torno da formulação de políticas. Todos nós temos direito às nossas próprias crenças religiosas, certo?

Allen concordou com a cabeça, cauteloso.

— Mas não podemos fazer políticas públicas baseadas em religião quando religião significa coisas diferentes para pessoas diferentes. O que nos deixa a ciência. A ciência da reprodução é o que ela é. Concepção é concepção. Você pode decidir o valor ético que isso tem para você, com base no seu próprio relacionamento com Deus... mas as *políticas públicas* sobre direitos humanos básicos referentes à reprodução não devem ser sujeitas a interpretação.

Louie viu os olhos de Allen refletirem confusão.

— Você tem uma filha, Allen?
— Tenho.
— Quantos anos?
— Doze.
— O que você faria se ela ficasse grávida agora?

O rosto de Allen enrubesceu.

— O seu lado sempre tenta fazer isso...

— Eu não estou *tentando* fazer nada. Estou pedindo para você aplicar o seu dogma pessoalmente.

— Eu a aconselharia. Eu a levaria ao nosso pastor. E teria confiança — disse Allen — de que ela tomaria a decisão certa.

— Eu não discordo de você — disse Louie.

Allen fez uma expressão de surpresa.

— Não?

— Não. A sua religião *deve* ajudar a tomar a decisão se você se encontrar nessa situação. Mas a política pública deve existir para você ter o direito de tomar essa decisão. Quando você diz que não pode fazer alguma coisa porque a sua religião proíbe, isso é uma coisa boa. Quando você diz que *eu* não posso fazer alguma coisa porque a *sua* religião proíbe, isso é um problema. — Louie olhou para o relógio. — O dever me chama.

— Sabe, eu sempre acho engraçado porque o fato é que todas as pessoas pró-escolha *nasceram* — disse Allen.

Louie sorriu, juntando o lixo deles.

— Obrigado pela companhia. E pelo diálogo.

Allen pegou sua placa.

— Assim fica muito difícil odiar você, dr. Ward.

— Esse é o ponto, irmão — disse Louie. — Esse é o ponto.

Beth havia tentado fazer aquilo do jeito certo. Tinha ido ao Centro, que poderia muito bem ter sido a Marte, dada a distância e o preço da passagem de ônibus. Havia preenchido o documento solicitando autorização judicial e dado entrada nele em seu próprio distrito. Não era culpa *dela* que o juiz a deixara na mão para sair de *férias* com a esposa. Juízes não deviam poder fazer isso quando a vida de outras pessoas dependia de seu veredito.

No fim, o tempo dela se esgotara. Os comprimidos vieram do exterior e as instruções estavam em chinês, mas ela ainda tinha os papéis da sessão de orientação em que estivera no Centro, incluindo as instruções para quem ia fazer um aborto medicamentoso. Lembrava-se da mulher na clínica que fizera a apresentação para o grupo dizendo que havia um limite de tempo na gravidez para as pessoas que tomavam comprimidos de aborto. Não conseguia se lembrar de qual era esse número mágico de semanas, mas Beth tinha certeza de que, a essa altura, já tinha passado.

Ela estava no banheiro, se dobrando de cólicas. A princípio tivera certeza de que havia feito algo errado, porque não saíra sangue nenhum.

Agora, porém, não parava de sair. E não era só sangue, eram coágulos, grandes massas escuras que a aterrorizavam. Era por isso que ela viera sentar no vaso. Podia levar a mão para trás e apertar a descarga. Estava apavorada com a ideia de olhar para baixo entre suas pernas e ver pequenos braços e pernas; um rosto minúsculo e triste.

Sentiu suas entranhas se contorcerem outra vez, como se alguém tivesse amarrado mil cordões no interior de sua barriga e virilha e estivesse puxando. Beth trouxe os joelhos ainda mais alto em direção ao queixo, que era só o que lhe trazia alívio, mas, para fazer isso, não podia estar sentada. Ela saiu do vaso e se deitou de lado no chão, suando, gemendo. Sua respiração era ofegante, elos gaguejantes em uma corrente.

A coisa que deslizou entre suas pernas era do tamanho de um punho fechado. Beth gritou ao vê-lo no linóleo, rosado e inacabado, a pele translúcida mostrando manchas escuras de futuros olhos e órgãos. No meio de suas pernas havia um ponto de interrogação de cordão umbilical.

Tremendo, ela pegou uma toalha de mão, enrolou a coisa (*não era um bebê, não era um bebê, não era um bebê*) e o enfiou no fundo do cesto de lixo, colocando lenços de papel, lenços demaquilantes e embalagens de papel por cima, como se fora de vista pudesse ser fora da mente.

Estava começando a ver estrelas e achou que talvez estivesse morrendo, mas isso não fazia sentido, porque não havia mais jeito de ela ir para o céu. Talvez ela pudesse apenas fechar os olhos por um minuto e quando acordasse nada disso teria acontecido.

Ouviu uma batida e, por um momento aterrorizante, achou que estivesse vindo do cesto de lixo. Mas então ficou mais alto e ela percebeu que alguém estava chamando seu nome.

Beth queria responder, queria mesmo. Mas estava tão, tão cansada.

Quando a porta se abriu, com a fechadura arrebentada por seu pai, ela usou toda a energia que lhe restava para falar.

— Não fique bravo, pai — ela sussurrou, e tudo ficou escuro.

George deixou a picape ligada, parada ilegalmente na frente de um hidrante. Ele correu para o lado do passageiro, ergueu sua filha inconsciente nos braços e entrou com ela pelas portas automáticas do pronto-socorro. Ela estava sangrando no cobertor em que ele a enrolara.

— Por favor, ajudem minha filha — ele gritou, e foi rodeado imediatamente.

Eles a pegaram, colocaram-na em uma maca e se apressaram com ela para os fundos, enquanto ele ia atrás. Uma enfermeira pôs a mão em seu braço.

— Sr. ...?

— Goddard — disse ele. — Ela é minha filha.

— O que aconteceu com ela? — ela perguntou.

— Não sei. Não sei. — Ele engoliu em seco. — Eu a encontrei assim no banheiro. Ela estava sangrando... dali debaixo...

— Da vagina?

Ele confirmou com a cabeça. Tentou ver o que os médicos estavam fazendo, mas havia tantos deles, e se moviam em volta dela, bloqueando sua visão.

— Como é o nome da sua filha? — a enfermeira perguntou.

Quando ela era pequena e não conseguia pronunciar seu nome, ela falava Lil Bit. Foi assim por um longo tempo. Quando ela cresceu, ele abandonou a segunda metade desse nome carinhoso. Mas ele era a única pessoa que a chamava de Lil; todos os outros usavam um apelido diferente.

— Elizabeth Goddard — disse George. — Todos a chamam de Beth.

Na noite anterior, Bex havia sonhado com uma obra de arte que ainda estava dentro de sua mente. Era um feto pixelado curvado de lado. No espaço branco, porém, formado pela ausência de braços e pernas e umbigo, seria possível ver a ilusão de óptica de um perfil. E, olhando de perto, seria possível ver que era o dela.

Uma centelha de luz

Ela não se surpreendeu por ter encontrado inspiração justamente hoje. Ainda ontem terminara sua última encomenda. Era a hora de recomeçar.

Já havia telefonado para Hugh para lhe desejar feliz aniversário e terminara uma xícara de chá. Seu corpo trepidava de expectativa, como uma criança esperando o sol nascer no Natal. Ia saborear cada segundo dessa manhã, tocá-la como uma corda de violino, deixá-la cantar dentro dela.

No armário do estúdio onde ela guardava suas tintas e sua terebintina e seus pincéis, havia um pequenino painel que, com a pressão de um dedo, se soltava e revelava um compartimento secreto. Tinha vindo com a casa. Não imaginava para que havia sido usado pelos proprietários anteriores; talvez como um cofre, ou para cartas de amor escondidas. Bex guardava uma caixa de sapatos ali, que ela tirou agora e colocou sobre sua bancada de trabalho.

Dentro havia um gorrinho azul de algodão impossivelmente pequeno e um bracelete de hospital: MENINO MCELROY. E, melhor de tudo, a fotografia: esmaecida agora, em ferrugens e amarelos e verdes que ela associava aos anos 1970. Era 1978 e ali estava Bex na cama de hospital, com catorze anos, segurando um recém-nascido Hugh.

Bex poderia ter feito um aborto, que era legal, mas sua mãe, católica devota, a convencera a não fazer. Em vez disso, criou uma solução que se tornou um segredo. A partir do momento em que Bex saiu do hospital, ela não era mais mãe de Hugh, mas sua irmã. Seu pai arrumou um emprego em outro estado e eles se mudaram para lá, fixando o subterfúgio de tal modo que às vezes Bex até se esquecia da realidade. Houve um ponto, quando sua mãe morreu, que Bex pensou em contar a Hugh, mas teve medo de que ele pudesse ficar tão bravo que passasse a odiá-la. Não podia correr esse risco.

Bex continuou podendo ver Hugh crescer, ter sua própria filha. Será que os rótulos realmente importavam?

Foram necessários quarenta anos de prática cuidadosa, mas ela se permitia lamentar apenas um dia por ano: neste, o aniversário de Hugh. Ela pegava essa caixa de sapatos e imaginava os universos paralelos de sua vida. Em um deles, ela era mãe de Hugh, avó de Wren. Em outro, ela havia se apaixonado outra vez, se casado e tido um filho que podia carregar nos braços sempre que tinha vontade. Em um terceiro, ela foi para uma escola de artes, mudou-se para Florença e se tornou escultora, em vez de ficar no Mississippi para cuidar de Hugh depois que seu pai morreu e sua mãe virou alcoólatra.

Bex, que *não* havia interrompido sua gravidez, ainda assim perdera uma vida potencial naquele dia: a sua própria. Mas, quando começava a sofrer pelo que havia perdido, redirecionava a atenção para as vidas que haviam sido salvas, literalmente, por seu filho: as esposas espancadas, os que tentavam suicídio. O adolescente que Hugh havia tirado do rio congelante no ano passado. Wren.

Não. Ela não teria mudado nada. Ou pelo menos isso era o que ela dizia a si mesma, quando permitia que a pergunta subisse demais em sua garganta, quando sentia que ia sufocar.

Bex guardou cuidadosamente a foto no fundo da caixa de sapatos e colocou o bracelete e o gorrinho dentro. Levou-a de volta para o armário e a enfiou em seu compartimento secreto. Depois puxou o painel para o lugar outra vez, selando a cripta de sua memória.

Ocasionalmente ela se perguntava se, depois que morresse, alguém encontraria a caixa de sapatos. Talvez quem comprasse a casa. Imaginou se essa pessoa iria criar uma mitologia em torno dos artefatos, se seria uma tragédia ou uma história de amor. Poderia, Bex sabia, ser as duas coisas ao mesmo tempo.

Ela fechou o armário e abriu as cortinas de seu estúdio. O sol se despejou pelo piso de madeira, como grãos dourados de um celeiro. O céu estava limpo, tão azul quanto os olhos de seu filho. Era por isso que a pronúncia do nome dele lembrava o som de *Blue*. Mesmo aos catorze anos, Bex já representava o mundo como uma artista, envolto em sombras e luz. Mesmo então, o que mais importava eram as nuances de cor.

Hugh.

Bex sorriu e pegou a moldura de madeira e uma tela nova ainda não preparada. *Hoje,* ela pensou, *é um bom dia para nascer.*

EPÍLOGO

Seis da tarde

Nenhum de nós escolhe nossos pais. Mas alguns de nós têm sorte. Por um momento perfeito, Wren sentiu o braço de seu pai se fechar em volta dela. Sentia o cheiro dele: loção pós-barba de Bay Rum e goma.

— Está tudo bem — ele murmurou, sua respiração movendo o cabelo na têmpora dela. — Está tudo bem agora.

Ela acreditava nele. Sempre tinha acreditado. Acreditou quando ele lhe garantiu que não havia razão para ter medo do escuro, e lhe ensinou a ler as estrelas, para que ela nunca se sentisse perdida. Acreditou quando ele imprimiu artigos sobre predadores da internet e pessoas que usavam identidade falsa e os deixou colados no espelho do banheiro dela. Acreditou quando ele comeu uma aranha para provar que não era tão assustadora assim.

Ele empurrou gentilmente as costas dela, os olhos presos em suas mãos dadas.

— Wren, vá agora — ele falou.

Ela não conseguia se afastar dele. Wren, que havia se metido nessa confusão porque não via a hora de crescer, agora só queria que o pai a embalasse no colo e nunca mais a soltasse.

— Me deixe dar um fim nisso — ele murmurou.

Ela deu um passo instável em direção ao toldo branco da tenda. Havia policiais lá, fazendo sinal para ela, mas nenhum avançou para pegá-la.

Uma vez, houve um tornado em Jackson. Wren se lembrava de como o céu ficara amarelo como um olho com icterícia e como a atmosfera parecia carregada. Nos momentos antes que o vento golpeasse a cidade, o ar ficara tão imóvel que Wren achara que o mundo tinha parado de girar, que o tempo começara a se mover para trás. Era assim que parecia agora, e foi por isso que Wren se virou a meio caminho da tenda de comando.

Ela ouviu a voz de seu pai falando com George Goddard.

— Pense em sua filha.

— Ela nunca mais vai olhar para mim do mesmo jeito depois disto. Você não entende.

— Então me ajude a entender.

Wren estava olhando para o atirador quando ele puxou o gatilho.

O pai de Wren costumava lhe contar uma história sobre como ele fora seu herói desde o momento em que ela nascera. Ela estava no hospital e as enfermeiras estavam fazendo os testes que tinham que fazer antes de poder dar alta ao bebê. Um deles se chamava teste de Guthrie, ou do pezinho, em que o calcanhar do recém-nascido era picado e gotas de sangue eram colhidas em uma placa de diagnóstico e enviadas para o laboratório para testar para fenilcetonúria.

A enfermeira naquele dia era inexperiente e, quando ela picou o pé de Wren, o bebê começou a chorar. Não sangrou o suficiente, então ela teve que picar uma segunda vez. Ela apertou o pé do bebê, tentando extrair o sangue manualmente. Nessa altura, Wren estava uivando.

Seu pai se aproximou e tirou o bebê da enfermeira. Ele enrolou Wren em um cobertor e anunciou que estavam indo para casa. A enfermeira disse que isso não era possível, que ela precisava terminar o teste, por determinação da lei.

Eu sou a porra da lei, seu pai disse.

Até hoje não o deixavam mais entrar naquele hospital.

Os heróis, Wren sabia, nem sempre apareciam do nada para o resgate. Eles davam telefonemas questionáveis. Eles viviam com dúvidas. Eles recapitulavam, editavam e imaginavam resultados diferentes. Eles matavam, às vezes, para salvar.

Wren estava enrolada em uma manta térmica, tremendo, embora ainda estivesse quente lá fora. Suas costelas doíam onde ela havia sido agarrada por um policial da equipe SWAT. O atirador teria de fato acertado em Wren? Ninguém sabia, porque, em vez disso, seu pai pegara sua arma e dera três tiros em George Goddard.

Ao vivo na televisão.

Muitas coisas aconteciam ao mesmo tempo: seu pai sendo levado embora pela equipe SWAT; paramédicos colocando o corpo em uma ambulância, porque um médico precisava atestar que o atirador estava morto.

O atirador.

Wren percebeu, com um pequeno sobressalto, que o título se aplicava a ambos os homens.

Ela estava sentada na traseira de um caminhão de polícia quando seu pai se aproximou. O braço dele estava enfaixado. O tiro desgovernado de Goddard, que era destinado a ela, o havia atingido.

Ela viera para a clínica porque não queria mais ser uma menininha. Mas não era fazer sexo que fazia de você uma mulher. Era ter que tomar decisões, às vezes terríveis. Uma criança ouvia dos outros o que fazer. Um adulto decidia por si só, mesmo quando as opções o dilacerava.

Seu pai seguiu o olhar dela em direção ao Centro. Banhadas nos últimos espasmos do crepúsculo, as paredes cor de laranja pareciam estar em chamas.

— O que vai acontecer com o Centro? — Wren perguntou.

— Eu não sei.

Ela se viu pensando no dr. Ward e em Izzy, Joy e Janine. Na pobre Vonita. Nas mulheres sem nome que haviam estado no Centro antes de Wren chegar, e nas mulheres que viriam no dia seguinte para uma consulta e passariam sobre as faixas da polícia se fosse preciso.

— A tia Bex está esperando por nós — seu pai disse. Ele estendeu os braços, como se Wren ainda fosse pequena, e a desceu da traseira do caminhão. Wren o viu fazer uma careta, por causa de seu ferimento.

Quando ela era bem pequena, costumava fazer uma brincadeira com ele em que endurecia os braços e as pernas e esticava a coluna para ficar tão rígida quanto possível. *Estou superpesada,* ela dizia, e ele ria.

Eu sempre vou conseguir carregar você.

O céu noturno ondulava, estrelas azuis surgindo e vermelhas se apagando. Eles estavam cercados por vida e morte. Passaram pela cerca de arame que rodeava o perímetro do Centro. Nela, os manifestantes haviam pendurado uma longa faixa de papel pardo: É UMA CRIANÇA, NÃO UMA ESCOLHA. Wren passara por ela esta manhã e, incrivelmente, ela continuava intacta.

Alguns metros adiante do Centro, Wren parou.

— Você está bem? — seu pai lhe perguntou.

— Só um segundo.

Wren correu de volta para a cerca. Ela arrancou a faixa, amassou um longo pedaço e o jogou no chão. A parte que restou ela espetou no alto da cerca de arame.

ESCOLHA.

Ela examinou sua obra. *Isso,* Wren pensou.

Muitos anos depois, quando Wren contava essa história, ela não se lembrava de ter rasgado a faixa. Não se lembrava se a cerca do lado de fora do Centro era de estuque ou de metal, de como o armário era pequeno, ou se o sangue de sua tia havia espirrado em lajotas ou tapete. O que ela se lembrava era de que, quando foi embora com seu pai, era a primeira vez que ela segurava a mão *dele,* e não o contrário.

NOTA DA AUTORA

A National Abortion Federation compila estatísticas sobre violências cometidas por manifestantes antiaborto nos Estados Unidos e Canadá. Desde 1977, houve 17 tentativas de homicídio, 383 ameaças de morte, 153 casos de agressão, 13 indivíduos feridos, 100 bombas de mau cheiro, 373 arrombamentos, 42 atentados a bomba, 173 incêndios criminosos, 91 tentativas de atentado a bomba ou incêndio criminoso, 619 ameaças de bomba, 1.630 incidentes de invasão de propriedade, 1.264 incidentes de vandalismo, 655 ameaças com antraz, 3 sequestros.

Onze pessoas foram mortas como resultado de violência voltada contra prestadores de abortos: quatro médicos, dois funcionários de clínicas, um guarda de segurança, um policial, uma acompanhante de pacientes em uma clínica e duas outras pessoas.

Extremistas antiaborto são considerados uma ameaça de terrorismo doméstico pelo Departamento de Justiça dos Estados Unidos.

No entanto, a violência não é a única ameaça a clínicas de aborto. Nos últimos cinco anos, políticos aprovaram mais de 280 leis restringindo o acesso ao aborto. Em 2016, a Suprema Corte rejeitou uma lei do Texas que pretendia exigir que todas as clínicas de aborto tivessem um centro cirúrgico e que os médicos tivessem privilégios de admissão em um hospital local no caso de complicações. Para muitas clínicas, essas exigências eram financeiramente proibitivas e as teriam obrigado a fechar. Além disso, como muitos dos médicos viajam de avião de outros locais para fazer seu trabalho, eles não têm como obter privilégios de admissão em hospitais locais. Vale notar que menos de 0,3% das mulheres que fazem um aborto precisam de hospitalização devido a complicações. Na verdade, colonoscopias, lipoaspirações, vasectomias... e partos, todos eles feitos fora de centros cirúrgicos, têm risco de morte maior.

Em Indiana, em 2016, Mike Pence assinou uma lei para proibir o aborto baseado em deficiência fetal e para exigir que os prestadores de serviços de aborto oferecessem informações sobre atendimento paliativo perinatal para quem quisesse manter o feto no útero até ele morrer de causas naturais. Essa mesma lei exigia que fetos abortados fossem cremados ou tivessem um enterro formal mesmo que a mãe não quisesse que isso acontecesse. A lei foi revogada por um juiz em 2017.

No Alabama, uma lei de 2014 exigia que menores obtivessem uma autorização judicial para aborto em um tribunal, onde um guardião *ad litem* seria indicado para atuar como advogado do feto. Nessa mesma lei, um pai/mãe ou guardião legal tinha direito a recorrer dessa autorização, atrasando-a até que a menina já tivesse ultrapassado o momento em que poderia abortar legalmente. Um juiz federal revogou essa lei em 2017.

Em Arkansas, as mulheres precisam ser informadas de que é possível reverter os efeitos de um aborto medicamentoso pela administração de progesterona. Leis similares foram introduzidas no Arizona, no Colorado, na Califórnia, em Indiana, em Idaho, na Carolina do Norte e na Geórgia. O Americans United for Life, um grupo de lobby poderoso, incluiu a reversão do aborto medicamentoso em seu modelo de legislação para 2017. No entanto, não há estudos formais que corroborem a afirmação de que um aborto medicamentoso pode, de fato, ser revertido.

Em 19 de março de 2018, depois de este livro ter sido entregue à editora, o Governador Phil Bryant do Mississippi assinou a Lei da Idade Gestacional, que proíbe abortos depois de quinze semanas de gravidez, o que faz com que esse seja o estado com o mais baixo limite de idade gestacional para aborto nos Estados Unidos. Ele escreveu no Twitter: "Assumo o compromisso de tornar o Mississippi o lugar mais seguro nos Estados Unidos para uma criança não nascida." A lei admite exceções para anomalia fetal grave, mas não para estupro ou incesto. Médicos que fizerem abortos depois de quinze semanas devem entregar relatórios explicando as razões e, se violarem a lei, correm o risco de perder a licença para exercer a profissão. A Jackson Women's Health Organization — a "Pink House" — é a única prestadora de abortos no Mississippi e já deixou de fazer os abortos com dezesseis semanas. Não há nenhuma razão médica ou científica para a mudança.

Há uma crença equivocada de que barreiras legais para a interrupção da gravidez, ou a revogação de *Roe versus Wade*, acabarão com os abortos. Os precedentes não sugerem isso: na década de 1950, até 1,2 milhão de abortos inseguros eram feitos anualmente. De acordo com o Guttmacher Institute, a taxa de abortos declinou de 2000 a 2008, apesar de sua legalidade. Mas conhecer a segmentação dos números é importante. Para mulheres em situação de pobreza, as taxas de abortos aumentaram 18%. Para mulheres ricas, os abortos tiveram um declínio de 24/%. Isso significa que as mulheres pobres estão ficando grávidas quando não querem. De fato, sete de cada dez mulheres que interromperam uma gravidez ganhavam menos de 22 mil dólares por ano. Em 2004, três quartos das mulheres pesquisadas disseram que fizeram um aborto porque não tinham condições financeiras de criar um filho. Nenhum estudo até o momento indagou se a melhoria das condições socioeconômicas dessas mulheres reduziria o número de abortos.

Para este livro, entrevistei defensores do movimento pró-vida. Não eram fanáticos religiosos; eram homens e mulheres com quem foi agradável conversar e que estavam falando de dentro de uma profunda convicção pessoal. Todos eles se horrorizavam com atos de violência cometidos em nome de crianças não nascidas. Eles me disseram que gostariam que os defensores do movimento pró-escolha soubessem que eles não estavam tentando passar por cima dos direitos das mulheres ou dizer às mulheres o que fazer com seu corpo. Eles só queriam que as mulheres que faziam essa escolha legal percebessem que a vida era preciosa e que a decisão delas afetaria um inocente.

Também entrevistei 151 mulheres que interromperam a gravidez. Dessas mulheres, apenas uma se arrependia de sua decisão. A maioria pensava no aborto diariamente. Quando perguntei a elas o que gostariam que os defensores da posição pró-vida soubessem sobre elas, as respostas foram emocionadas. Muitas queriam transmitir que uma mulher que toma essa decisão não é uma pessoa má. Como uma mulher disse: "Eu não preciso das pessoas tentando me envergonhar por causa de uma escolha que já machucou meu coração ao ter que ser feita."

Conversei com os funcionários da Pink House. Também tive o privilégio de acompanhar o dr. Willie Parker enquanto ele realizava abortos no West Alabama Women's Center, em Tuscaloosa, no Alabama (e, sim, o dr. Ward da ficção assemelha-se muito a Willie). O dr. Parker é um dos mais empenhados defensores das mulheres que eu já conheci e é um cristão devoto. Ele escolheu esse trabalho por causa de sua fé, e não apesar dela. Ele sente que a compaixão em sua religião significa que ele tem que agir pelo bem dos outros em vez de julgá-los. Foi o dr. Parker que inventou o que ele chama de verbocaína: a conversa com o intuito de relaxar uma paciente durante o procedimento. A intenção não é trivializar o que está acontecendo. É pôr o evento no contexto. Um aborto, ele acha, não deve ser a referência em relação à qual uma mulher vai medir toda a sua vida. Eu recomendo muito a leitura do livro dele, *Life's Work: A Moral Argument for Choice*, para aprender mais sobre sua trajetória.

Em Birmingham, graças à generosidade e gentileza de três pacientes, eu observei um aborto de cinco semanas, um aborto de oito semanas e um aborto de quinze semanas. Os dois primeiros procedimentos levaram menos de cinco minutos cada um e, sim, eu vi os produtos da concepção, e não havia nada que pudesse sugerir, ao olho leigo, um bebê morto. O procedimento de quinze semanas foi mais complicado e levou alguns minutos a mais. Misturadas no meio do sangue e dos tecidos havia minúsculas partes do corpo reconhecíveis.

O dr. Parker acredita na transparência em seu trabalho. Ele entende que um feto é uma vida. Não acredita que seja uma pessoa. Para ele, a questão são as responsabilidades morais que temos uns com os outros. Enquanto os manifestantes pró-vida estão protegendo os direitos do feto, quem está protegendo os direitos das mulheres?

A mulher que fez aquele aborto com quinze semanas tinha mais três filhos de menos de quatro anos. Ela não tinha condições de criar mais uma criança sem comprometer o cuidado com os filhos já existentes. Procurar a clínica fazia dela uma mãe terrível ou uma mãe responsável?

Eu nunca fiz um aborto. Sempre me considerei pró-escolha. Então fiquei grávida de meu terceiro filho e, com sete semanas, comecei a ter um sangramento intenso. A possibilidade de perder a gravidez foi arrasadora para mim na ocasião; em minha mente, aquele já era um bebê. No entanto, se eu estivesse no segundo ano da faculdade com uma gravidez de sete semanas, teria procurado um aborto. O lugar onde traçamos a linha muda, não só entre os que são pró-vida e pró-escolha, mas em cada mulher individual, dependendo de suas circunstâncias atuais.

As leis são em preto e branco. A vida das mulheres é em milhares de tons de cinza.

Então, seria possível resolvermos o debate sobre o aborto sem uma legislação? Vamos começar pelo princípio de que ninguém *quer* fazer um aborto; que esse é um último recurso. Se considerarmos que o lado pró-vida quer reduzir ou eliminar os procedimentos e que o lado pró--escolha quer que as mulheres possam tomar decisões sobre sua própria saúde reprodutiva, talvez o lugar para começar seja antes da gravidez: com métodos de contracepção. Nos Estados Unidos, em 2015, houve 57 nascimentos com mães adolescentes por mil. No Canadá, o número foi de 28 por mil. Na França, 25. Na Suíça, 8. A diferença é que esses outros países promoveram ativamente a contracepção sem julgamentos. Esse não é o caso nos Estados Unidos, devido a crenças religiosas que defendem a procriação; no entanto, se o objetivo é reduzir os abortos, promover a contracepção seria a solução mais fácil.

Se a maioria das mulheres que escolhem fazer abortos o faz por causa de problemas financeiros, então essa também é uma área a considerar. Se os defensores do lado pró-vida pudessem evitar abortos pelo aumento de impostos e se apresentando como voluntários para adotar, eles o fariam? Se os defensores do lado pró-escolha acreditam que as mulheres devem ser capazes de tomar sua decisão sem pressão externa, eles renunciariam a parte de sua renda para que mulheres em dificuldade financeira, mas que desejam levar adiante sua gravidez, pudessem fazê-lo?

Para esse fim, é interessante perguntar o que aconteceria se tornássemos os serviços sociais mais prontamente disponíveis para mulheres grávidas. Um aumento do salário mínimo daria às mulheres a segurança financeira para criar um bebê, se elas assim o escolhessem. Creches financiadas pelo governo eliminariam a ameaça de perder o emprego. Um serviço de saúde universal permitiria que as mulheres acreditassem que teriam condições financeiras não só de arcar com o nascimento de um filho, mas de cuidar da saúde dele após o parto.

Há ainda outros caminhos a explorar que poderiam reduzir o número de mulheres que acabam tendo que interromper a gravidez. Empregadores que demitissem mulheres grávidas deveriam ser penalizados. Atendimento pré-natal gratuito garantido poderia incentivar as mulheres a levar a gravidez até o fim, e uma rede de pais adotivos poderia arcar com a conta em troca.

Sinceramente, eu não acredito que nós, como sociedade, chegaremos um dia a um acordo sobre isso. Há coisas demais em jogo e ambos os lados operam sob crenças inabaláveis. Mas eu realmente acho que o primeiro passo é conversar — e, mais importante, escutar. Podemos não pensar igual, mas podemos respeitar as opiniões uns dos outros e enxergar a verdade que existe nelas. Talvez, nessas conversas sinceras, em vez de demonizar uns aos outros, pudéssemos nos ver como humanos imperfeitos, tentando fazer o seu melhor.

— *Jodi Picoult*, março de 2018

AGRADECIMENTOS

Houve inúmeras profissionais de medicina e saúde reprodutiva da mulher que compartilharam sua experiência comigo: Linda Griebsch; Julie Johnston, MD; Liz Janiak; Souci Rollins; Susan Yannow; Rebecca Thompson, MD; Margot Cullen, MD. David Toub, MD, recebe menção especial porque se dispôs a conversar por Skype comigo enquanto passava sua calça a ferro em um sábado à noite, quando eu tive uma dúvida que não podia esperar.

Por me mostrar o outro lado: Paul e Erin Manghera.

Por seu brilhantismo jurídico: Maureen McBrien-Benjamin e Jennifer Sargent.

Por me ajudar a compreender o papel do negociador de reféns: John Grassel e Frank Moran.

Por me ensinar a amarrar um torniquete e a inserir um tubo torácico, para o caso de minha carreira atual não dar certo: Shannon Whyte, RN; Sam Provenza; Josh Mancini, MD.

Pelas conversas animadas e/ou por permitir que eu roubasse pedaços de sua vida: Samantha van Leer, Kyle Tramonte, Abigail Baird, Frankie Ramos, Chelsea Boyd, Steve Alspach, Ellen Sands, Barb Kline-Schoder.

Por ler os primeiros rascunhos, quando ainda havia dezesseis personagens principais: Laura Gross, Jane Picoult, Elyssa Samsel.

Pela leitura sensível, pelas sugestões precisas e por ser simplesmente um escritor incrível que me deixa resmungar via mensagem de texto sobre como este trabalho é difícil: Nic Stone.

Por serem os melhores nesta indústria: Gina Centrello, Kara Welsh, Kim Hovey, Debbie Aroff, Sanyu Dillon, Rachel Kind, Denise Cronin, Scott Shannon, Matthew Schwartz, Erin Kane, Theresa Zoro, Paolo Pepe, Christine Mykityshyn, Stephanie Reddaway, Susan Corcoran e Jennifer Hershey. Eu não estaria nem de perto tão disposta a caminhar sobre as brasas se vocês não estivessem todos ao meu lado.

Para os funcionários do West Alabama Women's Center, em Tuscaloosa, no Alabama, e da Jackson Women's Health Organization, em Jackson, no Mississippi, e outros que trilham esse caminho: Gloria Gray, Diane Dervis, "Miss Betty" e Tara; Alesia, Mamie, Renetah, Francia, Tina, Chad, Alfreda e Jessica.

Um agradecimento gigante a Willie Parker, MD, que educa, inspira e atende aquelas que mais precisam. É uma honra chamá-lo de amigo, e fico imensamente feliz porque as mulheres têm você do lado delas.

Por fim, agradeço às 151 mulheres que se dispuseram a me contar sobre seus abortos: Joan Mogul Garrity, Jolene Stark, E. Johnson, "M", Christine Benjamin, Megan Tilley, Susan (Reino Unido), Laura Kelley, Sarah S., Leanne Garifales, Dena, Natasha Sinel, Emma, Jennifer Felix, JLR, Roberta Wasmer, Nina, Eileen, Nancy Emerson, Laura Rooney, Heather C., Jennifer Klemmetson, Alie, Amanda Clark, Heidi, Lorraine Dudley, Brooke, Shirley Vasta, Lisa Larson, Cynthia Brooks, Melissa M., Tori, Kara Clark, Sonia Sharma, Andrea Lutz, Claire, Alison M., Rae S., Megan, Melissa Stander e as dezenas que não quiseram ser citadas pelo nome. É minha esperança que, quanto mais histórias como essas forem contadas, menos mulheres terão que permanecer anônimas.

BIBLIOGRAFIA

Os materiais a seguir foram úteis para mim ao escrever este livro:

BAIRD, Abigail, BARROW, Christy e RICHARD, Molly. "Juvenile NeuroLaw: When It's Good It Is Very Good Indeed, and When It's Bad It's Horrid". *Journal of Health Care Law and Policy* 15 (2012).

CAMOSY, Charles C. *Beyond the Abortion Wars: A Way Forward for a New Generation.* Wm. B. Eerdmans, 2015.

COHEN, David S. e CONNON, Krysten. *Living in the Crosshairs: The Untold Stories of Anti-Abortion Terrorism.* Oxford University Press, 2015.

EICHENWALD, Kurt. "America's Abortion Wars (and How to End Them)". *Newsweek*, 25 de dezembro de 2015.

FERNBACH, Philip e SLOMAN, Steven. "Why We Believe Obvious Untruths". Sunday Review, *New York Times*, 3 de março de 2017. https://www.nytimes.com/2017/03/03/opinion/sunday/why-we-believe-obvious-untruths.html.

GILLIGAN, Carol e BELENKY, Mary Field. "A Naturalistic Study of Abortion Decisions". *New Directions for Child Development* 7 (1980).

GRAHAM, Ruth. "A New Front in the War over Reproductive Rights: 'Abortion-Pill Reversal'". *New York Times Magazine*, 18 de julho de 2017. https://www.nytimes.com/2017/07/18/magazine/a-new-front-in-the-war-over-reproductive-rights.html.

JOHNSON, Abby. *Unplanned: The Dramatic True Story of a Former Planned Parenthood Leader's Eye-Opening Journey Across the Life Line.* Tyndale, 2010.

KNAPTON, Sarah. "Bright Flash of Light Marks Incredible Moment Life Begins When Sperm Meets Egg". *Telegraph*, 26 de abril de 2016. https://www.telegraph.co.uk/science/2016/04/26/bright-flash-of-light-marks-incredible-moment-life-begins-when-s/.

KOWALSKI, Gary. "The Founding Fathers and Abortion in Colonial America". *American Creation* (blog), 6 de abril de 2012. http://americancreation.blogspot.com/2012/04/founding-fathers-and-abortion-in.html.

MILLER, Monica Migliorino. *Abandoned: The Untold Story of the Abortion Wars.* St. Benedict Press, 2012.

OAKES, Kelly. "51 Mind-Blowing Facts About Life, the Universe, and Everything". https://www.buzzfeed.com/kellyoakes/mind-blowing-facts-about-life-the-universe-and-everything?utm_term =.om3qZdoZjz#.eb2M06802R.

PARKER, Willie. *Life's Work: A Moral Argument for Choice.* Atria Books, 2017.

PAUL, Maureen et al. *Management of Unintended and Abnormal Pregnancy: Comprehensive Abortion Care.* Wiley-Blackwell, 2009.

PERRUCCI, Alissa C. *Decision Assessment and Counseling in Abortion Care: Philosophy and Practice.* Rowman & Littlefield, 2012.

POLLITT, Katha. "Abortion in American History". *Atlantic*, maio de 1997. https://www.theatlantic.com/magazine/archive/1997/05/abortion-in-american-history/376851/.

POLLITT, Katha. *Pro: Reclaiming Abortion Rights*. Picador, 2014.

SAXON, Lyle, TALLANT, Robert e DREYER, Edward. *Gumbo Ya-Ya: A Collection of Louisiana Folk Tales*. Bonanza Books, 1984.

THOMSON, Judith Jarvis. "A Defense of Abortion". *Philosophy and Public Affairs* 1, no. 1 (1971). http://spot.colorado.edu/~heathwoo/Phil160,Fall02/thomson.htm.

WICKLUND, Susan. *This Common Secret: My Journey as an Abortion Doctor*. PublicAffairs, 2008.

Impresso no Brasil pelo Sistema Cameron da Divisão Gráfica da
DISTRIBUIDORA RECORD DE SERVIÇOS DE IMPRENSA S.A.